중학생 독후감 따라잡기 123

중학생이 보는
노트르담의 꼽추 2

빅토르 위고 지음 | 조흥식(전 성균관대 교수) 옮김
성낙수(한국교원대 교수) · 오은주(서울여고 교사) · 김선화(홍천여고 교사) 엮음

좋은 책 좋은 독자를 만드는 —
(주)신원문화사

# 책 머리에

　더 이상 언급할 필요도 없지만 요즘은 독서의 중요성이 더욱 강조되는 시대입니다. 첨단과학으로 이루어진 대중매체 덕분에 눈으로 읽는 것보다는 말초신경을 자극하는 동영상 쪽으로 관심이 모아지는 데 대한 우려 때문일 것입니다. 꿈과 희망을 가지고 자라나는 학생들에게는 올바른 사고력과 분별력을 키워 주어야 합니다. 그런 점에서 다른 사람들의 생각과 철학, 인생관과 세계관이 들어 있는 명작들을 많이 읽는 것이야말로 바람직한 학습 효과를 거둘 수 있는 지름길이라 생각합니다.

　명작은 오랜 세월에 걸쳐 많은 사람들이 읽고 크게 감동을 받은 인정된 작품들로서, 청소년들의 삶에 지침이 되어 주고 인생관에 변화를 주게 될 것입니다.

　이번에 중학생들에게 꼭 읽히고 싶은 명작들을 선정하여, 작품을 바르게 감상하고 독후감을 쓰는 데 도움을 주고자 이 시리즈를 기획하게 되었습니다. 작품들은 동서고금에 걸쳐 객관적으로 인정받은, 훌륭한 대상만을 선정하였습니다. 그리고 책의 구성을 다음과 같이 하여, 읽고 쓰는 데 도움이 되도록 하였습니다.

하나, 삶에 대한 지혜와 용기를 주고 중학생이라면 꼭 읽어야 할 명작만을 골랐습니다.

둘, 명작을 읽고 난 후의 솔직한 느낌을 논리적·체계적으로 쓸 수 있도록 중학생들의 독후감 작성에 따르는 부담을 덜어 주도록 구성하였습니다.

셋, 작품 알고 들어가기, 내용 훑어보기, 작품 분석하기, 등장인물 알기를 통해 작품을 분석하는 힘을 기를 수 있도록 하였습니다.

넷, 작가 들여다보기, 시대와 연관 짓기, 작품 토론하기 등을 통해 작가의 일생을 알고 시대의 흐름을 파악하여 상상력과 창의력을 키워 주도록 하였습니다.

다섯, 독후감 예시하기와 독후감 제대로 쓰기에서는 책을 읽는 방법과 독후감 모범답안 실례를 제시함으로써 문장력을 길러 주는 한편 독후감 쓰기의 충실한 길라잡이가 되도록 했습니다.

아무쪼록 이 책들이 중학생들의 학습 능력 향상에 큰 도움이 되길 빌어 마지 않습니다.

엮은이 성 낙 수

차 례

여러분은 어릴 적 〈노트르담의 꼽추〉라는 동화를 읽어 본 기억이 있나요? 만화를 좋아하는 친구들이라면 디즈니사에서 만든 애니메이션으로 본 친구도 있을 거예요. 〈노트르담의 꼽추〉의 원제목은 〈파리의 노트르담〉이에요.

어릴 적 읽은 동화에서는 이 책의 주인공이 마치 꼽추(카지모도) 한 명인 양 그려져 있지만, 실제 원작 소설에서는 6명의 주인공이 거의 동일한 주목을 받으면서 자신의 숙명에 대해 이야기합니다. 동화 속에서는 나쁜 인물이라고만 여겨졌던 인물들도 나름의 사정이 있고, 좋은 인물이라고만 생각되었던 인물에게도 소설에서는 철저하게 이기적인 면모가 있음을 밝혀 주고 있습니다. 이처럼 주인공 6명이 얽혀 나타나는 비극적인 사랑은 우리의 눈물을 자아내기도 하지요.

또한 〈파리의 노트르담〉은 인물들 간의 이야기뿐만 아니라 프랑스 '파리'와 '노트르담 성당'에 대해서도 많은 지식을 제공합니다. 서양의 중세 시대에는 종교적인 가치관이 세계를 지배했었고, 그러한 가치관을 기록하는 매체로 비싼 책보다는 모두가 누릴 수 있는 건축물을 이용하곤 했습니다. 저자인 빅토르 위고는 소설을 통해서 중세 사회의 가치관과 그 가치관이 기록된 방식을 대중들이 알아볼 수 있도록 돕고 있습니다.

이 책의 분량은 청소년이 읽기에는 조금 많다고 생각될 수도 있습니다. 그러나 막상 읽다 보면 책의 내용에 빨려 들어가는 것처럼 느껴져 좀처럼 손을 놓을 수가 없습니다. 다음 이야기, 아직 밝혀지지 않은 과거가 궁금해 책을 손에서 뗄 수 없는 것이지요. 그것은 이 책의 저자 빅토르 위고가 낭만주의 작가로서 영감을 풀어나가는 천재성을 지니고 있으며, 이 책에서도 그러한 저자의 면모가 드러나기 때문입니다.

자, 그럼 여러분! 15세기 중세의 비극적인 꼽추 카지모도와 아름다운 여인 에스메랄다, 근엄한 부주교 클로드와 철학자 그랑고아르, 호색한 페뷔스의 이야기를 들을 준비가 되셨나요? 책에 묘사된 당대의 풍광을 상상하고, 사랑의 본질이 무엇인지 물으며 책을 읽어 보도록 합시다.

노트르담의 꼽추
2

제7장

금화가 가랑잎으로 변하다

그랑고아르를 비롯한 기적궁전 사람들은 모두 몹시 걱정을 하고 있었다. 벌써 한 달 넘게 에스메랄다가 어떻게 되었는지 아무도 알지 못했기 때문이었다. 이 일 때문에 이집트 공이나 그 패거리 거지들도 대단히 마음 아파하고 있었다. 에스메랄다와 함께 염소 잘리도 행방불명 상태였다.

그 일로 그랑고아르의 괴로움은 한층 깊어가고 있었다. 어느 날 밤 에스메랄다가 없어진 다음, 살아 있다는 아무런 소식조차 없는 것이었다. 갖가지 방법을 다 써서 수소문해 보았지만 아무런 성과도 없었다. 심술궂은 놈들이 몇 번인가 놀리는 것처럼 그랑고아르에게 그날 밤 생미셸교 부근에서 에스메랄다가 어떤 장교와 같이 걸어가는 것을 보았다고 말했다. 그러나 이 집시의 남편은 신 같은 것을 믿지 않는 철학자였고, 그리고 자신의 아내가 어떤 점에서 순결을 고집하는지 누구보다도 잘 알고 있었다. 부적과 집시라는 그 두 가지 서로 엉킨 힘 때문에 처녀가 얼마나 굳게 정조를 지키고 있는가를 이미 알고 있었다. 그래서 이 점에서는 걱정하지 않아도 좋았다.

그렇기 때문에 오히려 처녀가 왜 행방불명되었는지를 설명할 수가 없었다. 또한 그 점이야말로 깊은 슬픔의 원인이었다. 그는 사실 더 이상 몸이 야월 여지가 없을 만큼 야위어 있지만, 만약 그렇지 않고 더 야윌 수만 있었다면 그는 아주 홀쭉 야위어 버렸을 것이다. 그 때문에 그는 만사를 다 잊어버리다시피 되었고, 문학의 취미마저도, 또 돈이 마련되는 대로 인쇄에 돌릴 예정이었던《정규 형태와 변칙 형태에 대하여》라는 대저술 건도 완전히 잊어버리고 있었다.

어느 날, 투루넬 재판소 앞을 서글픈 심정으로 지나가던 그는 재판소 문 앞에 사람들이 모여 있는 것을 보았다.

"무슨 일입니까?"

그는 그곳에서 나온 청년에게 물었다.

"잘은 모르지만 듣자하니 헌병 장교를 죽인 여인의 재판이 시작된다나 봐요. 그 사건의 이면에는 뭔가 마법이 얽혀 있어서 주교와 종교재판소의 판사도 그 재판에 관여하고 있답니다. 내 형도 조자의 부주교이기 때문에 이곳에 나와 있단 말이요. 형을 만나 할 이야기가 있는데, 보다시피 저렇게 붐비니 어디 형을 만나러 들어갈 수가 있어야지요. 야단 났네! 돈을 좀 얻어야 하는데……."

"그것 참 안됐소. 나라도 빌려 줄 수만 있다면 좋겠는데. 내 바지에 구멍이 뚫려 있다고 해서 그것이 돈의 탓은 아니니까요."

그는 이 청년에게 자기가 그의 형인 부주교와는 잘 알고 있다는 것을 터놓고 싶은 마음이 생기지 않았다. 지난번 대성당에서 헤어진 이후 부주교를 찾아간 일이 한 번도 없었던 것이다. 자주 찾아가지 않다 보니 찾아가기가 어쩐지 더욱 쑥스러웠다.

청년은 제 갈 길을 휘적휘적 가 버렸고, 그랑고아르는 군중의 뒤를 따라 대강당으로 통하는 계단을 올라갔다. 그는 어차피 재판관이라는 치들은 어이없을 정도로 어리석고 엉뚱한 데가 있으니, 우울증을 날려 보내기 위해서는 형사소송 공판이라도 보는 편이 나을지도 모르겠다고 생각했던 것이다.

군중들은 말없이 팔꿈치로 서로 밀치며 걸어가고 있었다. 마치 창자처럼 구부러진 해자처럼 건물 안에 길다랗게 굽이 돌고 있는 어둡고 긴 복도를 천천히, 그리고 내키지 않는다는 듯이 터덕터덕 소리를 내고 걸어가자, 간신히 강당으로 들어가는 문 앞에 이르렀다. 그는 키가 컸기 때문에 흔들흔들 흔들거리고 있는 군중들의 머리 위로 주위를 살펴볼 수 있었다.

강당은 넓고 어둠침침했다. 그 때문에 한층 더 넓어 보였다. 이미 해는 저물어 가고 있었다. 첨두아치의 긴 창문으로 푸르스름한 빛이 한줄기 흘러들 뿐이었는데, 그 빛도 조각된 대들보에 커다란 격자가 되어 있는 둥근 천장까지 이르지 못하고 사라져 버렸다. 천장에 있는 수천을 헤아리는 많은 조각상들은 그늘 속에서 너저분하게 굼실거리고 있는 것같이 보였다. 이곳저곳에 널려 있는 책상 위에는 벌써 몇 개인가의 촛불이 켜져 있어, 서류 뭉치 속에 웅크리고 있는 서기의 머리를 비추고 있었다. 강당의 앞쪽은 군중들로 가득 차 있었다. 좌우 양쪽에는 법복을 입은 사람들이 책상 앞에 앉아 있고, 안쪽에 있는 한 층 높게 된 자리에 많은 재판관들이 줄지어 앉아 있었는데, 그 맨 뒤쪽은 어둠 속에 묻혀 있었다. 모든 사람들의 얼굴은 어두운 기분을 드러내고 있었다. 벽에는 아로새겨진 많은 백합꽃들이, 재판관 머리 위에는 희미하게 분간할 수 있는 커다란 그리스도의 상이 있었고, 도처에 창이며 쌍날창이 걸려 있었으며, 그 창날은 촛불에 반짝이고 있었다.

"말씀 좀 물읍시다."

그랑고아르는 옆에 있는 사람에게 물었다.

"저기 줄지어 앉아 있는 종교회의에 모인 주교 같은 사람들은 도대체 누구입니까?"

"저 오른쪽에 있는 사람들은 고등법원의 판사이고, 왼쪽에 있는 사람들은 배심원이에요. 보세요, 저기 검은 법복을 입은 사람과 붉은 법복을 입은 사람을요."

"그럼, 저기, 그 사람들 위에 연신 땀을 흘리고 있는 붉은 얼굴의 뚱뚱한 남자는 누구입니까?"

"재판장입니다."

"그 뒤에 있는 산양 같은 얼굴을 한 사람들은?"

그랑고아르는 뒤이어 물었다. 그는 재판소의 관리가 싫었다. 그것은 아마 자신의 연극이 실패한 후 줄곧 재판소에 대해 지니고 있던 원한에서 비롯하는 것이리라.

"저 사람들은 왕실 심리부에 있는 분들입니다."

"그러면 그 앞에 있는 저 산돼지 같은 사람은?"

"고등법원의 서기관입니다."

"오른쪽의 저 악어같이 생긴 사람은?"

"특별검사인 필립 루리에 선생입니다."

"왼쪽에 있는 커다란 검은 고양이 같은 사람은?"

"종교재판소 검사인 자크 샤르몰뤼 선생인데, 종교재판소의 관리들과 함께 와 있습니다."

"아, 그래요. 그럼 저런 높은 분들은 뭘 합니까?"

"재판을 합니다."

"누구를 말입니까? 피고가 보이지 않는데요."

"그게 말이죠, 여자랍니다. 당신에게는 보이지 않지요. 등을 돌리고 있으니까요. 게다가 여러 사람들에 가려져 보이지 않습니다. 보세요, 저기 창이 많이 있는 곳에 있어요."

"그 여자는 누구입니까? 이름을 아십니까?"

"아니요, 나도 모릅니다. 나도 지금 막 왔을 뿐이니까요. 아마 뭔가 마술이 얽혀 있다는 것 같습니다. 종교재판소 판사가 소송에 입회하고 있는 걸 봐서는요."

"음, 그렇군." 하고 우리 철학자는 말했다. "지금부터 우리들은 저

법복의 근엄한 분들이 인간을 잡아먹는 것을 구경한다 그거죠? 신기할 것 하나도 없는 구경이겠군요."

"저것 좀 보슈."라고 옆에 있던 사나이가 말했다. "자크 샤르몰뤼 선생은 매우 너그러운 모습을 하고 있지 않소?"

"흥, 나는 말이요, 콧대나 별스레 으쓱대며 입술을 나불거리는 놈의 친절에는 아예 콧방귀나 뀌지요."

이때 옆에 있던 사람들이 수다스럽게 지껄이고 있던 두 사람에게 조용히 하라고 핀잔을 주었다. 중요한 진술이 들려왔던 것이다.

"네, 네, 나리님들." 하고 법정 중앙에서 한 노파가 지껄이고 있었다. 그 노파의 얼굴은 옷 속에 묻혀, 마치 누더기 덩어리가 걷고 있는 것 같았다.

"나리님들, 이것은 정말 제 이름이 파루르델인 것처럼 아주 틀림없는 사실인데 말씀이에요. 저는 40년쯤 전부터 생미셸교 부근에 살고 있습니다. 세금도 여러분에게 어김없이 바치고 있고요. 저의 집은 날염공장인 탓상 카야르의 집 맞은편에 있는데, 그 날염공장은 강의 상류 쪽에 있단 말입니다. 지금은 이런 주름살투성이의 할멈입니다만, 옛날에는 이래 봬도 총각들 속깨나 태우게 했답니다. 네, 나리님들! 2, 3일 전부터 동네 사람들이 이런 말을 하고 있었죠. '파루르델 할머니, 밤에는 물레를 돌리지 말아요. 악마란 놈은 할멈의 물렛대에 뿔로 빗질하는 것을 좋아한다구. 작년에 탕플 성당에 있던 저 수도복을 입은 괴상한 사나이가 지금쯤은 분명히 시테 안을 돌아다니고 있을 거예요. 그러니 파루르델 할머니, 그놈이 할머니 집의 문을 두드릴지

모르니 조심하세요.'라고요. 그런데 어느 날 밤, 제가 물레질을 하고 있는데 누가 노크를 하지 않겠어요? '누구세요?'라고 하니 문을 쾅쾅, 하고 두들기더라고요. 문을 여니 두 나리가 들어왔습니다. 한 사람은 온통 검은 옷으로 휘감았고, 또 한 사람은 훌륭한 장교님이었습니다. 검은 옷차림을 한 분은 눈만 빠끔히 보였습니다만, 그 눈은 마치 달궈진 숯불처럼 이글거렸어요. 그 외에는 완전히 모자와 외투로 푹 덮어쓰고 있었습니다. 그분들은 저에게 이렇게 말씀하셨습니다. '생트 마르트의 방으로 안내하게.'라고요.

그건 저의 집 이층에 있는 방으로, 제일 깨끗한 곳입니다. 그 사람들은 저에게 1에퀴 금화를 주셨고, 저는 그 돈을 서랍 속에 넣어 두었습니다. 그리고 이렇게 생각했습니다. '이것으로 내일 라구로리엣트 도살장에서 국거리를 살 수 있겠군.'이라고요. 저희들은 계단을 올라가서 2층 방에 들어갔습니다. 그런데 제가 뒤를 돌아봤을 때 검은 옷을 입은 사람은 보이지 않았습니다. 저는 약간 놀랐습니다. 장교님은 그야말로 매우 사나이다운 분인데, 마치 영주님 같았습니다. 그분은 저와 함께 계단을 내려와 어딘가로 나가시더군요.

그러더니 물레를 반의 반 타래 자았을까 할 때, 그분이 아름다운 아가씨를 데리고 돌아왔습니다. 인형처럼 생긴 아가씬데, 머리만 깨끗이 빗고 있었으면 햇님처럼 후광이 비쳤을 거예요. 그 아가씨는 염소를 한 마리 데리고 있었습니다. 커다란 염소였는데, 흰 것인지 검은 것인지는 잘 기억하지 못하겠습니다. 그것을 보고 저는 이상하다고 생각했습니다. 아가씨한테는 뭐 별로 이상한 것이 없었습니다만, 염소가 말이에요! 저는 그 짐승이 싫어요. 털이 나 있고 뿔도 있는 데다 사람 같은 얼굴을 하고 있기 때문이죠. 게다가 그 염소를 보니 어쩐지 토요일 밤에 있다는 마녀들의 야회가 생각나더군요. 그렇지만 저는 아무 말도 하지 않았습니다. 돈을 받았으니까요. 그렇지 않습니까? 네, 나리님, 저는 아가씨와 장교님을 2층에 안내했습니다. 두 분만 있었던 것입니다. 아니, 염소도 함께 있었지요. 그리고 저는 아래에 내려와 다시 실을 잣기 시작했습니다. 말씀드려 두지 않으면 안 되는 일입니다만, 저의 집은 1층, 2층에 방이 하나씩 있고 뒷면은 강을 향하고 있습니다. 뭐 다리 부근의 집들은 모두 그렇습니다만, 1층, 2층 창문도 강을 향해 열려 있었죠.

노트르담의 꼽추 2

저는 계속하여 실을 잣고 있었습니다. 그런데 왜 그런지 염소 때문에 저 수도사 차림의 마귀 이야기가 자꾸 생각나더군요. 게다가 그 아가씨도 이상한 옷을 입고 있었고요.

그런데 갑자기 2층에서 커다란 고함 소리가 나는가 싶더니 뭔가 방바닥에 쓰러지는 것 같은 소리가 들렸습니다. 그리고 창문이 열리는 소리가 났습니다. 재빨리 그 바로 밑 창가로 뛰어가 보았더니 눈앞에서 검은 덩어리가 홱, 지나가더니 풍, 하고 강물에 떨어져 버리는 것이 아니겠습니까? 그것은 수도복을 입은 유령이었습니다. 달빛으로 주위가 밝았기 때문에 뚜렷하게 잘 보였던 것입니다. 그 유령은 시테 쪽으로 헤엄쳐 갔습니다. 저는 너무나 무서워 바들바들 떨면서 야경하는 사람들을 불렀습니다. 12명 정도의 사람들이 들어왔습니다만, 처음에는 무슨 일이 일어났는지 전혀 영문도 몰랐을 뿐더러 마침 그분들은 한참 재미를 보는 중이었는지 화를 내며 저를 꾸짖고 때렸습니다. 나는 그분들에게 여러 가지 설명을 해드리고 2층으로 함께 올라갔습니다.

그런데 이게 웬일입니까? 그 방은 온통 피바다였고, 장교님은 단검으로 목을 찔린 채 나자빠져 있지 않겠습니까? 아가씨도 죽은 시늉을 하고 있고, 염소도 아주 겁을 먹은 꼴을 하고 있었습니다. '어머나! 방바닥을 깨끗하게 청소하자면 두 주일 이상은 걸리겠구나. 마룻바닥을 깎아내지 않으면 안 되겠는걸. 이건 정말 무서운 일이야.'라고 저는 생각했습니다. 장교님은 곧 실려 갔습니다. 불쌍하게도 말이에요. 아가씨는 가슴을 다 드러내고 있더군요. 아니, 잠깐만요. 가장 흉악한 일은 그 다음 날 일어났어요. 제가 고기를 사려고 돈을 꺼내려고 하니, 글쎄 거기에 돈 대신 가랑잎이 하나 있는 거 아니겠어요?"

노파는 입을 다물었다. 공포의 중얼거림이 방청객들 속에서 일어났다.

"그 유령이건 염소건 아무래도 모두 마귀짓 같군."

그랑고아르 옆에 있던 사나이가 말한다.

"게다가 그 가랑잎도 말이야."라고 다른 사람도 덧붙였다.

"틀림없이 그렇군."이라고 세 번째 사나이도 계속해서 말했다. "장교들을 해치우기 위해 수도복을 입은 괴상한 사나이와 한패가 된 마녀야."

그랑고아르 자신도 이런 이야기를 듣고 있자니까 저도 모르게 무시무시하면서도 그럴싸한 일인 것처럼 생각되었다.

"파루르델, 이제 더 이상 이 재판정에서 진술할 것은 없는가?"

재판장은 거드름을 피우며 물었다.

"네, 별로 없습니다, 나리님. 다만 저의 집에 대해서 비틀어지고 더러운 냄새가 나는 다 쓰러져가는 집이라고 말씀하시던데, 그것은 너무 지독한 말씀입니다. 다리 부근에 있는 집 중에서 제대로 된 집은 하나도 없습니다. 이렇게 말씀드리는 것은 글쎄 푸줏간 주인도 이웃에 살고 있는데, 그 사람들은 모두 부자이고 매우 훌륭하며 어여쁜 마나님을 가지고 계시다는 걸 말씀드리려는 겁니다."

그랑고아르의 눈에 악어같이 보인 검사가 일어섰다.

"조용히 하십시오, 여러분! 피고 옆에 단검이 있었다는 사실을 간과해서는 안 된다고 생각합니다. 그리고 파루르델, 그대는 악마가 준 금화가 변했다는 그 나뭇잎을 가지고 왔는가?"

"네, 나리님. 가지고 왔습니다. 이게 바로 그것입니다."

서기가 그 가랑잎을 악어 얼굴의 사나이에게 주었다. 그는 떨떠름한 얼굴로 그것을 재판장에게 넘겨주었고, 재판장은 그것을 종교재판소 판사에게 주었다. 이렇게 그 가랑잎은 법정 안을 이 손에서 저 손으로 건너갔다.

"이것은 자작나무 잎이군요."라고 자크 샤르몰뤼가 말했다.

"마귀짓의 새로운 증거가 되겠습니다."

판사가 질문을 계속했다.

"이봐, 증인, 두 사나이가 2층에 올라갔다고 진술했지? 검은 옷을 입은 사나이가 먼저 네가 보고 있는 앞에서 사라졌고, 그 다음에 신부 옷을 입고 센강을 헤엄쳤다고 했지? 그러면 두 사람 중에 너에게 돈을 준 사람은 누구지?”

노파는 잠시 생각하더니 말했다.

“그것은 장교님입니다.”

쑥덕쑥덕하는 소리가 방청객들 틈에서 일어났다.

‘아니, 그렇다면 이야기가 조금 달라지는군!’ 하고 그랑고아르는 생각했다.

그때 특별검사인 필립 루리에 선생이 새삼스럽게 끼어들며 말했다.

“나는 판사 여러분께서 다음과 같은 점을 유념해 주시기를 바랍니다. 즉 그 장교가 병상에서 진술한 바에 의하면, 비록 그 장교는 기억은 희미하다고 말합니다만, 검은 옷을 입은 사나이, 아마 수도복을 걸친 괴상한 사나이라고 생각됩니다만, 그 사나이가 장교에게 다가와서 저 피고 여인을 소개해 달라고 간청을 했다고 진술하고 있습니다. 그리고 이 장교는 마침 돈을 가지고 있지 않았기 때문에 그 괴상한 사나이가 돈을 주었으며, 장교는 그 돈으로 파루르델에게 방값을 지불했다는 것입니다. 따라서 그 금화는 틀림없이 지옥의 돈일 거라고 주장하는 바입니다.”

이 결정적인 의견은 그랑고아르를 비롯한 방청객들의 의혹을 풀어 주었다.

“여러분 앞에 놓여 있는 그 조서 중에서 페뷔스 드 샤토페르의 진술을 참고하여 주시기를 바랍니다.”

검사도 자리에 앉으면서 덧붙였다.

이 이름을 듣자 피고 여인이 벌떡 일어섰다. 그 머리가 군중 위에 나타났다. 그랑고아르는 그 피고가 에스메랄다라는 것을 알고 깜짝 놀라지 않을 수 없었다.

에스메랄다의 얼굴은 창백했고, 예전에는 사랑스럽게 땋아서 금화 장식을 붙였던 머리는 지금은 완전히 흐트러져 있었다. 입술도 새파랗고, 눈은 움푹 꺼졌으며, 보기에도 무서운 몰골이었다. 아, 도대체 이럴 수가 있을까!

"페뷔스님!"이라고 집시 처녀는 정신없이 외쳤다. "어디에 계십니까? 아, 나리님들! 제발 부탁입니다. 저를 죽이기 전에, 그분이 아직 살아 계시는지 아닌지만이라도 말씀해 주세요!"

"닥쳐라! 그런 것은 여기에서 말할 것이 아니야!"라고 재판장은 대답했다.

"제발 부탁드립니다. 그분이 살아 계시는지 아닌지 말씀해 주십시오!"

처녀는 야위어 가늘게 된 두 손을 맞잡고 이렇게 덧붙였다. 몸을 묶은 쇠사슬이 짤그랑, 하고 울리는 소리가 들렸다.

"그래? 그 사나이는 죽어 가고 있다. 어때, 이만하면 만족하겠나?"라고 판사는 냉정하게 말했다.

처녀는 불쌍하게도 심문대 위에 펄썩 쓰러졌다. 소리도 내지 않고 눈물도 흘리지 않았으며 양초처럼 안색이 핼쑥했다.

재판장은 아래쪽에 서 있던 사나이 쪽으로 몸을 틀었다. 그 사나이

는 금빛 모자를 쓰고 검은 옷을 입었는데, 목에는 쇠사슬을 걸고 손에
는 채찍을 들고 있었다.

　"안내인, 제2의 피고를 데리고 오시오."

　모든 사람들은 작은 문 쪽으로 눈을 돌렸다. 문이 열리자 뿔이 돋은
금빛 발을 가진 아름다운 염소가 한 마리 들어왔다. 이것을 보자 그
랑고아르의 가슴은 걷잡을 수 없이 두근거렸다. 이 유순한 동물은 바
위 끝에 서서 넓고 넓은 수평선을 내려다보고 있는 것처럼 목을 앞으
로 내밀고 잠시 문지방에 서 있었다.

　갑자기 염소는 에스메랄다를 발견하고 책상과 서기의 머리를 뛰어
넘어 여주인의 무릎 위로 달려왔다. 그리고는 여주인의 발밑에 사랑
스럽게 뒹굴었는데, 무언가 한 마디 말을 해주기를 바라는 것 같은,
그리고 좀 쓰다듬어 주기를 바라는 것 같은 기색이었다. 그러나 여주
인은 움직이지도 않고 조용히 있었으므로, 잘리는 불쌍하게도 버림
받은 꼴이 되었다.

　"예, 틀림없어요. 저게 바로 그 흉측한 짐승입니다."라고 파루르델
노파는 말했다. "아가씨와 염소 모두 분명히 본 기억이 있습니다!"

　이때 자크 샤르몰뤼가 나서며 말했다.

　"이의 없으시다면 염소를 심문해 볼까 합니다."

　염소도 제2의 피고라고 할 수 있었다. 당시에는 마귀를 재판하는
데 있어서 동물에 대해 소송을 일으키는 일은 극히 당연한 것으로 여
겼다. 그중에서도 1466년 시청의 보고서 중에는, 코르베유에서 그들
의 죄에 대해 보형을 집행당한 지레 스라르와 그 암퇘지와의 소송 비

용에 관한 실로 흥미로운 상세한 보고가 실려 있다. 거기에는 그 암퇘지를 파묻을 구덩이를 파는 비용, 모르상 항구에서 사들인 장작 5백 단, 포도주 3파인트와 빵, 즉 사형집행인과 사이좋게 나누어 먹은 수형자의 마지막 식사부터 11일간 돼지의 시중을 들고 음식을 준 비용 등 모든 것에 걸쳐 기록이 남겨져 있었다. 때로는 동물을 재판하는 것 이상의 어이없는 일도 있었다. 샤를마뉴와 루이 르 데보네르와의 법령집에는 유령에게 내린 엄중한 형벌의 기록마저 있다.

그런데 이때 종교재판소 검사가 소리쳤다.

"이 염소에 달라붙어 마귀 추방을 가로막으려는 마귀가. 언제까지라도 그 마법을 멈추지 않는 한, 그리고 또 이 법정을 혼란하게 만드려는 한, 우리는 이 마귀를 교수대나 화형장에 끌고 가지 않으면 안 된다는 것을 여기에서 말씀드리는 바입니다."

그랑고아르는 식은땀을 흘렸다. 샤르몰뤼는 책상 위에서 집시 처녀의 탬버린을 들고 어떤 몸짓을 염소에게 보이고는 이렇게 물었다.

"지금은 몇 시지?"

염소는 영리한 눈초리로 그것을 조용히 보고 있더니 금빛 발을 들어 일곱 번 마루를 찍었다. 틀림없이 일곱 시였다. 공포에 사로잡힌 동요가 방청객들 속에서 일어났다.

그랑고아르는 이제 가만히 보고만 있을 수는 없었다.

"너는 죽고 마는 거야!"라고 그는 큰 소리로 외쳤다. "그놈은 자기가 지금 뭘 하고 있는지도 모른단 말이야!"

"야, 구석에 있는 버릇없는 놈. 조용히 하지 못하겠는가!"라고 안

내인은 꾸짖었다.

자크 샤르몰뤼는 탬버린을 똑같이 몇 번이고 움직이면서 염소에게 날짜를 묻기도 하고, 몇 월이냐고 묻기도 하고, 그 밖에 여러 가지 일을 묻기도 하면서 갖가지 곡예를 시켰다. 이것에 대해서는 여러분도 이미 보신 적이 있는 것과 같다. 그러나 법정의 변론에 있어서의 특유한 눈의 착각 때문에, 지금까지 몇 번씩이나 네거리에서 잘리의 순진한 재주에 갈채를 보냈던 바로 그 방청객들은 그와 똑같은 재주가 법정의 둥근 천장 밑에서 행하여지자, 박수 대신 공포에 사로잡혀 버렸다. 염소는 결정적으로 악마가 되어 버리고 말았다.

게다가 더욱 불리하게 된 것은 검사가 잘리의 목에 걸려 있던 문자판이 가득 든 가죽 주머니를 땅바닥에 흩어 놓았을 때, 사람들이 염소가 발을 사용하여 흩어진 문자 중에서 저 치명적인 이름 ‘페뷔스’를 끄집어내는 것을 보고 말았다는 사실이다. 대장이 희생되어 버린 마법의 증거가 여지없이 드러나고 만 것이다. 모든 방청객들의 눈에 지금까지는 그 상냥스러운 모습으로 사람들의 눈을 끌던 이 아름다운 집시 처녀가 이제는 무서운 마귀로밖에 보이지 않았다.

집시 처녀는 사색이 되어 있었다. 잘리가 귀엽게 재롱을 떨고 있어도, 검사석으로부터 온갖 무서운 호통이 떨어져도, 귀청이 찢어질 만큼 방청객들이 저주를 퍼부어대도, 이미 아무것도 처녀의 귀에는 들리지 않았다.

집시 처녀를 정신 차리게 하기 위해서는 집행계가 사정없이 몸을 흔들거나, 재판장이 엄숙하게 소리를 높이지 않으면 안 되었다.

"이봐, 피고! 너는 마법의 주문을 쉴새없이 외고 있는 집시족의 한 사람이지? 너는 지난 3월 29일 밤, 이 소송에 연좌하고 있는 악마가 씌운 염소와 공모하여 밤중의 어둠을 틈타 여자의 육체를 미끼로 속임수를 써서 왕실 친위대장 페뷔스 드 샤토페르를 단검으로 찔러 살해하려고 했다. 그래도 너는 모른다고 말하겠는가?"

"어머나, 무서워라!" 처녀는 두 손으로 얼굴을 감추며 외쳤다. "페뷔스님! 아! 여기는 정말 지옥이에요!"

"모른다고 말하는가?"라고 재판장은 냉정하게 물었다.

"정말 모르겠어요!"

처녀는 무섭게 부르짖으며 일어섰다. 처녀의 눈에는 핏발이 서 있었다.

재판장은 계속 엄숙하게 말했다.

"그렇다면 네가 고발되어 있는 여러 가지 사실에 대해 뭐라고 해명하겠는가?"

처녀는 더듬거리는 소리로 말했다.

"조금 전부터 말씀드린 그대로입니다. 저는 아무것도 모릅니다. 범인은 성직자입니다. 제가 알지 못하는 사람입니다. 저를 노리는 무서운 사람입니다!"

"바로 그거야!" 하고 재판장은 말했다. "수도복을 걸친 괴상한 사나이다."

"아, 재판장님! 제발 부탁입니다! 저는 다만 보잘것없는 처녀에 불과합니다."

“집시 처녀 말이지.”라고 재판장은 말했다.

쟈크 샤르몰뤼는 부드럽게 말했다.

“피고가 완강하게 입을 다물고 있으므로 고문할 것을 요구합니다.”

“좋소!”라고 재판장은 말했다.

처녀는 불쌍하게도 온몸을 바들바들 떨었다. 그래도 창을 든 관리의 명령에 따라 일어나 샤르몰뤼나 종교재판소 신부의 뒤를 따라 두 열을 지은 쌍날창 사이를 지나 비틀거리지도 않고 중문을 향해 걸어갔다. 문은 활짝 열렸다가 처녀가 지나가자 다시 닫혔다. 이 광경을 보고 있던 그랑고아르는 그 문이 마치 무서운 입을 벌려 처녀를 삼켜버린 것같이 생각되어 가슴이 아팠다.

처녀의 모습이 사라지자 한 마리의 동물이 슬프게 우는 소리가 들렸다. 그 작은 염소였다.

재판은 휴정에 들어갔다. 어느 재판관이, 여러분 모두 피로하시겠지만 고문이 끝나기까지는 오랫동안 기다리지 않으면 안 될 것이라고 주의를 촉구했다. 재판장은, 재판관이라는 자리는 자기의 집무에 대해 희생을 하지 않으면 안 된다고 대답했다.

“말도 못할 만큼 앙증스럽고 구역질나는 계집년입니다. 저녁식사 시간이 닥쳤는데 일부러 고문을 하지 않을 수 없게 만들고 있으니!”라고 노재판관이 투덜거렸다.

금화가 가랑잎으로 변하다(계속)

음산한 간수들에게 둘러싸여 에스메랄다는 한낮에도 램프가 켜 있는 어둠침침한 복도를 몇 번이고 오르내리면서 재판소 소속의 경관에게 등을 떠밀려 어떤 음침한 방으로 끌려갔다.

이 동굴 같은 방에는 창문이라곤 한 개도 없었고, 커다랗고 낮고 튼튼한 철제 출입문이 한 개 있을 뿐이었다. 그러나 안은 상당히 밝았다. 화덕이 한 개 두터운 벽에 붙어 있고, 거기서 불이 활활 타고 있어 이 작은 방은 그 반사된 불빛에 붉게 비치고 있었다. 이 밝은 빛을 받으니 방 한구석에 놓여 있는 한 자루의 촛불 같은 것은 아무런 도움도 되지 않았다.

올렸다 내렸다 하게 되어 있는 쇠창살이 화덕의 덮개 역할을 하고 있었는데, 마침 그때는 올라가 있었기 때문에 캄캄한 벽 위에 불타는 듯 빛나고 있는 환기창의 구멍으로 들여다보아도 쇠창살의 한쪽 끝 밖에 보이지 않았다. 그러나 그 모양은 마치 날카롭고 듬성듬성한 검은 이가 한 줄로 박혀 있는 것같이 보였다. 그 때문에 이 화덕은 마치 전설에 나오는 불을 내뿜는 용의 입처럼 보였다. 이 화덕에서 나오는 불빛 덕택으로 이 처녀 죄수는 방 안 곳곳에 있는 여러 가지 무서운 도구들을 볼 수 있었다. 처녀는 그것이 무엇에 쓰이는 것인지 몰랐다. 방 한가운데에는 거의 땅바닥에 내버려진 것 같은 가죽 매트리스가 한 개 뒹굴고 있었는데, 그 위에는 고리가 달린 가죽띠가 한 개 걸려 있었다.

이 가죽띠는 구리로 만든 고리에 묶여 있었는데, 둥근 천장 위에 조각되어 있는 사자코의 괴물이 이 고리를 물고 있었다. 쇠로 만든 항쇄, 커다란 쇠집게, 커다란 쇠가래 등이 화덕 속에 뒤죽박죽 섞여 시뻘겋게 달구어져 있었다. 핏빛 같은 화덕의 불빛은 방 전체 중에서도 오로지 산더미처럼 쌓인 이런 무서운 도구만을 비추고 있었다. 이 지옥 같은 방은 그저 단순히 '심문실'이라 불리고 있었다.

침대 위에는 고문을 맡은 피에라 토루토류가 제멋대로 걸터앉아 있었다. 네모난 얼굴을 한 난쟁이 같은 부하 두 사람이 가죽으로 만든 앞치마를 입고 천으로 만든 사람을 매다는 밧줄을 가지고 쇠연장을 뜨거운 불 속에서 뒤집고 있었다.

이 가련한 처녀는 용기를 내려고 했으나 아무래도 안 되었다. 이 방에 끌려 들어온 후부터는 그저 무섭기만 했다.

방 한쪽에는 재판소의 법관들이 즐비하게 앉아 있었고, 다른 한쪽에는 종교재판소의 신부들이 나란히 앉아 있었다. 방 한쪽 구석에는 서기가 혼자 필기도구가 놓인 책상 앞에 앉아 있었다.

자크 샤르몰뤼는 다정한 미소를 띠면서 집시 처녀 쪽으로 가까이 갔다.

"이봐, 너는 아무래도 모른다, 모른다고 버틸 참이냐?"

"네……."

처녀는 꺼져 들어갈 것 같은 소리로 대답했다.

"그렇다면 우리들이 좋아하지 않는 것이긴 하지만 한결 엄중하게 심문할 수밖에 없다. 자, 이 침대 위에 앉아라. 피에라 고문관, 이 처녀를 위해 자리를 만들고 거기 있는 문을 닫아라!"

"문을 닫으면 이 불이 꺼져 버립니다."라고 피에라는 투덜투덜거리면서 일어섰다.

"그래? 그렇다면 그냥 열어 놓고 하지!"라고 샤르몰뤼가 말했다.

에스메랄다는 계속 서 있었다. 저 가죽침대, 거기서 수많은 불쌍한 사람들이 몸을 뒹굴며 괴로워했을 것이라고 생각하니 섬뜩해졌다. 처녀는 무서움으로 뼛속까지 덜덜 떨렸다. 그저 멍하니 부들부들 떨면서 그곳에 못 박힌 채 서 있었다.

샤르몰뤼가 신호를 하자 2명의 조수가 처녀를 잡아 침대에 앉혔다. 달리 거친 짓은 하지 않았으나 이 두 사람에게 떠밀려 침대가죽에 몸이 닿았을 때는 온몸의 피가 심장으로 역류하는 것 같았다. 겁을 집어먹은 처녀는 방 안을 휙 돌아보았다. 기분 나쁜 고문도구들이 사방팔방에서 자신에게 다가와 몸에 기어오르고 살을 깨물며 꼬집어 뜯는 것 같은 느낌이 들었다. 그것은 마치 여러 종류의 곤충이나 박쥐, 지네, 그리고 거미와도 같은 것이었다.

"의사는 어디 있나?"라고 샤르몰뤼가 물었다.

"여기 있습니다."라고 처녀가 그때까지 보지 못했던 검은 옷을 입은 사나이가 대답했다.

처녀는 바들바들 떨었다.

"아가씨!"라고 종교재판소 검사가 다정하게 말했다. "세 번째 질문이다. 정직하게 대답해라. 네가 고발당하고 있는 사실에 대해 아직도 모른다고 우겨대는 거냐?"

겨우 고개를 끄덕일 뿐, 목소리가 나오지 않았다.

"그래도 여전히 우겨대는 거냐?"라고 자크 샤르몰뤼는 말했다. "그렇다면 어쩔 수가 없다. 나는 임무를 수행하지 않으면 안 된다."

"검사님!" 하고 갑자기 피에라가 물었다. "어떤 것부터 시작합니까?"

샤르몰뤼는 마치 운이라도 생각하고 있는 시인과 같은 멍청한 떫은 얼굴을 하고 잠시 주저하더니 마침내 말했다.

"우선 족쇄로 하자."

이 불행한 처녀는 신으로부터, 그리고 인간으로부터 완전히 버림받았다고 단념했는지, 움직일 힘도 없는 물체처럼 머리를 가슴에 떨구고 말았다.

고문관과 의사가 동시에 처녀에게 다가갔다. 그와 동시에 2명의 조수는 무서운 도구가 놓일 위치를 찾기 시작했다.

무서운 쇠로 된 도구의 딸그락딸그락하는 소리를 들은 불행한 처녀는 죽은 개구리가 감전이라도 된 것처럼 부들부들 떨었다.

처녀는 "아, 페뷔스님!"이라고 중얼거렸는데, 그 소리가 매우 작았기 때문에 아무도 들을 수가 없었다. 그리고 처녀는 다시 까딱도 하지 않고 대리석처럼 입을 다물어 버렸다.

이러한 광경을 재판관 이외의 사람이 보았다면 누구나 가슴이 터지는 것 같은 느낌이 들었을 것이다. 이 가련한 영혼은 마치 지옥의 붉은 문 밑에서 사탄에게 심문을 받고 있는 것 같았다. 아무렇게나 쌓여진 이 무서운 톱이며 수레로 사지를 찢는 형틀이나 고문용 목마 등의 형을 받으려 하고 있는 인간, 비참한 육체형의 집행인이나 쇠로 만든 항쇄의 무자비한 손으로 뒤흔들리려 하고 있는 인간, 그것은 바로 이 아름답고 연약한 처녀였던 것이다. 인간의 손으로 이루어지는 이 재판이라는 것이 고문이라는 무서운 맷돌을 이용해 가루로 만들려고 하는 것은 가련한 한 알의 좁쌀인 것이다!

피에라 토루토류의 조수들은 온통 못이 박인 우악스러운 손으로 처녀의 아름다운 다리를 드러내었다. 그 귀여운 다리는 그 우아함과 아름다움으로 지금까지 수없이 파리의 네거리에서 길가는 사람들의 눈을 끌었던 것이었다.

"아깝구나!"

고문관은 이 곱고 날씬한 다리를 바라보면서 중얼거렸다. 만약 부주교가 여기에 있었다면 틀림없이 지금 저 거미와 파리의 상징을 생각했을 것이다.

이윽고 이 불쌍한 처녀는 어슴푸레한 시야 속에서 족쇄가 점점 자기에게 가까이 오는 것을 알았다. 이윽고 그 발은 철판 사이에 끼워져 무서운 도구 밑으로 숨어 버렸다. 너무나 무섭기 때문에 오히려 힘이 솟아났다.

"이것을 풀어 주세요!"

처녀는 정신없이 소리쳤다. 그리고 머리를 헝클어뜨리며 일어나 "중지해 주세요!"라고 외쳤다.

처녀는 침대에서 뛰어내려 검사의 발밑에 몸을 던지려고 했다. 그러나 정강이가 떡갈나무 재목과 무거운 쇳덩어리 사이에 끼여 있었기 때문에 나래 위에 납을 붙인 한 마리의 꿀벌보다도 더 지쳐서 족쇄 위에 쓰러져 버렸다.

샤르몰뤼가 신호를 하자 처녀는 다시 침대 위에 눕혀졌고, 둥근 천장에서 늘어뜨려진 가죽띠에 가는 허리가 매어졌다.

"자, 이것이 마지막이다. 사실대로 자백하겠는가?"

샤르몰뤼는 여느 때의 침착하고 다정한 말투로 물었다.

"저는 죄가 없습니다."

"그렇다면 네가 했다고 되어 있는 죄상을 어떻게 해명할 생각인가?"

"아, 나리님! 저는 아무것도 모릅니다."

"그럼 부인한다는 말인가?"

"네, 전혀 모릅니다!"

"하는 수 없군. 자, 시작해라." 샤르몰뤼가 피에라에게 지시했다.

피에라는 기중기의 손잡이를 돌렸다. 점점 족쇄는 조여들고, 처녀는 인간의 목소리로는 도저히 지를 수 없는 무서운 비명을 질렀다.

"중지해라!"라고 샤르몰뤼는 피에라에게 말했다. 그리고는 "자백할 텐가!"라고 집시 처녀를 향해 물었다.

"하겠습니다. 뭐든지 모조리 말씀드리겠습니다."라고 가엾은 처녀는 외쳤다. "자백하겠습니다! 말씀드리겠습니다! 살려 주세요!"

처녀는 심문을 얕잡아 보고 자기의 힘을 계산하지 못했던 것이다. 지금껏 즐겁고 기분이 좋은 온화한 생활을 즐기고 있던 가련한 처녀는 이러한 난생 처음으로 당하는 고통을 맛보고 항복할 수밖에 없었다.

"나도 인간이니까 말해 두지 않으면 안 되는데, 자백한 이상 사형은 면치 못할 것이야."라고 검사가 말했다.

"바라는 바입니다."

숨이 끊어질 듯 고통스러워하던 처녀는 이렇게 말하고는 가슴에 묶인 가죽띠에 매달린 채 가죽침대 위에 허리가 꺾인 듯 넘어졌다.

"자, 이쁜이, 기운을 좀 차리지 않겠나."라고 피에라는 그녀를 안아 올리면서 말했다. "이러면 부르고뉴공의 목에 걸린 금붙이의 염소 같은 꼴이 아니냐."

자크 샤르몰뤼는 큰 소리로 말했다.

"서기, 필기 준비! 이봐, 집시 처녀. 너는 여러 가지 원귀나 마녀, 그리고 흡혈귀와 더불어 지옥의 애찬이나 향연, 그리고 요술에 참석한 것을 자백하는가? 자, 대답해라."

"네."라고 처녀는 말했으나 너무 작은 소리였기 때문에 그 말은 처녀가 쉬는 숨소리에 묻혀 사라져갔다.

"너는 베르세부르가 마녀들을 야회에 모으기 위해 구름 속에 만들어낸다는 백양궁을, 그 마녀의 눈으로만 보인다는 백양궁을 보았다고 자백하는가?"

"네."

"너는 성당 기사단의 우상인 보포메의 머리를 예배했다고 자백하는가?"

"네."

"너는 너와 함께 고발당한 저 염소의 모습을 하고 있는 악마와 사귀어 왔다고 자백하는가?"

"네."

"그럼 마지막으로 너는 악령, 흔히 도깨비라고 불리는 유령의 도움을 빌어 지난 3월 29일 한밤중에 페뷔스 드 샤토페르라는 대장을 칼로 찔러 살해하려고 한 것을 자백하는가?"

처녀는 둥글고 귀여운 눈을 들어 검찰관을 조용히 보고 있었는데, 몸을 떨지도 않고 다만 기계적으로 "네."라고 대답했다. 완전히 지쳐 있었던 것이다.

"서기, 기록하시오." 샤르몰뤼는 이렇게 말하고 고문계 쪽을 향해 "그 죄수를 풀어 법정에 데리고 가라!"라고 말했다.

죄수가 족쇄에서 벗어나자 종교재판소 검사는 고통 때문에 아직 마비되어 있는 발을 살펴보았다.

"자, 가자! 대단하지는 않아. 너는 정말 적당한 때에 자백했다. 아직 춤을 출 수 있겠군. 그렇지, 이쁜이!" 이렇게 말한 그는 종교재판소 사제 쪽으로 다시 돌아서서, "자, 이것으로 조사도 간신히 끝났다! 여러분, 다행입니다! 저 처녀는 우리가 될 수 있는 대로 관대하게 다루어 주었다고 증언해 줄 겁니다!"라고 말했다.

금화가 가랑잎으로 변하다(결말)

처녀가 창백한 얼굴로 다리를 절며 법정에 되돌아오자 사람들은 일제히 와, 하는 기쁨의 술렁거림으로 처녀를 맞이했다. 방청석 쪽에는 마치 극장에서 마지막 막간이 끝나고 막이 올라가 피날레의 무대가 바야흐로 시작하려고 할 때 경험하는, 기다리고 기다리던 마음이 간신히 충족된 느낌이었고, 재판관 쪽에서는 이제 곧 저녁식사를 먹을 수 있다는 희망이 생긴 것이었다. 저 귀여운 염소도 기쁨에 찬 소리를 지르고 여주인 쪽으로 달려가려고 했으나 의자에 묶여 있어 그럴 수가 없었다.

이미 밤도 아주 깊어졌다. 촛불은 별로 그 수가 늘지 않았기 때문에 아주 희미하게 빛나고 있을 뿐이었고, 이제 방 안의 벽도 잘 보이지 않을 정도였다. 모든 것은 어둠에 싸여 마치 안개 속에 있는 것 같았다. 몇몇 재판관의 무표정한 얼굴을 간신히 분간할 수 있을 정도였다. 그들과 마주보고 있는 긴 법정의 구석 쪽의 깊은 어둠 속에 뭔가 희미한 흰 점이 보였다. 그것은 피고인 집시 처녀였다.

처녀는 원래의 장소로 끌려갔다. 샤르몰뤼는 위엄 가득히 자기 자리로 되돌아가 의자에 앉았다가 금세 다시 일어나서는 자기가 잘한 일을 자랑하고 싶은 기분을 얼굴에 나타내지 않으려고 애쓰면서 말했다.

"

“피고는 자초지종을 자백했습니다.”

“이봐, 집시 처녀!”라고 재판장은 물었다. “너는 네가 행한 마법이나 매춘행위, 그리고 페뷔스 드 샤토페르를 살해한 사실을 모두 자백했는가?”

처녀는 가슴이 터질 것 같았다. 어둠 속에서 흐느껴 우는 소리가 들려왔다.

“여러분들이 좋을 대로 해 주십시오!”라고 처녀는 간신히 대답했다. “그렇지만 저를 빨리 죽여 주십시오.”

“종교재판소 검사님!”이라고 재판장은 말했다. “이 법정은 귀관이 심문할 준비가 갖추어져 있습니다.”

샤르몰뤼는 서류 뭉치를 제출하고 몸짓도 훌륭하게 변론조로 과장하여 라틴어로 쓰여진 연설을 시작했다. 그곳에 쓰여져 있는 소송 기록이란 모두 키케로식의 우설법을 사용하고 게다가 플라투스를 인용하여 플라투스가 즐기는 해학의 맛을 내서 꾸며진 것이었다. 나는 여러분에게 이 명문장을 보여 드리지 못하는 것이 유감이다. 연설가는 손짓 발짓도 훌륭하게 그것을 읽기 시작했다. 아직 서론도 다 읽기 전에 이마에서는 땀이, 얼굴에서는 눈알이 튀어나올 정도였다. 갑자기 중간쯤 되는 미문까지 오자 그는 말을 중단했다. 평소에는 다정하고 또 어찌 보면 멍청하다고도 할 수 있을 것 같은 그의 눈초리는 지금은 무서울 만큼 격렬했다.

“여러분!”이라고 그는 외쳤다—이때는 프랑스어로 말했는데, 왜냐하면 이것은 서류에 쓰여져 있지 않았기 때문이다.

"변론하는 이 마당에 나타나서 그 당당한 광경을 모방하고 있는 것을 보면 악마는 이와 같이 이 사건에 관계가 있는 것입니다. 자, 저기를 보십시오!"

이렇게 말하고 그는 귀여운 염소를 가리켰다. 보아하니 염소는 샤르몰뤼의 몸짓을 보고 이 사나이를 따라하면 된다고 생각했는지 뒷발로 일어나 열심히 앞발과 털투성이 머리를 사용하여 검사의 무언극을 열심히 연출하기 시작했다. 이것은 염소가 평소에 하는 귀여운 재주 중의 하나였다. 그러나 이것은 최후의 증거가 되었고, 중대한 결과를 낳고야 말았다. 염소는 다시 다리가 묶이고, 검사는 변론을 계속했다. 이것은 참으로 장황했는데, 결론은 훌륭한 것이었다. 그 마지막 말은 다음과 같았다. 샤르몰뤼는 목쉰 소리를 질러 헐떡이는 것 같은 몸짓으로 이렇게 덧붙였다.

"이런 까닭에 재판관 여러분, 이제 죄는 명백하게 되고 범의도 있으므로, 그 정체를 노출한 이 마녀에 대해, 더럽지 않은 이 시테에서 고등 및 보통의 모든 재판의 통할권을 갖는 성스러운 파리의 노트르담 대성당의 이름으로 이 자리에 나란히 앉아 계시는 분들의 총의에 의해 본관은 다음과 같은 것을 요구하는 바입니다.

첫째, 적당한 배상금을 지불할 것. 둘째, 노트르담 주교좌 대성당 대현관 앞에서 공개로 죄의 용서를 빌 것. 셋째, 여기에 있는 마녀와 염소가 통칭 그레브 광장, 즉 왕실정원의 돌출부에 가까운 센강 안에 있는 작은 섬의 출구에서 처형되도록 판결을 내려주실 것. 이상입니다."

그는 모자를 다시 쓰고 자리에 돌아갔다.

"완전히 실망한 그랑고아르는 "체, 개새끼!"라고 말하면서 한숨을
내쉬었다. "지독한 라틴어다!"

검은 법복을 입은 한 사나이가 피고 옆에서 일어섰다. 처녀의 변호
사였다. 재판관들은 아직 식사를 못했기 때문에 투덜투덜거렸다.

"변호인은 간단히 해주기 바랍니다."라고 재판장은 말했다.

"재판장님. 피고가 죄를 자백한 이상 본인은 여러분께 한 마디도
말씀드릴 것이 없습니다. 그러나 여기에 살리카 법전의 명문이 있습
니다. 즉 '만약 마녀가 사람을 잡아먹고 그 때문에 유죄라고 결정한
경우에는 금화 2백 수에 해당하는 8천 드니에의 벌금을 지불해야 한
다.'라고 되어 있습니다. 재판관 여러분들께 피고인을 벌금형에 처해
주시기를 부탁하는 바입니다."

"그 법률은 폐지가 되었을 텐데."라고 특별 검사가 말했다.

"아니, 그럴 리가 없습니다."라고 변호인은 반박했다.

"투표로 결정하도록 합시다!"라고 판사 한 사람이 말했다.

"죄상은 명백합니다. 게다가 시각도 늦은 것 같으니까요."

그 자리에서 투표가 시작되었다. 재판관들은 모자로 신호를 하여
찬성 반대를 표시하기로 했다. 그들은 서두르고 있었던 것이다. 재판
장이 그들에게 낮은 말로 질문을 던지자 한 사람 한 사람 그림자 속에
서 모자를 벗는 것이 보였다. 불쌍하게도 피고인 처녀는 그들을 조용
히 보고 있기는 했지만, 그 눈은 흐려 있어 이미 아무것도 보이지 않
는 것 같았다.

서기가 기록을 끝내고 재판장에게 긴 양피지를 제출했다. 이때 방

청객들의 웅성거림과 창이 서로 부딪치는 소리에 섞여, 어둠과 같이 냉정한 소리로 다음과 같이 말하는 것이 처녀의 귀에 들렸다.

"피고는 들으시오. 피고는 국왕폐하께서 정하시는 날 정오에 속옷 차림에 맨발로 목에 밧줄을 걸고 죄수 호송수레에 실려 노트르담의 대현관 앞에 끌려 나가, 손에 무게가 2파운드 되는 초를 들고 공개석상에서 죄의 용서를 빌고, 그리고는 그레브 광장에 끌려가 교수대에서 교수형에 처해질 것이다. 너의 그 염소도 마찬가지로 처형된다. 또 네가 범하고 자백한 죄, 즉 마법·마술·음란 및 페뷔스 드 샤토페르 살해죄에 대한 배상으로서 종교재판소에 금화 3리브르를 지불해야 한다. 신이 너의 영혼을 받아 주시기를!"

"아! 이건 꿈이야!"라고 처녀는 중얼거렸다. 그리고 거친 손이 자기를 잡고 어딘가로 데리고 가는 것을 느꼈다.

모든 희망을 버려라

중세에 있어서 건축물이 완공되었다고 할 때에는, 지상에 있는 부분과 거의 같은 규모의 구조가 지하에도 있었다. 예를 들면 노트르담과 같이 기초 말뚝 위에 세워져 있는 것을 제외하면, 궁전이나 성채, 그리고 성당 모두 반드시 이중의 지하 부분을 가지고 있었다.

대성당으로 말하자면, 빛이 넘치며 밤낮으로 오르간과 종소리가 울려 퍼지는 지상의 본당 밑에, 낮고 어두운, 신비적인 눈도 없고 소리도 내지 않는, 말하자면 또 하나의 대성당이 있었던 것이다. 궁전이나 성채의 경우에는 이것을 감옥으로 사용하고 있었다. 그러나 또 이것이 무덤일 때도 있으며, 두 가지를 겸하고 있을 때도 있었다. 이러한 당당한 건축물의 그 구조나 '생육(生育)'의 양식에 대해서는 다른 곳에서 설명했는데, 이것들은 단순히 기초공사가 있다고 하는 것이 아니라 말하자면 뿌리를 가지고 있는 것이나 다름없으며, 그 뿌리는 땅속에 널리 퍼져 마치 지상의 건축물과 마찬가지로 방도 되고 복도도 되고 계단도 되는 것이다. 이와 같이 교회, 궁전, 성채는 모두 반신을 지하에 묻고 있었다. 한 건축물의 지하실이 또 하나의 건축물을 이루고 있는 것인데, 그곳에서 사람들은 위로 올라가는 대신에 아래로 내려간다. 그리고 마치 강기슭에 있는 숲이나 산이 거울 같은 호수의 수면에 거꾸로 그 그림자를 드리우고 있는 것처럼, 지상의 건축물이 산을 이루는 계층 밑에는 지하에도 마찬가지로 계층이 만들어져 있는 것이다.

생탄투안 성채나 파리 재판소, 그리고 또 루브르궁에서도 이러한 지하의 건축물은 감옥으로 사용되고 있었다. 이러한 감옥의 계단은 지하로 내려갈수록 더욱 좁아지고, 더욱 어두워진다. 그것은 바로 공포의 색채가 점점 짙어져가는 띠와 같은 것이었다. 단테가 그 지옥을 그렸을 때도 이만큼 적절한 것은 발견하지 못했던 것이다. 이처럼 깔때기같이 된 지하감옥은 대개 큰 들통의 밑바닥같이 되어 있는 지하의 어두운 감방, 그 밑에 또 만들어진 한 개의 감옥에 이르고 있어, 그곳에 단테가 악마를 잡아넣었던 것처럼 당시의 사회는 그곳에 사형수를 처넣곤 했던 것이다. 일단 이곳에 들어간 비참한 존재는 두 번다시는 햇빛도 보지 못할 뿐만 아니라, 대기와도 접하지 못하고, 인간세상과도 이별을 고하지 않으면 안 되었다. 즉 모든 희망을 버리지 않으면 안 되는 것이다. 교수대에 가거나 화형장에 끌려가는 것 외에 여기서 나갈 수 있는 방법은 없었다.

때로는 그대로 거기서 썩어 버릴 때도 있었다. 인간의 재판은 이것을 '망각'이라고 부르고 있었다. 죄수는 인간과 자기와의 사이에 돌과 간수가 한덩어리가 되어 머리 위를 내리누르고 있는 것을 느낀다. 감옥 전체가 무거운 성채와 거대하고 복잡한 자물통이 되어 산 외계 밖에 죄수를 가두어 버리는 것이다.

교수형을 언도받은 에스메랄다가 갇힌 곳은 바로 이 머리 위에 거대한 새판소가 솟아 있는 이러한 큰 늘통의 밑바닥, 즉 루이 왕의 명령에 의해 투루넬 재판소의 감옥 안에 만들어진 지하감옥이었다. 가련한 벌레와도 같은 이 처녀의 힘으로는 감옥의 석벽에 있는 어떤 작은 돌멩이조차도 움직일 수 없었다.

아무리 생각해도 신이나 인간이나 한결같이 불공평했다. 이렇게 많은 불행이나 고문이 이렇게도 가냘픈 한 처녀를 이렇게나 괴롭힐 필요가 있었을까?

처녀는 그곳 어둠 속에 오직 홀로 묻혀지고 갇혀져 사람들의 눈으로부터 감추어졌다. 이 처녀가 태양의 빛을 받아 생긋생긋 웃으며 춤을 추고 있는 것을 본 다음에 이런 상태에 놓여진 것을 본다면 운명의 잔인함에 몸을 떨지 않는 사람이 과연 있을까? 밤처럼 차갑고 죽음같이 냉랭한 이곳 감방에는 머리카락을 날리는 한 올의 바람도 없고, 귀에 들리는 사람의 소리도 없으며, 눈에는 햇빛도 들어오지 않았다. 몸은 두 개로 접혀지고 쇠사슬로 눌려 있었고, 지하감옥에서 새어 나오는 물구덩이 속에 몸도 움직이지 못하고 거의 호흡도 하지 않은 채한 개의 물항아리와 한 조각의 빵 옆 얼마간의 지푸라기 위에 쭈그리고 앉아 있던 처녀는 이미 괴롭다는 것조차 느끼지 않게 되었다. 페뷔스, 태양, 대낮, 대기, 파리의 거리, 갈채를 받던 춤, 장교와의 사랑의 속삭임, 그리고 신부, 탕녀를 감독하는 할멈, 비수, 피, 고문, 교수대. 이러한 것들이 모두 아직도 처녀의 마음속을 흐르고 있었다. 어느 때는 노래를 부르는 것 같은 황금의 환영이 되고, 또 어느 때는 기괴한 악몽이 되어 나타났다. 그것은 이미 어둠 속에 사라져가는 무섭고 막막한 일장의 갈등, 또는 땅 위 아주 높은 곳에서 연주되는 것이지만, 이 불행한 처녀가 떨어진 깊은 곳에서는 이미 들을 수 없는 훨씬 먼 피안의 음악에 지나지 않았다.

　이곳에 갇힌 다음부터 처녀는 눈을 뜨고 있는 것도, 또 잠을 자고 있는 것도 아니었다. 이러한 불운을 당하여 이런 감옥 속에 있자니, 낮과 밤의 구별은 물론, 일어나 있는 것인지 자고 있는 것인지, 그 구별조차도 하지 못했다. 이러한 것 전부가 처녀의 마음속에서 엉켜 부서지고, 흐느적거리며, 퍼져 나가고 있었던 것이다. 처녀에게는 이미 감옥도 없고, 의식도 없으며, 생각할 힘조차 없었다. 기껏해야 꿈을 꾸는 정도에 불과했던 것이다. 살아 있는 인간으로서 지금까지 이렇게도 깊이 허무한 경지에 갇혔던 사람은 없었을 것이다.

이렇게 감각도 없어지고 몸은 싸늘해지며 화석처럼 몸을 움직이지도 못하게 된 처녀의 귀에, 자신이 있는 위쪽 어느 곳에서 들어올려 열게 된 출입문 소리가 두세 번 난 것이 간신히 들려왔다. 그러나 빛은 조금도 들어오지 않았다. 문으로 손 하나가 들어오더니 검은 빵이 한 개 던져졌다. 이것이 인간과 처녀 사이에 남겨진 오직 하나의 연줄, 즉 간수가 간혹 찾아온다는 사실이었다.

오직 하나, 아직도 기계적으로 그녀의 귀에 들려오는 소리가 있었다. 머리 위의 습기가 둥근 천장의 이끼 낀 돌에 스며 있어 규칙적인 간격을 두고 물방울이 뚝뚝 떨어지는 것이었다. 처녀는 멍청히 이 물방울이 자기 옆 물구덩이에 떨어져 소리를 내는 것을 듣고 있었다.

이 물구덩이에 떨어지는 물방울, 이것이 그 감옥 속에서 그녀의 주위에 아직 움직이고 있는 오직 하나의 움직임이며, 시간을 알리는 단 한 개의 시계이며, 지상에 울리는 모든 소리 가운데 귀에까지 닿는 단 하나의 소리였다. 또 간혹 이 아무것도 분간할 수 없는 흙탕물과 어둠 속에서 뭔지 모르게 차가운 것이 발이나 팔 위를 이곳저곳 기어다니고 있는 것을 느끼고 부들부들 몸을 떠는 일이 있는데, 그것도 이 물방울 때문이었던 것이다.

이곳에 갇힌 지 얼마나 시간이 흘렀던 것일까? 처녀도 알지 못했다. 처녀는 사형 판결이 낭독되었던 것을 생각해 냈다. 그리고는 이곳에 끌려왔고, 정신을 차려 보니 밤이었으며, 이 정적 속에서 얼음처럼 차갑게 되어 있었던 것이다. 네 발로 엉금엉금 기어봤다. 그러나 쇠테가 복사뼈를 눌러 쇠사슬이 딸가닥 소리를 내었다. 자기의 온 주위가 벽으로 둘러싸이고 발밑에는 물에 흥건히 젖은 바닥돌과 한 다발의 짚이 있다는 것을 알았다. 그러나 램프도 공기창도 없었다. 그래서 짚 위에 앉았다. 가끔 자세를 바꾸려고 감옥 안에 있는 돌계단 맨 밑에 걸터앉기도 했다. 잠시 동안 처녀는 물방울이 그녀를 위해 헤어 주는 암흑 속의 시간을 헤어 보려고 했다. 그러나 어느덧 이 병든 머리의 슬픈 노동은 자연스럽게 머리로부터 사라지고 처녀는 다시금 방심 상태에 빠져 버렸다.

그러던 어느 날, 아니 어느 밤에—왜냐하면 이 무덤 속에는 대낮도 한밤중도 같은 색채이기 때문이다—머리 위에서 언제나 간수가 빵과 물병을 가져다줄 때 울리는 것과는 다른 좀더 강한 소리가 들려왔다. 처녀는 머리를 들었다. 한줄기 불그스름한 빛이 감옥의 둥근 천장에 만들어진 문이나 또는 들어올리는 문틈으로 흘러 들어왔다. 그와 동시에 무거운 쇠장식이 울리는 소리가 나더니 문은 그 녹슨 돌쩌귀 위를 삐걱거리며 돌았다. 그리고 한 개의 초롱과 한쪽 손, 그리고 두 사나이의 허리 밑부분이 보였다. 너무 낮았기 때문에 머리는 보이지 않았다. 불빛에 눈이 몹시 부셨기 때문에 그녀는 눈을 감아 버렸다.

다시 눈을 떠 보니, 문은 다시 전처럼 닫히고, 큼직한 초롱불이 계단 위에 놓여져 있고, 사나이가 혼자 눈앞에 서 있었다. 성직자가 입는 머릿수건이 달린 소매 없는 검은 외투가 그 사나이의 발까지 늘어져 있고, 같은 색의 복면으로 얼굴을 가리고 있었다. 얼굴이나 손도 볼 수 없었고, 누군지 조금도 알 수가 없었다. 길고 검은 수의가 서 있는 것 같고, 그 옷 속에서 뭔가 움직이고 있는 것 같았다.

처녀는 잠시 동안 조용히 이 유령과 같은 인간을 바라보았다. 그러는 사이에 처녀나 이 사나이는 한 마디 말도 하지 않았다. 마치 두 개의 석고상이 서로 마주보고 있는 것 같았다. 다만 두 개만이 이 무덤 속에서 살고 있는 것처럼 생각되었다. 즉 주위의 습기 때문에 파닥파닥 튀기고 있는 초롱불의 심지와, 단조로운 술렁거림 때문에 심지가 불규칙적으로 파닥파닥 튀기는 소리를 가로막아 물구덩이의 기름 뜬 물 위에 동심원의 파문을 일으키며 초롱불빛을 흔들리게 하고 있는 물방울 두 개만이 살아 있는 것처럼 생각되었다.

마침내 처녀가 먼저 이 침묵을 깨뜨렸다.

"당신은 누구세요?"

"성직자요."

그 말, 그 말투, 그 목소리를 듣자 처녀는 바들바들 몸을 떨었다.

상대는 말소리를 낮추어 천천히 말했다.

"준비는 되어 있나?"

"무슨 준비 말입니까?"

"죽을 준비다."

"어머! 그래, 언제죠?"

"내일이다."

처녀는 기쁜 듯 머리를 들었으나 다시 푹 고개를 떨구어, "아직 멀었군요!"라고 중얼거렸다. "왜 오늘이면 안 되는 거예요?"

"여기 있는 게 어지간히 싫은 모양이군."

"나 정말 너무 추워요."

처녀는 두 팔로 무릎을 끌어안았다. 이것은 추위에 얼어붙은 불쌍한 사람들이 흔히 하는 몸짓인데, 우리들은 롤랑탑의 은자님이 똑같은 시늉을 하고 있는 것을 전에 본 일이 있다. 처녀는 이를 달달 떨었다.

그 사나이는 복면 밑에서 눈을 돌려 감방 안을 여기저기 둘러보고 말했다.

"불도 없고 빛도 없다. 게다가 온통 물투성이. 정말 무서운 곳이구나!"

"정말 그래요." 처녀는 불행에 빠진 사람이 지니기 마련인 놀라는 기색으로 대답했다. "당신들에게는 한낮이라는 것이 있습니다. 왜 나에게는 어둠밖에 주시지 않으십니까?"

사나이는 또다시 잠자코 있다가 이윽고 "너는 왜 여기 있는지 알고 있는가?"라고 물었다.

"알고 있다고 생각합니다만."

이렇게 말하고 처녀는 뭔가 기억을 더듬으려는 듯 말라서 앙상한 손가락을 눈썹 위에 댔다. "하지만 이제 뭐가 뭔지 도무지 알 수가 없게 되었어요."

갑자기 처녀는 어린애처럼 울어 버렸다.

"나 여기서 나가고 싶어요, 신부님. 춥고 무서워서 견딜 수가 없어요. 수많은 쥐떼들이 내 몸에 기어오르고 있어요."

"좋아, 내 뒤를 따라오너라."

이렇게 말하고 그는 처녀의 팔을 잡았다. 처녀의 몸은 불쌍하게도 뼛속까지 얼어 버린 듯했다. 그런데도 남자의 손이 닿는 것이 싸늘하게 느껴졌다.

"어머, 이 손은 마치 죽은 사람의 손처럼 싸늘하군요. 도대체 당신은 누구세요?"

사나이는 머리를 덮고 있던 두건을 벗었다. 처녀가 뚫어질 듯 바라보니 바로 아주 오래전부터 자기를 뒤쫓던 저 기분 나쁜 얼굴이었다. 이 남자야말로 파루르델의 집에서 저 그리운 페뷔스의 얼굴 위에 나타난 악마의 머리이며, 단검 옆에서 빛나던 것을 마지막으로 보고 지금 처음 보는 그 눈이었다.

이 성직자가 얼굴을 나타낼 때마다 집시 처녀에게는 항상 위험이 닥쳤으며, 그것은 이처럼 처녀를 불행에서 불행으로 밀어붙여 마침내 이 괴로운 경지에까지 몰아넣은 것이었다.

처녀는 그 모습을 보고 무감각의 상태에서 깨어났다. 기억 위에 두껍게 덮여 있던 베일 같은 것이 찢어지는 것 같았다. 파루르델의 집에서부터 재판소에서 유죄 선고를 받기까지, 그 우울한 사건이 세세한 것 하나까지 남기지 않고 한꺼번에 확연히 마음속에 떠올랐다. 그것은 지금까지처럼 막연하고 헝클어진 것이 아니라, 확실하고 생생한, 그리고 분명히 살아 움직이는 무서운 것이 되어 되살아나는 것이었다. 마치 그것은 백지 위에 보이지 않는 잉크로 쓰여진 글자가 불에 가까이 가면서 종이 위에 선명하게 떠오르는 것과도 같은 것이었다. 처녀의 마음에 받은 모든 상처가 동시에 입을 열어 스며나오는 것 같았다.

"아니! 그 신부님이군요!"

처녀는 손으로 눈을 가리고 몸을 떨며 소리쳤다. 그리고는 녹초가 되어 두 팔을 떨구고 털썩 그 자리에 주저앉고 말았다. 머리를 푹 숙이고 눈은 조용히 못 박힌 것처럼 발밑을 쳐다보고 말도 하지 않고 쉴 새없이 몸을 떨었다.

사나이는 마치 보리밭에 웅크리고 앉아 있는 불쌍한 종달새의 주위를 하늘 높이 원을 그리면서 오랫동안 날아다니고 있던 한 마리의 솔개가, 차츰차츰 휘돌아 날던 원을 좁혀 들어가다가 한순간 갑자기 번개와 같이 먹이 위에 덮쳐 그 발톱을 걸어 퍼덕거리고 있는 먹이를 움켜잡을 때와 같은 눈초리로 조용히 처녀를 노려보았다.

처녀는 나지막하게 중얼거렸다.

"제발 단숨에 죽여 주세요! 죽여 주세요!"

처녀는 마치 도살자가 내리치는 곤봉을 기다리고 있는 암염소처럼 공포에 떨며 머리를 어깨에 묻었다.

"그렇게 내가 무서운가?"

처녀는 대답하지 않았다.

"내가 무서운가?"

처녀의 입술은 웃음을 띠는 것처럼 실룩거렸다.

"네. 사형집행인들은 죄인을 얼르고 놀린다더군요. 벌써 몇 달째 나를 쫓아다니며 위협하고 겁주었지요. 이 사람만 없었다면, 오, 하느님! 나는 정말 행복했을 거예요! 이렇게 무서운 변을 당하게 만든 것은 이 사람이었어요! 오, 하느님! 아, 이 사람이 죽인 거예요! 죽인 것은 이 사람이에요! 내 페뷔스님을!"

이렇게 말하고 처녀는 울음을 터뜨리더니 얼굴을 들고 사나이를 바라보면서 소리쳤다.

"아! 이 인두겁을 쓴 악마! 당신은 누구죠? 내가 도대체 당신에게 무엇을 잘못했다는 거예요? 당신은 나를 미워하고 있어요. 아! 당신은 왜 자꾸 나를 이렇게 괴롭히는 거예요?"

"너를 사랑하고 있다!"라고 사나이는 외쳤다.

처녀의 눈물은 갑자기 멎었다. 그리고 백치와 같이 멍한 눈으로 사나이를 바라보았다. 사나이는 무릎을 꿇고 타오르는 불길 같은 눈초리로 그녀를 훑어보았다.

"알겠나? 너를 사랑하고 있단 말이다!"라고 다시 한 번 소리쳤다.

"무슨 사랑이 그래요?"

처녀는 불쌍하게도 바들바들 떨면서 말했다.

그는 또다시 말했다.

"저주받은 사나이의 사랑이다."

두 사람 모두 감정의 중압감에 압도되어, 사나이는 미친 듯이, 처녀는 제정신이 아닌 듯이 한참 동안 잠자코 있었다.

"이봐, 내 말을 좀 들어 봐."

마침내 사나이는 말했다. 사나이는 이상하리 만큼 침착을 되찾고 있었다.

"너에게 모든 것을 이야기해 주겠다. 그때는 하느님도 우리가 한 짓을 알 수 없을 것 같은 암흑에 가로막힌 깊은 밤이었지. 그러한 시각에 나는 은밀히 내 양심에 물어보았다. 나는 지금까지 내 자신에게도 말하기 어려웠던 것을 이제야말로 너에게 들려주겠다. 그럼 들어 다오. 처녀여, 너를 만나기 전까지는 나도 행복했다."

"나도 그래요!"

처녀는 약하디 약한 한숨을 쉬었다.

"그저 잠자코 들어 다오. 그렇다. 나는 행복했었다. 적어도 나 자신은 그렇게 믿고 있었다. 나는 순결했고, 내 영혼은 맑고 밝은 지혜로 넘쳐 있었다. 나만큼 자랑스럽게 빛나는 머리를 갖고 있는 사람도 없었다. 신부들은 나에게 순결을 물으러 왔으며, 박사들은 학설을 들으러 왔다. 그래, 학문은 모두 나를 위해 있는 것처럼 생각되었다. 학문이란 누이동생과 같은 것이고, 그 누이동생 하나만으로 나는 충분했다. 나이를 먹어가면서도 다른 생각이 머리에 들어오는 일은 결코 없었다. 가끔 내 육체는 여성을 보고 흔들렸던 적도 있었다. 하지만 나는 어리석게 뛰노는 청춘의 혈기도, 남성으로서의 성욕도 평생 억누를 수 있을 것이라고 믿었다. 단식과 기도, 그리고 학문에의 정진과 수도원에서의 난행과 고행으로 나는 육체의 노예가 된 이 영혼을 바로잡을 수 있었다. 그러고 난 다음부터 나는 애써 여자를 멀리해 왔다. 게다가 또 책을 열기만 하면 머릿속에 있던 부정한 것은 모조리 학문의 빛 앞에 사라져 버렸다. 잠시 시간이 흐르면 지상을 휘덮고 있는 무거운 것이 멀리 저편에 도망쳐 사라지는 것을 느꼈다. 다시금 조용한 경지를 되찾아 영원한 진리의 편안한 빛을 앞에 하고 그것에 현혹되어 마음은 아주 밝게 깨어 있었다. 악마가 나를 괴롭히려고 하여도, 성당 안에서나 거리에서, 또는 들판에서 내 눈앞을 흘끗흘끗 오가고 또 꿈속에 희미하게 떠오르는 여인의 망막한 그림자를 내가 있는 곳에 보내 준다 해도, 나는 손쉽게 그것을 격퇴해 버렸던 것이다. 아! 비록 훌륭하게 승리를 거두지 못했다고 하여도 그 잘못은 인간과 악마를 같은 힘으로 만들지 않았던 신에게 있는 것이다. 자, 들어라, 어느 날의 일이었다."

이렇게 말하고 그는 문득 입을 다물었다. 사로잡힌 처녀의 귀에 이 사나이의 가슴으로부터 허덕이는 것 같고 쥐어뜯는 것 같은 울림의 탄식이 새어 나오는 소리가 들려왔다.

그는 계속했다.

"어느 날의 일이었다. 나는 내 방 창가에 몸을 기대고 있었다. 어떤 책을 읽고 있었던가? 아! 머릿속은 이것저것이 서로 뒤엉켜 아주 혼란한 상태였다. 아무튼 나는 독서를 하고 있었다. 그때 탬버린과 음악소리가 들려왔다. 몽상에 잠겨 머리가 혼란해지고 초조해져서 광장 쪽으로 눈을 돌렸다. 그러자 몇몇 사람들이 무언가를 바라보고 있는 것이 보였다. 그것이야말로 이 세상 사람이 보기 위해 만들어진 광경은 아니었다. 햇볕이 쨍쨍 내리쬐고 있는 길 한가운데에서 한 여인이 춤을 추고 있었다. 참으로 아름다운 처녀였다. 신도 아마 성모 마리아보다 이 처녀를 더 좋아했을 것 같았다. 그리고 만약 신이 태어나실 때 이 처녀가 있었다면 그 여인에게서 태어나고 싶다는 생각이 들었을 것이다! 그녀의 눈매는 검고 빛나는 것이 무척 매력적이었다. 검은 머리카락 몇 가닥은 햇빛에 비쳐 금실처럼 빛났고, 발은 재빨리 돌아가는 수레의 살대처럼 움직여 잘 보이지 않을 정도였다. 땋아 올린 윤이 나는 검은 머리 주위에는 금으로 만든 장식이 달려 있었는데, 그것은 햇볕을 받아 반짝반짝 빛나, 마치 별의 관을 이마에 얹은 것 같았다. 의상에는 스파크가 여기저기 붙어 있어서 파란빛을 내며 반짝였다. 한여름 밤의 별빛처럼 수천을 헤아리는 섬광이 사방으로 퍼지고 있었다. 보드라워 보이는 다갈색 팔은 두 개의 스카프처럼 허리 둘레를 감았다 풀었다 하고 있었다. 몸의 선이 말할 수 없이 아름다워 눈길을 빼앗아 버리고 말았다. 아아! 빛이 나는 것 같기도 한 그녀의 얼굴은 태양빛 속에서조차 더욱 빛을 내는 듯이 뚜렷한 모습을 하고 있었다! 아! 처녀여, 그것이 바로 너였던 것이다. 나는 마치 취한 것처럼 넋을 빼앗기고 말았다. 나는 조용히 너를 바라보았다. 갑자기 무엇인가에 겁을 먹고 바들바들 떨릴 정도로 너를 눈여겨 보았다. 숙명이 나를 사로잡은 것처럼 느꼈던 것이다."

그는 너무나 감격한 나머지 잠시 말을 멈췄다. 이윽고 다시 입을 열었다.

"이미 나는 거의 정신을 빼앗긴 사람같이 되어 뭔가에 매달려 미끄러져 떨어지지 않으려고 애를 썼다. 나는 악마가 나를 떨어뜨리기 위해 마련한 함정이 아닌가 생각했다. 나의 눈에 띈 그 인간은 천국 아니면 지옥에서나 왔을 것 같은, 이 세상의 것이 아닌 아름다움을 지녔

던 것이다. 이 지상에서 얼마 되지 않는 흙으로 만들어진 여자의 영
혼의 빛이 희미하게 내부를 비친 단순한 여인은 아니었다. 그야말로
천사였던 것이다! 그러나 그것은 지옥의 천사이며 불꽃의 천사이지,
결코 광명의 천사는 아니었다. 내가 이런 생각을 하고 있었을 때 너
의 옆에 한 마리의 염소가 있는 것이 보였다. 염소는 마법사가 야연
에 데리고 가는 동물이다. 그 동물이 웃으면서 나를 바라보고 있었
다. 한낮의 태양은 뿔에 비쳐 불처럼 빛나고 있었다. 나는 이것이 악
마의 함정이라고 여겼다. 그리고 너는 지옥에서 나를 멸망시키기 위
해 온 사람이 아닌가 하고 문득 생각했다. 아니, 그렇게 믿고 말았던
것이다."

이렇게 말하고 사나이는 사로잡힌 처녀의 얼굴을 물끄러미 바라보
다가 다시 말을 계속했다.

"나는 지금도 그렇게 믿고 있다. 그렇게 하고 있는 동안에 사람의
마음을 유혹하는 그 힘은 점점 작용하기 시작했다. 너의 춤은 내 머
릿속에서 빙글빙글 회전했다. 신비스러운 주문이 마음속에 생겨나
고 있음을 느낄 수 있었다. 영혼 속에서 깨어 있어야만 할 것이 모두
깊은 잠에 빠져 버린 것이다. 그리고 눈구덩이에서 얼어 죽는 사람처
럼 밀어닥치는 졸음에 몸을 맡기고 있는 편이 훨씬 기분이 편했다.
그런데 갑자기 너는 노래를 부르기 시작했다. 이렇게 되니 정말 비참
한 노릇이었다. 어떻게 할 수가 없었다. 너의 노래는 춤보다 더 매력
적이었다. 나는 도망치려고 생각했다. 그러나 그것도 되지 않았다.
섰던 곳에 못 박힌 것처럼 서 있었고, 땅에 뿌리가 내리기나 한 듯이

계속 서 있기만 했다. 바닥에 깔려 있는 대리석이 무릎까지 올라온 것처럼 생각될 정도였다. 끝까지 그곳에 있지 않으면 안 되었다. 발은 얼음처럼 차가웠으나 머리는 열탕처럼 들끓고 있었다. 마침내 너는 나를 불쌍하다고 생각했는지 노래를 그치고 어디론지 가 버렸다. 눈이 멀 것 같은 환상의 반영과 영혼을 빼앗을 것 같은 노랫소리는 내 눈과 귀에서 점점 사라져갔다. 그러자 나는 힘없이 창가의 한 구석에 쓰러지고 말았다. 저녁 기도를 알리는 종소리가 나의 눈을 뜨게 했다. 나는 일어나서 도망치기 시작했다. 그러나 아! 나의 마음속에서는 무엇인지 허물어져 내려 이제는 일어나지도 못하는 그런 것이 있었다. 뭔지 모를 것이 갑자기 덮쳐 몸과 마음이 도저히 도망칠 수가 없었던 것이다.”

그는 또 잠시 입을 다물었다가 말을 계속했다.

“그렇다. 그날부터 내 마음속에는 누군지 모를 한 인간이 자리 잡게 되었다. 나는 갖가지 방법을 다 써 보았다. 수도원에 틀어박혀 제단에 조아리기도 하고, 땀을 흘리며 일을 하기도 하고, 독서에 몰두하기도 했다. 그러나 모두 어리석은 짓이 되고 말았다. 완전히 때려 눕혀진 사람처럼 되어, 정열에 넘치는 머리로 학문에 몰두하려 해도 학문은 그저 공허한 울림을 울릴 뿐이었다. 처녀여, 너는 알고 있는가? 그 후로 내가 책과 내 눈 사이에서 언제나 무엇을 보아 왔는지를 너는 알고 있는가? 바로 너란 말이다. 너의 그림자였던 것이다. 언젠가 내 앞을 지나갔던 빛나던 너의 환영 말이다.

너의 노랫소리가 늘 내 머릿속에서 울리고 있었고, 너의 다리가 언제나 내 성무일과서 위에서 춤을 추었다. 또 밤이 되면 언제나 꿈속에서 너의 모습이 나의 육체 위를 기어다니는 것을 느꼈다. 그러면서도 좀처럼 떨쳐 버릴 수가 없었다. 그래서 나는 또 한 번 너를 만나, 네 육체에 손을 대서 네가 무엇인지를 알고, 내 마음에 새겨져 있는 너의 이상적인 조상과 네가 정말 닮았는지 아닌지를 확인하는 동시에, 네가 너의 현실의 모습으로 내 꿈을 깨뜨려 주기를 바랐다. 어쨌든 다시 보는 너의 인상이 처음의 것을 씻어 주기를 기대하고 있었던 것이다. 나는 너를 찾아다녔고 또다시 만날 수가 있었다. 아! 그것이 불행이었던 것이다! 다시 한 번 너의 모습을 보고 난 다음, 나는 천 번이고 만 번이고 너의 모습이 보고 싶어졌던 것이다. 지옥의 언덕 위에 이르른 내가 어떻게 수레를 멈출 수 있을까? 그때 이미 나는 자신을 어찌할 수가 없었다. 악마는 내 날개를 붙들어 맨 실의 한쪽 끝을 악마 자신의 발에 붙들어 매어 버렸던 것이다. 나는 망연해져서 너처럼 정처 없이 돌아다니게 되었다. 나는 현관 앞에서 너를 기다렸다. 거리 모퉁이에 서서 네가 오기를 기다리기도 했다. 탑 위에서 너를 지켜보고 있을 때도 있었다. 매일 밤 더욱더 매혹되고 절망하여 점점 더 회복의 가망조차 없는 내 자신이 되고 있음을 느끼고 있었다.

나는 네가 어떤 여자라는 것을 알았다. 이집트, 보헤미아, 스페인, 이탈리아 등을 방랑하는 집시 처녀라는 것을 알았다. 그러니 어찌 그 마술에 걸리지 않을 수가 있겠는가? 자, 들어 봐라. 그래서 나는 재판소에 너를 고소하면 나에게 걸려 있는 이 마술에서 벗어날 수가 있다고 생각했다. 부루노 다스티도 마녀에게 홀린 일이 있었는데, 그는

그 여인을 화형에 처하고 나서야 그 마력에서 벗어날 수가 있었다. 이런 이야기를 듣고 나도 그런 식으로 구원의 길을 찾으려고 생각했다. 그래서 우선 네가 노트르담 광장에 오는 일을 금지시키려 했다. 만약 네가 다시는 그곳에 오지 않게 되면 잊어버릴 수 있으리라고 생각한 것이지. 그런데 너는 그런 일은 조금도 개의치 않았다. 너는 또 그곳에 나타났던 것이다. 그래서 나는 너를 납치하려고 했었다. 어느 날 밤 그것을 계획했다. 나와 너 단둘이 있었을 때였다. 그때 저 꼴 보기 싫은 장교란 놈이 느닷없이 나타난 것이다. 그놈은 너를 도망치게 하고 말았다. 이렇게 하여 너와 나, 그리고 그 장교의 불행이 시작되었다. 마침내 나는 어떻게 해야 좋을지, 그리고 어떻게 되어가는 것인지 완전히 알 수가 없게 되어, 너를 종교재판소에 고소하기에 이르렀다. 나도 부루노 다스티처럼 구원을 받을 수 있다고 생각했다. 또 고소를 하면 너를 내 마음대로 할 수 있을 것이라고 막연히 생각하고 있었다. 감옥 속에서는 너의 손을 잡고 너를 끌어안을 수 있을 것이라고 생각했다. 너는 내게서 도망칠 수가 없을 것이다. 지금까지 꽤 오랫동안 네가 내 마음을 사로잡고 있었던 것처럼 이번에는 내가 너를 잡고 놓지 않으리라 다짐했다. 마음먹은 일은 요절을 낸다는 심정으로 극악무도한 행위를 하려다가 중도에서 중지한다는 것은 미친 짓이다. 죄악의 극치에는 이에 더할 수 없는 기쁨이 있는 것이다! 성직자와 마녀는 지옥 감옥의 짚깔개 위에서 환락의 극치에 취해도 좋을 만하다.

그래서 나는 너를 고발했다. 그때가 바로 네가 나를 만나 두려움에 떨던 때다. 너에 대해 꾸민 음모나 너의 머리 위에 불어닥친 태풍은 협박이 되고 번개가 되어 내게서 뛰쳐나갔다. 그러나 그래도 또 나는 주저하고 있었다. 나의 계획에는 나 스스로도 뒷걸음질치게 하는 무서운 면이 있었던 것이다.

경우에 따라서는 나는 고발을 단념했을지도 모르고, 아마 그 무서운 생각은 행동으로 옮겨지지 않은 채 내 머릿속에서 시들어 버렸을지도 모른다. 소송을 계속하는 일도, 또 철회하는 일도 언제나 내 마음 하나에 달렸다고 믿었다. 나는 자신이 전능하다는 것을 믿고 있었다. 그러나 숙명은 나보다도 훨씬 강했다. 아! 이게 무슨 일이냔 말이다! 너를 잡아 내가 은밀히 만들어 놓은 기계의 무서운 톱니바퀴에 건 것은 바로 숙명이었다! 자, 좀더 들어 다오. 이제 잠깐이야.

어느 날의 일이었다. 어느 개인 날이었지. 한 사나이가 너의 이름을 입에 담으며, 내 앞을 지나가는 것이 눈에 띄었다. 그 사나이의 눈에는 음탕한 데가 있었다. 정말 꺼림칙했다. 나는 그의 뒤를 쫓아갔다. 그 다음은 네가 알고 있는 대로다."

그는 여기서 입을 다물었다. 처녀는 단 한마디밖에 머리에 떠오르는 것이 없었다.

"아, 페뷔스님!"

"그 이름을 말해서는 안 돼!" 사나이는 거칠게 여인의 팔을 잡았다. "그 이름을 입에 올려서는 안 된다! 아아, 우리들은 정말 가련한 존재구나. 우리를 파멸의 심연으로 빠뜨린 것은 그 이름이다. 아니, 오히려 우리 두 사람 모두가 풀 수 없는 숙명의 장난에 농락을 당하여 파멸하고 만 것이다. 너는 괴로워하고 있다. 그렇지 않은가? 매우 춥겠지. 밤의 어둠이 너를 소경으로 만들었다. 감옥은 너를 둘러싸고 있다. 아니, 아마 네 마음의 밑바닥에는 아직도 얼마간의 광명이 있을 것이다. 너의 마음을 농락한 사나이에 대한 너의 어린애다운 연정이 있을 것이 아닌가! 나는 마음속에 감옥을 품고 있다. 내 마음속에 있는 것은 겨울이고, 얼음이며, 절망이다. 영혼 속에 있는 것은 밤이다. 내가 얼마나 괴로워하고 있는지 너는 알 수 있을까? 나는 너의 재판에도 입회했었다. 재판관석에 있었지. 그렇다. 재판관석 중에 성직자의 두건을 쓴 한 저주받은 사나이가 얼굴을 찌푸리고 있었다. 네가 심문을 받고 있을 때도 나는 그곳에 있었다. 늑대의 소굴이었지! 그것은 내 죄다. 어느 증인이 일어났을 때에도, 또 어떤 증거가 열거되었을 때에도, 또 어떤 변론이 행해지고 있을 때에도 나는 그곳에 있었다. 네가 한 걸음 한 걸음 괴로운 길을 걸어가는 것도 나는 하나하나 헤아릴 수가 있었다. 나는 또 그곳에 있었다. 아! 나는 너의 고문은 전혀 예기치 않았던 터였다! 자, 들어 봐. 나는 너를 따라 고문하는 방에까지 갔었다. 네가 옷을 벗고, 반나체가 되고, 고문하는 사람의 징그러운 손이 닿는 것도 나는 보았다. 나는 너의 발을 보았다. 한 나라를 희생하여서라도, 하다못해 단 한 번 입맞춤을 하고 죽고 싶다고 생각했던 그 발, 그 아래서 환희에 취해 내 머리가 으스러져 버리고 싶다고도 생각했던 그 발이, 산 인간의 발을 피투성이로 만들어 버리는 무서운 족쇄에 끼워지는 광경을 본 것이다. 아! 이 무슨 비참한 일인가! 난 그 광경을 보고 있다가 그만 옷 밑에 숨겨

가지고 있던 단검으로 내 가슴을 찔렀다. 네가 지른 비명을 듣고 나는 단검으로 내 가슴을 찔렀다. 두 번째 네가 비명을 질렀을 때에는 단검은 심장에 들어갔다! 자, 보아라. 아직도 피가 배어 있다고 생각하는데……."

그는 자신의 옷 앞자락을 헤쳤다. 가슴은 실제로 호랑이가 발톱으로 할퀸 것처럼 찢겨 있었다. 그리고 옆구리에도 제법 커다란 상처가 아직도 아물지 않은 채 남아 있었다.

처녀는 무서움에 떨며 뒷걸음질쳤다.

"오! 처녀여, 나를 불쌍하게 생각해 다오! 너는 자신을 불행하다고 생각할지 모르나, 아! 그러나 너는 불행이란 어떤 것인지 모르고 있다. 아! 여인아, 사랑한다! 더욱이 성직자의 몸으로 말이다! 미움을 받고 있으면서! 그런데도 영혼이 몸부림치는 것 같은 사랑을 하고 있다. 여인의 가냘픈 미소를 얻기 위해 피도 창자도, 그리고 명성이나 영혼의 구원이나 불멸도 영원도, 더구나 이 세상의 생명이나 저세상의 생명조차도 내던지려는 것이다. 여인의 발밑에서 노예가 되어 시중을 들기 위해. 왜 나는 왕이나 천재, 황제, 천사장, 그리고 신으로 태어나지 않았던가. 실로 유감스런 일이다. 밤낮으로 그녀의 꿈을 꾸며, 그리움에 못 이겨 끌어안지만, 그 여인은 군복의 사나이만을 연모하고 있는 모습이 눈에 띄는 것이다. 그 여인에게 줄 것이라고는 단 한 벌의 더러워진 성직자 옷밖에 없는 신세다. 게다가 여인은 그 옷을 무서워하고 매우 싫어하고 있다. 사랑하는 여인이 터무니없이 허세만 부리는 한 사나이에게 사랑과 아름다움이라는 보물을 아낌없이 주고 있는 모습을 질투와 노여움을 느끼며 방관하는 처지였다. 보기만 해도 나의 가슴을 불타오르게 한 저 육체, 그리고 보드라움이 넘쳐흐르는 저 가슴, 다른 사나이와 입을 맞추고 그의 품에서 가슴을 두근거리며 빨갛게 달아오른 저 살갗, 그런 것들을 그저 바라보아야만 했다! 아! 이게 어찌 된 일인가! 나는 그 발, 팔, 그리고 어깨에 반해 내 방에서 매일 밤 괴로움에 몸부림쳤다. 그리고 푸른 혈관이나 밤색의 살갗을 꿈에서까지 보며 스스로의 마음을 난도질하기에 이르렀다. 간신히 성공한 것은 여인을 가죽침대에 눕히는 것뿐이었다! 아! 그러나 그 일 때문에 내 마음은 지옥의 불로 빨갛게 달군 형틀로 고통을 받았다. 널빤지 사이에 끼여 톱질을 당하고 네 마리의 말로 사지를 찢기는 형을 받는 편이 훨씬 행복했으리라! 너는 내가 받고 있는 형벌이 어떤 것인지를 알고 있는가? 몇 날이고 몇 밤이고 내 동맥에서는 거품이 일고, 심장이 도려내어지고, 머리는 부서졌으며, 나의 이빨은 스스로의 손을 물어 끊었다. 고문하는 사람들이 열광해서 끊임없이 빨갛게 단 화형의 그물에 올려놓는 것처럼 사랑과 미움, 그리고 절망 위에 올려놓고 나를 회전시키는 것이다. 처녀여, 부탁이다! 잠시나마 나를 괴롭히는 것을 중지해 다오! 이 타오르는 불에 재를 좀 끼얹어 다오! 부탁이야. 부디 내 이마에서 폭포처럼 흐르는 이 땀을 닦아 다오! 처녀여! 한쪽 손으로 나를 괴롭히려면 다른 한쪽 손으로는 나를 애무해 다오! 제발 불쌍하다고 생각해 다오. 처녀여! 나를 불쌍히 여겨 다오!"

그는 돌바닥에 흥건하게 괸 물 속에서 몸부림을 치다가 돌계단 모서리에 머리를 부딪쳤다. 처녀는 그의 말을 들으면서 그를 조용히 바라보고 있었다. 그가 지쳐서 숨을 헐떡이며 말이 없게 되자 낮은 목소리로 되풀이했다.

"아, 페뷔스님!"

그는 무릎을 꿇은 채 처녀 쪽으로 다가갔다.

"부탁이야, 너도 애정이 있다면 나를 뿌리치지 말아 다오! 아! 나는 너를 사랑하고 있는 거야. 나도 불쌍한 사나이다. 네가 그 이름을 입에 담으니, 가엾은 처녀여, 마치 내 마음의 모든 줄기가 너의 이빨로 물어뜯기는 것 같은 생각이 드는구나! 제발 부탁이야! 네가 지옥에서 왔다면 나는 너와 함께 그곳에 가련다. 나도 지옥에 빠질 만한 일은 이미 모두 저지른 처지다. 네가 가는 지옥은 나에게는 천국이나 다름없다. 네 모습은 신의 모습보다도 훨씬 나의 마음을 앗아간다. 아! 말해 다오! 너는 내가 싫으냐? 네가 이런 내 사랑을 뿌리친다면 나는 산이 움직이는 것 같은 생각이 들게 될 거다. 아! 만약 네가 좋다면 우리는 행복하게 살 수 있을 것이다! 둘이서 도망가는 것이다! 나는 너를 도망가게 해주겠다. 우리 두 사람, 태양이 빛나고, 나무가 우거져 있으며, 그 어디보다도 하늘이 맑게 개인 땅을 찾아가도록 하자. 서로 사랑하고 두 개의 영혼을 서로 쏟다가 그래도 어쩔 수 없이 갈증을 느끼면 함께 끝없이 마셔도 다하지 않는 사랑의 잔으로 이 갈증을 풀어 보지 않겠는가!"

처녀는 너무나 무서운 생각이 들어 그의 말을 가로막았다.

"자, 보세요. 신부님! 손톱에 피가 묻어 있어요!"

그는 잠시 동안 조용히 손을 바라보면서 화석처럼 몸을 움직이지 않았다.

"좋아, 그렇다!" 하며 이상하리 만큼 부드럽게 말했다.

"나를 모욕해 다오. 비웃어 다오. 그리고 나를 눌러 터지도록 책망해도 좋다! 그러나 나와 함께 있어 다오. 자, 빨리! 바로 내일로 다가왔단 말이야. 너는 그레브 광장의 교수대를 알고 있느냐? 그것은 벌써 언제든지 처형할 수 있도록 준비가 되어 있다. 무서운 일이야! 네가 죄수 호송 수레에 실려 끌려가는 것을 보다니! 아! 부탁이다! 얼마나 내가 너를 사랑하고 있는지 지금처럼 강하게 느껴 본 일이 없다. 아! 나를 따라오너라. 내가 너를 구해 준 다음에 너는 나를 천천히 사랑해 다오. 그리고 마음이 내킬 때까지 아무리 오랫동안 나를 미워해도 좋다. 하지만 어찌 되었건 나와 함께 가는 거다. 내일이야! 교수형의 날은! 너의 처형날이다! 도망가야 해! 그때까지는 내가 하는 일을 관대하게 봐 다오."

그는 처녀의 팔을 잡고 마치 미친 사람처럼 처녀를 끌고 가려 했다.

처녀는 눈썹 하나 까딱 하지 않고, 그를 보며 물었다.

"페뷔스님은 어떻게 되었나요?"

"아! 너는 정말 무정한 여인이구나!"

그는 처녀의 팔을 놓았다.

"페뷔스님은 어떻게 되었어요?"

처녀는 차갑게 거듭 물었다.

"죽었어!"

“죽었어요?”

처녀는 여전히 얼음처럼 냉랭하게, 그리고 몸도 움직이지 않은 채로 말했다.

“그런데도 나에게 살아 있으라는 말씀인가요?”

그는 처녀의 말이 귀에 들어오지 않았다.

“그렇다.”라고 그는 자기 자신에게 말하는 것처럼 혼자 중얼거렸다. “그 사나이는 정말 죽었다. 칼날이 깊숙이 들어갔으니까 말이야. 칼끝이 심장에 닿았을 거다. 아! 내 영혼이 그 칼끝에까지 깃들어 있었으니까!”

처녀는 노해서 미친 듯이 날뛰는 호랑이처럼 그에게 덤벼들어 무서운 힘으로 그를 계단 위에 밀어붙였다.

“저리 가거라, 이 나쁜 놈아! 썩 꺼져 버려, 살인자! 나를 죽여라! 우리 두 사람의 피로 너의 이마에 언제까지나 얼룩을 만들어 줄 테다! 네 것이 되다니, 신부에게 몸을 맡기다니! 당치도 않다. 절대로 그것은 안 돼! 어떤 일이 있어도 함께 살 수 없다. 지옥에 빠지는 한이 있어도 싫어! 저쪽으로 가! 더러운 놈, 절대로 싫단 말이야!”

그는 계단에서 비틀거렸다. 묵묵히 두 발에 휘감긴 옷자락을 푼 다음 초롱을 들고 출입문 쪽으로 향한 계단을 느릿느릿 올라갔다. 그리고는 문을 열고 나갔다. 그러다가 갑자기 얼굴이 다시 문에 나타났는데, 그 얼굴에는 무서운 표정이 떠올라 있었다. 그는 노여움과 절망이 뒤섞인 헐떡이는 것 같은 소리로 처녀를 향해 외쳤다.

“알겠나? 그놈은 죽었단 말이야!”

처녀는 앞으로 푹 쓰러졌다. 감옥 안에서는 어둠 속의 웅덩이에 똑똑 떨어지고 있는 물방울 소리의 슬픈 가락 이외에는 아무런 소리도 들려오지 않았다.

어머니

어머니가 자기 아이의 작은 신발을 보았을 때 마음에 싹트는 여러 가지 생각만큼 흐뭇한 것은 이 세상에 다시 없으리라고 나는 생각한다. 특히 그 신발이 축제일이나 일요일, 그리고 세례받을 때 신는 것이었을 때, 그 안쪽까지 예쁘게 수놓은 신발일 때, 그 신발을 신어도 아이가 아직 한 걸음도 걷지 못하는 경우 같은 때에 그런 신발을 보는 어머니는 한결 흐뭇할 것이 분명하다. 이와 같은 신발은 매우 정답고 귀여우며, 또 아이가 그것을 신어도 걷지를 못하므로, 어머니로서는 마치 자기의 아이를 보는 것 같은 마음이 드는 것이다. 어머니는 그 신발에 미소를 던지고, 그 신발에 입을 맞추고, 또 그 신발을 향해 말을 걸게 된다. 그리고 아이의 발이 이렇게 작은 것일까 하는 의심도 하게 된다. 아이가 비록 그곳에 없어도 그 신발만 눈앞에 놓여 있으면 이미 그것으로 귀엽고 연약한 아이가 거기에 있는 것 같은 마음이 드는 것이다. 어머니는 자기 아이를 보고 있는 것 같은 마음이 든다.

아니, 실제로 보고 있는 것이다. 아이의 모습 전체를. 생기가 있고 즐거워 보이는 모습, 귀여운 손, 둥근 머리, 순결한 입술, 흰자위가 아직 푸른 그 눈. 겨울이면 아이는 깔개 위에서 기어다니거나 열심히 의자위에 기어 올라가려고 하고, 어머니는 불 옆에 가까이 가지나 않을까 가슴을 졸이게 된다. 또 여름이면 뜰이나 꽃밭을 기어다니고 바닥에 깔린 돌 틈에서 자란 풀을 뜯어먹기도 하고, 큰 개나 커다란 말을 천진난만하게 무서워하는 기색도 없이 바라보기도 한다. 그리고 조개 껍질이나 꽃을 가지고 놀거나, 화단을 모래투성이로 만들거나, 공원으로 들어가는 좁은 길에 흙탕물을 끼얹거나 해서, 정원사에게 꾸중을 듣기도 한다. 아이의 신을 보면 이러한 것들이 어머니의 눈에 떠올라, 마치 불이 양초를 녹이듯이 어머니의 마음을 부드럽게 하는 것이다.

그러나 아이를 잃어버리기라도 했을 때에는, 수놓은 그 귀여운 신발 주위에 밀려들었던 이런 수천을 헤아리는 기쁨의 모습과 매력적이고 애정 어린 이미지는 그만큼 무서운 것으로 변해 버린다. 수놓은 아름다운 신발이 이제는 영원히 어머니의 마음을 짓누르는 하나의 고문 기계가 되는 것이다.

어느 날 아침의 일이었다. 5월의 태양은 가로파로가 그리스도가 십자가에 못 박히는 그림을 그릴 때에 즐겨 사용하던 검푸른색과 같은 하늘에 떠 있었다. 그레브 광장에서 수레가 삐걱거리는 소리와 말의 울음소리, 그리고 쇠붙이의 연장이 부딪치는 소리가 롤랑탑 속에 갇혀 있는 여인의 귀에 들려왔다. 그런 소리 때문에 눈을 뜬 것은 아니었지만, 소리를 듣지 않으려고 머리카락으로 귀를 덮었다. 그리고 무릎을 꿇은 채 이렇게 15년 동안 사랑해 온 이 생명이 없는 물건을 다시 조용히 바라보기 시작했다. 이 작은 신발은 앞에서도 말한 것처럼 그녀에게 있어서는 우주와도 같은 것이었다. 여인의 온갖 생각은 거기에 담겨져 있어서, 죽을 때 외에는 거기서부터 나올 리가 없을 터였다. 여인이 장밋빛 공단으로 만든 이 귀여운 신발을 생각하며 하늘을 향해 참을 수 없이 슬픈 저주나, 마음 아프게 하는 원한, 그리고 기도와 흐느낌을 던지고 있다는 사실을 아는 것은 롤랑탑의 어두운 동굴뿐이었다. 이토록 곱고 귀여운 물건에 대해 그렇게도 많은 절망의 소리가 쏟아진 일이란 지금까지 한 번도 없었다.

그날 아침은 이 여인의 비통한 소리가 어느 때보다도 격렬하게 울리는 듯했다. 듣는 이의 가슴을 아프게 하는 단조롭고 높은 울음소리가 동굴 밖에까지 들려왔다.

"아아, 딸이여! 내 딸이여! 불쌍한 그 귀여운 아이! 이젠 너를 만날 수 없겠지. 이젠 모든 것이 틀렸어. 아! 나에게는 그것이 엊그제 일어났던 일 같기만 하구나! 아아, 신이여, 신이여! 그렇게 빨리 제게서 그 아이를 빼앗아 가려거든 차라리 아이를 주지 않으셨던 편이 더 좋았을 것입니다. 신이여, 당신께서는 자식이란 어머니의 배와 이어져 있다는 것과 아이를 잃은 어머니는 이미 신을 믿지 않는다는 것을 알고 계십니까? 저는 왜 이렇게 불운한 여인일까요! 그날 하필이면 외출을 하다니요! 신이여! 신이여! 그렇게 제게서 그 아이를 빼앗아 가시다니, 신께서는 제가 그 아이와 함께 있는 것을 보신 적도 없으셨습니까? 그때 저는 정말 즐거웠으며, 제 체온으로 아이를 따뜻하게 해 주었습니다. 그 아이는 제 젖을 빨면서 저에게 웃음을 던져 주었고, 또 저는 가슴에 그 아이의 발을 끌어안고 입을 맞추었습니다. 아아, 신이여! 만약 당신이 그것을 보셨다면 저의 기쁨을 불쌍하다고 생각하셨을 텐데요. 또 제 마음에 남은 단 하나의 사랑을 저에게서 빼앗아 가는 일도 없었을 텐데요. 저는 신에게 버림받기 전에 한 번쯤 돌봄도 받지 못할 만큼 불행한 인간일까요?

아! 보세요, 저기 신발이 있지요? 그 아이의 발은 지금 어디에 있을까요? 또 다른 쪽은 어디에 있을까요? 딸아, 내 딸아! 너는 사람들에게 어떤 취급을 당했던 것이냐? 신이여, 그 아이를 돌려주십시오. 하느님, 15년 동안이나 하느님께 기도 드려 제 무릎은 이렇게 벗겨져 버렸습니다. 그래도 아직 부족하단 말씀이십니까? 그 아이를 부디 돌려주십시오. 하루라도, 아니 한 시간이라도, 아니 일 분이라도 좋습니다! 다만 일 분이라도! 그리고 난 다음 저를 영원히 악마의 손에 넘겨주십시오! 만약 당신이 입고 계시는 옷의 주름 하나라도 늘어져 있는 것을 알고 있으면 저는 두 손으로 그것에 매달릴 것입니다. 어떤 일이 있더라도 그 아이를 제게 돌려주십시오! 그 아이의 아름답고 귀여운 신발을 하느님 당신은 가련하다고 생각하지 않으십니까? 한 사람의 가련한 어머니에게 15년 동안이나 이런 형벌을 주시다니, 정말 그런 일을 당신께서 할 수 있다고 생각하십니까? 아, 성모 마리아님! 하늘에 계시는 마리아님! 제게 있어 예수님이라고 할 수 있는 아이를 저는 빼앗기고 말았습니다. 빼앗겼습니다. 어느 황무지엔가 그 아이를 잡아먹고, 피를 빨고, 뼈까지 긁어 먹은 자가 있는 것입니다!
마리아님! 제발 부탁입니다. 아! 딸아! 아무래도 저는 딸아이 없이는
살 수가 없습니다. 그 아이가 낙원에 있다 해도 그것이 저에게 무슨
소용이 있겠습니까? 당신의 천사를 차지하고 싶은 생각은 조금도 없
습니다. 저는 다만 그 아이가 필요합니다. 저는 암사자입니다. 그렇
기 때문에 제 아이인 사자를 가지고 싶습니다. 아! 이 세상에서 몸부
림치다가 돌에 머리를 부딪쳐 버리고 말겠습니다. 그리고 만약 딸을
언제까지나 되돌려받지 못한다면 신을 저주하겠습니다. 원망하겠습
니다. 보시는 바와 같이 이 팔은 잇자국투성이입니다. 아아, 신이시
여! 신께서는 자비심도 없으십니까? 제게 딸을 돌려보내 주시고, 딸
이 태양처럼 제 몸을 따뜻하게 해준다면, 저는 소금과 흑빵만을 먹어
도 좋습니다. 아아, 신이여! 저는 천하고 죄 많은 여자에 지나지 않습
니다. 그렇지만 그 아이는 저를 믿음이 두터운 여자로 만들어 주었습
니다. 그 아이를 사랑하고 있었기 때문에 저는 신앙심으로 넘쳐 있었
습니다. 그 아이의 웃음 짓는 얼굴을 통해서 마치 하늘의 창문으로
들여다보는 것처럼 당신의 모습을 보고 있었습니다. 아아! 단 한 번,
다시 한 번, 단 한 번이라도 좋으니 이 신발을 그 아이의 귀여운 장밋
빛 작은 발에 신겨 보고 싶습니다. 그렇게만 된다면, 마리아님 당신
을 축복하면서 저는 죽어도 좋습니다. 아아! 벌써 15년이 지났습니
다. 그 아이도 이제는 많이 자랐겠죠? 불쌍한 아이……. 정말 그 아
이를 이제는 만날 수 없는 것입니까? 천국에서도? 하긴, 나는 천국
같은 데는 갈 수가 없을 텐데……. 아, 한심스럽구나! 여기 이렇게 그

애의 신발이 있는데, 신발만이!"

이 불행한 어머니는 그토록 긴 세월 동안 자신의 위안과 절망의 원천이었던 신발 위에 몸을 던졌다. 그리고는 잃어버린 최초의 날처럼 오장육부가 찢어지는 듯이 흐느껴 울었다. 뭐니 뭐니 해도 자식을 잃은 어머니에게 있어서는 언제까지나 자식을 잃어버린 최초의 날과 같은 슬픔이 바래지는 일이란 없게 마련이다. 상복이 닳아 떨어지고 빛이 바래도 아무런 보람이 없다. 마음은 언제까지나 어둡게 흐려 있는 법이다.

이때 몇 명의 아이들이 발랄하고 즐거운 듯한 소리를 내며 여인의 방 앞을 지나갔다. 아이들의 모습이 보이고 소리가 귀에 들려오면, 언제나 이 가련한 어머니는 그 무덤 같은 방의 가장 어두운 구석으로 달려가 돌에 머리를 처박는 것이었다. 그러나 오늘은 여느 때와는 달리 펄쩍 뛰어 일어나 탐이 나는 듯 귀 기울이고 있었다. 작은 아이 하나가 다가와서 이렇게 말했다.

"오늘 집시 처녀가 목을 매달리게 돼요."

흔히 볼 수 있는 일이지만, 거미집이 흔들리는 것을 느끼고 파리에게 덤벼들 듯이, 여인은 별안간 발딱 일어나 아시는 바와 같이 그레브 광장을 향해 있는 들창 쪽으로 뛰어갔다. 과연 평상시에 세워져 있던 교수대 옆에 사다리 하나가 놓여 있었고, 잡역부가 비로 녹이 슨 쇠사슬 손질에 여념이 없었다. 그 주위에는 몇 사람이 떼를 지어 있었다.

웃으며 떠들어대는 아이들의 무리는 이미 멀리 가 버렸다. 이 은자 여인은 지나가는 사람을 붙잡고 무엇이든 들어 보려고 눈을 집시처

럼 뜨고 있었다. 그때 여인이 있는 방 바로 옆에서 공중용 성무일과 서를 읽는 척하고 있는 성직자가 눈에 띄었다. 그러나 이 사나이는 쇠그물로 둘러친 책보다도 교수대 쪽에 정신을 빼앗기고 있어, 가끔 어둡고 흉측한 눈초리를 교수대 쪽으로 보내고 있었다. 여인은 이 사나이가 성자라고 일컬어지고 있는 조자의 부주교라는 것을 알았다.

"부주교님, 누가 저기 있는 교수대에 올라가는 겁니까?" 하고 여인이 물었다.

부주교는 여인 쪽을 힐끗 보았으나 아무 대답도 하지 않았다. 여인은 다시 한 번 물었다. 그제야 그는 입을 열었다.

"나도 모른다."

"조금 전에 아이들이 집시 여자라고 말하던데요."

"그럴지도 모르지."

그러자 은자 여인은 잔인무도한 큰 소리로 웃었다.

"은자 여인이여, 너는 집시 여자를 싫어하는 모양이지?"

"싫고말고요. 집시놈들은 흡혈귀입니다. 아이 도둑입니다. 그놈들은 내 귀여운 딸을 잡아먹었습니다. 그 아이를! 내 단 하나의 아이를! 내 가슴은 이제 텅 비어 있습니다. 내 마음도 먹혀 버렸는걸요 뭐."

여인은 보기에도 무서운 모습이었으나, 부주교는 그것을 냉정하게 지켜보고 있었다.

"그들 중에 딱 하나, 내가 미워하고 있는 여자가 있습니다. 저주하고 있는 여자가 있어요. 젊은 처녀인데, 그년의 어미가 내 딸을 먹지 않았다면 내 딸은 꼭 그애 또래의 나이입니다. 그 계집애가 이 방 앞을 지나갈 때면 언제든지 내 피는 끓어오른답니다."

"아아, 그래? 은자 여인아, 기뻐하게." 부주교는 무덤에 서 있는 조각상처럼 차갑게 말했다. "네가 보고 있는 앞에서 살해되는 것이 바로 그 처녀야."

여인은 고개를 숙였다. 부주교는 천천히 그곳을 떠났다.

은자 여인은 팔을 뒤틀며 기뻐했다.

"내가 그년에게 전부터 말해 둔 대로다. 너는 교수대에 서게 될 것이라고! 감사합니다, 부주교님!"

이렇게 말한 다음에 여인은 머리를 산발한 채 이글거리는 눈을 하고는 어깨를 벽에 부딪치고 있었다. 그리고는 마치 오랫동안 굶주린 우리 속의 늑대가 먹이 시간이 가까이 온 것을 느꼈을 때와 같은 모습으로 들창의 격자 앞을 황새걸음으로 왔다 갔다 하기 시작했다

각기 다른 세 사람의 마음

페뷔스는 죽지 않았다. 이런 부류의 인간은 웬만큼 두들겨 맞아도 좀처럼 죽지 않게 마련이다. 특별검사인 필립 로리에가 저 가련한 에스메랄다에게 "사나이는 죽어 가고 있다."라고 한 것은 잘못 알았거나 아니면 농담이었던 것이다. 부주교가 사로잡힌 여인을 향해 "그

놈은 죽었다."라고 되풀이해서 말했을 때 그 역시 사실 아무것도 몰랐던 터였다. 그러나 그는 그렇게 믿고 있었고, 또 그런 줄로만 알았을 뿐만 아니라, 의심도 하지 않았으며, 사실 그랬으면 좋겠다고 무척 바라고 있었던 터였다. 그에게 있어서는 사랑하는 여인에게 경쟁자에 대한 좋은 소식을 전하는 것이 너무나 괴로웠을지도 모른다. 누구나 그의 입장에 놓이게 되면 그 같은 짓을 했으리라.

그렇다고는 하지만 페뷔스의 상처가 중하지 않았다는 것은 아니었다. 다만 부주교가 바라던 만큼 중하지는 않았다. 야경대 병사들이 그를 떠메고 가자 의사는 일주일도 장담할 수 없다고 진단을 내렸고, 그에게 라틴어로 그렇게 말하기도 했다. 그러나 아무래도 젊음이라는 것은 간과할 수 없는 것이었다. 그리고 흔히 있는 일이지만, 자연의 힘은 예측과 진단을 뒤엎고 의사의 코끝에서 환자를 살려 놓고 기뻐했다.

그가 아직 병원 침대에 누워 있을 무렵, 필립 로리에나 종교재판소 조사관들이 찾아왔다. 그는 최초의 심문을 받았다. 난처해진 그는, 어느 날 아침 기분이 좋아지자 치료비 대신에 금으로 된 박차를 두고 몰래 도망쳤다.

하지만 이 일은 사건의 심리에는 조금도 지장을 가져오지 않았다. 당시 재판에서는 피고에 대해 소송이 올바르게 행해지고 있느냐 아니냐는 거의 문제가 되지 않았다. 피고가 교수형에 처해지면 그것으로 충분했던 것이다. 그리고 판사들은 에스메랄다에 대해 꽤 많은 증거를 가지고 있었다. 그들은 페뷔스가 죽은 것으로 믿었다. 그것으로 만사가 처리되었던 것이었다.

페뷔스는 먼 데로 도망쳐 버린 것은 아니었다. 파리에서 대여섯 군데의 숙영을 지나 쿠앙 부리에 주둔하고 있던 그의 소속부대로 돌아갔을 뿐이었다.

그는 이 소송에 자신이 출두해야 한다는 것이 견딜 수 없게 역겨웠다. 자기가 그런 장소에 출두하게 되면 필경 바보 같은 얼굴을 하게 될 것이라고 그는 막연하게 느끼고 있었다. 본질적으로 말해서 이 사건에 대해 어떻게 생각해야 좋을지를 그다지 잘 알고 있지 못했다. 외곬으로만 생각하는 군인들이 대개 그렇듯 그도 신앙이 없고 미신적이었다. 그러므로 이 일에 대해 여러 가지로 생각을 되풀이하고 있었다. 염소의 일이며 에스메랄다와의 기묘한 해후, 그리고 사랑을 고백했을 때의 그녀의 이상한 태도, 그녀가 집시 처녀라는 점, 그리고 마지막으로 그 수도사 옷을 입은 괴상한 사나이의 일 등을 생각하니 뭔지 모르게 불안했다. 이 이야기 속에는 사랑보다도 마법이 어려 있고, 그녀가 어쩌면 마녀일지도 모르겠다는 생각이 들었다. 요컨대 한 편의 희극으로, 자기는 거기서 매우 운이 나쁜 한 역할, 즉 공격의 대상이 되거나 웃음의 씨앗이 되는 역할을 연출하고 있는 대단히 기분 나쁜 성사극이었는지도 모른다는 생각이었다. 이렇게 생각한 그는 완전히 실망해 버렸고, 라 퐁텐의 〈암탉에게 감쪽같이 속은 여우〉처럼 크게 부끄러웠다.

더구나 그는 이 사건이 확대되지 않기를, 자기의 이름이 될 수 있는 한 드러나지 않기를, 즉 이름이 투루넬 재판소 밖으로는 새어 나가지 않기를 바라고 있었다. 그런 점에서는 어김없이 그의 뜻대로 되었다. 당시에는 '법정신문' 같은 것은 전혀 없었고, 일주일 동안에 파리의 무수한 재판소 어딘가에서 위조 화폐범이 끓는 물에 쪄 죽이는 형을 받았다든지, 마녀가 교수형을 받았다든지, 이교도가 화형을 받았다든지 하는 사건이 없을 적이 없었다. 사람들은 네거리에서 소매를 걷어붙인 채 갈퀴나 사다리, 그리고 효수대를 사용하여 재판을 하는 봉건시대 때부터 있었던 법의 여신, 테미스를 자주 보아 익혀 왔던 터여서 그러한 일들은 별달리 생각하는 일이 없었다.

또 당시 상류사회의 사람들은 죄수가 지나가는 것을 보아도 그 이름 같은 것은 알려고도 하지 않았고, 일반 사람들도 흔히 있는 구경거리로 즐길 뿐이었다. 처형은 마치 제과점이나 가죽을 벗기는 도살장에서 하는 것처럼 거리에서 예사로 행해지는 한 사건에 불과했다. 사형집행인도 도살장의 사나이와 비교해서 털이 좀 많이 났다는 차이가 있을 뿐이었다.

페뷔스는 마녀 에스메랄다—아니 그가 말하고 있었던 것처럼 시미라르였는지도 모르지만—에 대한 일이라든가, 집시 여자 아니면 괴상한 수도사—그에게는 어느 쪽이건 그다지 다를 것이 없다—에게 비수로 찔린 일이라든가, 또 그에 따른 소송의 결과 등을 곧 잊어버리고 말았다. 그러나 그 마음이 이런 일에서 빠져나가 버리고 텅 비게 되면 즉시 플뢰르 드 리스의 모습이 머리에 떠올랐다. 페뷔스 대장의 마음은 당시의 물리학처럼 공백상태를 두려워하고 있었던 것이다.

게다가 쿠앙 부리에 체재한다는 것은 너무나 재미없는 일이었다.

그곳은 제철공과 소 치는 여인밖에 없는 마을로, 황폐한 집과 초가집이 큰 거리의 양쪽에 2킬로미터 정도 즐비하게 있는, 말하자면 파리의 꼬리였던 것이다.

플뢰르 드 리스는 그에게 있어서는 에스메랄다 다음가는 여인이었다. 그녀는 아름다웠으며, 게다가 매력 있는 지참금을 지니고 있었다.

그래서 어느 날 아침, 상처도 완전히 아물었을 뿐만 아니라, 사건이 있은 지 2개월이나 지난 터였기에 집시 처녀의 사건도 해결되고 잊혀졌으리라는 생각으로, 이 사랑의 기사는 어깨를 펴고 곤도로리에 저택에 나타났다.

노트르담의 정문 현관 앞 광장에 많은 사람들이 들끓고 있었지만, 그는 별로 마음에 두지 않았다. 지금은 5월이라 무슨 행렬이 있거나, 성령강림의 대축하일이거나, 그렇지 않으면 무슨 축제일일 것이라고 생각했을 뿐이다. 그리고 말을 마차 세워 두는 데에 매 놓은 다음, 즐거운 표정으로 피앙세의 집으로 올라갔다. 집 안에는 그녀와 모친 둘뿐이었다.

플뢰르 드 리스는 지난번 일이 있은 이래 줄곧 마녀와 그 여자의 염소, 저주스러운 알파벳, 그리고 페뷔스가 오랫동안 나타나지도 않고 소식도 없다는 것 등에 마음을 쓰고 있던 참이었다. 그러나 사랑하는 사람이 군복을 입고 견장과 띠를 빛내며 정열을 담뿍 담은 모습을 하고 나타난 것을 보자 매우 기뻐하며 얼굴을 붉혔다. 이 귀족의 영양은 여느 때보다 훨씬 사랑스러웠다. 멋진 금발을 눈이 번쩍 뜨일 만

큼 빗어 올렸고, 드레스는 피부가 흰 여인에 썩 잘 어울리는 하늘빛과 같은 색이었는데, 코론부에게서 배우기라도 한 것처럼 한껏 멋을 부리고 있었다. 그리고 사랑의 고뇌로 윤기를 머금은 눈은 한층 아름답게 보였다.

페뷔스는 그동안 기껏해야 쿠앙 부리의 시골 처녀 정도를 보았을 뿐 미인을 보지 못한 탓인지 플뢰르 드 리스를 보자 넋을 잃고 말았다. 그래서 대장은 그녀의 기분을 맞추어 주며 친절하게 대했고, 즉시 두 사람의 어색했던 분위기는 풀렸다. 플뢰르 드 리스가 마음에 지녔던 여러 가지 원망도 다정하게 이야기를 주고받으면서 사라져 갔다.

그녀는 창가에 걸터앉아 여전히 네프토누스의 동굴을 수놓고 있었으며, 사나이는 그녀가 앉아 있는 의자등에 기대어 서 있었다. 그녀는 사나이에게 낮은 소리로 다정하게 원망했다.

"두 달 동안이나 어떻게 지내셨어요? 너무하셨어요."

"아, 당신은 더 아름다워졌군. 대주교라도 당신을 보면 반할 정도야." 페뷔스는 처녀의 질문에 약간 머뭇거리다가 이렇게 대답했다.

그녀는 자신도 모르게 웃음을 머금었다.

"좋아요, 이젠 됐어요. 제가 예쁘다는 것은 아무래도 좋아요, 그러니 대답 좀 해줘요, 네? 정말이에요, 네?"

"아니 뭐, 사실은 말이야, 주둔지에 호출되어 갔었던 거요."

"그곳이 어디예요? 가르쳐 줘요. 그런데 왜 나에게 작별 인사를 하러 오지 않았어요?"

"쿠앙 부리라오."

페뷔스는 최초의 질문으로 두 번째 질문의 화살을 피할 수 있었으므로 매우 기뻐했다.

"하지만 아주 가까운 곳 아니에요? 왜 한 번이라도 와 주시지 않으셨어요?"

그녀의 말에 페뷔스는 다소 당황했다.

"아니, 그건 말이요, 군에 복무하기 때문에…… 게다가 몸이 아팠었소."

"몸이 아프셨다구요? 어머나!" 하고 그녀는 깜짝 놀라서 말했다.

"응…… 좀 다쳤소."

"어머, 다치셨다구요?"

그녀는 불쌍하게도 완전히 제정신을 잃어버릴 뻔했다.

"아니, 그렇지만 그렇게 놀랄 필요는 없소."라고 아무렇지도 않다는 듯 페뷔스는 말했다. "별 거 아니야. 싸움을 하다 칼에 조금 찔렸을 뿐이니까. 걱정할 것까지는 없다구."

"나를 보고 걱정하지 말라고요?"

플뢰르 드 리스는 눈물이 담뿍 고인 아름다운 눈을 들었다. "그런 말씀을 하시다니…… 정말 마음에도 없는 말씀을 하시는군요. 칼에 찔렸다니 어떻게 된 거예요? 다 얘기해 주세요."

"아니, 사실은 마에 페디와 싸움을 했어. 알지? 생 제르망 앙레 중위 말이야. 우리 둘 다 조금씩 다쳤었어. 하지만 이젠 괜찮아."

거짓말쟁이인 이 대장은 결투 이야기를 하면 언제든지 여자의 눈에는 사나이가 뛰어나게 보인다는 것을 알고 있었다. 실제 플뢰르 드 리스는 무서움과 기쁨, 그리고 감탄의 눈으로 그를 물끄러미 바라보았다. 그러나 완전히 납득이 간 것은 아니었다.

"당신이 깨끗이 낫기만 했다면, 페뷔스님, 그것으로 좋아요. 그 마에 페디라는 사람은 알지는 못하지만 나쁜 사람 같군요. 어째서 싸움 같은 것을 하셨어요?"

페뷔스는 원래가 상상력이 풍부한 편도 아니었기 때문에 자신의 무용담을 어떻게 꾸며대면 좋을지 몰랐다.

"아니, 말하자면 뭐라고 할까…… 대수롭지 않은 일이오. 사소한 말 때문에 좀 욕지거리를 했지. 그건 그렇고……." 하며 화제를 바꾸려는 뜻으로 "광장의 저 소동은 뭐지?" 하고 말했다. 그리고 그는 창가로 다가갔다. "광장에 많은 사람들이 모여 있어."

"무슨 일인지 잘 모르겠어요. 마녀 하나가 오늘 아침에 대성당 앞에서 자신의 죄에 대한 용서를 빌고 교수형에 처해지는 모양이에요."

대장은 에스메랄다의 일이 완전히 끝나 버린 것으로 여기고 있었으므로 플뢰르 드 리스의 말을 듣고도 그다지 놀라지 않았다. 그런데 이상하게도 관심이 갔다.

"그 마녀는 도대체 이름이 뭐라고 한답니까?"

"모르겠어요."

"그 여자가 무슨 짓을 저질렀는데?"

그녀는 흰 어깨를 으쓱해 보였다.

"모르겠어요."

"아이고, 맙소사!"라고 아로이즈 부인이 말했다. "요즘은 너무나 많은 마법사가 화형을 당하니 정말 이름 같은 것은 알 수도 없다네. 하늘의 구름 하나하나의 이름을 알려고 하는 것이나 마찬가지 일이니까. 어찌 되었건 우리들은 안심이야. 감사하게도 신이 틀림없이 장부에 기재하고 계시니까 말야."

이렇게 말하고 그 노부인은 일어서서 창가로 왔다.

"어머, 정말! 페뷔스 군, 굉장한 인파네. 대단하군. 지붕 위에까지 꽉꽉 찼네. 저것을 보니 옛날 일이 생각나는군. 샤를 7세가 입성하셨을 때도 저렇게 많은 사람들이 나왔었지. 언제였는지 이젠 기억도 나지 않는군. 내가 이런 말을 하면 뭔가 늙은 것같이 생각되겠지만, 내게 있어서는 뭔가 젊음을 느끼게 해준다네. 아, 그때는 지금보다 훨씬 좋은 사람들이 많았다네. 생탄투안문의 간살 위에까지 사람들이 많이 모였었지. 임금님이 왕비전하를 말 엉덩이에 태우시고 앞장 서고, 귀부인들이 모두 귀족님들의 말 엉덩이에 타고 뒤따랐지. 보고 있는 사람들은 모두 와아, 하고 웃어 버렸던 일을 나는 지금까지도 기억해. 왜냐하면 아주 키가 작은 넨드가르란드 옆에 마트프롱님이 따르고 계셨으니까. 다시 쳐다볼 만큼 큰 기사인데, 영국인을 무더기로 죽인 분이었지. 아주 훌륭했어. 온 프랑스의 귀족들이 모두 빨갛게 빛나는 깃발을 세우고 열을 지어 가셨으니까. 삼각기의 깃발을 든 사람이 있는가 하면, 긴 깃발을 꽂고 있는 사람들도 있었지. 잘은 기억 못하지만, 카단님은 삼각 깃발이고, 장 드 샤로모장님은 긴 깃발이고, 쿠시님도 긴 깃발이었던 것 같아. 그것들은 부르봉공을 제외하고는

달리 비교할 만한 것이 없을 정도로 훌륭했어. 아, 그런 것은 모두 옛날 이야기가 되어 버려서 이제는 볼 수가 없게 되었네. 참 세월이란 덧없어."

두 연인은 이 미망인이 말하는 것 따위는 이미 듣고 있지도 않았다. 페뷔스는 피앙세가 앉은 의자 뒤에 와서 팔꿈치를 괴고 있었다. 거기는 참으로 좋은 장소였다. 플뢰르 드 리스의 깃 사이로 그녀의 가슴까지 들여다볼 수 있는 좋은 위치였다. 그 장식은 적당하게 벌어져 있어 절호의 전망을 만끽할 수 있었고, 그리고 그 밖에 여러 가지 일도 생각나게 했다.

페뷔스는 공단 같은 윤이 번지르르하게 흐르는 살결을 바라보고 황홀하여 마음속으로 이렇게 생각하고 있었다. '이렇게 피부가 흰 여인이 있는데 어떻게 다른 여자를 사랑할 수가 있단 말인가.'

플뢰르 드 리스는 가끔 황홀한 듯한 다정한 눈길로 사나이를 쳐다보았고, 두 사람의 머리카락은 봄볕을 받으며 다정스럽게 서로 어우러졌다.

"페뷔스님!" 하고 플뢰르 드 리스는 갑자기 소리를 낮추어 말했다.

"우리는 이제 3개월만 있으면 결혼해요. 당신은 나 이외의 다른 여인을 사랑한 일은 정말 없으시겠지요?"

"물론이지."라고 페뷔스는 대답했다.

정열에 넘치는 그의 눈, 그 말소리의 성실한 가락, 두 가지 모두 플뢰르 드 리스로 하여금 꼭 믿게 하기에 충분했다. 아마 그 자신도 그때는 그렇게 믿고 있었을 것이다.

한편 노부인은 두 사람의 피앙세가 여전히 사랑하고 있는 것을 보고 기쁘게 생각하며 집안일을 하기 위해 방을 나갔다. 페뷔스는 그것을 눈치로 알았다. 그는 다른 사람이 없는 것을 다행으로 생각하며 남자로서의 본색을 드러냈다. 그는 대담해져서 매우 묘한 생각을 했다. 플뢰르 드 리스와는 결혼할 사이이고, 지금 이곳에 단둘뿐이라고 생각하니, 그녀에 대해 예부터 품어 오던 엉뚱한 생각이 싹터 올랐다. 이전처럼 아주 신선미가 있는 것은 아니지만 격렬한 정열이 솟구쳐 왔다. 요컨대 밀이 싹터 오르는 동안에는 조금쯤 꺾는다 해도 그다지 큰 죄는 되지 않을 것이다 하는 생각이 그의 마음속에 오가고 있었는지 어떤지 나는 잘 모르나, 플뢰르 드 리스가 그의 눈초리를 보고 갑자기 놀란 것은 사실이다. 그녀는 주위를 돌아다보았으나 어머니의 모습은 이미 보이지 않았다.

"어머, 덥군요." 하고 그녀는 얼굴을 붉히며 불안한 듯이 말했다.

"정말, 그렇군. 이제 곧 낮이 되겠네. 해가 비치니 좋지 않아? 커텐을 내리는 게 어때?"

"괜찮아요, 괜찮아요. 바람이 들어오는 편이 좋아요." 하고 그녀는 당황해서 말했다.

그리고는 사냥개의 무리가 숨을 헐떡이는 것을 느낀 암사슴처럼 일어서서 창가로 달려가 창문을 열고 재빨리 발코니로 나갔다. 페뷔스는 울컥 화가 치밀었으나 곧 그녀의 뒤를 따라갔다.

아시는 바와 같이 이 발코니는 노트르담 쪽을 향하고 있었는데, 경내의 광장에서는 그때 무섭고 기묘한 광경이 벌어지고 있었다. 그것을 보자 마음이 약한 플뢰르 드 리스는 평소의 침착한 태도를 잃고 부들부들 떨었다.

거대한 군중의 물결은 근처 거리에서 거리로 흘러들어와 광장에 넘치고 있었다. 경내를 둘러싸고 있는 팔꿈치 높이의 낮은 담은 만약 220인조의 야경대나 화승총 총수들이 두터운 사람 벽을 이루어 몇 겹이고 둘러치지 않았다면 밀려드는 군중을 막을 수가 없었을 것이다. 다행히 창이나 총으로 이루어진 숲이 있었던 덕택으로 경내에는 단 한 사람도 들어가지 못했다. 입구에는 주교의 문장이 붙은 쌍날창을 든 한 무리의 병사가 호위를 하고 있었다. 대성당의 커다란 창문은 닫혀 있었으나, 광장으로 향한 수많은 창문은 그것과는 대조적으로 합각머리가 있는 데까지 활짝 열려 있었다. 거기에는 마치 포병창에 쌓인 산더미 같은 탄환처럼 수천을 헤아리는 사람들의 머리가 내밀려 있었다.

군중들은 얼핏 보기에 짙은 잿빛을 하고 있었으며, 더럽고 흙투성이 같은 인상이었다. 군중들이 기대하고 있던 광경은 분명히 민중 속에 있는 가장 비천한 것을 끄집어내어 불러대는 것이었다. 이처럼 노란 모자나 더러운 머리가 와글거리는 혼란 속에서 일어나는 소동만큼이나 불쾌한 것은 아무것도 없었다. 이 군중 가운데에서는 고함 소리보다 껄껄대며 웃는 소리가 더 많이 들렸고, 남자보다도 여자가 더 많았다.

군중의 떠들썩한 소리 중에서도 이따금 귀에 거슬리고 쩌렁쩌렁 잘 들리는 소리가 두드러지게 울려왔다.

"어이, 그 여자가 여기서 교수형을 받게 되었다고?"

"바보 같은 소리 말아! 여기서는 속옷만 입고 속죄한다구. 신이 저 여자의 얼굴에 라틴어로 기침을 마구 끼얹는 거야. 그것은 언제든지 여기서 한낮에 하는 거야. 교수형을 보고 싶으면 그레브 광장에나 가라구!"

"나중에 가겠어."

"잠깐 라 부칸도리님, 그 여자가 고해 신부님을 거절했다는데 그것이 정말이에요?"

"그런 것 같아요."

"어머 망칙해라. 그리스도를 믿지 않는군요."

"자네, 그건 그런 관습이란 말일세. 재판소의 대법관은 악한을 잘 조사하고 성직자가 아닐 때는 파리 시장에게, 또 성직자일 때는 주교구의 판사에게 처형을 맡기는 것이 하는 일이란 말야."

"이거, 정말 고맙습니다."

한편 이 광경을 지켜보던 플뢰르 드 리스는 "어머, 정말 불쌍한 사람이군요." 하고 말했다.

하층 계급의 사람들을 보고 있는 그녀의 눈동자에는 슬픈 기색이 넘쳐 있었다. 대장은 하층 계급의 구경꾼들보다도 그녀 쪽에 더 정신이 팔려서 그녀의 뒤쪽에 서서 애정 어린 투로 그녀의 허리띠를 만지작거리고 있었다. 그녀는 뒤돌아보고 부탁한다는 듯 미소를 지었다.

"네? 부탁이니 제발 놓아 주세요. 페뷔스님! 어머니가 들어오시면 어떻게 해요."

마침 그때 노트르담 대성당의 큰 시계가 천천히 정오를 쳤다. 만족한 기색의 웅성거림이 군중 속에서 일어났다. 열두 번째 소리의 마지막 진동이 사라질까 말까 할 때에 머리라는 머리는 모두 한 차례의 바람을 만난 파도처럼 술렁거렸고, 요란한 웅성거림과 동시에 고함 소리가 여기저기서 일어났다.

"자, 왔구나."

플뢰르 드 리스는 보지 않으려고 두 손으로 눈을 가렸다.

"방으로 들어가지 않겠어?"

"싫어요." 그녀는 너무 무서워서 눈을 가리고 있다가 호기심으로 다시 눈을 떴다.

한 대의 죄수 호송 수레가 튼튼한 노르망디산 말에 끌려왔다. 수레는 흰 십자가 문장이 붙은 자색의 제복을 입은 기병대 병사들에 의해 둘러싸여 생피에르오부 거리를 지나 광장에 도착했다. 파수를 보는 관리는 곤봉을 마구 휘두르며 군중들을 헤쳐서 길을 열게 하고 있었다. 수레 주위에는 재판소 관리들과 경관들이 말을 타고 따르고 있었다. 그들의 검은 옷과 말을 타는 태도가 서투른 것으로 미루어 보아 곧 분간할 수가 있었다. 자크 샤르몰뤼는 선두에서 말을 타고 달려오고 있었다.

이 죽음을 향하는 수레 안에는 한 처녀가 두 팔을 뒤로 묶인 채 옆에 성직자도 없이 혼자 앉아 있었다. 속옷만 입고 있었으며, 긴 흑발—당시 머리카락은 교수대 밑에 가서 끊었다—은 헝크러진 채 반쯤 노출된 가슴과 어깨에 드리우고 있었다.

까마귀의 날개보다도 반들반들한 이 파도치는 흑발 밑에는 회색의 거칠고 굵은 밧줄이 휘감겨 매어져 있었다. 이 밧줄은 처녀의 보드라운 쇄골 위의 살가죽을 벗기고 꽃 위에 있는 지렁이처럼 가련한 처녀의 매력적인 목덜미 주위를 감고 있었다. 밧줄 밑에는 초록의 유리구슬이 장식으로 붙어 있는 작은 부적이 빛나고 있었다. 이것은 아마 죽으러 가는 사람에 대해서는 이제 더 끔찍한 말도 하지 않고 그대로 달아 두게 해준 것이리라.

창문으로 바라보고 있는 구경꾼들의 눈에도 수레 안 여인의 벗은 맨발이 보였는데, 처녀는 여자의 마지막 본능에서인지 자꾸 감추려 하고 있었다. 발밑에는 작은 염소 한 마리가 묶여 있었다. 처녀는 몸에서 미끄러져 내려오는 속옷을 이빨로 누르고 있었다. 비록 이런 비참한 경지에 있었지만 여러 사람 앞에 거의 발가벗은 것이나 다름없는 모습으로 있는 것을 괴로워하는 모양이었다. 아아! 수치심이라는 것은 이처럼 떨며 두려움을 느끼기 위해 만들어진 것은 아닐 텐데.

"어머나!"라고 플뢰르 드 리스는 대장을 향해서 힘을 주어 말했다. "당신, 저것 좀 보세요. 염소를 데리고 다니던 그 얄미운 집시 처녀예요."

이렇게 말하면서 그녀는 페뷔스를 돌아보았다. 사나이는 조용히 수레가 있는 쪽을 바라보는데, 그 얼굴은 창백했다.

"염소를 데리고 있던 집시 처녀라고?"

"이제 생각이 나셨어요?"

페뷔스는 처녀의 말을 가로막았다.

"당신이 무슨 말을 하는지 모르겠군."

그는 방 안으로 들어가려고 한 걸음 내디뎠다. 플뢰르 드 리스는 전에 집시 처녀 때문에 심하게 질투심을 느꼈던 기억을 떠올렸고, 다시금 그러한 감정이 싹트는 것을 느꼈다. 그녀는 마음 깊숙한 데까지 꿰뚫어 보는 것 같은 의심에 찬 눈을 사나이에게 돌렸다. 마녀의 소송에 한 대장이 끼어 있다는 소문을 들은 일이 그녀의 머리에 희미하게나마 떠올랐기 때문이었다.

"어떻게 된 일이에요?"라고 그녀는 페뷔스에게 물었다. "저 처녀가 당신의 기분을 상하게 한 것 같군요."

페뷔스는 아무 일 아니라는 듯 지나쳐 버리려고 애를 쓰며 말했다.

"내가? 천만의 말씀을."

"그렇다면 이리 오세요."라고 그녀는 명령하듯이 말했다. "끝까지 구경해요."

대장은 할 수 없이 그곳에 머물러 있지 않으면 안 되게 되었다. 그래도 죄인인 처녀가 죄수 호송 수레의 바닥만을 내려다보고 있었기 때문에 다소 안심했다. 처녀는 아무리 보아도 틀림없는 에스메랄다였다. 치욕과 불행의 밑바닥에 있어도 처녀는 여전히 아름다웠다. 크고 검은 눈은 볼이 여윈 탓인지 한결 크게 보였다. 그 창백한 옆얼굴은 아주 맑고 품위 있게 보였다. 마치 라파엘로의 성모상을 닮은 것처럼 처녀는 옛 모습을 지니고 있었다. 게다가 더욱 약하디 약하고 홀쭉하게 여위어 있었다.

처녀의 손과 다리는 달달 흔들렸고, 수치심을 빼고는 이제는 될 대로 되라는 기색을 보이고 있었다. 그만큼 망연히 절망에 사로잡혀 녹초가 된 모습이었다. 몸은 수레가 흔들릴 때마다 마치 죽은 것이나 부서진 것과 같이 튕기고, 눈은 잔뜩 흐려 미친 사람의 눈과 같았다. 눈동자에는 눈물이 고여 있었는데, 그 눈물은 움직이질 않았다. 말하자면 얼어붙은 것 같았다.

그러는 동안에 음울한 기마 행렬은 환호 속을 뚫고 호기심 많은 사람들의 사이를 비집으며 군중을 밀어 헤치면서 앞으로 나아가고 있었다. 이렇게 말하기는 하지만 우리가 충실하게 사실을 말한다면, 이토록 아름다운 처녀가 이렇게 비탄을 참지 못하고 있는 광경을 보고 많은 사람들이 비록 냉혈한이라 하더라도 연민의 정을 느끼지 않을 수 없었다는 점을 밝혀 두어야만 하겠다.

수레가 경내로 들어오고 있었다. 중앙 현관 앞에서 수레가 멈췄다. 경비병은 전투대형을 갖추고 양쪽으로 줄지어 섰다. 군중의 와글와글거리는 소리도 멎었다. 이 장엄과 불안의 정적 속에 두 대문은 자연히 열린 것처럼 회전하며 삐그덕 소리를 내고 있었다. 그러자 깊숙하고 음울한 성당의 내부가 보였는데, 거기에는 장례식 때의 검은 휘장이 내려져 있었다. 그리고 안쪽의 주제단에서 반짝반짝 빛나고 있는 몇 개의 촛불 덕분으로 훨씬 안쪽까지 볼 수 있었다. 안쪽의 후미진 그늘 속에 은으로 된 커다란 십자가가 천장에서 깔개돌까지 늘어뜨려져 있는 검은 천을 배경으로 걸려 있는 것이 보였다. 본당에는 사람의 그림자조차 보이지 않았다. 그러나 그때 한구석에 있는 성가대에서 조금 떨어진 성직자 자리에서 몇 사람의 머리가 이리저리 움직이고 있는 것이 보였다.

　정문이 활짝 열리고 성당 안에서 장엄하고 단조로운 노랫소리가 울려 퍼지기 시작했다. 그것은 사형수의 머리 위에 가끔 생각난 듯이 슬픈 찬미가 몇 편을 토막토막 던져 주고 있었다.

　　비록 수천을 헤아리는 사람이 나를 둘러싸는 한이 있어도 나는 두려워하지 않으리.
　　신이여, 일어나 나를 구해 주소서. 오! 신이여!
　　물이 밀려와서 내 영혼 속에 스며들었나니.
　　오오, 신이여! 나를 구해 주소서.
　　나는 밑 없는 진창에 가라앉아 딛고 설 땅도 없다.

　이와 동시에 다른 노랫소리가 성가대에서 떨어져서 주제단의 계단 위에서 애처로운 봉헌곡을 노래하고 있었다.

　　내 말을 듣고 나를 보내 주신 주님을 믿는 자는
　　영원한 삶을 유지하고 심판 당하는 일도 없이
　　죽음에서 나와 삶으로 가게 되리라.

　어둠 속에 묻혀 잘 보이지는 않았으나 몇 사람의 노인들이 멀리서 이 아름다운 처녀, 젊음과 생명이 넘쳐흘러 봄의 부드러운 대기에 애무되고 햇볕을 받고 있는 처녀에게 들려주는 이 노래는 바로 죽음의 미사였던 것이다.

사람들은 숨을 죽이고 열심히 귀 기울였다.

처녀는 불쌍하게도 공포에 바들바들 떠는 모습이었는데, 성당 내부의 어두움 때문에 그 시력이나 의식도 사라져가는 것 같았다. 입술도 핏기를 잃고 기도를 올리는 것처럼 가냘프게 떨리고 있었다. 사형집행인이 수레에서 내리려는 처녀를 도와주려고 가까이 갔을 때, 처녀가 '페뷔스'라는 말을 낮은 소리로 되풀이하고 있는 것이 사나이의 귀에 들렸다.

처녀의 팔에 감겼던 밧줄이 풀렸고, 처녀와 함께 밧줄이 풀린 염소가 같이 수레에서 내려졌다. 염소는 몸이 자유롭게 된 것을 느끼자 즐거운 듯이 울었다. 처녀는 맨발로 대현관의 계단 밑에까지 단단한 포석 위를 걸어갔다. 목에 매인 밧줄을 뒤로 질질 끌고 있었다. 마치 한 마리의 뱀이 처녀의 뒤를 따라가는 듯이 보였다.

그때 성당의 노랫소리가 멎었다. 커다란 금으로 된 십자가와 한 줄의 촛불이 어둠 속에서 움직이기 시작했다. 여러 가지 색깔의 옷으로 몸을 단장하고 대성당을 지키는 파수병의 창이 부딪치는 소리가 들렸다. 잠시 후에 상제복을 입은 신부와 법의를 입은 보조신부가 긴 행렬을 지어 엄숙하게 찬미가를 부르면서 사로잡힌 집시 처녀 쪽으로 다가갔다. 그리고 다시 처녀의 눈앞을 지나 군중이 보이는 곳으로 흩어졌다. 그런데 처녀의 시선은 십자가를 든 사람의 바로 뒤에 선두로 걸어오는 사람에 고정된 채 움직이지 않았다.

"어머나! 또 저 사람이야."

처녀는 낮은 소리로 이렇게 중얼거리고 몸을 떨었다.

그것은 틀림없는 부주교였다. 왼쪽에는 성가대원을, 오른쪽에는 지휘봉을 든 대장을 대동하고 있었다. 그는 머리를 뒤로 젖히고 눈을 딱 부릅뜨며 힘센 소리로 찬미가를 부르면서 나아갔다.

나를 땅 밑에서 부르는 소리가 있었나니
주는 나의 소리를 들으셨도다.
또 주님은 나를 깊은 바닷속에 던지시고
물결은 나를 둘러쌌노라.

그가 검은 십자 표식의 은빛 제복 차림으로 한낮의 태양 아래 첨두 아치형의 높은 중앙 현관에 나타났을 때 안색이 너무나 창백했다. 그래서 군중 속에서는 성가대의 묘석 위에 무릎을 꿇고 있는 대리석으로 만든 주교의 석상 한 개가 일어나 무덤 입구 근처에서 바야흐로 죽으려 하는 자를 맞이하러 온 것이 아닌가 하고 생각한 사람이 있었을 정도였다.

처녀도 그에 못지않게 창백하여 마치 조각상처럼 움직이지 않았다. 그녀는 불을 붙인 노랗고 무거운 양초가 손에 쥐어진 것도 거의 깨닫지 못하고 있었다. 또 속죄를 하는 의식으로 죽음에 이르게 된 취지를 읽어 주는 서기의 날카로운 소리도 귀에 들어오지 않았다. 다만 "아멘"이라고 대답하라고 했을 때 따라서 "아멘"이라고 말했을 뿐이었다. 부주교가 경비하는 사람들에게 물러가라고 신호를 한 다

음 혼자 처녀 쪽으로 오는 것을 보았을 때, 그녀는 비로소 제정신이
들었다.

그때 처녀는 머릿속에서 피가 끓어오르는 것을 느꼈고, 이미 마비
되어 차갑게 된 마음속에 남아 있던 분노의 불꽃이 되살아났다.

부주교는 엄숙하게 처녀에게 다가갔다. 이 임종의 시간까지도 그
가 음란과 질투, 그리고 욕정의 눈을 반짝이면서 자신의 나체를 훑어
보고 있다는 것을 처녀는 알 수 있었다. 그는 처녀를 향해 큰 소리로
말했다.

"처녀여, 너는 자기의 죄와 과실에 대해 신에게 용서를 빌었는가?"

그리고 처녀의 입가에 가까이 와서 이렇게 덧붙였다―구경꾼들은
부주교가 처녀에게 최후의 변명을 듣고 있는 것이라고 생각했다.

"너는 내가 너를 위해 뭔가 도와주기를 바라지 않는가? 나는 아직
너를 구해 줄 수가 있어."

처녀는 그를 조용히 쏘아보다가 외쳤다.

"꺼져 버려! 이 악마야! 그렇지 않으면 너를 고발해 버리겠다."

그는 무서운 미소를 흘렸다.

"아무도 그런 말을 진심으로 받아들이지 않을 테지. 또 다른 죄를
덮어쓰는 것밖에 되지 않는 거야. 빨리 대답해라! 어때, 나에게 부탁
할 것이 없나?"

"내 페뷔스님을 어떻게 했어요?"

"놈은 죽었다."

부주교는 비참한 심정이 되어 문득 머리를 들었고, 광장 건너편에

있는 곤도로리에 저택 발코니에 바로 그 대장이 플뢰르 드 리스와 나란히 서 있는 것을 보았다. 부주교는 그만 비틀거리며 눈 위를 손으로 누르고 다시 한 번 자세히 보았다. 그리고 저주의 말을 중얼거렸다. 그의 얼굴은 몹시 굳어졌다.

"그래, 너는 죽는 거야." 하고 그는 입속말로 말했다. "누구의 손에도 너를 넘겨주지는 않겠다."

그렇게 말하고는 집시 처녀에게 손을 벌리고 슬픈 듯 소리쳤다.

"이제 가거라, 방황하는 영혼아! 신의 은총이 네 위에 있기를!"

그것은 이 음울한 의식을 끝마칠 때면 언제나 사용하는 무서운 관용어였으며, 또 성직자가 사형집행인에게 보내는 신호이기도 했다.

군중들은 무릎을 꿇었다.

"주여, 불쌍히 여기소서!"

현관의 첨두아치 밑에 서 있던 신부들이 말했다.

"주여, 불쌍히 여기소서!"

군중들도 중얼거리는 것처럼 되풀이했다. 그 중얼거림은 성난 파도가 출렁이는 바다의 소음처럼 군중들 머리 위를 지나서 흐르고 있었다.

"아멘!"

부주교가 말했다.

그는 죄수에게 등을 돌렸다. 고개를 깊이 숙인 채 두 손을 깍지 끼고 신부의 행렬 속에 끼어들었다. 이윽고 그의 모습은 십자가와 양초와 제복과 함께 대성당의 안개가 자욱하게 깔린 활 모양의 작은 문 안으로 사라져갔다. 그의 쩌렁쩌렁한 음성도 차츰 희미해져서 다음과 같은 절망의 노래를 부르는 합창소리 속으로 사라져갔다.

"너의 소용돌이치는 조수는 하나도 남김없이 나를 뛰어넘고 가 버렸노라!"

그와 동시에, 끊어졌다 이어졌다 하던 대성당 파수병의 덜거덕거리는 창 소리도 차츰 본당 기둥 사이로 사라져갔는데, 이는 마치 죄수의 마지막을 알리는 큰 시계의 망치 소리와 같은 느낌이 들었다.

노트르담의 문은 아직 열린 채, 대성당은 사람의 그림자도 촛불도 없고, 아무런 소리도 나지 않는, 죽음에 휩싸인 것 같은 휑한 모습을 보이고 있었다.

에스메랄다는 그곳에서 몸도 움직이지 않고 조용히 처분이 내려지기를 기다리고 있었다. 채찍을 든 관리가 샤르몰뤼에게 주의를 듣지 않으면 안 될 정도였다. 샤르몰뤼는 이런 광경이 전개되고 있는 동안 줄곧 중앙 현관의 얕은 돋을새김을 유심히 바라보고 있었다. 이 돋을새김에 대해 누구는 아브라함의 희생을 나타낸 것이라고 말했고, 또 다른 사람은 천사를 태양에 비기고 아브라함을 공장(工匠)에 비겨 화금석을 만드는 실험을 표현하고 있는 것이라고 말했다.

언제까지나 이렇게 조용히 바라보고만 있는 것을 그치게 하기 위해 상당히 애를 쓴 결과 마침내 그는 뒤돌아보았다. 그가 신호를 하니 그것에 응하여 사형집행인의 노란 옷을 입은 두 사나이가 집시 처녀에게로 가까이 가 두 손을 묶었다.

불행한 처녀는 숙명의 죄수 호송 수레에 다시 실려 최후의 장소로

가고 있는 그 순간, 아마 생명에 대한 애석한 정에 사로잡혔는지, 몹시 울어 빨갛게 충혈되어 눈물도 말라 버린 눈으로 하늘과 태양, 창공에 사다리꼴이나 세모꼴로 여기저기 떠돌고 있는 은색의 조각구름을 바라보았다. 그리고는 눈을 돌려 지상이나 군중이나 집 등 자기의 주위를 둘러보았다.

바로 그때 처녀는 기쁨에 넘친 소리를 질렀다. 저쪽 광장 한구석의 발코니에 있는 그의 모습을 본 것이었다. 자기가 사랑하는 사나이이며 주인인 페뷔스의 모습이, 자기 생명의 또 하나의 모습이라고 할 수 있는 그 사나이가 눈에 띄었던 것이다. 재판관은 거짓말을 했던 것이다. 부주교도 거짓말을 했던 것이다. 틀림없이 그 사람이었다. 이제 의심할 여지가 없었다. 그 사람은 저곳에 있다. 눈부신 군복을 입고 머리에는 깃을 달고 허리에는 칼을 차고 저기 있다.

"페뷔스님, 나의 페뷔스님!"

처녀는 소리 질렀다. 처녀는 그에게 사랑과 기쁨에 떨리는 손을 내밀려고 했으나, 그 손은 묶여 있었다. 그때 처녀의 눈에 들어온 것은, 대장이 눈살을 찌푸리고, 대장에 기대고 있던 아름다운 아가씨가 경멸하는 듯한 입술을 하고 노여움을 띤 눈초리로 대장을 쳐다보는 광경이었다. 그리고 페뷔스가 뭔가 두세 마디 말을 했는데, 그 소리는 처녀가 있는 곳까지는 들리지 않았다. 그리고 두 사람은 발코니에서 사라지고, 창문도 닫혀 버렸다.

"페뷔스님! 당신도 저에게 죄가 있다고 생각하세요?"

처녀는 미친 듯이 소리쳤다. 문득 무서운 생각이 처녀의 머리에 번

뜩였다. 페뷔스 드 샤토페르를 살해한 죄목으로 사형을 선고받았다는 것이 떠오른 것이었다.

처녀는 그때까지 모든 것을 조용히 참아왔다. 그러나 이 최후의 타격은 너무나 지독했다. 처녀는 깔림돌 위에 그대로 쓰러져 버렸다.

"자, 저 여자를 호송 수레에 태워라. 그리고 어서 처형하자."라고 샤르몰뤼는 말했다.

한편 현관의 첨두아치 바로 위 국왕의 조각상이 있는 회랑에 한 이상한 구경꾼이 있다는 것을 눈치 챈 사람은 아직 아무도 없었다. 그 사나이는 그때까지 태연하게 목을 쭉 내밀고 매우 기괴한 얼굴을 하고 광장에서 일어나는 일을 보고 있었다. 작고 큰 것을 막론하고 하나도 빠뜨리지 않고 보고 있었다. 그 사나이가 절반은 붉고 절반은 자주색인 이상한 옷차림을 하고 있지 않았다면 사람들은 그를 6백 년 전부터 줄곧 대성당의 긴 물받이를 입으로 받고 있는 석조 괴물조각의 하나로 잘못 보았을 것이 틀림없다. 이 구경꾼은 노트르담의 현관 앞에서 정오부터 일어나고 있던 일을 무엇 하나 놓치지 않고 보고 있었다. 그리고 아무도 예상하지 못했던 일이지만, 처음부터 그 사나이는 매듭이 진 굵은 밧줄을 회랑의 한 기둥에 꽉 붙들어 매고 있었고, 그 밧줄의 끝을 아래에 있는 현관 앞의 계단에까지 늘어뜨리고 있었다. 그 일이 끝나자 그는 또 조용히 바라보기 시작했다. 그리고 간혹 지빠귀가 그의 앞을 날아갈 때면 휘파람을 불었다.

사형집행인이 샤르몰뤼의 차가운 명령을 집행하려는 찰나, 그 사나이는 회랑의 난간을 뛰어넘어 발과 무릎과 손으로 밧줄을 잡았다.

그리고는 사람들이 보고 있는 앞에서 마치 유리창문을 따라 미끄러져 내려가는 한 방울의 빗물처럼 정면으로 미끄러져 내려와 지붕에서 떨어지는 고양이처럼 날쌔게 두 사람의 사형집행인 쪽으로 달려갔다. 그리고 큰 주먹으로 그들을 때려눕히고 마치 어린아이가 인형을 끌어안듯이 한 손으로 집시 처녀를 끌어안았다. 그녀의 몸을 머리 위에 얹음과 동시에 몸을 날려 대성당 안으로 뛰어올라가 크게 소리를 질러댔다.

"여기는 성역이다!"

참으로 놀라울 만큼 재빠른 동작으로 행해졌기 때문에, 만약 밤에 일어난 일이었다면 번개가 한 번 번쩍 빛나는 사이에 모든 일이 행해졌다고도 말할 수 있었을 것이다.

"성역이다! 성역이다!"

군중들도 되풀이하여 소리쳤다. 약 만 명이나 되는 사람들이 손뼉을 치며 갈채를 보냈기 때문에 카지모도의 애꾸눈도 기쁨과 자랑스러움으로 번쩍 빛났다.

이 소동으로 처녀도 정신이 들었다. 그리고 눈을 뜨고 카지모도를 보았으나 곧 자기를 구해 준 사람의 모습에 기겁을 한 것처럼 급히 눈을 감았다.

샤르몰뤼는 어안이 벙벙하여 멍하니 바라보고 있었고, 사형집행인도 경비병도 모두 망연자실하여 서 있었다. 사실 노트르담 경내에서는 죄수라고 할지라도 어떻게 할 수 없었던 것이다. 대성당은 성역이었다. 인간의 모든 심난의 손은 이 문턱 위에서는 모두 사라져 버리는 것이었다.

　카지모도는 대현관 아래에 멈추어 섰다. 그의 커다란 발은 마치 로마의 장엄한 돌기둥처럼 이 성당의 포석을 꽉 밟고 서 있었다. 또 머리카락이 텁수룩한 큰 머리는 마치 갈기는 있어도 목이 없는 사자처럼 어깨에 파묻혀 있었다. 그는 바들바들 떨고 있는 처녀를 마치 흰 휘장이라도 쥐는 것처럼 못 박인 손으로 들고 있었다. 그러나 그는 조금이라도 부서지거나 다치지 않도록 겁을 집어먹고 있다고 할 만큼 세심한 주의를 기울여 그녀를 들고 있었다. 마치 섬세하고 고상하며 귀중한, 그리고 자기와 같은 사람이 손을 대어서는 안 되는 귀중한 물건을 자신이 가지고 있다는 것을 느끼고 있는 것 같았다. 가끔 그는 아무래도 닿을 수 없다는 듯이, 입김조차도 처녀에게 불 수 없는 것 같은 태도를 취했다. 그리고 갑자기 자기의 행복을 끌어안은 것처럼, 보물이나 되는 것처럼, 어머니가 자기 아이에게 하는 것처럼 울퉁불퉁하고 딱딱한 가슴으로 처녀를 꼭 껴안았다. 그가 처녀를 내려다보는 눈에는 애정과 고뇌, 그리고 번민이 넘쳐 있었으며, 문득 반짝 빛나는 눈을 쳐들기도 했다.

　구경하는 여자들 중에는 환호하는 사람이 있는가 하면 우는 사람도 있었다. 또 군중들은 열광하여 발을 굴렀다. 왜냐하면 그때 카지모도의 모습은 실로 아름다웠기 때문이다. 정말 아름다웠다. 고아이고 기아이며 인간의 쓰레기였던 이 사나이는 스스로에게 당당한 강자의 기풍이 있다는 것을 처음으로 느꼈던 것이다.

　그는 자기를 돌아다보지도 않던 이러한 민중을 이제야 정면으로 바라보았다. 당당히 민중 속에 뛰어들어가 인간의 재판으로부터 그 먹이를 탈취한 것이다. 소용없는 짓을 하도록 강요받은 저 호랑이들—경찰관, 재판관, 사형집행인, 그리고 국왕—의 권력을 이 최하층의 인간인 그가 신의 가호로 두들겨 부순 것이다.

게다가 이렇게 기괴한 인물이 불행의 밑바닥에 있는 인간을 지켜 주었다는 것은 참으로 감동적인 일이었다. 이 두 사람은 바로 자연과 사회의 두 극단에 서 있는 불행한 존재였다. 그런데 이 두 사람이 서로 몸을 맞대며 서로 돕고 있었던 것이다.

카지모도는 잠시 승리에 취해 있다가 급히 처녀를 데리고 대성당 안쪽 깊숙이 들어가 버렸다. 민중은 이 무공을 기뻐하며 눈을 어두운 본당 아래쪽으로 돌려 그의 모습을 찾았으나, 그를 찾지 못했고, 그가 너무나 빨리 환호의 소리로부터 피해 버린 것을 아쉬워하고 있었다.

그러나 갑자기 카지모도는 프랑스 왕의 조각상이 있는 회랑 한쪽 끝에 모습을 나타냈다. 그리고 마치 미친 사람처럼 그 회랑을 빠져나갔다. 그리고 팔을 뻗어 획득한 것을 쳐들고 "성역이다!"라고 외쳤다. 군중은 또다시 갈채를 보냈다. 회랑을 달려 돌아가 그는 다시 건물 안에 숨어 들어가 버렸다. 잠시 후 또 옥상의 평평한 지붕 위에 모습을 나타냈는데, 그 팔로는 여전히 집시 처녀를 끌어안고 있었고, 여전히 미친 사람처럼 뛰어다니면서 "성역이다!" 하고 계속 소리쳤다. 그러자 또 군중은 열렬한 갈채를 보냈다. 그는 마지막으로 범종탑의 꼭대기에 모습을 나타냈다. 그곳에서 시내 전체를 향해 자기가 살려낸 처녀를 득의양양하게 보이고 있지 않은가! 그리고 사람들이 좀처럼 들어 보지 못했던, 깨어진 종과 같은 소리로 구름이라도 들으라는 것처럼 세 번이나 미친 듯이 소리쳤다.

"성역이다! 성역이다! 성역이다!"

"와! 잘했다!"라고 군중 쪽에서도 소리쳤다.

이 거대한 환호의 소리는 강 건너에까지 울려 퍼져서 그레브 광장의 군중들과 교수대를 조용히 응시하면서 사형의 시간을 기다리고 있던 저 은자님을 놀라게 했다.

제 8 장

광장

불행한 부주교가 집시 처녀를 함정에 빠뜨려 넣고 자기도 또 빠져 버린 이 운명의 올가미를 양자인 카지모도가 그토록 재빨리 끊어 버리고 있을 때, 클로드 프로로는 이미 노트르담에 없었다. 그는 성구실에 돌아가 성직자의 흰옷이나 가운 등을 모두 벗고는, 어이가 없어 바라보고 있는 견습 성직자의 손에 내던지고 수도원의 비밀문을 통해 도망쳤다.

그는 센강 왼쪽으로 가자고 테헤란의 뱃사공에게 말하고는 어디로 가는지도 모르고 대학가의 기복이 심한 거리로 들어갔다. 남녀의 무리들이 마녀가 목매달리는 광경을 보기에는 아직 시간이 충분하다며 생미셸교 쪽으로 즐겁게 발걸음을 옮기고 있었다. 그는 한 발 한 발 움직일 때마다 사람들과 부딪쳐서 창백한 얼굴로 당황하고 있었는데, 마치 한낮에 아이들이 올빼미를 풀어 놓고 쫓을 때 그 올빼미가 어리둥절해하는 것 이상의 모습이었다. 눈도 보이지 않은 채 미쳐 날뛰는 듯한 형상이었다. 어디에 있는지, 무엇을 생각하는지, 또는 꿈인지 생시인지도 알지 못했다. 어디라고 할 것 없이 거리에서 거리로 정처 없이 돌아다니거나 뛰어다녔다. 다만 뒤에 있다는 것을 막연히 의식하고 있는 저 그레브 광장, 그 무서운 그레브 광장에서 벗어나 쉬지 않고 앞으로 앞으로 밀려 나가고 있었던 것이다.

이렇게 하여 생주누베브의 언덕을 끼고 나아가 마침내 생빅토르문을 지나 거리를 빠져나갔다. 뒤를 돌아다보고 대학가의 몇 개 탑을 둘러싼 벽이나 시외에 산재한 집들이 보이는 동안에는 계속 도망쳤다. 마침내 저 저주할 파리의 거리가 땅의 주름에 숨었다. 그곳은 인기척이 없는 밭 한가운데로, 마치 4백 킬로미터는 떨어진 곳인 것처럼 생각되었다. 그는 발걸음을 멈추고 간신히 안도의 숨을 쉴 수 있을 것 같은 생각이 들었다.

이렇게 그는 날이 저물 때까지 계속 밭 사이를 뛰어다녔다. 자연이나 인생, 그리고 자기 자신과 인간, 신 등 모든 것으로부터 하루 종일 도망쳤던 것이다. 대지에 몸을 던져 봉오리가 나온 밀 이삭을 손톱으로 꺾었다. 또 어떤 마을의 인기척이 없는 거리에서 발걸음을 멈추기도 했다. 자기가 했던 생각들이 견딜 수 없이 미워져 두 손으로 머리를 움켜쥐고 어깨에서 빼내어 포석에 내동댕이쳐 버릴까 하고 생각

하기도 했다.

해가 저물 무렵 다시 한 번 자기의 모습을 되돌아보니 마치 미친 사람 같았다. 집시 처녀를 구하려는 희망이나 의지가 없어진 때부터 마음속에 태풍이 휘몰아치고 있었다. 그 태풍은 마음속으로부터 성실한 생각과 착실한 생각을 모조리 불어서 날려 버렸다. 이성은 거의 두들겨 부서진 지 오래였다. 마음속에는 이제 두 가지의 모습이 뚜렷하게 떠오르고 있을 뿐이었다. 에스메랄다와 교수대가 바로 그것이었다. 그 이외의 것은 모두 어둠 속에 묻혀 있었다. 두 개의 모습은 서로 얽매어져 하나의 무서운 모습이 되었다. 마음속에 아직 남아 있는 주의나 생각을 모아 두 개의 모습을 보면 볼수록 그 무서운 모습은 생각할 수 없을 정도의 속도로 커지고 있었다. 한편에서는 그 우아함과 매력, 아름다움, 광명의 정도를, 다른 한편에서는 그 공포의 정도를 높이면서 마침내 에스메랄다는 별같이, 그리고 교수대는 살이 빠져 버린 거대한 팔같이 보이는 것이었다.

이렇게 괴로워하는 동안에도 죽고 싶은 마음이 한 번도 일어나지 않았던 것은 주목해야 할 일이었다. 이 가련한 사나이는 언제나 이런 모양이었던 것이다. 그는 생에 집착하고 있었다. 아마 지옥이 자기 뒤에 생생하게 보이고 있었기 때문일 것이다.

그러는 동안에도 해는 저물고 있었다. 육체 안에 아직도 살아 있는 무언가가 대성당에 돌아가는 일을 막연하게 생각하게 했다. 파리에서 멀리 떨어져 있다고 생각했는데, 방향으로 보니 여전히 대학가의 주위를 맴돌고 있었을 뿐이라는 것을 알았다. 생세르피스의 첨탑이나 생제르맹데프레의 세 개의 높은 탑이 우측의 지평에 솟아 있었다. 그는 그쪽을 향해 갔다. 생제르맹의 총구가 달린 참호 부근에서 수도 원 경비병의 수하를 하는 소리를 듣자 길을 바꾸어 수도원의 풍차와 시청 소속의 나병원 사이의 작은 길로 들어갔다. 잠시 가니 푸레 오 쿠레르의 변두리가 나왔다. 이 목장은 밤낮을 가리지 않고 일어나는 소동으로 유명했다. 생제르맹의 불쌍한 수도사에게 있어 그것은 히 드라 같은 것이었다. 왜냐하면 신학생들이 언제나 토론을 걸어 왔기 때문이다. 부주교는 거기서 누구를 만나지 않을까 걱정되었다. 인간 의 얼굴이 무서웠던 것이다. 시내에는 될 수 있는 대로 느즈막하게 들어가고 싶었다. 그래서 푸레 오 쿠레르의 목장을 끼고 나아가 뒤유 누프와 목장과의 경계인 인기척이 없는 소로로 들어가 마침내 강변 에 이르렀다. 클로드 부주교는 거기서 뱃사공을 발견하고 얼마간의 돈을 쥐어 주며 센강을 거슬러 올라가 시테의 변두리에 닿게 했다. 그곳은 여러분도 알고 계시는 그랑고아르가 명상하고 있던 거친 꽃 모양의 땅이었다. 이 고장은 왕실 정원 저쪽까지 파스르 오 바슈라는 섬과 나란히 뻗어 있었다.

단조로운 배의 흔들림과 물소리는 불행한 클로드의 기분을 어느 정도 가라앉혔다. 뱃사공이 떠나간 다음 그는 멍하니 강기슭에 서서 앞을 바라보았다. 사물의 모습이 모두 흔들거려 보였고, 그 흔들거림 은 점점 격렬하게 되어 마치 주마등의 풍경 비슷하게 되었다. 심한 괴로움 때문에 마음이 피로했을 때에는 흔히 정신이 이런 형편이 되 게 마련이었다.

해는 이미 높은 넬탑 뒤로 넘어가 버렸다. 황혼의 한때였다. 하늘은 희고, 강물도 희었다. 두 가지의 흰 것 사이에 그가 조용히 바라보고 있던 센강 왼쪽 강변이 검게 누워 있었다. 그것은 멀리 감에 따라 가늘어지고, 검은 방첨탑처럼 지평의 안개 속으로 사라져갔다. 이 기슭 위에는 집들이 꽉 들어차고, 그 검은 실루엣은 어둠 속에서 밝은 하늘과 물을 배경으로 하여 뚜렷하게 떠오르고 있었다. 이쪽저쪽 집들의 창문은 그 속에 타오르는 불을 넣은 구멍처럼 붉게 반짝이기 시작했다. 하늘과 강이 두 개의 흰 면과는 별도로 뻗어 있는 검고 커다란 방첨탑과 같은 강기슭은, 이 부근에서 매우 폭이 넓어져 있어 클로드 부주교에게 이상한 느낌을 주었다. 마치 스트라스부르 대성당의 종루 밑에 드러누워 저녁 노을이 어두운 머리 위로 꺼져가는 거대한 첨탑을 올려다보는 느낌이었다. 다만 이곳에서는 서 있는 것이 클로드이며, 누워 있는 것이 방첨탑이었다. 그러나 강이 하늘을 투영하여 그의 발밑에 심연처럼 누워 있었기 때문에, 거대한 꽃을 닮은 하천의 왼쪽 물가는 여기저기의 대성당 첨탑 그대로 공간에 대담하게 뻗어 올라간 것처럼 보였다. 왼쪽 강변이나 대성당도 마찬가지 느낌이었다.

그러나 왼쪽 강변에는 뭔가 이상하고, 그리고 한결 깊은 느낌이 있었다. 스트라스부르의 종루 그대로의 느낌이었는데, 이 센강 왼쪽 강변 종루 쪽은 8천 미터나 되는 높이를 가지고 있고, 사람의 눈이 지금까지 한 번도 본 일이 없는 것 같은 건물이었다. 그것은 바벨탑이었다. 집집의 연통, 성벽의 요철, 지붕의 박공, 레 니조규스탄 교회의 첨탑, 넬탑, 거대한 방첨탑의 측면을 깔쭉깔쭉하게 만들고 있는 이러한 모든 돌기는 시각을 제멋대로 자극하고, 뒤얽혀 눈을 홀기는 것 같은 조각의 요철을 환상에 첨가하고 있었다. 환상에 사로잡혀 있던 클로드는 지옥의 종루를 눈앞에서 보는 것 같은 생각이 들었다. 이 무서운 탑 위에서 아래까지에 걸쳐서 흩어지는 무수한 빛은 거대한 아궁이의 부싯깃처럼 느껴졌다. 그곳에서 일어나는 여러 가지 떠들썩한 소리는 절규나 죽음의 허덕임처럼 들릴 수 있는 것이었다. 그는 두려움에 사로잡혀 아무것도 듣지 않으려고 귀를 막으며 등을 돌렸다. 그리고 이 무서운 광경으로부터 급히 멀어져갔다. 그러나 이 광경은 그의 마음에서 좀처럼 떠나지 않았다.

거리로 들어오니, 밀리고 있는 통행인의 모습이 가게의 불빛에 비치는 것이 보였는데, 이는 마치 그의 주위를 영원히 오가고 있는 망령들처럼 보였다. 귓속에서는 이상한 소리가 울리고 있었다. 엉뚱한 상상이 정신을 미치게 했다. 그의 눈에는 집들도 포석도, 그리고 짐수레도 남자도 여자도 보이지 않았다. 다만 뚜렷하지 않은 물체의 모습들이 서로 융합하면서 뒤죽박죽되어 있었다. 라 바류 거리의 한쪽 구석에 한 채의 식료품 가게가 있었다. 이 가게의 처마에는 옛날부터의 습관대로 함석 고리가 많이 달려 있고, 나무로 만든 양초가 고리가 되어 매달려 있었다. 그것이 바람에 흔들려 캐스터네츠처럼 딸랑딸랑 소리를 내며 서로 부딪치고 있었다. 그에게는 그것들이 몽포콘 묘지의 해골이 다발이 되어 어둠 속에서 서로 부딪치고 있는 소리처럼 생각되었다.

"오! 밤바람은 해골을 서로 맞부딪치게 하고 있다. 그리고 해골을 결박한 쇠사슬 소리는 뼈가 맞부딪치는 소리와 뒤섞인다. 그 여자도 아마 저기 있을 것이다. 저 해골들 사이에 말이야."라고 그는 중얼거렸다.

이미 미칠 것같이 되어 어디를 어떻게 걸어가고 있는지조차 알지 못했다. 5, 6보나 걸었을까 했는데, 정신을 차리고 보니 그곳은 생미셸교 위였다. 어떤 건물의 1층에 불빛이 하나 비쳤다. 가까이 가 보니 금이 간 유리문 너머로 더러운 방이 보였다. 그 안의 광경은 그의 마음에 어떤 희미한 기억을 되살려 주었다. 작은 램프가 희미하게 비치고 있는 실내에서 생생하고 즐거워 보이는 얼굴을 한 금발의 젊은이가 입을 크게 벌리고 껄껄 웃으면서 요란하게 짙은 화장을 한 아가씨를 끌어안고 있었다. 램프 옆에는 노파가 떨리는 목소리로 노래를 부르면서 실을 잣고 있었다. 젊은이가 웃음을 그치자 노파의 노랫소리가 드문드문 부주교에게까지 들려왔다. 내용은 알 수 없으나 뭔가 무서운 노래였다.

노래가 끝나자 젊은이는 웃으면서 아가씨를 애무했다. 노파는 파루르델이었다. 아가씨는 거리의 여자였고, 젊은 사나이는 동생인 장이었다.

그는 조용히 보고 있었다. 이 광경뿐만 아니라 머리에 떠오르는 또 하나의 광경도 함께……

장은 방 안쪽으로 가서 창문을 열고 강기슭 쪽으로 눈을 돌렸다. 멀리 보이는 무수한 창문에는 불이 켜져 있었다. 장이 창문을 닫으면서 이렇게 말하고 있는 것이 들렸다.

"제기랄! 벌써 밤이 되었구나. 거리의 사람들이 촛불을 켜면 하느님은 별에 불을 붙인단 말이야."

이렇게 말하고 장은 아가씨 쪽으로 되돌아와 테이블 위에 놓여 있던 병을 깨며 큰 소리로 외쳤다.

"빌어먹을, 벌써 비었잖아! 게다가 돈 한푼 없으니! 야, 이자보! 네 흰 젖이 두 개의 검은 술병이 되어서 술을 밤낮 빨아마실 수 있게 되지 않는 한 나는 유피테르도 고맙다고 생각하지는 않겠어."

이 쓸데없는 농담에 아가씨는 웃어대고, 장은 밖으로 나갔다.

클로드 부주교는 여기서 동생의 얼굴과 맞닥뜨려서는 안 된다고 생각하며 땅바닥에 몸을 엎드렸다. 다행스럽게도 거리는 어두컴컴하고, 장은 술에 취해 있었다. 그래도 그는 부주교가 흙투성이가 되어 포석 위에 엎드려 있는 것을 보았다.

"저런! 저런! 이놈도 오늘 하루 종일 무사태평으로 지냈구나."

이렇게 말하면서 클로드 부주교를 발로 툭툭 건드렸다. 클로드는 숨을 죽이고 있었다.

"주정뱅이구나!"라고 장은 말했다. "이것 봐라! 아주 곤드레만드레 취했네! 마치 술통에서 잡아뗀 거머리 같구나. 아니, 이것 봐라. 머리가 벗겨졌다. 이놈, 게다가 영감쟁이구나! 행복한 영감님이네."라고 몸을 굽히면서 말했다.

이윽고 클로드 부주교의 귀에는 동생이 다음과 같이 말하면서 멀리 사라져가는 소리가 들렸다.

"아무래도 좋단 말이야. 철이 든다는 것은 정말 훌륭한 거야. 형님인 부주교는 복 많게도 품행이 방정하고 돈도 많이 있거든."

그것을 듣고 부주교는 일어나서 한눈팔 틈도 없이 노트르담을 향해 곧장 달려갔다. 대성당의 거대한 탑은 어둠 속에서 모든 집들 위에 떠올라 있었다.

숨을 헐떡이면서 노트르담 광장에 도착한 순간 저도 모르게 주춤한 그는 이 불길한 건물을 대담하게 눈을 들어 쳐다볼 수가 없었다.

"아! 그 일이 오늘 아침 여기서 일어났다니, 도대체 그것이 정말일까!"

그는 나지막하게 중얼거렸다. 그리고 대담하게 대성당을 바라보았다. 정면은 거뭇거뭇했다. 뒷면의 하늘에는 별이 반짝반짝 빛나고 있었다. 초승달이 막 지평선에서 돋아 올라와 마침 그때 오른쪽 탑 꼭대기에 걸려 있었다. 그것은 마치 반짝반짝 빛나는 새가 까맣게 클로버형으로 도려내어진 난간 끝에 앉아 있는 것 같았다.

수도원의 문은 닫혀 있었다. 그러나 부주교는 자기 방이 있는 탑의 열쇠를 항상 몸에 지니고 있었기 때문에 그 열쇠로 대성당에 들어갔다. 대성당 안은 동굴처럼 어둡고 조용했다. 넓은 현수막처럼 사방에 커다란 그림자가 늘어져 있는 것은 새벽 미사를 올릴 때 걸어 놓은 휘장이 아직 그대로 걸려 있었기 때문이었다. 은으로 된 커다란 십자가가 이 묘지의 밤을 비추는 은하처럼 반짝반짝 빛나는 별을 아로새기고 어둠 속에서 빛나고 있었다. 내진의 높은 창문의 첨두아치 상단은 검은 휘장 위까지 뻗어 있었다. 그 스테인드글라스는 달빛을 통해 밤

의 희미한 색깔, 즉 자주색이라고도 흰색이라고도 그렇지 않으면 푸
른색이라고도 할 수 없는 죽은 사람의 얼굴에 떠오르는 빛깔을 하고
있었다. 부주교는 이 창백한 첨두아치의 상단을 보았다. 저주받은 주
교들의 주교관을 보는 것 같은 생각이 들었다. 그는 눈을 감았다. 눈
을 떠 보니 창백한 얼굴의 한 무리가 원을 그리며 둘러서서 그를 노려
보고 있는 것 같았다.

그는 도망치듯 대성당을 달려나갔다. 그때 그에게는 대성당이 흔
들려 움직이기 시작하고 생명이 불어넣어져 마치 살아 있는 것같이
생각되었다. 커다란 기둥 한 개가 거대한 다리가 되어 커다란 발바닥
으로 땅바닥을 밟고 있는 것 같기도 했다. 거대한 대성당 전체가 코
끼리가 되어, 기둥은 다리로, 두 개의 탑은 코로, 그리고 광대한 검은
휘장은 가운이 되어 숨을 내쉬면서 걷고 있었다.

그는 잠시 동안 멍하니 있었다. 옆의 복도 밑에 내려가니 한 무리의
기둥 뒤에 붉은색을 띤 한 줄기의 빛이 보였다. 그 빛이 마치 별처럼
생각되어 가까이 뛰어가니, 그것은 노트르담의 참례자용 성무일과서
를 비추는 작은 램프로, 그 쇠창살 안에서 밤낮으로 타고 있는 것이었
다. 뭔가 위로가 되거나 힘이 되는 말이라도 없는가 하고 그 신성한
책에 빨려 들어가듯 덤벼들어 보니, 책은 〈욥기〉의 대목에서 펼쳐져
있었다. 눈은 조용히 그것을 읽어 내려갔다.

'그때에 영이 내 앞으로 지나매 내 몸에 털이 쭈뼛했었느니라.'

이 음침한 글귀를 읽으니, 장님이 자기가 주워 올린 막대기에 찔렸
을 때와 같은 아픔이 느껴졌다. 힘이 빠진 그는 낮에 죽은 여인을 생

각하면서 포석 위에 푹 쓰러져 버렸다. 머릿속에서 기괴한 연기가 몇 줄기 감돌다가 솟아오르는 것 같은 생각이 들었다. 마치 머리가 지옥의 굴뚝이 된 것 같았다.

이런 상태에서 아무것도 생각하지 않고 악령의 손에 걸려 짓눌려 터지고 저항도 할 수 없이 오랜 시간이 지난 것 같았다. 이윽고 얼마간의 힘이 되돌아오자 그는 탑에 올라가 저 충실한 카지모도 옆에서 쉬어야겠다고 생각했다. 무서웠기 때문에 길을 비추기 위해 성무일 과서와 램프를 손에 들었다. 그것은 신을 모독하는 행위였다. 그러나 이미 이런 작은 것에 신경을 쓸 여력이 없었다.

그는 천천히 탑 계단을 올라갔다. 이렇게 늦은 시간에 이상한 램프의 빛이 종루 위를 올라가는 것이 노트르담 광장을 지나가는 얼마 안 되는 통행인에게 보일지도 모른다는 은밀한 두려움을 마음에 품고 있었던 것이다.

갑자기 얼굴 위에 뭔가 섬뜩한 것이 느껴졌다. 얼굴을 들어 보니 그는 지금 가장 높은 회랑의 문 밑에 서 있었다. 공기는 차갑고, 하늘에는 구름이 흐르고 있었다. 구름의 흰 파도는 그 구석구석을 부수면서 몇 겹이나 겹쳐 굽이치고 겨울날 강의 얼음이 녹을 때와 같은 모습을 하고 있었다. 구름 사이에 올라탄 초승달은 마치 공기의 얼음덩어리에 붙잡힌 하늘의 배와 같았다.

그는 눈을 내리뜨고 잠시 주위를 바라보았다. 두 개의 탑을 잇는 회랑의 살창 사이로, 안개와 연기의 베일을 통해 여름밤의 조용한 바다의 파도처럼 서로 밀고 당기고 있는 파리의 말없는 뾰족한 지붕들이 멀리 보였다.

달은 하늘과 땅을 잿빛으로 물들이는 희미한 빛을 던지고 있었다. 그때 큰 시계가 가냘프게 금이 간 것 같은 소리로 종을 쳤다. 밤 열두 시를 알리는 것이었다.

"그렇다! 에스메랄다도 지금쯤은 차갑게 되어 있겠지!"라고 그는 작은 소리로 혼잣말을 했다.

갑자기 바람이 휙 불어와 램프가 꺼졌다. 그와 거의 동시에 탑 반대쪽에 무엇인가 희끄무레한 것이 나타났다. 에스메랄다였다. 그는 부들부들 몸을 떨었다. 옆에는 염소도 있었다. 그 울음소리가 큰 시계의 마지막 울림에 섞여 들려왔다.

그는 마음을 가라앉히고 자세히 노려보았다. 분명히 그 집시 처녀였다. 안색은 창백하고, 표정은 음침했다. 머리카락은 아침과 마찬가지로 어깨에 늘어뜨리고 있었는데, 목에는 이미 밧줄이 없고, 손도 묶여 있지 않았다. 자유의 몸이었다. 처녀는 죽은 게 분명하다고 클로드는 생각했다.

몸에는 흰옷을 걸치고, 흰 베일로 머리를 감싸고 있었다. 처녀는 하늘을 바라보면서 천천히 그가 있는 쪽으로 걸어왔다. 염소도 뒤따라왔다. 그는 몸이 돌덩이처럼 굳어 버려 도망칠 수도 없었다. 처녀는 한 걸음 한 걸음 가까이 오고, 그는 한 걸음 한 걸음 뒤로 물러섰다. 다만 그것뿐이었다. 그는 계단 밑 둥근 천장 아래까지 밀려왔다. 처녀도 그곳에 들어올지 모른다고 생각하니 전신의 피가 얼어붙는 것 같은 느낌이 들었다. 만약 처녀가 들어왔다면 그는 공포로 죽어 버렸을지도 모른다.

처녀는 계단의 문 앞까지 와서 잠시 그곳에 서서 어두운 내부를 지그시 바라보고 있었는데, 부주교의 모습을 본 기색도 없이 지나가 버렸다. 처녀의 모습은 살아 있을 때보다 훨씬 크게 보였다. 그 흰옷을 통해 달이 보였다. 처녀의 숨소리도 들려왔다.

처녀가 가 버리자 그는 계단을 내려가기 시작했다. 마치 저 망령과 마찬가지로 천천히 자기 자신도 유령이 된 기분으로, 잡아먹을 것 같은 얼굴을 하며, 머리카락을 곤두세우고, 손에는 여전히 그 꺼진 램프를 들고 나선 계단을 내려가는 그의 귀에 웃으면서 되풀이하는 소리가 뚜렷하게 들려왔다.

'그때에 영이 내 앞으로 지나매 내 몸에 털이 쭈뼛했었느니라.'

꼽추, 애꾸눈, 절름발이

중세 무렵에는 어떤 거리에나, 또 프랑스에서는 루이 12세 때까지 곳곳에 성역이 있었다. 이러한 성역은 도시에 범람하고 있던 형법이라든가 야만적인 재판권의 홍수 속에서 인간이 행하는 재판의 수면 위에 한층 높이 솟아올라 있는 섬과 같았다. 어떤 죄인이라도 이곳에 당도하기만 하면 모두 구조받을 수 있었다.

또한 교외에는 교수대가 설치된 곳이 있었는데, 그와 동시에 이 교수대의 수와 같은 수의 성역도 마련되어 있었다. 그것은 형벌의 남용과 병행되는 처벌을 모면한다는 것의 남용이기도 했는데, 이 두 가지의 악폐는 협력하여 결함을 서로 보충하고 있었던 것이다. 국왕의 궁전, 귀족의 성, 그리고 성당 등이 이 비호권을 가지고 있었다. 인구를 증가시키지 않으면 안 되는 시기에는 하나의 도시 전체를 일시적으로 성역으로 지정하는 일도 있었다. 루이 11세는 1467년에 파리를 성역으로 지정했다.

한번 성역에 발을 들여놓으면 그 죄인은 법률의 추궁을 피할 수가 있었다. 그러나 그곳에서 밖으로 나가지 않도록 주의를 하지 않으면 안 되었다. 성역으로부터 한 발자국이라도 밖으로 나가면 다시 형벌의 파도에 휩싸여 버리게 되는 것이었다. 성역 주위에는 교수대와 능지처참을 하는 형틀 등이 엄중히 둘러싸여 있었다. 마치 고래나 상어가 배 주위를 맴도는 것처럼 끊임없이 먹이를 노리고 있었던 것이다.

유죄 선고를 받은 자가 수도원 안이나 왕궁의 계단 또는 수도권의 경작지나 교회의 현관 등에서 백발이 되도록 생애를 보내고 있는 것을 흔히 볼 수가 있었다. 이런 까닭으로 성역 역시 일종의 감옥이었다. 때로는 고등법원의 최종 판결이 피난의 특권을 침해하고 피고를 사형집행인의 손에 넘기는 일도 있었으나, 그런 일은 좀처럼 일어나지 않았다.

성당에는 보통 이와 같이 뛰어드는 사람을 수용하는 작은 방이 있었다. 1407년에 니콜라 플라베르는 그런 사람들을 위해 생 자크 드라 부슈리 교회의 둥근 천장 위에 방을 하나 만들게 했는데, 그 비용으로 무려 파리 금화로 4리브르 6수 16드니에나 들인 것으로 알려지기도 했다.

노트르담 대성당에서는 수도원에 면한 측랑의 지붕 위에 있는 바람벽 밑에 그러한 작은 방이 만들어져 있었다.

카지모도가 의기양양하게 탑이나 회랑을 뛰어다니고 있는 사이에 처녀는 의식을 되찾을 수가 없어 잠자고 있는지 깨어 있는지 알 수 없는 느낌이었다. 다만 공중을 날아다니고 있는 그런 느낌이 들 뿐이었다.

그러나 머리를 풀어헤친 이 종지기가 숨을 헐떡이며 자기를 피난처의 작은 방에 내려놓고, 그 커다란 손으로 자기의 팔에 상처를 줄 만큼 파고들었던 밧줄을 조심조심 풀고 있는 것을 알았을 때, 처녀는 마치 어두운 한밤중에 배가 좌초하여 승객들이 벌떡 일어날 때와 같은 충격을 느꼈다. 정신이 들기 시작하고 기억이 하나둘씩 되살아왔다.

자기는 지금 노트르담에 있으며 사형집행인의 손에서 탈취되었다는 것을 생각해 낼 수 있었다. 또 페뷔스는 살아 있으나 자기를 사랑하지 않는다는 것도 생각났다. 이 두 가지 생각 중의 한 가지는 이 사형수에게 깊은 고뇌를 던져 주었다. 처녀는 자기 앞에 서 있는 카지모도 쪽으로 되돌아 앉았으나 그의 모습은 무서웠다. 처녀는 카지모도에게 물었다.

"왜 나를 살려 주셨지요?"

그는 처녀의 말을 이해하려고 하는 것처럼 불안한 태도로 처녀를 조용히 바라보았다. 처녀는 다시 한 번 물어보았다. 그러자 그는 깊은 슬픔에 찬 눈을 처녀에게 던지고 도망쳤다. 처녀는 어처구니가 없었다.

얼마 뒤 그는 보따리를 한 개 가지고 다시 돌아와 처녀의 발밑에 던졌다. 자비심이 많은 여자들이 처녀를 위해서 대성당 출입문 앞에 놓고 간 옷이었다. 그것을 보자 문득 처녀는 눈을 내리뜨고 자기의 모습을 바라보았고, 속옷 차림인 것을 깨닫고는 얼굴을 붉혔다.

카지모도는 처녀가 부끄러워하는 것을 보고 뭔가를 느낀 것 같았다. 커다란 손으로 눈을 가리고 다시 한 번 나갔는데, 그 발걸음은 무거웠다.

처녀는 급히 옷을 입었다. 그것은 베일이 달린 흰옷으로, 시립병원의 수녀 간호사의 제복이었다.

막 옷을 갈아입고 나자 카지모도가 돌아왔다. 그는 한쪽 팔에 광주리를, 또 다른 한쪽 팔에는 이불을 들고 있었다. 광주리 속에는 포도주와 빵 등 먹을 것이 들어 있었다. 그는 광주리를 마룻바닥에 놓고 먹으라고 말했다. 또 마룻바닥에 이불을 깔고 자라고 했다. 카지모도가 가져온 것은 그가 먹을 음식이며, 그가 깔고 자는 이불이었다.

집시 처녀는 감사의 인사를 하려고 그를 쳐다보았다. 그러나 한 마디도 할 수가 없었다. 그는 정말 무서운 모습을 하고 있었다. 처녀는 너무나 무서운 나머지 몸을 부들부들 떨고 눈을 떨어뜨렸다.

카지모도는 처녀를 향해 말했다.

"내가 무서운 모양이구나. 나는 정말 흉하게 생겼어. 그렇지? 나를 보아서는 안 돼. 말소리만을 들어 줘. 낮에는 여기에 있는 거야. 그리고 밤에는 대성당 안 어디나 다녀도 좋아. 그렇지만 낮이건 밤이건 대성당 밖을 나가서는 안 돼. 그런 짓을 하면 끝장이야. 당신은 붙잡혀 죽게 될 것이고, 그러면 나도 죽어 버린다.”

처녀는 감동하여 그에게 대답하려고 머리를 들었다. 그러나 그는 이미 그곳에 없었다. 처녀는 혼자가 되어 이 괴물이라고 해도 좋을 사나이의 말을 조용히 생각해 보았다. 비록 목소리는 거칠기는 했지만, 아주 다정한 말투였다.

그리고 이 작은 방을 자세히 둘러보았다. 가로세로 2미터도 못 되는 방인데, 평평한 돌 지붕이 약간 기울어진 면 위에 작은 들창과 문이 한 개씩 붙어 있었다. 동물의 형상을 한 여러 개의 배수구가 들창 너머로 자기를 보려고 목을 길게 뻗고 들여다보고 있는 것처럼 생각되었다. 지붕 가장자리에는 수없이 많은 굴뚝 끝이 보였는데, 파리시에서 때는 모든 연기가 처녀의 눈 아래에서 올라가고 있었다.

기아이며 사형 선고를 받은 신세에다, 조국도 없고 가정도 없으며 고향조차도 없는 이 불쌍한 집시 처녀에게 있어 그것은 슬픈 광경이 아닐 수 없었다.

자신이 이제 완전히 외톨이라는 생각이, 그때까지는 느낀 일이 없을 만큼 격렬하게 처녀를 괴롭혔다. 바로 그때 처녀는 덥수룩하게 털이 나고 수염투성이인 머리가 무릎 위에 놓인 손에 미끄러져 들어오는 것을 느꼈다. 처녀는 몸을 부들부들 떨며—지금은 모든 것이 무서웠다—조용히 바라보았다. 그것은 저 불쌍한 염소, 약삭빠른 잘리

였다. 잘리는 카지모도가 샤르몰뤼의 부하들을 때려눕힐 때 처녀의
뒤를 쫓아 도망쳐 나와 거의 한 시간 전부터 처녀의 발밑에 열심히 몸
을 비비고 있었는데, 처녀는 거들떠보지도 않았던 것이다. 집시 처녀
는 염소에게 미친 듯이 입을 맞추었다.

"어머, 잘리야, 너를 완전히 잊고 있었구나! 너는 줄곧 나를 생각해
주고 있었는데 말이야! 정말 너만은 나를 배신하지 않았구나!" 하고
말하는 동시에 뭔가 눈에 보이지 않는 손이 처녀의 마음속에서 줄곧
눈물을 억누르고 있던 무거운 것을 들어 주기나 한 것처럼 눈물이 마
구 솟구쳐 나왔다. 처녀의 괴로움 속에 있던 가장 괴롭고, 가장 고통
스러운 것이 눈물과 함께 흘러가는 것 같은 생각이 들었다.

밤이 되었다. 처녀는 밤이 매우 아름답고 달이 몹시 다정하게 보였
기 때문에 대성당을 둘러싸고 있는 회랑을 한 바퀴 돌아보았다. 그렇
게 하니 어느 정도 마음이 가벼워졌다. 이 높은 곳에서 내려다보는
지상은 평화롭게 보였다.

귀머거리

다음 날 아침 눈을 떴을 때, 처녀는 아주 잠을 푹 잤다는 것을 깨달
았다. 이상한 일이었다. 정말 놀라지 않을 수 없었다. 오랜 세월 동안

117

처녀는 푹 잔다는 습관을 잃어버리고 있었던 것이다.

아침의 부드러운 태양빛이 들창에서 들어와 머리 위에 빛을 던져 주고 있었다. 태양과 함께 그 들창에서 무서운 것이 들여다보고 있었다. 카지모도의 불쌍한 얼굴이었다. 그만 눈을 감았으나 그래도 안 되었다. 여전히 장밋빛 눈꺼풀을 통해 그 애꾸눈이며 앞니가 빠진, 땅속에서 나온 귀신 같은 얼굴이 보이는 것이었다. 처녀는 조용히 눈을 감았는데, 매우 상냥스러운 말소리가 들려왔다.

"두려워하지 않아도 돼. 나는 당신의 친구니까. 당신이 자고 있는 것을 보러 온 거야. 자고 있는 것을 보러 와도 괜찮겠지? 당신이 눈을 감고 있을 때 내가 여기 있으면 곤란해? 좋아, 이제 가겠어. 자, 벽 뒤에 숨었어. 이제 눈을 떠도 좋아."

이러한 말 속에는 말 이상으로 연민의 정을 자아내게 하는 무언가가 있었다. 그것은 언어가 말이 되어 나오는 가락이었다. 집시 처녀는 감동을 받고 눈을 떴다. 그의 말대로 이미 그는 없었다.

처녀는 들창이 있는 곳까지 가 보았다. 가련한 카지모도는 슬픈 듯, 그리고 체념한 표정으로 벽 한구석에 웅크리고 있었다. 처녀는 카지모도로부터 받은 혐오의 기분을 어떻게 해서든 극복해 보려고 생각하며, "이리 오세요."라고 다정하게 말했다. 집시 처녀의 입술이 움직인 것을 본 카지모도는 자기를 쫓으려 하고 있다는 생각을 하고 일어서서 절름발을 끌고 고개를 푹 숙이며 천천히 되돌아갔다. 절망에 찬 눈을 아무리 해도 처녀에게 돌릴 수가 없었던 것이다.

"이리 오세요, 네!" 하고 처녀는 소리쳤다. 그러나 그는 점점 더 도망칠 뿐이었다. 처녀는 방에서 뛰어나가 그의 팔을 잡았다. 여인에게 붙잡힌 것을 알고 카지모도는 온몸을 떨었다. 호소하는 듯한 눈을 들어 문득 보니 처녀가 자기 곁으로 끌어당기려 하고 있기 때문에 그의 얼굴은 기쁨과 사랑으로 빛났다. 처녀는 그를 방에 들어오게 하려 했으나 그는 문지방에 멈춰 선 채 아무리 해도 들어오려고 하지 않았다.

"아니, 괜찮아. 부엉이는 종달새 둥지에 들어가는 게 아니야."

그러자 처녀는 발치에서 자고 있던 염소와 같이 상냥하게 그 이불 위에 웅크리고 앉았다. 카지모도는 처녀의 근사한 아름다움을, 처녀는 카지모도의 지독한 흉측함을 잠자코 바라보면서 두 사람 모두 한참 동안 움직이지 않았다. 카지모도의 모습은 보면 볼수록 점점 더 보기 흉한 것이었다. 그녀는 카지모도의 X형으로 굽은 무릎에서 꼽추인 등허리로, 다시 한쪽밖에 없는 눈으로 시선을 옮겼다. 이렇게 보기 흉하게 만들어진 인간이 이 세상에 있다는 사실은 처녀에게는 아무리 해도 납득이 가지 않았다. 그러나 조용히 보고 있자니 그 속에 슬픔과 다정함이 넘쳐 있는 것을 알게 되었고, 점점 익숙해지는 것 같았다.

카지모도가 먼저 침묵을 깨뜨렸다.

"그럼 당신은 나에게 돌아오라고 부른 거란 말이지?"

처녀는 "그래요."라고 말하면서 고개를 끄덕여 보였다.

그는 그 몸짓의 뜻을 알았다.

"나는 귀머거리야."라고 그는 마치 그렇게 말하는 것을 주저하는 듯 말했다.

"어머나! 가엾어라!" 집시 처녀는 친절하고 동정심 어린 태도를 보이며 소리쳤다.

그는 괴로운 듯 웃었다.

"당신은 내가 귀머거리라고 생각 못했지? 그래, 나는 귀머거리야. 이렇게 태어났어. 무서운 일이지. 당신은 예쁘구나, 정말!"

카지모도의 태도에는 그런 비참하다는 심각한 감정이 담겨져 있었기 때문에, 처녀는 한 마디의 말도 할 수 없었다. 게다가 말한다고 해도 들을 수도 없었다. 그는 계속 말했다.

"지금처럼 나 자신이 흉하다고 생각한 일은 없어. 당신과 비교해 보니 내가 생각해 봐도 불쌍해. 정말 나는 왜 이렇게 불쌍하고 흉측하게 태어났을까? 당신이 나를 보면 짐승 같은 생각이 들겠지? 그렇지? 당신은 정말이지, 태양의 빛이고, 이슬방울이며 새의 노래다! 그런데 나란 사람은 뭔가 무서운, 인간도 아니며 그렇다고 동물도 아닌, 돌멩이보다 더 단단하고 더 자주 발로 짓밟히는 아주 보기 흉한 놈이야!"

이렇게 말하고 그는 웃었는데, 그 웃음은 실로 가슴 아픈 느낌을 주었다. 그는 계속 말했다.

"그래, 나는 귀머거리야. 그렇지만 몸짓으로 나에게 말해 주면 돼. 손짓으로 말이야. 나에게는 주인이 있는데, 그 사람은 그렇게 나와 이야기를 하고 있어. 게다가 당신의 입술이나 눈 움직임을 보면 나는 당신이 말하고 싶어 하는 것을 즉시 알 수 있어."

“그럼 말이에요.”라고 처녀는 웃으면서 말했다. “왜 나를 살려 주었어요? 가르쳐 주세요.”

그는 처녀가 말하고 있는 동안에 주의 깊게 처녀를 바라보았다.

“아, 알았어. 내가 왜 당신을 살려 줬는가 묻고 있는 거지? 당신은 어느 날 밤 당신을 채 가려던 나쁜 놈을 기억하고 있겠지. 다음 날 당신은 저 더러운 효수대에 올려진 그 사나이를 도와주었지. 한 모금의 물과 자비를 조금이나마 베풀어 주었어. 나는 생명을 내던지더라도 그 은혜를 갚을 수는 없다고 생각해. 당신은 그 일을 잊어버렸는지 모르지만, 그놈은 결코 당신을 잊어버린 일이 없는 거야.”

처녀는 깊이 감동한 태도로 그가 이야기하는 것을 듣고 있었다. 카지모도의 눈에 눈물이 글썽거렸으나 흘러내리지는 않았다. 그는 자기의 명예를 걸고 그 눈물을 삼켜 버리려는 것같이 보였다.

“자, 조금만 더 들어 줘.”라고 그는 더 이상 눈물이 떨어지는 기색이 없어졌을 때 말했다. “봐, 저기 아주 높은 탑이 있지? 저기서 떨어지기라도 한다면 땅바닥에 닿기 전에 죽어 버릴 거야. 당신이 내가 떨어졌으면 좋겠다고 생각한다면 한 마디 말도 필요치 않아. 살짝 눈짓을 하면 그것으로 충분하단 말이야.”

그는 호주머니에서 작은 금속제의 호루라기를 끄집어냈다.

“이것을 받아 둬. 나한테 볼일이 있거나, 또 내가 와 주었으면 좋겠다고 생각할 때, 그리고 나를 보고도 그렇게 무섭다고 생각하지 않을 때 이것을 불어 줘. 이 소리만은 들린단 말이야.”

그는 호루라기를 마룻바닥에 놓고 도망치듯 나가 버렸다.

질그릇과 수정 꽃병

하루하루 날짜가 흘러갔다.

에스메랄다는 차츰 마음의 안정을 되찾았다. 지나치게 격심한 고통은 지나치게 큰 기쁨과 마찬가지로 강렬한 것인 반면에 오래 지속하지는 않는 것이다. 인간의 마음은 한쪽 극단에 오래 머물러 있을 수는 없는 것이다. 집시 처녀는 너무 심한 괴로움을 맛보았기 때문에 이미 바보 천치처럼 되어 버려 가끔 깜짝깜짝 놀라기나 할 뿐이었다.

그러나 이제는 위험이 사라졌다는 것이 확인되자 희망도 되살아났다. 처녀는 지금 사회에서나 인생으로부터 격리되어 있었으나, 다시 한 번 그곳에 되돌아가지 못한다는 법도 없을 것이라고 희미하게나마 느끼고 있었다. 처녀는 마치 자기 무덤의 열쇠를 단단히 쥐고 있는 죽은 사람 같았다.

오랫동안 자기에게 달라붙어 떠나지 않았던 무서운 그림자도 점차 사라져가는 것을 느꼈다. 보기조차 싫은 환영인 피에라 토루토류나 자크 샤르몰뤼도 모두 마음속에서 사라져 버리고 말았다. 저 부주교의 모습조차도.

그러나 페뷔스는 살아 있었다. 그것은 확실했다. 자기 눈으로 그를 보았으니까. 처녀에게는 페뷔스의 생명이야말로 인생의 전부였던 것이다. 치명적인 타격을 차례로 받고 마음속에 지니고 있던 것은 모두 허물어져 버렸으나, 그래도 아직 영혼 속에는 또 하나의 것이, 하나의 감정만이, 저 대장에 대한 연정만이 부서지지 않고 그대로 남아 있었다. 사랑이란 한 그루의 나무와도 같은 것이다. 그것은 저절로 움이 트고, 우리의 온몸 속에 깊이 그 뿌리를 뻗고, 폐허가 된 마음에서조차도 청청하게 우거지는 것이다.

그리고 설명할 수는 없지만 이 정열은 맹목적이면 맹목적일수록 더 강한 뿌리를 뻗어가는 것이다. 어리석게 보이면 보일수록 더 튼튼한 것이다.

확실히 에스메랄다는 페뷔스를 생각하면 언제나 괴로운 마음이 되었다. 또 그가 자기에게 배신을 당했다고 생각할지도 모른다는 것 역시 무서운 일이었다. 그로서는 이러한 일이 있을 수도 없는 일이라고 믿고 있는지도 모르고, 그를 위해서라면 몇 번이고 생명을 내던져도 좋다고 생각하던 여인의 단검에 찔렸다고 생각하는지도 모른다. 그렇게 생각하니 그것은 실로 괴로운 일이었다. 그러나 그렇다 하더라도 그를 원망해서는 안 되었다. 자기는 '그 죄'를 이미 자백하여 버렸지 않은가. 약한 여자로서 고문에 져 버리고 말았지 않은가. 나쁜 것은 모두 자기 쪽이었던 것이다. 그런 말을 지껄일 바에야 손톱을 뽑히는 편이 더 좋았을 것이다.

요컨대 단 한 번이라도 좋고 단 일 분이라도 좋다. 다시 한 번 페뷔스를 만나고 싶었다. 자기의 한 마디로, 아니 자기를 한 번 보는 것만으로 그는 오해를 풀고 자기에게 돌아와 줄 것이다. 처녀는 그렇게 믿었다. 그리고 속죄의 고행을 하는 날에 페뷔스가 우연하게 그 장소

에 있었다는 것, 또한 그와 함께 있었던 젊은 아가씨의 일 등에 대해서는 가능한 한 잊어버리려고 했다. 그것은 분명히 그 사람의 누이동생일 것이다. 이치에 맞지 않는 해석이었지만 그것으로 족했다. 왜냐하면 처녀는 페뷔스가 언제나 자기를 사랑하고 있고 자기 이외의 사람을 사랑하고 있지 않다는 것을 믿고 싶었기 때문이다. 그 사람은 자기에게 그렇게 맹세하지 않았던가? 처녀와 같이 소박하고 믿기를 잘하는 여인에게 있어서 그 이상 무엇이 필요한 것일까? 게다가 이 사건에서는 그녀보다도 사나이 쪽이 외견상으로는 유리했던 것이 아니었던가? 그래서 처녀는 기다렸다. 희망을 품고 있었던 것이다.

게다가 또 이 대성당의 일도 덧붙여 말해 두겠다. 이 광대한 성당은 사방으로 처녀를 에워싸고 처녀를 보호하며 처녀를 구해 주었는데, 또 건물 자신이 진통의 특효약이기도 했던 것이다. 이 건물의 장엄한 직선, 처녀를 둘러싼 종교적인 분위기, 말하자면 이 석조 건물의 모든 구멍에서 발산하는 경건하고 침착한 생각이 자신도 모르는 사이에 처녀에게 영향을 주었던 것이다. 이 건물은 또 신의 축복과 장엄함의 울림을 지니고 있었는데, 그로 인해 처녀의 병든 영혼도 치유되어갔다. 성직자가 부르는 단조로운 노래, 참회자가 성직자에게 대답하는 때로는 명료하지 않고 또 때로는 울려 퍼지는 것 같은 말, 스테인드글라스의 가락 맞춘 진동, 몇백의 나팔을 부는 것같이 울려 퍼지는 파이프 오르간, 커다란 꿀벌의 집같이 으르렁거리는 세 개의 종루, 회중으로부터 종루까지의 사이를 쉴새없이 오르내리는 거대한 음계가 춤을 추고 있는 이러한 관현악은 처녀의 기억이나 상상력, 그리고 고뇌를 진정시켜 주었다. 종소리는 마음을 더욱 위로해 주었다. 그것은 이들 거대한 기계가 처녀에게 커다란 파도처럼 펼치는 강력한 자기와 같은 것이었다.

이렇게 하여 매일 아침 해가 떠오를 때마다 처녀는 점점 마음이 진정되고, 호흡도 편안하게 되고, 창백했던 얼굴에도 핏기가 돌아왔다. 마음속의 상처가 아물어가는 데 따라 얼굴에는 다정함과 아름다움이 다시 꽃처럼 빛났다. 그러나 전보다도 생각이 깊은 평정한 아름다움이었다. 예전의 성격도 또 되살아났다. 그 쾌활한 점도, 귀여운 뽈로 통한 얼굴도, 그리고 염소에 대한 애정과 노래를 부르고 싶은 생각도, 게다가 부끄러운 생각도 모두 되살아났던 것이다. 처녀는 가까운 다락방에 누군가가 있어 그 사람이 들창으로 자기를 넘겨다보고 있지나 않을까 하고 걱정되어 아침에는 방 한구석에서 옷을 입는 것까지 신경을 쓰게 되었다.

페뷔스를 생각하는 틈틈이 가끔 카지모도도 생각해 보았다. 카지모도는 처녀와 인간과의, 즉 살아 있는 자와의 사이에 남아 있는 단한 개의 고삐이며, 단 하나의 인연이며, 또한 단 하나의 희망이기도 했다. 불행한 처녀! 처녀는 카지모도보다 더 이 세상으로부터 격리되어 있었다.

처녀는 우연한 인연으로 주어진 이 친구에 대해서 어떻게 생각해야 좋을지 몰랐다. '그의 모습을 꺼림칙하게 생각하지 않도록 하자. 그런 정도의 감사의 마음조차 지니지 않는 것은 좋지 않다.'라는 생각에 자기를 탓할 때도 가끔 있었다. 그러나 아무리 해도 이 가련한

종지기와 친해질 수는 없었다. 그는 너무나도 흉측하게 생겼던 것이다.

처녀는 카지모도에게 받은 호루라기를 방바닥에 그냥 놓아두고 있었다. 그래도 카지모도는 처음에는 가끔 모습을 나타냈다. 그가 음식이든 광주리나 물항아리를 가져다 줄 때, 싫은 얼굴을 하고 얼굴을 돌리지 않도록 될 수 있는 대로 노력해 보았다. 그러나 그는 언제나 즉시 눈치를 채고 슬픈 듯 그 장소를 떠나 버렸다.

한번은 처녀가 잘리의 머리를 쓰다듬고 있을 때 그가 불쑥 찾아온 일이 있었다. 그리고 잠시 동안 처녀와 염소가 사이좋게 앉아 있는 광경을 조용히 생각에 잠긴 듯 바라보더니 마침내 무섭고 보기 흉한 얼굴을 저으면서 말했다.

"나의 불행은 너무 인간을 닮았다는 데 있다. 차라리 저 염소처럼 짐승이 되어 버리고 싶구나."

처녀는 사나이를 깜짝 놀란 듯한 눈을 들어 쳐다보았다. 그는 처녀에게 이렇게 대답했다.

"아, 너의 마음은 내가 잘 알고 있어."

그리고 그는 떠났다.

또 어느 때는 겁을 집어먹은 듯한 모습으로 주뼛주뼛 찾아와 간신히 이렇게 말했다.

"이봐, 내 말 좀 들어 주겠어? 좀 하고 싶은 말이 있는데."

처녀는 손짓으로 듣겠다는 신호를 했다. 그러자 그는 휴, 하고 한숨을 쉬고는 입술을 벌리며 이야기를 시작하려 하더니, 다시 처녀 쪽을 조용히 보고는 안 되겠다는 듯 머리를 가로저었다.

그리고 어이없어하는 집시 처녀를 남겨 둔 채 이마에 손을 대고 느릿느릿 가 버렸다.

벽에 조각한 기괴한 조각상 중에 특히 그가 좋아하는 것이 하나 있었다. 그가 그것과 마주하여 친밀한 것 같은 눈초리를 서로 교환하고 있는 듯이 보이는 일이 가끔 있었다. 어느 때엔가 집시 처녀는 그가 그 조각상을 향해 이렇게 말하고 있는 것을 들었다.

"아! 나도 너처럼 돌로 되어 있었다면 좋았을 텐데!"

어느 날 아침, 마침내 에스메랄다는 지붕 끝까지 나가 보았다. 성당의 뾰족한 지붕 너머로 광장이 보였다. 카지모도는 처녀의 뒤에 있었다. 처녀가 자기의 얼굴을 보고 싫은 마음이 될 수 있는 대로 일어나지 않도록 일부러 뒤에 있었던 것이었다.

집시 처녀는 갑자기 몸을 떨었다. 눈물과 기쁨의 반짝임이 동시에 그 눈에 빛났다. 처녀는 지붕 가장자리에 무릎을 꿇고 괴로운 듯 광장 쪽으로 팔을 뻗고 이렇게 소리쳤다.

"페뷔스님! 오세요! 와 주세요! 한 마디, 단 한 마디라도 좋아요. 부탁이에요, 페뷔스님!"

그 소리도 안색도, 그리고 몸짓 아니, 몸 전체가 마치 수평선 저편 멀리 행복한 사람을 태우고 지나가는 배를 향해 조난의 신호를 보내고 있는 난파선에 탄 조난자와 같은 비통한 표정을 지니고 있었다.

카지모도가 광장 쪽으로 몸을 기울이자 타오르는 그리움에 사무친 집시 처녀가 부르고 있는 상대가 보였다. 그것은 젊은 장교였다. 갑

옷 투구로 몸을 장식하고 대장의 제복을 입은 미남 기사인데, 광장 저쪽에서 말을 달리며, 발코니에서 미소를 짓고 있는 아름다운 아가씨에게 깃털 장식을 흔들며 인사를 하고 있었다. 그러나 그를 부르고 있는 가련한 집시 처녀의 소리는 그에게는 미치지 않았다. 너무 먼 거리에 있었던 것이다.

그러나 이 가련한 귀머거리에게는 그 소리가 잘 들렸다. 깊은 한숨으로 가슴을 출렁이면서 그는 몸을 돌렸다. 그의 심장은 삼켜 버린 수많은 눈물로 부풀어 있었다. 마치 경련을 일으킨 듯 두 주먹을 떨고, 머리카락을 쥐어뜯었다. 주먹을 내렸을 때 두 손에는 한 움큼의 불그스름한 갈색으로 퇴색한 머리카락이 쥐어져 있었다.

처녀는 그에게 조금도 주의를 기울이지 않았다. 그는 이를 갈면서 작은 소리로 중얼거렸다.

"제기랄! 저러지 않을 수는 좀 없나? 보기에 아름답기만 하면 그것으로 좋은 것이다!"

그러는 동안에도 에스메랄다는 여전히 무릎을 꿇은 채 흥분하여 소리치고 있었다.

"어머! 그분이 말에서 내리셨어요! 저 집에 들어가시려나 봐요! 페뷔스님! 내가 부르는 소리가 들리지 않는 모양이야! 페뷔스님! 내가 이렇게 부르고 있는데 그분과 이야기를 하다니. 저 여자는 너무 지독한 사람이야! 페뷔스님! 페뷔스님!"

카지모도는 처녀를 조용히 쳐다보았다. 무언극의 의미를 그도 알 수가 있었던 것이다.

가련한 종지기의 눈에는 눈물이 가득 괴었는데도 한 방울도 흘러 내리지는 않았다. 갑자기 그는 부드럽게 처녀의 소매끝을 잡았다. 처녀는 돌아다보았다.

"그 사람을 찾아가 만나고 와 줄까?"

처녀는 기쁨의 소리를 질렀다.

"어머, 정말이세요? 좀 갔다 와 주세요. 뛰어서! 그리고 빨리! 대장님을, 저 대장님을! 그분을 데리고 와 주세요, 네! 정말 고마워요!"

처녀는 그의 무릎에 매달렸다. 그는 괴로웠으나 머리를 끄덕이지 않을 수 없었다.

"데리고 오겠어."라고 가냘픈 소리로 말했다. 그리고는 뒤돌아서서 훌쩍훌쩍 울면서 계단을 한달음에 뛰어내려갔다.

광장에 도착해 보니 곤도로리에 저택의 현관에 훌륭한 말 한 마리가 매여 있을 뿐 다른 것은 이미 아무것도 보이지 않았다. 대장이 집 안에 들어가고 난 다음이었다.

대성당의 지붕을 올려다보니 에스메랄다는 여전히 같은 장소에서 같은 자세로 서 있었다. 그는 처녀를 쳐다보며 슬픈 듯 머리를 흔들어 보였다. 그리고는 대장이 나올 때까지 기다리자고 결심을 한 다음, 곤도로리에 저택의 말고삐를 매어 두는 기둥에 몸을 기대고 있었다.

그날 곤도로리에 저택에서는 결혼식 전의 연회가 있었다. 많은 사람들이 들어갔는데, 아무도 나오지는 않았다. 가끔 그는 대성당 지붕 쪽을 쳐다봤는데, 처녀도 그와 마찬가지로 꼼짝도 않고 기다리고 있었다. 마부가 나와 붙들어 맨 고삐를 풀고 그 말을 저택의 마구간에 넣었다.

그날은 이렇게 저물어 버렸다. 카지모도는 기둥에 기대어 서 있고, 에스메랄다는 지붕 위에 계속 서 있으며, 페뷔스는 아마 플뢰르 드 리스의 발밑에 앉은 채 말이다.

마침내 밤이 되었다. 달도 없는 칠흑 같은 밤이었다. 카지모도는 에스메랄다의 모습을 찾아 눈을 비볐지만 소용이 없었다. 얼마 후에 그 모습은 어두컴컴한 밤의 어둠 속에서 희미한 그림자가 되고, 이윽고 그것마저 사라져 버렸다. 무엇이나 모두 꺼지고, 주위는 어둠에 완전히 휩싸여 버렸다.

곤도로리에 저택의 정면 창문은 위층에서 아래층까지 모두 불이 켜져 있었다. 또 광장에 접하고 있는 다른 집들의 창문에도 하나 둘 불이 켜지기 시작했다. 그러한 불빛이 최후의 하나까지 꺼져가는 것도 또 보았다. 즉 밤이 이슥해질 때까지 계속 서 있었던 것이다. 그러나 대장은 나오지 않았다. 길 가는 사람도 저마다 집으로 돌아가 버리고 다른 집들의 불빛이 완전히 꺼져 버려도, 카지모도는 역시 오직 혼자서 어둠 속에 멈춰 서 있었다. 그 당시에 노트르담의 광장에는 불을 켜지 않았던 것이다.

그러나 곤도로리에 저택의 창문에는 한밤중이 지나도 계속하여 불이 휘황하게 켜져 있었다. 카지모도는 몸도 까딱하지 않고 주의 깊게 가지각색의 스테인드글라스 너머로 여러 사람들의 그림자가 활기 있게 춤추며 돌아가는 것을 지켜보았다. 만약 귀머거리가 아니었다면

잠들기 시작한 파리의 웅성거림이 점점 조용해지는데 따라 곤도로리
에 저택에서 벌어지고 있는 연회의 소음이나 웃음소리, 음악소리가
점점 뚜렷하게 들려왔을 것임은 틀림없다.

새벽 한 시쯤 되니 초대를 받은 사람들도 돌아가기 시작했다. 카지
모도는 어둠 속에 몸을 숨기고 등불에 밝혀진 거리를 지나가는 손님
들을 바라보았다. 그러나 대장은 끝내 나오지 않았다.

그의 가슴은 슬픈 생각으로 가득 차 있었다. 간혹 지친 것처럼 하늘
을 쳐다보았다. 날씨가 잔뜩 흐려 갈기갈기 찢어진 검고 커다란 구름
몇 덩어리가 별이 반짝이는 하늘 밑에 걸려 있었다. 마치 거미집이
하늘의 둥근 천장에 걸려 있는 것과 같았다.

카지모도는 그의 머리 위에 있는 발코니의 창문이 열리는 것을 보
았다. 유리로 된 문이 살짝 열려 두 사람의 모습이 나타났는가 싶더
니 문은 소리도 없이 닫혔다. 남자와 여자였다. 카지모도는 사나이가
그 미남 대장이며, 여인은 아침에 바로 이 발코니 위에서 대장을 반겨
맞이하던 그 아가씨라는 것을 간신히 알아차렸다. 광장은 칠흑같이
어둡고, 문이 닫혔을 때 그 뒤에 내려진 진홍색의 이중 커튼에 가로막
혀, 방의 불빛이 발코니에는 거의 새어 나오지 않았다.

귀머거리의 귀에는 두 사람의 말소리가 전혀 들려오지 않았는데,
아마도 젊은 남녀는 정신없이 사랑을 속삭이는 것 같았다. 아가씨는
잠자코 대장의 팔이 허리께를 두르는 것을 그대로 둔 채 있었으나 키
스는 부드럽게 거부하고 있었다.

카지모도는 아래에서 이 광경을 보고 있었는데, 그 광경은 사람들

에게 보이려고 하는 것이 아니기 때문에 그만큼 더욱더 운치가 있었다. 그는 이 행복하고 아름다운 광경을 가슴이 찢기는 듯한 심정으로 바라보고 있었다. 요컨대 이 가련한 사나이에게도 자연의 정은 있었던 것이다. 그리고 그 척추골은 보기 흉하게 비틀어져 있기는 했으나 나무랄 데 없이 남들처럼 흔들리고 있었다. 그는 신이 자기에게 준 비참한 소임을 생각했다. 여자도 사랑도, 그리고 육욕도 영원히 자기 눈앞을 지나갈 뿐, 자기는 타인의 행복을 지켜보는 것 외에는 아무것도 할 수 없다고 생각했다.

그는 이 광경을 보고 몹시 마음이 혼란스러워졌다. 저 집시 처녀가 이 광경을 보면 얼마나 괴로워할 것인가 생각하니 괘씸하고 분한 생각이 겹쳐 오는 것이었다. 확실히 그날 밤은 매우 어두웠고, 비록 에스메랄다가 줄곧 그 장소에 있었다고 해도—그는 그것을 의심하지 않았는데—너무 먼 거리였다. 그 자신이 발코니의 연인들 모습을 분간하는 데도 매우 어려웠던 것이다. 이것이 그나마 위안이 되었다.

그동안에도 연인들의 속삭임은 점점 열을 더해갔다. 아가씨는 대장을 향해 이제 이 이상 더 아무 짓도 하지 말아 달라고 계속 애원하는 것 같았다. 자세히 보이지는 않았으나 다만 여인이 아름다운 손을 모아 눈물을 머금으면서 미소를 짓고 하늘을 쳐다보고 있는 모습과 대장이 눈에 열을 띠고 여인을 내려다보고 있는 것만은 볼 수 있었다.

다행히 그것은 아가씨가 이젠 거의 사나이에게 거역하지 않게 되었기 때문인데, 그때 발코니의 문이 갑자기 열리더니 늙은 부인의 모습이 나타났다. 아가씨는 당황한 기색이었으나 대장은 마땅치 않은 듯한 태도를 보였다. 그리고 세 사람 모두 방 안으로 들어갔다.

얼마 후 말이 마차 있는 데서 자꾸만 버르적거리기 시작했고, 미남 대장이 외투에 몸을 휘감고 카지모도 앞을 빠른 걸음으로 지나갔다.

카지모도는 상대가 길모퉁이를 돌아갈 때까지 아무 말 없이 서 있다가, 이윽고 원숭이처럼 날쌔게 뒤를 쫓아 달려가면서 소리쳤다.

"이봐요, 대장님!"

대장은 멈춰 섰다.

"무슨 일이냐, 발칙한 놈아?"

그는 자기를 향해 몸을 흔들거리며 뛰어오는 허리가 찌부러진 것 같은 사나이의 모습을 어둠 속에서 확인하고 이렇게 말했다.

카지모도는 그에게 가까이 와서 대담하게도 말고삐를 잡고 말했다.

"대장님, 내 뒤를 따라와요. 당신과 이야기하고 싶어 하는 사람이 있으니까요."

"아니! 네놈은 어디선가 본 일이 있는, 언제나 머리를 덥수룩하게 하고 있는 흉측한 놈이구나."라고 페뷔스는 중얼거렸다. "야, 이놈! 재갈을 놓지 못하겠느냐!"

"대장님, 누구냐고 묻지도 않는 건가요?"라고 카지모도는 물었다.

"말을 놓으란 말이야." 페뷔스는 초조해하면서 말했다. "말코에 매달리다니 무슨 일이야? 말과 교수대를 혼동하는 거냐?"

카지모도는 말고삐를 놓기는커녕 말 머리를 되돌리려 하고 있었다. 대장이 저항하는 까닭을 알 수 없었기 때문에 급히 이렇게 말했다.

"와 봐요, 대장님. 당신을 기다리고 있는 것은 여자란 말이에요." 그는 열심히 이렇게 덧붙여 말했다. "당신에게 반한 여자란 말이에요."

"이놈아! 나에게 반한 여자를 일일이 찾아다닐 수 있다고 생각하나! 주둥아리로만 그렇게 말하고 있는지도 모르는데! 그 여인이 네 놈처럼 부엉이 같은 얼굴을 하고 있다면 어떻게 되는 거야? 너를 보낸 그 여자에게 가서 나는 이제 결혼할 거라고 말해라!"

"아니, 내 말을 좀 들어 봐요."

카지모도는 이렇게 말하면 사나이가 뒷걸음질치지 않을 것이라고 생각하여 소리쳤다.

"와 봐요, 나리! 당신도 알고 있는 저 집시 처녀란 말이야!"

이렇게 말하니 사실 페뷔스는 가슴이 뜨끔했다. 그러나 그것은 귀머거리가 기대한 것과 같은 마음의 움직임은 아니었다. 여러분들도 기억하시겠지만 이 대장은 카지모도가 샤르몰뤼의 손에서 죄수인 처녀를 구출하기 직전에 플뢰르 드 리스의 집 안으로 들어갔다. 그 이래 곤도로리에 저택을 방문할 때에는 언제나 그 처녀에 대한 말을 입 밖에 내지 않기로 하고 있었던 것이다. 그 처녀를 생각하면 아무래도 마음이 아팠던 것이다. 게다가 플뢰르 드 리스도 그 집시 처녀가 살아 있다는 소식이 사나이의 귀에 들어가게 하는 것은 좋지 않다고 생각하고 있었다. 그래서 페뷔스는 그 가련한 '시미라르'가 이미 한두 달 전에 죽었다고 믿고 있었다. 게다가 또 조금 전부터 대장은 밤의 짙은 어둠하며, 이 세상의 것이라고는 생각할 수 없는 흉한 사나이하며, 그리고 마치 무덤에서 심부름꾼이 나온 것 같은 이 괴상한 소리

등에 대해 생각하고 있었다. 이미 한밤중도 지나 거리는 마치 수도복을 입은 괴상한 사나이가 얘기를 걸어온 그날 밤처럼 전혀 인기척도 없었으며 말도 카지모도를 보면서 헐떡거리고 있었다.

"집시 처녀라고?" 그는 주뼛주뼛하면서 소리쳤다. "그래, 그렇다면 네놈은 저세상에서 왔구나."

이렇게 말하고 칼자루에 손을 댔다.

"자, 빨리빨리, 이쪽이야!"라고 카지모도는 말을 끌고 가려고 하면서 말했다.

페뷔스는 긴 장화로 카지모도의 가슴을 세게 걷어찼다. 카지모도의 눈은 번쩍 빛났다. 그는 대장에게 덤벼들려고 했으나 이내 몸을 굳히며 말했다.

"아! 당신을 사랑해 주는 사람이 있으니, 정말 행복하겠구나!"

그는 이 '사람'이라는 말에 힘을 주어 말했다. 그리고는 말재갈을 놓으면서 "자, 어디든지 가 버려라!" 하고 말했다.

페뷔스는 뭔가 욕설을 퍼부으면서 말에 박차를 가했다. 카지모도는 그가 거리의 안개 속으로 사라져가는 것을 바라보았다.

"아! 그녀를 거절하다니!" 가련한 귀머거리는 작은 소리로 중얼거렸다.

그는 노트르담에 돌아와 램프를 켜고 다시 탑으로 올라갔다. 생각한 대로 처녀는 여전히 같은 장소에 있었다. 멀리서 그의 모습을 발견하자 옆으로 달려오더니 "어머, 혼자세요?"라고 슬픈 듯 외쳤다.

"만나지 못했어."라고 카지모도는 냉랭하게 말했다.

“밤새 기다렸는데!”라고 처녀는 잔뜩 골을 내며 말했다.

그는 그 성난 몸짓을 보고 책망을 받았다는 것을 알았다.

그리고는 “다음에는 그놈을 반드시 붙잡아 오겠어.”라고 고개를 떨구고 말했다.

“저쪽으로 가세요!”라고 처녀는 말했다. 그는 사라져갔다. 처녀는 그가 한 일에 불만을 느꼈다.

그는 처녀가 슬픈 생각을 하게 되는 것보다 차라리 처녀로부터 자기가 호되게 힐책을 받는 것이 낫다고 생각했다. 슬픔은 모두 자기 가슴에 간직하여 두자고 생각했던 것이다.

이런 일이 있고 난 다음부터 처녀는 그의 모습을 볼 수 없게 되었다. 그는 처녀의 방에 찾아오는 것을 그만두었다. 기껏해야 슬픈 듯이 그녀를 물끄러미 바라보고 있는 그의 모습을 탑 꼭대기에서 볼 수 있을 뿐이었다. 그러나 처녀에게 들키면 그는 곧 숨어 버렸다.

가련한 꼽추가 자기에게 오지 않게 된 것을 처녀가 그다지 슬프게 생각하고 있지 않았다는 것을 여기에서 덧붙여 두지 않으면 안 되겠다. 마음속으로는 오히려 오지 않는 것을 그에게 감사하고 있을 정도였다. 게다가 카지모도 쪽에서도 이 점을 잘 알고 있었다.

그러나 비록 모습이야 보이지 않았지만 그가 처녀의 주위에 수호신처럼 출현하고 있다는 것은 처녀 자신도 느끼고 있었다. 그녀가 먹는 음식은 잠을 자고 있는 사이에 눈에 보이지 않는 손에 의해 새로운 것으로 바뀌고 있었다. 어느 날 아침에 일어나니 창문 위에 새장이 한 개 놓여 있기도 했다. 또 처녀의 방 위에는 험상궂은 조각상이 하나 있었는데, 처녀는 그것을 무서워했다. 몇 번이고 카지모도 앞에서 무섭다는 의사를 표시했었는데, 어느 날 아침에 보니 그것이 없어졌다. 누군가 그것을 부숴 버렸던 것이다. 이 조각상이 있는 곳까지 기어 올라간 사람은 생명의 위험을 무릅쓰고 제거했을 것이 분명했다.

때로는 밤이 되면 종루의 바람막이 뒤에서 마치 자장가와 같은 기묘하고 슬픈 노랫소리가 들려오기도 했다. 그것은 귀머거리라도 부를 수 있는 운도 없는 노래였다.

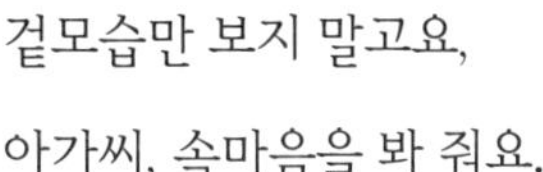

겉모습만 보지 말고요,

아가씨, 속마음을 봐 줘요.

미끈한 젊은 남자의 가슴은 대개 더러운 법이지.

사랑하는 마음은 가을 하늘,

변하기 쉬운 마음도 있어요.

아가씨, 전나무는 미끈한 나무가 아니지만,

포플러처럼 미끈하지는 않지만,

겨울이 되어도 잎이 떨어지지 않아요.

아! 말해 봤자 무슨 소용이람.

미끈하지 않은 녀석은 죽어 버려라.

미끈하기만 하면 옥과 같고,
미끈하면 뭐든지 하지.
미끈한 것만이 오직 하나.

까마귀는 낮에만 하늘을 날고,
올빼미는 밤에만 하늘을 난다.
백조는 밤에도 날고 낮에도 난다.

어느 날 아침, 에스메랄다가 눈을 떠 보니 창문 위에 꽃이 가득 담긴 꽃병이 두 개 놓여 있었다. 한 개는 아름답고 반짝반짝 빛나는 수정 꽃병이었다. 그러나 그것에는 흠이 나 있었다. 안에 가득 들어 있던 물은 모두 흘러 버렸고, 꽃은 시들어 있었다. 또 한쪽의 것은 허술하고 흔히 볼 수 있는 거친 질그릇 항아리였는데, 그 속에는 물이 조금도 새지 않고 가득 차 있어, 그 꽃은 변함없이 생생하고 빨갛게 피어 있었다.

고의로 그렇게 했는지 어쨌는지 나는 모른다. 그러나 에스메랄다는 시든 쪽의 꽃다발을 잡고 그날 하루 종일 그것을 가슴에 품고 있었다.

그날은 탑으로부터의 노랫소리가 처녀의 귀에 들려오지 않았다. 처녀는 별로 그것에 신경을 쓰지도 않고, 잘리의 머리를 쓰다듬어 주거나, 곤도로리에 저택의 문간을 물끄러미 지켜보거나, 페뷔스의 이름을 작은 소리로 몇 번이고 되뇌어보거나, 빵을 조금씩 떼어 그것을 제비에게 주거나 하면서 시간을 보내고 있었다.

게다가 처녀는 카지모도의 모습도 전혀 보지 못하게 되고, 그 소리도 듣지 못하게 되고 말았다. 이 대성당에서 자취를 감추어 버린 것이 아닌가 하고 생각되기도 했다.

그러나 어느 날 밤, 처녀가 잠이 오지 않아 그 미남 대장을 생각하고 있는데, 방 가까이에서 자고 있는 사람의 숨소리가 들려왔다. 깜짝 놀라 일어나 보니 달빛에 비치어 뭔가 보기 흉한 덩어리가 방문 근처에 옆으로 누워 있는 것이 보였다. 카지모도가 돌 위에서 자고 있었던 것이다.

붉은 문의 열쇠

부주교는 어떤 기적적인 방법에 의해 집시 처녀가 구출되었다는 것을 세상 사람들의 소문으로 알게 되었다. 그것을 알았을 때의 기분은 그 자신도 뭐라고 표현할 수 없는 것이었다. 그는 에스메랄다가 분명히 죽었을 것이라고 생각하고 완전히 안심하고 있었다. 그는 인간으로서 느낄 수 있는 고통의 아주 밑바닥까지 체험하게 되었던 것이다. 인간의 마음이라는 것은―클로드 부주교는 이런 문제에 대해 깊이 생각하여 왔던 것인데―절망도 어느 정도의 선까지밖에 감당

할 수가 없었다. 물을 가득 빨아들인 해면은 대해의 물이 흘러들어와 도 이젠 더 이상 한 방울도 빨아들일 수 없는 법이다.

그런데 에스메랄다는 죽어 버렸고, 해면은 물을 다 빨아들여 버렸 다. 클로드 부주교로서는 이 세상에 있어서의 모든 일이 끝나 버리고 말았던 것이다. 그런데 에스메랄다는 살아 있다. 페뷔스 역시 살아 있 다. 이렇게 생각하니 그는 또 괴로워지기 시작했다. 동요와 혼미, 요 컨대 인생이 다시 시작된 것이었다. 클로드는 모든 일에 지쳤다.

이 소식을 들은 그는 수도원의 자기 방에 틀어박혀 참사회의 회의 에도, 근무에도 모습을 나타내지 않았다. 누가 와도, 심지어 주교에 게도 문을 열어 주지 않았다. 이렇게 몇 주일 동안이나 틀어박혀 있 었다. 모두들 병이 난 모양이라고 말했다. 바로 그대로 병이 난 것이 었다.

이렇게 틀어박혀 있으면서 그는 도대체 무엇을 하고 있었을까? 이 불행한 사나이는 대체 무엇을 생각하며 몸부림치고 있었을까? 자기 의 무서운 정열과 최후의 싸움을 하고 있었던 것일까? 처녀를 죽이 고 자기 스스로 영원한 형벌에 뛰어드는 것 같은, 그 무슨 최후의 계 획을 짜고 있었던 것일까?

그 장이라는 사랑하는 동생, 그 응석꾸러기인 장이 한 번 찾아온 일 이 있었다. 장이 아무리 문을 두들기고 욕설을 퍼부어도, 또 간청을 하 며 몇 번이고 자기 이름을 대어도, 클로드는 문을 열어 주지 않았다.

그는 유리창에 하루 종일 얼굴을 붙인 채 몇 날 며칠을 보냈다. 창 문을 통해 에스메랄다의 방을 보고 있었던 것이다. 처녀는 자주 염소와 함께 있었는데, 카지모도와 함께 있을 때도 있었다. 그는 저 보기 흉한 귀머거리가 이것저것 세세한 것에까지 신경을 쓰고 처녀가 하라는 대로 하며 주의 깊게 또 온순하게 집시 처녀의 시중을 들고 있는 것을 보았다. 그는 어떤 일을 생각해 냈다. 그것은 그가 기억력이 매우 좋았기 때문에 가능한 일이었다. 그리고 기억이라는 것은 질투심이 많은 사람에게는 고문의 씨앗이 되는 것이었다. 그는 종지기가 어느 날 밤 처녀가 춤추는 것을 보고 있었을 때 나타냈던 괴상한 눈초리를 생각해 냈다. 카지모도가 무슨 까닭으로 처녀를 구출하려는 마음을 갖게 되었는가 여러 가지로 생각해 보았다.

그가 멀리서 본 집시 처녀와 귀머거리의 가지각색 무언극은 연정으로 해석해 본다면 제법 아기자기한 애정이 듬뿍 담긴 것으로 보이는 것이었다. 그는 여자의 마음은 헤아릴 수 없다는 것을 알지 못했다. 그래서 그의 마음속에 생각지도 않았던 질투심이 끓어오르는 것을 희미하게 느낄 수가 있었다. 혼자의 생각만으로도 노여움과 부끄러움으로 얼굴이 빨갛게 되는 질투였다. '저 대장이라면 또 모르지만 저놈에 대해서라니!' 이렇게 생각하니 그의 마음은 술렁거리게 되었다.

밤이 되니 무서운 생각에 사로잡혔다. 집시 처녀가 살아 있다는 것을 알고 난 다음부터는 한나절 내내 붙어 다니던 유령과 무덤의 차가운 그림자는 사라지고 다시금 육욕의 유혹이 용솟음치기 시작하여 온몸을 쥐어뜯는 것 같았다. 검은 머리를 한 처녀가 바로 옆에 있다는 것을 느끼기만 해도 그는 침대 위에서 뒹굴며 기뻐하고 있는 것이었다.

어느 날 밤, 그 환영은 유난히 그의 혈관 속에서 흐르고 있는 동정의 피를 잔인할 만큼 들끓게 했다. 그는 베개를 잡고 침대에서 뛰어내려 입고 있던 셔츠 위에다 짧은 흰옷을 걸치고 손에 등불을 들고는 반나체인 채로 미친 사람처럼 방을 뛰쳐나갔다. 눈을 불꽃처럼 빛내면서.

그는 수도원에서 대성당으로 통하는 붉은 문의 열쇠가 있는 곳을 알고 있었다. 게다가 탑을 올라가는 계단의 열쇠는 여러분도 알고 계시는 바와 같이 그가 언제나 몸에 지니고 있었다.

붉은 문의 열쇠(계속)

그날 밤, 에스메랄다는 일체를 잊어버리고 희망과 즐거운 생각을 가슴에 가득히 담은 채 작은 방에서 자고 있었다. 언제나 마찬가지로 페뷔스의 꿈을 꾸면서 잠이 든 지 얼마 안 되었을 때의 일이었다. 뭔가 주위에서 소리가 나는 듯했다. 처녀는 새처럼 잠귀가 밝고 겁이 많은 편이어서 조그마한 소리에도 잠을 잘 깨곤 했다.

눈을 뜨니 주위는 칠흑처럼 캄캄했다. 그래도 들창문으로 한 얼굴이 자기의 모습을 들여다보는 것이 보였다. 등불이 이 유령을 비추고 있었던 것이다. 유령은 에스메랄다가 자기를 보고 있는 낌새를 차리자 등불을 불어 껐다. 그래도 처녀는 그 사이에 상대방의 모습을 얼

핏 보고야 말았다. 너무나 무서운 나머지 눈을 감았다. "아! 그 신부
다!"라고 꺼져 들어갈 것 같은 목소리로 처녀는 말했다.

지나간 모든 불행이 번개처럼 생각났다. 처녀는 이불 위에 쓰러졌
다. 한참 후 뭔가 자기 몸에 닿는 것을 느낀 처녀는 바들바들 떨며 일어
났다. 이미 잠에서 완전히 깬 처녀는 노여움으로 이글거리고 있었다.

부주교가 숨어 들어와 두 팔로 처녀를 끌어안으려고 했다. 처녀는
소리를 지르려고 했으나 목소리가 나오지 않았다.

"나가! 도깨비 같은 놈아! 꺼져 버려! 살인자야!"

처녀는 노여움과 공포에 질린 작은 소리로 외쳤다.

"부탁이야! 제발 부탁이야!"

부주교는 이렇게 중얼거리면서 처녀의 어깨에 입술을 갖다댔다.

처녀는 두 손으로 사나이의 남은 머리를 움켜쥐고 대머리를 잡아
채며 마치 물린 것처럼 필사적으로 그 입술을 밀쳐내려고 했다.

"부탁이야!"라고 그는 불쌍한 말투로 되풀이했다. "내가 얼마나
너를 사랑하고 있는지 알아 다오! 내 사랑은 불과 같은 것이다. 녹은
납과도 같은 것이다. 내 마음에는 몇천 개인지도 모르는 칼날이 꽂혀
있다!"

부주교는 인간의 힘이라고는 도저히 할 수 없는 힘으로 처녀의 두
팔을 꽉 잡았다. 처녀는 필사적으로 바둥거리면서 소리쳤다.

"놔줘요! 놓지 않으면 얼굴에 침을 뱉을 거예요!"

그는 손을 놓았다.

"나를 비겁한 놈이라고 생각해도 좋아. 때려도 좋아! 무엇이든 마

음대로 해도 좋아! 하지만 부탁이다! 제발 나를 사랑해 다오!"

이 말을 들은 처녀는 어린아이가 성이 났을 때처럼 그를 마구 때렸다. 사나이의 얼굴을 잡아 뜯으며 그 아름다운 팔에 힘을 주었다.

"저리로 가, 이 악마야!"

"사랑해 줘! 나를 사랑해 줘! 불쌍하다고 생각해 줘!"

부주교는 가련하게도 이렇게 말하면서 처녀의 몸뚱이 위에 자기 몸을 덮치고 두들겨 맞으면서도 애무를 퍼부었다.

갑자기 그녀는 자기가 사나이의 힘을 당해낼 수 없다는 것을 깨달았다.

"자, 해치워 버리자!"라고 그는 이를 갈면서 말했다.

처녀는 사나이의 팔에 짓눌려 숨을 헐떡이고 있었다. 이제 힘도 다 빠져 버려 아무런 저항도 할 수 없었다. 처녀는 음탕한 손이 자기의 몸을 마구 더듬는 것을 느끼고 마지막 있는 힘을 다하여 소리쳤다.

"사람 살려요! 누가 좀 와 줘요! 살인자요! 살인자!"

그러나 주위엔 아무도 없었다. 잘리만이 아까부터 잠을 깨고 불안하게 울고 있었다.

"닥쳐!"

숨을 헐떡이며 부주교는 말했다.

몸부림치면서 방바닥을 기어가던 그녀의 손에 뭔가 작고 차가운 쇠붙이가 잡혔다. 카지모도가 두고 간 호루라기였다. 그것만이 희망의 밧줄이라고 생각한 그녀는 필사적으로 그것을 움켜쥐고 입에다 갖다 대고 있는 힘을 다하여 불었다. 호루라기는 맑고 날카롭게 귀청을 뚫을 것 같은 소리를 냈다.

"그건 뭐야?"

부주교는 말했다.

거의 동시에 그는 힘센 팔이 자신을 끌어올리는 것을 느꼈다. 방이 어두워 누가 자기를 이런 식으로 잡아 올렸는지 확실히 분간할 수가 없었다. 분노로 말미암아 이빨을 와들와들 떨고 있는 소리만 들렸다. 그리고 어둠 속으로 새어 들어오는 빛을 통해 간신히 머리 위에 폭이 넓은 칼날이 반짝거리는 것이 보였다.

부주교는 카지모도가 틀림없다고 생각했다. 그 말고 다른 사람이 있을 턱이 없었다. 그제야 처음 방에 들어올 때 문을 가로막듯이 뒹굴고 있던 보따리 같은 것에 발이 걸렸던 일이 생각났다. 그러나 지금 들어온 놈이 한 마디도 하지 않았기 때문에 어떻게 생각해야 좋을지 몰랐다. 그는 "카지모도!"라고 소리치면서, 단도를 휘두른 팔에 달려들었다. 이 절박한 때에 카지모도가 귀머거리라는 사실을 잊어버렸던 것이다.

눈 깜짝할 사이에 부주교는 방바닥에 내동댕이쳤고, 납덩이 같은 그의 무릎이 자신의 가슴 위에 덮치는 것을 느꼈다. 울퉁불퉁하고 딱딱한 무릎으로 짓눌렸을 때, 그는 비로소 그것이 카지모도라는 것을 확실히 알았다. 그러나 어떻게 하면 좋단 말인가. 어떻게 해야 귀머거리에게 자기가 누구인지를 알릴 수가 있을까? 어두움은 이 귀머거리를 장님으로까지 만들어 놓았던 것이다.

이젠 꼼짝할 수가 없었다. 처녀는 성난 호랑이처럼 무자비해져서

도와주려는 생각은 조금도 하지 않았다. 단도가 막 머리에 닿으려 할 때였다. 위기일발! 이때 갑자기 적은 머뭇거리더니,

"여자에게 피가 튀면 안 돼!" 하고 둔한 목소리로 말했다.

틀림없이 그것은 카지모도의 소리였다.

그리고 부주교는 커다란 손에 이끌려 방 밖으로 질질 끌려나갔다. 밖에서 살해될 것이 틀림없었다. 그러나 그에게 다행스럽게도 조금 전부터 달이 뜨고 있었다.

둘이 방 문지방을 넘어섰을 때 별들이 창백한 부주교의 얼굴을 비쳤다. 카지모도는 상대편의 얼굴을 정면으로 바라보고는 부들부들 몸을 떨면서 상대방을 놓고 뒷걸음질쳤다.

처녀는 문턱까지 나왔다가 갑자기 두 사람의 입장이 바뀐 것을 보고 깜짝 놀랐다. 지금은 부주교 쪽이 위압적인 태도가 되고 카지모도는 마냥 애원하고 있었던 것이다.

부주교는 분노와 비난의 몸짓으로 귀머거리를 책망하더니, 물러가 있으라고 난폭하게 손짓했다.

귀머거리는 고개를 떨구고 있더니, 이윽고 처녀의 방문 앞에 와서 무릎을 꿇고 앉았다.

"나리님,"이라고 육중하고 체념한 듯한 소리로 말했다. "어쩔 수가 없습니다. 부디 좋으실 대로 하십시오. 그러나 먼저 저를 죽여 주십시오."

이렇게 말한 그는 부주교에게 칼을 내밀었다. 부주교는 정신 나간 사람처럼 그 칼을 잡으려고 달려들었다. 그러나 그것보다도 빨리 처

녀는 카지모도의 손에서 칼을 빼앗아 미친 것처럼 웃으면서 "자, 덤벼라!" 하고 부주교를 향해 소리쳤다.

처녀는 칼을 높이 쳐들었다. 부주교는 어떻게 해야 좋을지 몰랐다. 처녀가 정말 달려들어 찌를지도 모르는 일이었다.

"가까이 오지도 못하면서! 비겁한 놈!"

그렇게 소리치며 매정한 말투로, 클로드 부주교의 마음을 빨갛게 단 쇠로 찌르는 것과 같다는 생각을 하면서, 이렇게 말했다.

"나는 페뷔스님이 죽지 않았다는 것을 알고 있어요!"

부주교는 카지모도를 발로 걸어차고는 노여움에 몸을 떨면서 계단의 둥근 천장 아래로 사라져갔다.

그가 가 버리자 카지모도는 처녀를 구한 호루라기를 주워 들고 "녹슬어 버렸구나."라고 말하면서 그것을 처녀에게 돌려주었다. 그리고 처녀를 혼자 내버려둔 채 가 버렸다.

이러한 사태에 완전히 지쳐 버린 처녀는 맥을 잃고 쓰러져 흐느껴 울었다. 처녀의 앞날은 또다시 캄캄하게 되어 버렸던 것이다.

한편 부주교는 더듬더듬 자기 방으로 돌아갔다.

이제 모든 게 끝이었다. 클로드 부주교는 이제 카지모도에게까지도 질투심을 느꼈던 것이다.

그는 깊은 생각에 잠겨 이런 불길한 말을 되풀이했다.

"누구에게도 에스메랄다를 넘겨주지는 않겠다!"

제 9 장

그랑고아르의 계략

피에르 그랑고아르는 이번 사건이 모두 어떻게 되어갔는가를 생각한 다음부터, 그리고 또 이 연극의 주인공들이 함정에 빠지거나, 교수형을 받게 되거나, 그것도 아니라면 다른 불행한 일을 당한 것이 틀림없다고 생각한 다음부터는, 더 이상 이 사건에 휘말려 들어가고 싶지 않았다. 그랑고아르는 여러 가지로 생각한 끝에 부랑자들을 파리의 더없는 동료라 생각하고 그들과 같이 살게 되었다. 부랑자들은 집시 처녀의 신상을 여전히 걱정하고 있었다. 그것이 그들로서는 지극히 당연하다는 것을 그는 잘 알고 있었다. 뭐라 하건 그들은 그 처녀와 마찬가지로 샤르몰뤼나 토루토류의 손에 넘어가는 것 이외에는

달리 생각할 수 없는 자들인데, 그처럼 페가수스의 두 날개를 타고 공
상의 세계를 날아다니는 방법을 알지 못했던 것이다.

그는 항아리를 깨고 결혼식을 올린 자기의 아내가 노트르담에 피
난해 있는 것을 알고 안심하고 있었다. 그러나 그곳에 가서 그녀를
만나 보고 싶은 생각은 없었다. 가끔 그 귀여운 염소가 생각날 때도
있었지만 그저 그뿐이었다. 게다가 낮에는 살기 위해 곡예를 하고 있
었고, 밤에는 늦게까지 잠도 자지 못한 채 머리를 짜내어 파리의 주교
를 해치우기 위한 소송서류를 쓰고 있었기 때문에 다른 일을 생각할
여유가 없었다. 그는 주교의 물방앗간에서 물벼락을 흠뻑 맞은 일을
원한으로 여기고 있었다. 그 밖에 또 노와이용과 투르네의 주교인 보
도리 르 루쥬의 아름다운 작품《돌을 자르는 방법》에 주석을 다는 일
도 하고 있었던 것이다.

어느 날, 그는 생제르망 로세로와의 부근에 있는 르포르 레베크라
불리고 있던 저택 모퉁이에 멈춰 서 있었다. 그런데 갑자기 어깨 위
에 무겁게 손이 얹혀지는 것을 느꼈다. 돌아다보니 그것은 그의 옛
은사인 부주교였다.

그는 깜짝 놀라 잠시 멍하니 있었다. 그는 오랫동안 부주교를 만나
지 않고 있었다. 클로드 부주교는 언제나 거드름을 피우고 정열적인
데가 있는 사람이었기 때문에, 그를 만나면 언제나 그랑고아르는 회
의파적인 철학자로서의 마음의 평정을 잃게 되는 것이었다.

부주교가 잠시 아무런 말도 하지 않고 있었기 때문에 그동안에 그
랑고아르는 그의 모습을 찬찬히 살펴볼 수가 있었다. 클로드 부주교

는 많이 변해 있었다. 겨울날의 아침처럼 안색은 창백하고 눈은 쑥 들어갔으며, 머리카락은 거의 백발이 되어 있었다. 마침내 클로드 부주교가 침묵을 깨고, 조용하면서도 차가운 말투로 말했다.

"좀 와 주게, 자네에게 할 말이 있어."

그는 걷기 시작했다. 그랑고아르는 그가 말하는 것이면 무엇이든지 듣는 습관이 있었기 때문에 조용히 그를 뒤따라갔다. 두 사람은 아무 말도 하지 않고 레 베르나르당 거리에 도착했다. 그곳은 거의 사람들의 왕래가 없는 곳이었다. 클로드 부주교는 그곳에 멈춰 섰다.

"말씀하시고 싶다는 것은 무엇입니까, 선생님?"

그랑고아르는 물었다.

"피에르 그랑고아르 군." 부주교가 말했다.

"그 귀여운 집시 처녀는 어떻게 되었나?"

"에스메랄다 말입니까?"

"그 여인은 너의 마누라가 아니었던가?"

"그렇습니다. 항아리를 깨고 식을 올렸습니다." 그랑고아르는 반쯤 놀리는 것 같은 태도로 부주교를 보면서 덧붙였다. "그런데 선생님은 여전히 에스메랄다를 생각하고 계십니까?"

"너는 이제 생각하지 않고 있는가?"

"거의 단념하고 있습니다. 아무튼 바쁘니까요. 그렇지만 그 작은 염소는 정말 귀여웠어요!"

"그 집시 처녀는 너의 목숨을 구해 주지 않았던가?"

"네, 그렇습니다."

"그렇다면 말이야! 그 여인은 어떻게 되었는가? 너는 그 여인을 어떻게 했는가?"

"말씀드리지 않기로 하겠습니다. 아마 교수대에 걸린 것 같습니다."

"그렇게 생각하고 있는가?"

"확실하게는 모릅니다. 놈들이 사람들을 교수형에 처하려는 것처럼 보이면 저는 그곳에서 도망쳐 버리고 마니까요."

"네가 알고 있는 것은 그것뿐인가?"

"잠깐 기다려 주십시오. 소문에 의하면 에스메랄다는 노트르담에 도망쳐 들어가 거기서 안전하게 지내고 있다고 합니다. 저도 그 말을 듣고 기뻐하고 있습니다. 그 염소도 함께 구출되었는지 아닌지는 아직 모릅니다. 제가 알고 있는 것은 그것뿐입니다."

"그렇다면 내가 그 이상의 것을 가르쳐 주지."

클로드 부주교는 말했다. 그때까지는 낮고 느려서 거의 알아들을 수가 없었던 그의 목소리는 이 대목에서 갑자기 높아졌다.

"그 여인은 실제로 노트르담에 도망쳐 들어갔다. 그러나 한 사흘이 지나면 다시 관에 붙들려 그레브 광장에서 교수형을 받게 될 것이다. 고등법원의 체포영장이 나와 있어."

시인이 말했다.

"그것 참 큰일 났군요. 도대체 어떤 미친 자식이 그런 쓸데없는 참견을 하여 체포 청원장을 냈을까요? 고등법원을 가만히 내버려둘 수는 없었단 말인가요? 불쌍한 처녀 한 사람쯤 노트르담의 성벽 밑에 있는 제비둥지 옆에서 피난하고 있다고 해서 그것이 도대체 어떻다

는 것입니까?"

"세상에는 여러 가지 악마가 있으니까 말이야."라고 부주교는 대답했다.

"그것 참 곤란하게 되었군요."

부주교는 잠시 아무 말 없이 있다가, 이윽고 "그런데 너는 그 여인으로부터 목숨을 구원받았었지?" 하고 물었다.

"네, 저 유쾌한 건달들 속에서 말입니다. 하마터면 제 목이 달아날 뻔했습니다. 하지만 그런 짓을 했더라면 그들도 지금쯤 후회하고 있을 테지요."

"너는 그 여인을 위해 뭔가 해주고 싶다는 생각은 하지 않는가?"

"할 수 있는 일이라면 하고 싶습니다. 하지만 어렵지 않을까요, 클로드 선생님? 우물우물하다가 성가신 사건에라도 말려들게 되면 곤란하니까요."

"그게 무슨 상관이야!"

"네엣? 무슨 상관이냐구요? 선생님은 괜찮을지 모르겠습니다만, 저는 지금 커다란 작품을 두 개 쓰기 시작하고 있는 참입니다."

부주교는 자기 이마를 쳤다. 줄곧 평온한 것처럼 가장하고 있기는 했으나 이따금 몸을 격렬하게 움직이는 것으로 미루어 보아 내심은 평온하지 않다는 것을 알 수 있었다.

"어떻게 구출할 수 있는가 하는 게 문제야!"

그랑고아르는 말했다.

"선생님, 대답하지요. '이르 파데르트'라고 말입니다. 이것은 터키

말인데요. '신이야말로 우리의 희망'이라는 뜻입니다."

"어떻게 해서 구출하느냐가 문제다!" 클로드 부주교는 꿈꾸는 듯
되풀이했다.

이번에는 그랑고아르가 이마를 쳤다.

"선생님, 좋은 생각이 있어요. 좋은 계획을 가르쳐 드리지요. 국왕
에게 특사를 청원하여 보면 어떻겠습니까?"

"루이 11세에게 말인가? 특사를?"

"왜 안 된다는 것입니까?"

"산 호랑이에게서 뼈를 빼내는 것과 같은 것이다!"

그랑고아르는 뭔가 다른 해결책은 없을까 하고 생각했다.

"아, 이렇게 하면 어떻겠습니까! 산파에게 부탁하여 에스메랄다가
임신했다고 말하게 하면 어떻겠습니까?"

이 말을 듣더니 부주교의 푹 들어간 눈동자가 반짝 빛났다.

"임신이라고? 네가 그렇게 한 일이 있느냐?"

그랑고아르는 상대의 기세에 완전히 기가 질려서 서둘러 말했다.

"아니, 아닙니다! 우리들의 결혼은 완전히 별실 결혼이었습니다.
저는 방 밖에 있었으니까요. 그러나 어쨌든 집행유예를 얻으면 되는
거 아니겠습니까?"

"바보 같은 자식! 파렴치한 놈이로구나. 닥치고 있어!"

"노하시다니 그건 오해입니다." 그랑고아르는 투덜투덜 말하면서
"집행유예를 받을 수 있습니다. 누구에게 폐를 끼치는 것도 아니고,
게다가 또 산파들에게는 파리 돈으로 40드니에나 별도로 해주는 것

이니까요. 아무튼 놈들은 가난하니까요."

부주교는 그가 말하는 것은 듣지도 않았다.

"아무튼 그 여인을 그곳에서 나오게 하지 않으면 안 돼!" 그는 중얼 거렸다.

"체포영장의 집행 기한이 사흘밖에 남지 않았단 말이야! 게다가 그놈에게는 체포영장이 나오지 않을 거야. 그 카지모도에게는 말이야! 여자라는 것은 꽤 천한 취미를 갖고 있단 말이야!" 그리고는 소리를 높여 말했다. "피에르 군, 나도 여러 가지로 생각해 보았지만 그 여인을 구출하는 방법은 단 한 가지밖에 없네."

"무슨 말씀을 하시는지 저는 도무지 알 수가 없는데요."

"자, 들어봐. 피에르 군. 너는 그 여인으로부터 목숨을 구원받은 것을 설마 잊지는 않았겠지? 내 생각을 솔직하게 말하지. 노트르담에는 낮에는 파수꾼이 붙어 있어. 이 대성당에 들어가는 것이 알려진 사람만이 나올 수가 있는 거야. 너는 들어갈 수도 있고 나올 수도 있다. 그러면 내가 너를 그 여인이 있는 곳에 데리고 가 주지. 그러면 너는 그 여인과 옷을 바꾸어 입는 거다. 즉 그 여인이 너의 옷을 입는 거다. 그리고 너는 그 여인의 스커트를 걸치는 거지."

"그리고요?"

"그리고? 그 여인은 너의 옷을 입고 밖으로 나간다. 너는 그 여인의 옷을 입고 남는 거야. 그렇게 되면 아마 너는 교수형을 받겠지만, 그 여인은 살아남을 수 있지."

그랑고아르는 매우 진지한 얼굴로 귀를 긁으면서 말했다.

"참, 나. 전혀 상상도 못할 생각이군요."

클로드 부주교로부터 생각지도 않던 이런 제의를 받고 시인의 온화하던 얼굴은 갑자기 흐려졌다. 언제나 개이고 아름다운 이탈리아의 풍경에 거센 바람이 불어와 태양 위에 무거운 구름을 걸었을 때처럼.

"그랑고아르 군! 내가 말한 방법이 어떤가?"

"글쎄요, 선생님. 저는 아마 십중팔구가 아니라, 거의 확실히 교수형에 처해질 겁니다."

"그런 것은 내가 알 바 아니지."

"아니 뭐라고요?"

"그 여인은 너의 생명을 구해 주었다. 너는 그 빚을 갚게 되는 거야."

"아직 그 이외에도 얼마든지 갚지 않은 빚이 많이 있습니다!"

"피에르 군, 절대로 그렇게 하지 않으면 안 되는 거야."

부주교는 명령처럼 말했다.

"제발 제 말을 좀 들어 주십시오. 클로드 선생님!" 시인은 매우 놀라면서 말했다. "선생님은 그 생각을 고집하고 계십니다만, 그것은 선생님의 잘못입니다. 왜 제가 남을 대신하여 목을 매달아야 하는지 모르겠습니다."

"왜 너는 그렇게 목숨에 집착하지?"

"그건 이유가 많이 있지요! 무슨 이유냐구요? 대기도 있고 하늘도 있으며, 아침, 저녁, 그리고 달빛도 있습니다. 친구인 부랑자들도 있고, 말괄량이 처녀와 희롱하는 일도 있으며, 게다가 파리의 아름다운 건축을 연구하고 싶은 생각도 있습니다. 그리고 대저술을 세 개는 쓰고 싶고요. 그중 하나는 주교와 그 물방앗간을 해치우는 책입니다. 그 이외에도 얼마든지 있어요. 아낙사고라스도 자기는 태양을 찬양하기 위해 이 세상에 살고 있다고 말하고 있습니다. 게다가 제게는 아침부터 밤까지 나라는 이 천재와 함께 있다는 행복이 있으니까요. 그것은 참으로 즐거운 것입니다.”

“네놈의 머리는 짤까닥짤까닥하는 시끄러운 방울을 만드는 일이 고작인 거야!” 부주교는 중얼거렸다. “그래, 좀 물어보겠는데, 네가 그렇게 소중히 여기고 있는 그 목숨은 도대체 누가 네놈에게 남겨 준 것이냐? 이 대기를 호흡하고 이 하늘을 바라보며 종달새처럼 어리석고 미친 놈 같은 너의 마음을 즐길 수 있게 만들어 준 것은 대체 누구였나? 만약 그 여인이 없었다면 너는 어떻게 되었을 것이라고 생각하는가? 그 여인 덕택에 이렇게 목숨을 부지하고 있는데도 그 여인이 죽어도 좋다고 생각하는 건가? 그 아름답고 다정하며 귀엽고 이 세상의 빛에는 없어서 안 되는 신보다도 더 거룩한 그 여인이 죽어도 좋다고 생각하고 있는 거냐? 그에 비해 너는 아무것도 아닌 어중간한 지식을 휘두르는 반미치광이라고 할까, 아무런 쓸모도 없는 초벌 그림이라고나 할까, 말하자면 풀이나 나무에 불과하다고 말할 수 있는 주제에 자기 딴에는 걷기도 하고 생각하기도 한다고 착각하고 있다. 그러한 네가 대낮의 각등처럼 쓸모없는, 남으로부터 빼앗은 생명을 가지고 계속 더 오래 살아가려는 것은 도대체 무슨 이유 때문이냐? 어때, 조금은 동정을 가져야 하지 않겠나? 그랑고아르! 이번에는 네가 사나이다운 용기를 낼 때야. 처음에 씩씩한 행동을 한 것은 그 여인 쪽이란 말이야."

부주교의 말투는 격렬했다. 그랑고아르는 처음에는 아무래도 좋다는 듯이 듣고 있다가, 이윽고 참다못해 마침내 울상을 지었는데, 그 때문에 그의 창백한 얼굴은 마치 복통을 일으킨 어린아이처럼 보였다.

"해주신 말씀, 마음에는 깊이 새겼습니다."라고 그는 눈물을 닦으며 말했다. "그렇습니다. 저도 잘 생각해 보겠습니다. 그렇지만 선생님의 생각도 좀 이상하군요. 요컨대……" 하고 잠시 잠자코 있다가 이윽고 "뭐 어떻게 되겠지요. 목을 매달게 되지는 않겠지요. 약혼을 했다고 해서 그대로 결혼하라는 법은 없으니까요. 내가 스커트를 입거나 여자 모자를 쓰는 등 그런 기괴한 모습을 하고 그 방에 있는 것이 발견되면 놈들은 아마 웃음을 터뜨릴 것입니다. 게다가 만약 놈들이 내 목을 매달면, 아이고, 맙소사! 교수형이란 그야말로 개죽음이지요. 아니 참된 의미에선 개죽음이 아니죠. 일생을 혼미 속에서 보낸 현자에 적합한 죽음이죠. 참된 회의파 철학자의 정신답게 결정이라는 것이 없는 죽음, 하늘과 땅 사이에 몸을 두고 우리를 공중에 매달린 상태에 두는 저 피론의 회의주의와 망설임과의 색조가 확실하게 나와 있는 죽음, 그것이야말로 철학자의 죽음이죠. 아마 저는 그렇게 될 숙명이었던가 봅니다. 살아온 그대로의 방식대로 죽는다는 것은 훌륭한 일이죠."

클로드 부주교는 그의 말을 가로막았다.

"어때, 괜찮겠나?"

"요컨대 죽음이란 도대체 무엇일까요?" 하고 그랑고아르는 흥분하여 계속했다. "불쾌한 순간이기도 하고, 통행세이기도 하고, 얼마

되지 않는 것으로부터 전무(全無)로 가는 길이기도 하죠."

부주교는 그에게 손을 내밀었다.

"그럼 알겠나? 내일 오는 거야."

그랑고아르는 현실로 돌아왔다.

"아니! 농담이 아닙니다. 저는 싫어요!"라고 그는 잠에서 깨어난 사나이처럼 말했다. "목을 매달리다니! 너무 어리석은 짓입니다. 저는 싫어요."

"그럼, 안녕!" 부주교는 이렇게 말하고 또 입 속으로 덧붙였다. "반드시 오는 거야!"

저런 보기 싫은 사나이와 또 만난다는 것은 질색이라고 그랑고아르는 생각했다. 그러나 클로드 부주교의 뒤를 쫓아 달려가 외쳤다.

"잠깐 기다려 주십시오, 부주교님. 옛정을 생각해서라도 싸우지는 맙시다! 그 처녀, 즉 내 여편네를 걱정해 주시는 것은 고맙습니다. 그 여인을 노트르담에서 무사히 데리고 나오려고 계략을 꾸미신 건 고마운데, 사실 선생님의 말씀은 저로서는 몹시 유쾌하지 못한 거예요. 만약 제 나름대로의 방법이 서기만 한다면 얼마나 좋을까요! 지금 문득 굉장히 멋진 묘안이 떠올랐어요. 제 목이 올가미에 걸릴 위험도 없고, 또 그 여인을 위험에서부터 도망치게 하는 좋은 생각이 있어요."

부주교는 답답한 듯이 입고 있던 법의의 단추를 잡아당겨 끊었다.

"거침없이 잘도 지껄이는 놈이구나! 그래, 네놈의 방법이란 무엇이냐?"

"네." 하고 그랑고아르는 혼잣말을 하는 것처럼 뭔가 깊이 생각하고 있다는 표시로 엄지손가락을 코에 대면서 말했다.

"말하자면 이렇습니다. 저 부랑자들은 훌륭한 놈들이니까 말이에요. 그놈들은 그 여인을 사랑하고 있습니다. 그러니까 한 마디만 하면 놈들은 일어납니다. 이렇게 쉬운 일은 다시 없어요. 조그만 손을 들기만 하면 되는 거예요. 그 혼란을 이용하여 손쉽게 그 여인을 탈취해 버리는 것입니다. 내일 밤 즉시 시작하겠습니다. 그것이야말로 놈들이 바라던 것입니다."

"그래, 그 방법이란? 빨리 말하게."라고 부주교는 그를 흔들면서 말했다.

그랑고아르는 당당하게 몸을 젖히면서 부주교를 바라보고 말했다.

"아무 걱정 마시고 결과나 기다리십시오."

이렇게 말하고 다시 잠시 생각에 잠기더니, 이윽고 뭔가 묘안이 떠올랐는지 손뼉을 치며 소리쳤다.

"정말 굉장한 방법이에요! 이젠 됐어요!"

"그래, 그 방법이 뭐냐구?" 클로드는 화를 내며 물었다.

그랑고아르의 눈은 빛났다.

"자, 이리 좀 오십시오. 계략은 비밀로 해야만 한다고 하니까요. 이것은 실로 대담하고 적의 허를 찌르는 계략인데, 이것만 있으면 우리는 모두 위기를 벗어날 수 있습니다. 저도 그다지 바보는 아니지요."

그는 급히 화제를 바꾸었다.

"이크! 그런데 말입니다! 그 염소도 에스메랄다와 함께 있겠지요?"

"응, 그렇다. 그것이 어쨌다는 거냐!"

"염소도 목을 매달리는 것이겠지요? 그렇지요?"

"그것이 나와 무슨 관계가 있나?"

"그렇군요. 그놈도 목을 매달릴지도 모르겠군요. 사형집행인이라는 놈은 그런 짓을 하는 게 좋은 모양이에요. 그 귀여운 잘리를 목을 매달아 죽이다니! 불쌍한 염소를 말이에요!"

"제기랄!" 클로드 부주교는 소리쳤다. "너야말로 사형집행인이야. 도대체 너는 어떤 방법을 생각했다는 거냐? 네 생각은 집게로 끄집어내야 나오는 것이냐?"

"부디 침착해 주십시오. 선생님! 이렇습니다."

그랑고아르는 부주교의 귓가에 입을 대고, 거리에는 사람의 그림자도 없었으나 불안한 것처럼 거리의 구석구석까지 살펴보면서, 작은 소리로 이야기했다. 이야기를 마치자 클로드 부주교는 그랑고아르의 손을 잡고 냉랭하게 말했다.

"좋아, 그럼 내일이야."

부랑자가 되어 버려라

부주교가 수도원에 돌아가 보니 방문 앞에 동생인 풍차간의 장이 와 있었다. 그는 형을 기다리고 있는 사이에 기다림에 지쳐 무료함을 달래기 위해 숯으로 벽에다 코만 엉뚱하게 큰 형의 옆얼굴을 그리고 있었다.

클로드 부주교는 동생의 얼굴을 거들떠보지도 않았다. 그는 다른 일을 생각하고 있었던 것이다. 이 난봉꾼의 즐거운 얼굴에는 기운이 넘쳐흘러 그것이 언제나 부주교의 어두운 얼굴도 밝게 해주었는데, 오늘은 썩어 악취를 뿌리며 탁한 부주교의 영혼에 하루하루 짙어가는 안개를 걷어 주지 못했다.

"형님!" 하고 장은 주뼛주뼛 입을 열었다. "형님을 만나러 왔는데요."

부주교는 동생을 쳐다보지도 않고 말했다.

"그래서?"

"형님!" 하고 이 위선자는 말했다. "형님은 저를 위해 여러 가지로 친절하게 해주시고, 게다가 또 여러 가지로 좋은 말씀을 해주시기 때문에, 저는 언제나 형님을 찾아오게 됩니다."

"그래서?"

"아, 형님, 형님은 '장! 장! 요즘 학자들의 학문, 제자들의 규율은 해이하기 짝이 없다. 장, 얌전하게 하고 있거라. 장, 열심히 공부해라. 장, 정식으로 선생님으로부터 허가를 얻었을 때 이외에는 학교 밖에서 외박을 해서는 안 된다. 피카르디 출신의 사람을 때려서는 안 돼. 학교의 밀짚 위에서 배우지 못한 노새처럼 늙어 시들어서는 안 돼. 장, 선생님의 꾸지람을 명심해서 들어야 한다. 장, 매일 밤 성당에 가서 존경하는 성모 마리아님께 찬송가를 부르고 기도를 하여 찬양하는 거야.'라고 말씀하셨죠. 정말 훌륭한 충고입니다!"

"그리고?"

"형님, 형님은 제가 죄 많고 나쁜 짓만 하는 인간이며, 경멸해야 할 인간인 데다, 노름꾼이며 엉뚱한 놈이라고 생각하시겠지요! 형님, 확실히 저는 형님의 친절한 충고를 짚이나 먼지처럼 발로 짓밟아 왔습니다. 그 때문에 저는 지독한 벌을 받았습니다."

"다음은?"

"아! 제가 제일 좋아하는 형님! 저는 될 수 있다면 보다 나은 생활로 나아가자고 생각하고 있습니다. 회개하는 마음으로 가득 차서 형님께 온 것입니다. 저는 회개하고 있습니다. 진심으로 뉘우치고 있습니다. 주먹으로 쿵, 하고 제 가슴을 치고 있습니다. 제가 장차 토루시 대학을 졸업하고 대학의 조교가 되기를 형님은 바라셨는데, 그건 참 옳은 생각입니다. 지금에 와서야 저에게 그 지위에 앉을 만한 훌륭한 소질이 있다는 생각이 듭니다. 그러나 저에게는 이제 잉크도, 펜도 없습니다. 그걸 사려면 조금이라도 좋으니 돈이 매우 필요합니다. 그래서 형님, 저는 회개하는 마음을 넘치도록 가득히 품고 형님에게 이렇게 찾아온 것입니다."

"그것뿐인가?"

"네. 돈이 좀 필요합니다."

"난 돈 없다!"

그러자 이 학생은 뭔가 마음속에 결심한 것 같은 진지한 태도로 말했다.

"좋습니다. 형님, 형님에게 이런 말씀을 드리는 것을 유감으로 생각합니다만, 실은 다른 곳에 매우 좋은 벌이가 있는데요. 그래도 저에게 돈을 주시지 않겠습니까? 안 되겠군요. 그렇지요? 그렇다면 저는 부랑자와 한패가 되려고 합니다."

이러한 당치도 않은 말을 내뱉고서, 장은 아이아스와 같은 천연덕스러운 얼굴을 하고 머리 위에 벼락이 떨어지기만을 기다리고 있었다.

부주교는 그를 향해 냉정하게 말했다.

"그렇다면 부랑자가 되어 버려라!"

장은 형에게 공손히 절을 하고 휘파람을 불면서 수도원의 계단을 내려갔다.

장이 형의 방 창문 밑을 지나칠 때 그 창문이 열리는 소리가 들려서 얼굴을 드니 부주교가 창문으로 엄숙한 얼굴을 내밀고 있는 것이 보였다.

"개에게나 잡아 먹혀라!" 하고 클로드 부주교는 말했다.

"자, 너에게 줄 돈은 이것뿐이야."

이렇게 말하면서 그는 장에게 지갑을 던졌고, 그 지갑은 장의 이마에 맞아 커다란 혹을 만들었다. 장은 그것을 받고 화가 났지만 한편 기뻐하며 돌아갔다. 마치 맛있는 뼈다귀를 받고서 내쫓기는 개와 같았다.

만세! 만세!

어느 날 밤의 일이었다. 파리시에 있는 모든 종루로부터 소등을 알리는 종이 울려 퍼질 무렵 야경대원들이 저 무서운 기적궁전 속에 들어갈 수가 있었다면, 술집에서 부랑자들이 여느 때보다 큰 소동을 벌이며 술을 퍼마시거나 더러운 욕지거리를 해대는 것을 볼 수가 있었을 것이다. 밖의 광장에서는 여럿이 모여 마치 뭔가 커다란 계획을 꾸미고 있을 때처럼 작은 소리로 이야기를 주고받고 있었다. 또 괴상한 사나이들이 이쪽저쪽에 웅크리고 앉아 잘 들지 않는 칼을 갈고 있었다.

한편 술집 안에서는 부랑자들이 그날 밤 부랑자 소굴에 넘쳐흐르는 생각들을 술과 노름으로 털어 버리려는 심산이었기 때문에, 술꾼들의 이야기를 듣는 것만으로는 도대체 무슨 일이 일어나는지 알기가 매우 어려웠다. 다만 그들은 여느 때보다 쾌활한 모습으로 모두 무릎 사이에 손도끼나 큰 도끼, 커다란 칼이나 낡은 화승총의 갈고리 등 여러 가지 무기를 번쩍거리고 있었다.

그 방은 둥글고 매우 넓은 장소였다. 그러나 테이블은 꽉 들어차 있었고 술을 마시고 있는 사나이의 수도 많았기 때문에, 술집 안에 있는 사람들은 도박을 하고 있는 사람, 몸이 성한 사람, 다리를 저는 사람 할 것 없이 마치 굴 껍질처럼 순서나 조화도 없이 뒤엉키고 겹쳐 있는 것같이 보였다. 테이블 위에는 기름등불이 몇 개 켜 있었는데, 술집의 진짜 불빛, 즉 선술집이나 오페라 극장의 샹들리에 역할을 하고 있는 것은 사실은 난롯불이었다. 이 동굴은 대단히 우중충했기 때문에 한여름에도 난롯불을 결코 꺼 버리는 일이 없었다. 커다란 벽난로가 하나 만들어져 있고, 선반에는 무거운 쇠로 만든 요리 도구가 즐비하게 있었으며, 난로 안에서는 나무나 물로 갠 석탄이 뒤엉켜 커다란 불꽃을 이루며 타오르고 있었다. 이러한 커다란 불은 밤에 흔히 마을길 같은 곳에서 대장간의 창문에 비친 유령과 같은 그림자를 맞은편 벽 위에 빨갛게 비치고 있는 것이다. 그 옆에 커다란 개 한 마리가 잿더미 속에 엉덩이를 바싹 붙이고 앉아 불 앞에서 석쇠에 타 붙은 고기를 핥아먹고 있었다.

비록 이 술집 안의 광경이 이렇듯 어수선하다고는 하지만 이 무리들이 세 패로 나뉘어 있다는 것은 한눈에 알 수 있었다. 그 세 패는 여러분도 잘 알고 계시는 바와 같이 세 사람을 중심으로 모여 있었다.

이 인물 중의 한 사람은 동양풍의 가짜 금칠을 한 옷을 난잡하게 이상한 모양으로 입고 있었는데, 그는 이집트 공이며 보헤미아 공인 마차스 앙가디 스피카리였다. 이 건달은 다리를 꼬고 손가락을 든 채 테이블 위에 앉아 있었다. 그리고 멍하니 입을 벌리고 자기 주위를 둘러싸고 있는 여러 사람들에게 소리를 지르면서 기술이나 요술을 가르치고 있었다.

또 한 패의 무리는 우리가 잘 알고 있는 전신에 무장을 한 저 용감한 추니스 왕 주위에 몰려 있었다. 크로팡 트루유프는 부하들이 눈앞에서 큰 나무통의 밑바닥을 도려내고 무기가 가득 든 나무통 속에 있는 것들을 서로 다투며 빼앗고 있는 것을 매우 진지한 얼굴로 감독하고 있었다. 그 나무통에서는 도끼나 검, 투구, 쇠사슬로 된 갑옷, 사냥칼, 창, 화살촉, 화살 등이 마치 보물상자에서 익은 사과나 포도가 나오는 것처럼 속속 튕겨져 나왔다. 사람들은 서로 밀고 당기며 투구, 가느다란 검, 그리고 자루가 십자가처럼 되어 있는 단검 등을 손에 들었다. 아이들도 무장을 하고 있었으며, 앉은뱅이까지 갑옷을 몸에 입고 커다란 풍뎅이처럼 술 취한 사람들의 발 사이를 기어다니고 있었다.

마지막으로 세 번째의 무리가 제일 시끄럽고 즐거운 것 같았으며, 그 숫자도 가장 많았다. 그들은 의자나 테이블 위에 너저분하게 모여 있었고, 그중의 한 사람이 큰 소리로 아우성을 치거나 더러운 말로 저주를 외치고 있었는데, 그 소리는 갑옷에서 박차까지 빈틈없이 완전 무장을 한 사나이에게서 나오는 것이었다. 이 사나이는 갑옷을 이런 식으로 단단히 몸에 걸치고 있어, 이제 몸뚱이에서 볼 수 있는 것이라고는 뻔뻔스러운 붉은 코와 금발의 곱슬머리, 그리고 붉은 입과 대담한 눈초리뿐이었다. 또 단검이나 비수를 잔뜩 허리띠에 꽂고 옆구리에는 커다란 칼을 차고, 왼손에는 녹슨 큰 활을 들고 커다란 술항아리를 마주 대하고 있었다. 그 오른손으로는 단정치 못한 옷을 입은 뚱뚱한 여인을 껴안고 있었다. 이 사나이의 주위에 있던 패들은 모두 웃으면서 술을 마시고 있었다.

이 밖에도 또 20명 가량의 그다지 중요하지 않은 무리가 있었다.

심부름을 하느라 아가씨나 사내아이들은 머리에 술항아리를 얹고 뛰어다니고 있었고, 도박꾼들은 당구를 하거나, 돌차기를 하거나 혹은 주사위를 흔들기나 굴리기도 하고 있었으며, 어떤 사람들은 트럼프 놀이에 열중하고 있었다. 그런가 하면 구석진 곳에서는 싸움을 하는 사람도 있었고, 키스를 하는 사람도 있었다.

벽난로의 불은 붉게 타오르고, 그 불빛은 흔들흔들 선술집의 벽에 터무니없이 커다란 수천을 헤아리는 기괴한 그림자를 비춰, 그 그림자를 아물아물 춤추게 하고 있었다. 이러한 엉터리 소동의 소리란 마치 땅땅 내리치는 종의 내부와 같은 것이었다.

구운 고기의 기름을 바른 냄비에는 기름이 파닥파닥 비처럼 튀어 방 이곳저곳에서 나누는 무수한 대화 사이에 날카로운 소리를 내고 있었다.

이런 소동 중에서 철학자 한 사람이 술집 안쪽의 난롯가에 앉아 있었다. 이 사나이는 잿더미 속에 발을 파묻고 타오르는 나무를 조용히 바라보면서 뭔가 명상에 잠겨 있었다. 피에르 그랑고아르였다.

"자, 빨리 무기를 들어라! 이제 한 시간만 있으면 출발이다!"라고 크로팡 트루유프는 거지떼들에게 말했다.

한 아가씨가 콧노래를 부르고 있었다. 머리끝에서 발끝까지 무장을 한 젊은 사나이의 목소리가 와글와글하는 소란을 억누르며 거세게 울려 퍼졌다.

"만세! 만세!" 그는 소리치고 있었다. "오늘은 나의 첫 출전이다! 나는 부랑자야! 나는 말이야, 부랑자란 말이야! 나한테 한 잔 따라 다오! 여러분, 나는 풍차간의 장 프로로라 한다. 귀족이야. 내 생각으로는 만약 신이 헌병이 된다면 반드시 약탈을 일삼을 거라고 봐. 그렇지, 형제들! 자, 굉장한 원정에 오르지 않겠는가! 우리들은 용감한 사람들이야. 대성당을 포위하여 문을 두들겨 부수고 거기서 아름다운 처녀를 재판관이나 성직자들의 손에서 구출하자. 수도원의 문짝을 두들겨 부수고 주교관에 있는 주교를 불살라 죽이자. 더욱이 그것을 수프 한 순갈 먹는 것보다 더 날쌔게 해치우는 거야. 우리들의 입장은 정당하다. 그래서 노트르담을 약탈하는 거야. 그것으로 모든 것은 끝이다. 카지모도를 매달자. 마나님들, 카지모도가 누군지 알고 있는가? 그 사나이가 성령 강림절날 대종 위에서 숨을 헐떡이고 있는 것을 본 일이 있는가? 그 바보 같은 자식! 정말 꼴좋지! 마치 악마가 짐승의 입 위에서 말을 탄 것같이 양다리로 깔고 앉은 꼴이야. 여러분, 내 말을 좀 들어 다오. 나는 마음속 아주 밑바닥에서부터 우러난 진짜 부랑자다. 내 영혼의 밑바닥으로부터 우러난 진짜 거지 말이야. 태어날 때부터 철새다. 원래는 큰 부자였는데 재산을 모두 탕진해 버렸단 말이야. 어머니는 내가 장교가 되길 원했고, 아버지는 내가 부주교가 되길 원했다. 숙모는 심문관이, 할머니는 임금님에 속한 대법관이, 또 백모는 짧은 법복을 입은 이에즈스회의 출납관이 되기를 원했다. 그러나 나는 부랑자가 되었다. 잘됐어, 아주 잘됐지 뭐야. 나는 진짜 파괴자야! 야, 누나! 그리고 아주머니! 술 좀 더 줘! 돈이 아직 남았단 말이야."

잠시 동안 거의 이야기들이 중단되어 조용하게 되었는데, 그 사이

에 이번에는 손아래 집시들에게 요술을 가르치고 있던 이집트 공의
날카로운 소리가 일어났다.

"족제비란 아뒤느를 말하는 거야. 여우는 '푸른발'이라든가 '숲 달
리기'라 하고, 늑대는 '잿빛 발'이나 '금빛 발', 그리고 곰은 '아버지'
라든가 '할아버지'라고 한다. 땅귀신의 모자를 쓰면 자기 모습이 보
이지 않게 되고, 보이지 않는 것이 보이게 된다. 두꺼비란 놈은 세례
를 받을 때는 모두 붉거나 검은 비로드의 옷을 입고 목과 발에 한 개
씩 방울을 달지 않으면 안 되는 거야. 대부는 머리를 움켜쥐고, 대모
는 엉덩이를 쥐는 거야. 처녀들을 발가벗겨 춤을 추게 하는 힘을 가
진 것은 시도라조므라는 악마다."

"제기랄! 나도 어떻게 해서든지 시도라조므라는 악마가 되고 싶단
말이야."라고 장이 참견을 했다.

그렇게 하고 있는 동안에 부랑자들은 선술집 구석에서 소곤소곤
이야기를 하면서 무장을 하고 있었다.

"에스메랄다는 정말 불쌍해!"라고 집시 한 사람이 말했다.

"그애는 우리들의 누이동생이야. 우린 어떻게 해서라도 그애를 꼭
구해내야 해."

"그럼 그녀는 줄곧 노트르담에 있었던 거야?"라고 유태인처럼 생
긴 얼굴을 한 가짜 거지가 말했다.

"그렇지, 제기랄!"

"그렇다면 말이야! 자, 여러분!" 하고 가짜 거지가 소리쳤다. "노트
르담에 가자! 게다가 페레오르 성인과 페류숑 성인이 있는 성당에는

조각상이 두 개나 있으니 더 근사하잖아? 한 개는 바프티즈마인 성요한이란 놈이고, 또 한 개는 성앙투안이란 놈이야. 모두 금을 칠한 거야. 두 개를 합치면 17마르크와 15에스테랑은 되고, 금으로 도금한 은으로 된 받침대만 하더라도 17마르크 5온스는 되는 거야. 나는 잘 알고 있어. 어쨌든 나는 금은 세공상이니 말이야.”

이때 장에게 저녁밥이 운반되었다. 그는 옆에 있던 여인의 가슴에 몸을 기대고 소리쳤다.

“붉은 귀의 자크린, 너는 정말 훌륭해! 하지만 머리털이 없는 게 옥의 티야. 야, 이놈! 나는 프로로라고 한다. 형은 부주교야. 내가 말하는 것은 전부 사실이야. 나는 말이야, 부랑자들 틈에 뛰어들면서 형이 주겠다고 약속한 ‘천국에 있는 반쪽의 집’을 기꺼이 포기했어. 게다가 또 나는 치르샤프 거리에 영지도 가지고 있단 말이야. 여자란 여자는 모두 나에게 홀딱 반해 있지. 그것은 말이야, 성에로와가 훌륭한 금은 세공상인 것처럼 정말이란 말이야. 또 꽃의 도시인 파리의 다섯 가지 직업이 가죽제품 판매업자·가죽 가공업자·견장 제조업자·지갑 제조업자·가죽 닦기업자라고 하는 것과 마찬가지로 정말이란 말이다. 또 있다. 성로랑이 계란 껍질에 타 죽었다는 것과 마찬가지로 정말이야. 나는 맹세하겠어. 자, 여러분!

거짓말을 하면 1년간
고추술 같은 것은 먹지 못해!

야, 이쁜이, 좋은 달이 아니냐. 환기통으로 한번 보란 말이야. 바람 때문에 구름이 온통 주름투성이가 되었다! 마치 너의 깃 장식을 내가 주름투성이로 만들고 있는 것 같다. 여자분들! 아이들의 코를 풀어 주고 양초 심지를 끊어 다오. 제기랄! 얼간이, 도대체 나에게 뭘 먹으라는 거야! 야, 할멈! 머리카락이 왜 네가 기르고 있는 매춘부들의 머리에 붙어 있지 않고 오믈렛 속에 떠 있냔 말이야. 할멈! 오믈렛은 대머리가 좋아. 네 코는 악마에게나 먹혀 납작해지는 게 좋아! 베르제브르의 여인숙에서는 매춘부들이 포크로 머리를 빗는구나!"

이렇게 말하고 그는 방바닥에 접시를 내동댕이쳐 깨부수고 큰 소리로 노래하기 시작했다.

신에 맹세코,

아무것도 없어, 내겐!

신앙도 계율도

불도 집도,

왕도 없고

신도 없다!

크로팡 트루유프는 무기를 모두 분배했다. 그는 그랑고아르 옆에 다가왔으나 그랑고아르는 장작거리 위에 발을 올려놓고 깊은 명상에 잠겨 있었다.

"야, 피에르 군!" 하고 추니스 왕은 말했다. "뭘 그렇게 멍하니 생각하고 있는 거냐?"

그랑고아르는 우울한 웃음을 띠면서 그를 돌아다보았다.

"아, 각하. 저는 불을 좋아해요. 그것도 발을 따뜻하게 해 주거나 수프를 익히는 따위의 흔해 빠진 이유에서가 아니라 불꽃을 튀기기 때문이지요. 저는 때때로 불꽃을 바라보며 몇 시간이고 보내기도 한답니다. 난로의 어두운 안쪽에 반짝반짝하고 있는 별 가운데 여러 가지의 것이 보입니다. 이러한 별들도 각기 하나의 세계입니다."

"제기랄, 뭐라는 거야. 네가 말하는 것 따위를 내가 알게 뭐야!"라고 이 부랑자는 말했다. "지금이 몇 시인지 알고나 있나?"

"모르겠는데요."라고 그랑고아르는 대답했다.

크로팡은 이집트 공에게 가까이 갔다.

"이봐 마차스, 이건 아무래도 시기가 좋지 않은데. 루이 11세가 파리에 있는 모양이야."

"놈의 손에서 누이동생을 구해내기에는 더 좋지 않은가?"라고 늙은 집시가 대답했다.

"말 잘했어, 마차스."라고 추니스 왕은 말했다. "게다가 재빨리 하는 거야. 교회 놈들은 절대 대항해 오지 않는단 말이야. 놈들은 토끼와 같은 정도야. 우리들은 완력으로 나가는 거야. 재판소 놈들이 내일 처녀를 찾으러 와 봤댔자 닭 쫓던 개꼴이지. 꼴좋다! 그 아름다운 처녀를 목매달게 할 수는 없단 말이야!"

크로팡은 선술집에서 나갔다.

장은 여전히 목쉰 소리로 고함을 지르고 있었다.

"마시고 먹고 취해 버렸구나. 나는 유피테르야! 야, 백정놈 피에르야! 또 그런 상판대기를 하고 나를 말똥말똥 본다면 그 콧등을 손톱으로 할퀴어 버리겠다."

명상에 방해를 당한 그랑고아르는 비로소 주위의 매우 난폭하고 시끄러운 광경을 둘러보고 작은 소리로 중얼거렸다.

"술과 시끄러운 주정은 난잡한 것. 아! 그래서 나는 술이 아주 질색이란 말이야! 성베네딕토우스가 말하고 있는 것은 정말 훌륭하다. 술은 현명한 사람도 무신앙으로 만든다."

이때 크로팡이 돌아와 천둥과 같은 소리로 고함을 쳤다.

"벌써 한밤중이다!"

이 말을 듣자 부랑자들은 마치 휴식 중이던 부대에 집합나팔이 울려 퍼진 것처럼 남자와 여자, 그리고 아이들까지도 한 덩어리가 되어 무기를 드높이 올리면서 와아, 하고 소리치며 술집 밖으로 나갔다.

달은 구름 사이에 숨어 있었다. 기적궁전은 칠흑처럼 캄캄했다. 불빛 하나 보이지 않았다. 그러나 그곳에는 사람의 그림자가 없기는커녕 무리를 지은 남녀들이 쑥덕쑥덕 이야기를 하고 있었다. 그들이 들고 있는 온갖 종류의 무기가 어둠 속에서 번쩍거렸다. 크로팡은 커다란 돌 위에 올라섰다.

"열을 지어라, 거지패들아! 열을 지어라, 이집트조! 열을 지어라, 갈릴레아조!"

어둠 속에서 행동이 개시되었다. 헤아릴 수 없이 많은 군중이 종대를 이루고 있는 것 같았다. 한참 후에 추니스 왕이 또 소리를 질렀다.

"자, 조용히 파리를 빠져나가는 거야! 암호는 '주머니 속의 단검'
이다! 노트르담에 도착할 때까지 절대로 불을 켜서는 안 된다! 자,
출발!"

10분 후쯤 야경대는 시커먼 인간들의 긴 행렬이 조용히 행진하는
것을 보고 깜짝 놀라 도망쳐 버렸다. 그 행렬은 인가가 밀집한 시장
을 여러 방향으로 누비고 있는 구부러진 거리를 빠져나와 상쥬교 쪽
으로 내려갔다.

얼간이 아군

그날 밤, 카지모도는 마침 잠을 자지 않고 있었다. 그는 대성당 안
을 마지막으로 한 바퀴 돌고 막 돌아오는 길이었다. 문을 닫았을 때
부주교가 옆을 지나갔다. 카지모도가 단단히 쇠로 된 커다란 빗장
을 지르고 자물통을 걸어 그 커다란 문이 장벽처럼 굳게 닫혀진 것
을 보고 부주교는 기분이 약간 나빴으나 카지모도는 그것을 알지 못
했다.

클로드 부주교는 여느 때보다 더 깊은 생각에 잠겨 있는 것 같았다.
게다가 그날 밤의 사건이 있은 다음부터는 쉴새없이 그는 카지모도
를 학대했다. 그러나 그가 아무리 카지모도를 고통스럽게 다루어도,

또 심지어 두들겨 패기까지 해도 카지모도는 전혀 반응이 없었다. 이 충실한 종지기의 복종과, 그리고 헌신적인 체념은 조금도 흔들리는 일이 없었다. 부주교가 하는 일이라면 욕지거리건 위협이건, 혹은 주먹질이건 그는 조금도 비난하지도 않고 불평 한 번 하지도 않으며 조용히 참고 견뎠다. 기껏해야 클로드 부주교가 탑 계단을 올라갈 때 불안한 눈으로 그 뒷모습을 바라볼 뿐이었다. 그러나 부주교 자신도 그 집시 처녀 앞에 모습을 나타내는 것을 삼가고 있었다.

그날 밤, 카지모도는 지금까지 완전히 버려둔 채 놓아두었던 가련한 종인 제크린이나 메리, 그리고 치보를 힐끔 바라보고 난 다음 북쪽의 탑 꼭대기까지 올라갔다. 거기서 튼튼한 사각등을 홈통 위에 놓고 파리의 광경을 바라보았다.

그날 밤은 조금 전에도 말한 것처럼 캄캄했다. 당시의 파리는 말하자면 외등도 없는 형편이었기 때문에, 다만 희미하게 중첩된 검은 덩어리가 센강의 희끄무레한 곡선으로 이곳저곳 끊겨져 있는 것이 눈에 비칠 뿐이었다. 불빛이라고는 먼 곳에 있는 한 채의 건물 창문에 켜 있는 것 외에는 아무것도 없었다. 그 건물의 어둡고 멍청한 옆얼굴은 생탄투안문 가까이에 있는 집들의 지붕 위에 한결 높이 떠오르고 있었다. 그곳에도 또 누군가 잠을 자지 않고 있었던 것이다.

그 애꾸눈으로 안개와 밤의 지평선 위를 휘돌아보던 종지기는 뭐라 말할 수 없는 불안에 사로잡혔다. 벌써 며칠 전부터 이렇게 파수를 보고 있었는데, 흉측한 얼굴을 한 사나이들이 대성당 주위를 서성거리며 처녀의 은신처를 조용히 살피고 있는 것이 자주 눈에 띄었던 것이었다. 그는 여기에 숨어 있는 불행한 처녀에 대해 무슨 음모가 꾸며지고 있는 것이 아닌가 하고 생각했다. 자기에게도 그런 것처럼 이 처녀에게도 민중들의 증오가 쏠려 있어 머지않아 무슨 일이 일어날 것 같았다. 그는 처녀의 방과 파리의 야경을 번갈아 바라보기도 하고 충실한 개처럼 마음속으로 여러 가지 의심을 품어 보기도 하면서 라블레가 말한 것처럼 '꿈꾸는 듯한 마음으로 꿈을 꾸면서' 종루 위에서 조용히 파수를 보고 있었다.

자연은 일종의 보상으로서 그의 시력을 매우 예민하게 만들어 주었다. 카지모도에게 결여되어 있는 다른 기관의 거의 전부를 대신할 수 있었던 그 한 개의 눈으로 카지모도가 이 대도회를 살펴보고 있는데, 갑자기 이상한 느낌이 들었다. 비에유 페르토리강 기슭 그늘에 뭔가 이상한 것이 있고, 그 부근에 뭔가 움직이고 있으며, 흰 강물 위에 검게 떠오른 난간의 선이 다른 강기슭의 선처럼 곧게 뻗어 있지 않고, 강물의 여울처럼 또는 행진해가는 군중의 머리처럼 파도치고 있는 것같이 보였다.

그것은 이상한 광경이었다. 좀더 눈을 한곳에 집중하여 보니 그 움직임은 시테 쪽을 향해 오는 것 같았다. 그러나 불빛 하나 없었다. 그 움직임은 잠시 동안 강기슭을 따라 길게 뻗더니, 이윽고 마치 뭔가 섬 속에 들어간 것처럼 사라져 버리고 마침내 전혀 보이지 않게 되었는데, 그러자 강기슭의 선은 다시 전처럼 쭉 곧고 움직이지 않게 되었다. 카지모도가 이것저것 생각해 보다가 아주 녹초가 되었을 때, 그 움직임이 노트르담의 정면 현관과 수직으로 시테 안쪽에까지 파고들어 와 있는 르바르비 거리에 다시 나타난 듯 보였다. 그리고 마침내 칠흑 같은 어둠 속에서 그 행렬의 선두가 이 거리를 지났는가 싶더니 금세 군중이 광장으로 밀어닥치는 것이 보였다. 이 어둠 속에서는 다만 그것이 군중이라는 것만 알 뿐 다른 것은 전혀 알 수 없었다.

그것은 실로 무서운 광경이었다. 이 괴상한 행렬은 주의에 주의를 거듭하여 짙은 어둠 속에 몸을 숨기려는 것 같았는데, 그것보다도 소리 하나 내지 않도록 더욱더 조심하고 있는 것 같았다. 물론 땅을 밟는 발소리 정도는 났을 테지만 귀머거리에게 그런 소리가 들릴 턱이 없었다. 그러므로 이 대군중은 그 모습만 희미하게 보였을 뿐, 소리는 아무것도 들리지 않았던 것이다. 그러나 그의 옆에서 꿈틀거리며 행진하고 있었기 때문에 카지모도에게는 손으로 만져 볼 수도 없는, 그리고 말없이 움직이기만 하는 연기에 싸인 죽은 자들의 무리처럼 생각되었다. 인간으로 가득한 안개가 자기를 향해 가까이 오고 있는 것 같고, 또 그림자 속에서 그림자가 움직이고 있는 것 같았다.

그때 조금 전부터 일어난 두려움이 다시 머리를 쳐들기 시작했다. 저 집시 처녀를 되찾으러 오는 것이 아닌가 하는 생각이 마음에 떠올랐던 것이다. 희미하기는 했지만 뭔가 격렬한 상태가 가까이 오고 있는 것이 느껴졌다. 이런 위기에 직면하자 그렇게도 어리석은 그의 머리로서는 도저히 생각지 못할 것 같은 이성이 재빠르게 움직였고, 카지모도는 마음속으로 여러 가지 궁리를 했다.

저 집시 처녀를 깨울 것인가? 처녀를 도망치게 할 것인가? 어디로? 거리는 포위되었고 성당 뒤는 바로 강이 아닌가? 배도 없다! 출구도 없다! 할 수 있는 것은 단 한 가지, 노트르담 입구에서 싸우다 죽는 것이다. 만약 도움이 있다면 그 도움이 올 때까지 저항을 계속해서 에스메랄다의 잠을 방해하지 않도록 하자. 어차피 죽는 것이라면 저 불행한 처녀를 언제 깨워도 늦지는 않을 것이다. 일단 이렇게 결심이 서자, 그는 전보다 한결 침착해져서 '적'을 잘 관찰하기 시작했다.

군중은 시시각각 이 대성당의 광장으로 모여들고 있었다. 그러나 거리나 광장의 집들의 창문이 여전히 닫혀진 채 있는 것을 보아 그 군중은 거의 소리를 내지 않고 있는 것으로 상상되었다. 그때 갑자기 한줄기 빛이 반짝하더니 순식간에 일고여덟 개의 횃불이 켜지고 머리 위로 그것을 움직이고 있는지 그림자 속에 불빛이 흔들거렸다. 그러자 카지모도의 눈에는 누더기옷을 입은 남녀의 무리가 낫이나 창, 그리고 손도끼와 쌍날칼을 들고 광장에 파도처럼 무서운 기세로 몰려드는 것이 뚜렷하게 보였다. 무기로 들고 있는 수천 개도 더 되는 창끝이 번쩍번쩍 빛나고 있었다. 살벌한 어둠 속에서 이쪽저쪽에서 검은 갈퀴가 뿔을 내밀고 있었다.

그는 한떼의 군중을 희미하게 상기했다. 수개월 전에 '바보교황'으로 갈채를 했던 패들이 저 무리들 속에 모두 있는 것처럼 생각되었다. 한 손에 횃불을 들고, 다른 한 손에 곤봉을 쥔 사나이가 수레의 통행을 막기 위해 세워 놓은 돌 위에 올라가 뭔가 지시를 하고 있는 것 같았다. 그와 동시에 이 괴상한 군대는 성당 주위에 진을 치고 전선을 전개했다. 카지모도는 사각등을 손에 쥐고는 좀더 가까운 곳에서 잘 살펴 방어 방법을 생각해 보려고 탑과 탑 사이에 있는 평평한 지붕 위로 내려갔다.

크로팡 트루유프는 노트르담의 높은 정면 현관 앞에까지 와서 계획대로 부하들을 전투대열로 세웠다. 저항 같은 것은 전혀 없을 거라고 생각했지만, 신중한 사령관으로서 만약의 경우를 대비하여 비록 야경대나 220인조의 야경대로부터 불의의 습격을 받아도 즉시 이에 반격할 수 있는 대형으로 만들어 두려고 했던 것이다. 마치 에크노마의 전투에서 로마군이 썼던 삼각진이나, 알렉산토로스의 자라목진(陣), 구스타브 아돌프의 유명한 설형진(楔形陣)에 필적할 만한 진형이었다. 이 삼각진은 르 바르비 거리를 차단하는 상태로, 광장 안쪽을 등지고 있었다. 그리고 한 측면은 시립병원을 향해 있고, 다른 측면은 생 피에르 오 부 거리를 향하고 있었다. 크로팡 트루유프는 이 집트 공, 우리들의 친구인 장, 그 밖에 가장 대담한 '가짜 지랄병 환자'와 함께 선두에 서 있었다.

이와 같이 부대의 제1차 배치가 끝나자—부랑자들의 훈련이 잘되어 있다는 것과 크로팡의 명령이 조용하게, 그리고 놀라울 만큼 정확하게 실행되었다는 것을 말하여 두지 않으면 안 된다—이 훌륭한 대장은 대성당의 광장 벽에 올라가 노트르담을 다시 돌아다보고 햇불을 흔들면서 목쉰 거친 소리를 질렀다. 햇불은 바람에 흔들리고 쉴새 없이 연기에 휩싸였기 때문에 대성당의 불그스레한 정면 현관은 눈에 보였다가 다시 보이지 않기를 반복했다.

"파리 주교이자 고등법원 판사인 루이 드 보몽에게 나 추니스 왕,

거지대왕, 거지왕국 국왕, 바보교인 크로팡 트루유프가 말하노라. 우리의 누이동생은 마녀라는 억울한 누명을 쓰고 너의 교회 안에 몸을 숨겼다. 너는 그 여인을 보호해 주지 않으면 안 되는 것이다. 그런데 고등법원은 여인을 되찾으려 하고, 게다가 너는 그것에 동의했다. 만약 신과 부랑자가 없다면 그녀는 내일 그레브 광장에서 교수형을 당할 것이다. 그래서 우리들은 그대 주교에게 이렇게 온 것이다. 너의 대성당도 신성하겠지만 우리의 누이동생도 역시 신성하다. 우리의 누이동생이 신성하지 않다면 너의 대성당도 또한 신성하지 않다. 그래서 네가 너의 성당을 구하고 싶다면 그녀를 우리 손에 되돌려 줄 것을 요구한다. 이것을 거절하면 그녀를 탈취하고 대성당을 약탈할 것이다. 그 증거로 나는 여기에 나의 깃발을 세운다. 신이여, 굽어 보시라. 파리 주교여!"

카지모도는 불길하고 야성적인 일종의 위엄을 담아 말한 이런 말들을, 불행하게도 알아들을 수 없었다.

한 부랑자가 크로팡에게 군기를 바쳤다. 크로팡은 엄숙한 척하는 태도로 두 개의 포석 사이에 그것을 세웠다. 그 군기는 하나의 갈퀴로, 그 끝에 피 묻은 썩은 고기 한 조각이 매달려 있었다.

그 일을 마치자 추니스 왕은 뒤를 돌아다보고 군대를 힐끗 한 번 바라보았다. 그들은 영악한 패들로, 그 눈초리는 마치 창끝처럼 빛나고 있었다. 잠시 사이를 두고 그는 소리쳤다.

"진격하라. 이제부터 시작이다!"

주먹깨나 쓸 것같이 생긴 얼굴을 한 억세게 생긴 사나이들 30명 정도가 쇠망치나 쇠지레 또는 철봉을 어깨에 메고 열에서 앞으로 나왔다. 그리고 대성당 앞 현관으로 나아가 계단을 올라가더니 쇠망치나 지레로 문을 두들겨 부수기 시작했다. 한 무리의 부랑자들이 그 뒤를 따라가 거들어 주거나 또 그 일을 바라보고 있었다. 정면 현관의 계단은 전부 사람들로 뒤덮이고 말았다.

그러나 문은 매우 튼튼했다.

"제기랄! 이놈, 지독하게 단단하고 튼튼하네!"라고 한 사람이 투덜거렸다.

"나이를 먹어 연골까지 굳어 버렸구나!"라고 다른 사람이 말했다.

"모두들 기운내라!" 하고 크로팡은 몇 번이나 말했다. "성당의 일꾼들이 깨기 전에 이 문을 열고 처녀를 데리고 나오고, 저 대제단을 털어라! 알겠나? 어때! 자물통은 벗겼나?"

이때 그의 등 뒤에서 무서운 소리가 들려왔기 때문에 크로팡이 한 말은 들리지 않았다. 그는 뒤를 돌아보았다. 거대한 통나무가 하늘에서 떨어져 내려와 대성당 계단에 있던 부랑자 수십 명을 덮쳤다. 통나무는 대포와 같은 요란한 소리를 내고 포석 위로 튀어 올랐기 때문에 부랑자들은 비명을 지르고 뿔뿔이 흩어졌다.

앞마당의 좁은 경내는 금세 텅 비었다. 정문 현관 깊숙한 아치 밑에 있던, 그다지 위험하지 않았던 사람들마저 문 여는 일을 포기하고 달아났다. 크로팡 자신도 대성당에서 멀리 떨어진 곳까지 퇴각했다.

"큰일 날 뻔했다!" 하고 장은 소리쳤다. "바람을 헤치며 떨어져 왔어. 제기랄! 소백정인 피에르가 당하고 말았구나!"

이 무뢰한들에게 통나무와 함께 떨어진 놀라움과 공포의 감정이 얼마나 큰 것이었는지는 도저히 설명할 수 없다. 그들은 잠시 동안 아무 말 없이 하늘만 바라본 채, 2만 명의 왕실 친위대의 습격보다도 무서운 그 통나무 공격을 떠올리며 떨고 있었다.

"이놈의 자식! 이것은 아무래도 마법에 걸린 것 같군!" 하고 이집트 공이 중얼거렸다.

"우리들에게 이런 통나무를 던진 놈은 달님이구나!"라고 붉은 얼굴의 앙드리가 말했다.

"달님은 성모 마리아의 친구라는 것이 맞는 것 같아!"라고 프랑소와가 말했다.

"제기랄! 네놈들은 한결같이 바보자식들이구나!"라고 크로팡이 소리쳤다. 그러나 어떻게 해서 통나무가 떨어졌는지 그 자신도 설명할 수가 없었다.

정면 현관 위에는 아무것도 보이지 않았고, 그 꼭대기 위쪽은 횃불도 미치지 못했다. 무겁게 보이는 통나무들이 광장 한가운데에서 뒹굴고 있었다. 제일 먼저 통나무에 맞아 돌계단 모퉁이에서 배가 터진 가련한 사나이들의 신음 소리가 들려왔다.

추니스 왕은 처음에 매우 놀라기는 했지만 이윽고 놀라움이 사라진 다음 겨우 부하들에게 이렇게 설명해 주었고, 동료들도 그런대로 납득이 간 것 같았다.

"기어이 덤벼드는구나! 신부들이 저항하고 있다! 좋아, 그럼 약탈이다! 약탈이다!"

“약탈이다!”라고 군중은 사납게 부르짖으면서 되풀이했다.

그리고는 대성당의 정면 현관을 향해 활과 화승총을 발사했다. 이 소리를 듣고 근처 집에서 편안하게 잠자고 있던 사람들이 모두 놀라 깨어났다. 많은 집들의 창문이 열렸고, 사람들이 나이트 캡을 쓰거나 손에 촛불을 쥐고 창문에 나타났다.

“창문을 향해 쏴라!” 하고 크로팽은 소리쳤다.

그러자 금세 창문은 닫혔다. 그리고 가련한 거리의 사나이들은 마음이 들떠 빛과 큰 소동이 뒤엉킨 이 광경을 끝까지 잘 살필 시간도 없이 차가운 땀을 흘리면서 여편네 옆으로 돌아가, 마법쟁이의 잔치가 오늘 밤 노트르담 광장에서 열리고 있는지, 그렇지 않으면 지난 64년과 같이 부르고뉴인이 쳐들어왔는지 수상하기 짝이 없다고 지껄였다. 그리고 남편들은 강도를, 여편네들은 강간을 각각 걱정하며 모두 부들부들 떨고 있었다.

“약탈이다!”라고 거지왕국 부대는 되풀이하여 고함을 쳤다. 그러나 그들은 도저히 가까이 가지 못했다. 다만 대성당과 통나무를 번갈아 바라보기만 했다.

통나무는 그대로 움직이지 않았고, 건물은 쥐 죽은 듯 고요했다. 그러나 뭔가 부랑자들의 간담을 서늘하게 하는 것이 있었다.

“자, 이제 일을 시작하는 거야, 놈들아!”라고 트루유프는 소리쳤다. “문짝을 두들겨 부숴라!”

그러나 누구 한 사람 앞으로 나아가려는 자가 없었다.

“바보 같은 놈! 그래, 통나무가 무섭단 말이지? 쓸모없는 놈들!”

하고 크로팡은 말했다.

나이 먹은 한 건달이 그에게 말을 건넸다.

"대장, 우리들이 곤란을 겪고 있는 것은 통나무가 아니라 문짝입니다. 이 문짝에는 쇠로 만든 빗장이 잔뜩 박혀 있어 도무지 어떻게 할 수가 없습니다. 쇠지렛대가 조금도 듣지 않으니 말이에요."

"그럼 문을 부수려면 어떻게 해야 된단 말인가?"

"아! 파성(破城) 망치만 있어도 좋겠는데."

그 말을 들은 추니스 왕은 용감하게도 그 무서운 통나무 쪽으로 뛰어가 그 위에 다리를 얹었다.

"자, 여기 있지 않나. 이것은 신부들이 너희들에게 던져 준 것이다."라고 그는 소리쳤다. 이렇게 말하고 그는 대성당을 향해 조롱이라도 하는 듯이 꾸벅 절을 하고 말했다. "이거 정말 감사합니다, 신부님들!"

이런 대담무쌍한 행동은 매우 효과가 있었다. 통나무의 마력은 풀려 버렸다. 부랑자들은 용기를 되찾았고, 마침내 이 무거운 통나무는 2백 개 정도의 튼튼한 사나이의 팔로 마치 날개라도 쳐들 듯 번쩍 들어올려져 커다란 문짝에 맹렬하게 부딪쳤다. 광장에 비춰진 희미한 빛을 통해 많은 사나이들이 통나무를 짊어지고 대성당을 향해 뛰어가서 부딪고 있는 것을 보고 있으니, 마치 수천의 발을 가진 괴상한 짐승이 머리를 낮게 드리우고 석조의 거인을 공격하는 것 같았다.

통나무로 칠 때마다 반 정도 금속으로 되어 있는 문짝은 마치 거대한 북과 같은 소리를 울렸다. 문짝은 깨지지 않았지만 대성당 전체가 진동했다. 그리고 건물의 깊은 안쪽으로부터 신음하는 것 같은 소리가 들려왔다.

그러자 이와 동시에 정면 현관 위에서 커다란 돌무더기가 비가 쏟아지듯 공격군 위에 떨어져 내렸다.

"제기랄! 탑에 있는 놈들이 우리 머리 위에 난간을 떨어뜨리고 있구나!"라고 장은 소리쳤다.

그러나 이미 싸움은 시작되었다. 추니스 왕은 진두에 서서 모범을 보였다. 방위를 하고 있는 것이 확실히 주교라고 생각한 부랑자들은, 돌이 빗발치듯 떨어져 좌우 여기저기에 두개골이 깨어져 흩어져 있는데도, 한층 격분하여 문짝에 부딪쳐 가는 것이었다.

돌은 간격을 두지 않고 하나하나 계속 떨어졌다. 거지왕국의 패거리들은 그 돌이 동시에 두 개, 즉 한 개는 발에, 그리고 또 한 개는 머리에 떨어지는 것 같은 생각이 들었다. 꽝, 하고 한 대 얻어맞지 않은 사람이 없을 정도였고, 이미 사상자는 피투성이가 되어 겹쳐 쓰러져 있었다. 큰 통나무는 계속 정확하게 일정한 간격을 두고 마치 종을 매다는 대들보처럼 문짝을 사정없이 들이쳤고, 문짝은 연신 굉장한 소리를 내고 울리고 있었으며, 돌은 여전히 빗발치듯 계속 떨어졌다.

부랑자들을 격노케 한 이 뜻밖의 저항이 카지모도의 짓이었다는 것을 여러분들은 짐작하고 있을 것이다.

그가 탑과 탑 사이에 있는 평평한 지붕 위에 내려왔을 때 머릿속은 매우 혼란스러웠다. 그는 잠시 동안 회랑을 미친 사람처럼 왔다 갔다

하고 뛰어다니기도 하면서 대성당을 향해 덤벼들려고 빽빽이 모인 부랑자들을 높은 곳에서 내려다보았다. 또 악마에겐지 신에겐지는 모르나 처녀를 살려 달라고 빌었다. 남쪽 종루에 올라가 경종을 울려 볼까 생각도 해보았다. 그러나 종이 울리기도 전에 대성당의 문이 부서질지도 모르는 일 아닌가? 마침 이때 부랑자들은 여러 가지 도구를 가지고 문짝으로 진격하여 왔다. 어떻게 하면 좋을까?

갑자기 그는 석공들이 그날 하루 종일 남쪽 탑 벽과 내부와 지붕을 수리하던 것이 생각났다. 그것은 정말 머리에 떠오른 한 줄기의 빛이었다. 벽은 돌로, 지붕은 양철로, 내부는 나무로 만들어져 있었다. 이 거대한 치목은 복잡하게 얽혀 있었기 때문에 '숲'이라 불렸다.

카지모도는 그 탑 쪽으로 뛰어갔다. 아래쪽에 있는 방에는 생각한 대로 여러 가지 건축 재료가 가득 쌓여 있었다. 그곳에는 토막을 낸 돌이 산더미처럼 쌓여 있었고, 함석이 둘둘 말린 채 놓여 있었으며, 잘게 쪼갠 널빤지의 묶음이나 이미 톱으로 잘린 튼튼한 대들보들이 뒹굴고 있었다. 또 낡은 석고 부스러기가 쌓여 있기도 했다. 더할 나위 없는 병기고였다.

사태는 절박했다. 아래쪽에서는 쇠지렛대와 쇠망치가 계속 움직이고 있었다. 위태롭다고 느낀 그는 여느 때보다 열 배나 되는 힘을 들여 가장 무겁고, 가장 긴 통나무를 들어올려 들창 밖으로 내밀어 놓고, 탑 바깥쪽에서 다시 그것을 고쳐 쥐고 평평한 지붕 주위에 있는 난간의 귀퉁이로 굴리고 와서는 심연을 겨누어 떨어뜨렸다. 거대한 치목은 50미터 남짓 떨어져가는 사이에 벽을 깎아내고 조각상을 두들겨 부수며, 마치 풍차의 날개처럼 몇 번이고 빙빙 돌았다. 그리고 마침내 땅바닥에 부딪치자 굉장한 소리를 터뜨렸다. 검은 통나무는 포석 위에서 크게 튕겨 올랐는데, 그것은 마치 사람에게 달려드는 뱀과 같았다.

카지모도의 눈에는 부랑자들이 마치 아이들이 내뿜는 숨결에 재가 날아가듯 떨어지는 통나무에 맞아 사방으로 흩어지는 것이 보였다. 카지모도는 군중이 놀라는 것을 다행으로 여기고 그들이 하늘에서 떨어진 통나무를 미신적인 눈으로 조용히 바라보거나, 화살이나 총을 쏘아 정면 현관에 있던 성자의 석상 눈을 도려내거나 하고 있는 틈을 타서 은밀히 석고의 부스러기나 돌, 돌 조각, 그리고 또 석공의 도구 푸대까지 앞서 통나무를 떨어뜨린 난간의 가장자리에 쌓아 올렸다.

이렇게 하여 그들이 다시 문을 두들겨 부수기 시작하자마자 돌덩이가 빗발치듯 떨어지게 되었던 것이다. 마치 대성당이 그들의 머리 위에 무너져 내리는 것처럼 생각될 정도였다.

이때 카지모도의 얼굴을 본 사람이 있었다면 누구나 틀림없이 두려워했을 것이다. 그는 마치 총알과도 같이 날쌔게 난간 위에, 그리고 평평한 지붕 위에 돌을 산더미처럼 쌓아 올렸다. 그리고 바깥쪽 가장자리에 쌓아 올린 돌더미에서 돌을 날라 오는 것이었다. 몇 번이나 엎드리기도 하고 일어서기도 하는, 그야말로 믿지 못할 만한 활약상이었다. 그 땅귀신과 같은 커다란 머리를 내밀어 난간 너머로 아래를 넘겨다보기만 하면 커다란 돌이 한 개, 또 한 개 떨어져 내렸다. 간

혹 굉장한 돌이 아래로 떨어지는 것을 내려다보고 있다가 그 돌이 멋
지게 명중하여 상대를 죽이면 그는 "그것 봐!"라고 말하며 승리감에
도취되었다.

그러나 부랑자들도 좀처럼 물러서지 않았다. 그들이 열심히 밀고
있던 두터운 벽은 백 명의 힘이 가세된 떡갈나무로 된 파성 망치의 무
게에 벌써 스무 번 이상이나 크게 흔들렸다. 수톨쩌귀는 쾅, 하고 부
딪칠 때마다 튀어서 되돌아 나오고, 널빤지는 삐걱거리고, 목재는 뼈
대 사이에서 부서져 산산조각이 나서 떨어져 나갔다. 카지모도에게
있어 다행한 것은 이 문짝에 나무보다도 쇠붙이가 더 많았다는 것이
었다.

그렇지만 이미 문이 흔들흔들 흔들리는 것을 그는 느꼈다. 들리지
는 않았지만 파성 망치가 부딪칠 때마다 교회의 동굴이나 그의 옆구
리가 동시에 흔들리는 듯했던 것이었다. 그는 부랑자들이 의기양양
하며 노여움에 미친듯 날뛰어 시커먼 정면을 향해 주먹을 휘두르고
있는 것을 높은 탑에서 내려다보았다. 그리고 저 집시 처녀에게나 자
기 자신에게나 머리 위를 날개치며 도망쳐가는 부엉이와 같은 날개
가 없는 것이 원망스러웠다. 그가 퍼붓는 돌도 공격해 오는 무리를
격퇴할 수는 없었다. 그들이 전력을 다해 결정적인 타격을 가하려고
숨을 죽이고 근육을 긴장시켜 최후로 한 번 더 밀어 보기 위해 파성
망치 주위로 모여든 바로 그때, 갑자기 조금 전에 커다란 통나무에 눌
려 죽어 간 사람들의 고함 소리보다 훨씬 더 처절한 비명이 그들에게
서 일어났다.

비명을 지르지 않는 사람, 즉 아직 살아 있는 사람은 눈을 두리번거렸다. 두 줄기 납을 녹인 물이 건물 꼭대기에서 군중이 가장 밀집해 있는 곳으로 흘러 떨어진 것이다! 구름떼처럼 모여 있던 사람들은 들끓는 금속물에 깔려 가라앉듯 사라져갔다. 부글부글 끓어오르는 금속이 떨어지고 있는 두 지점엔, 마치 흰 눈 위에 끓는 물을 부었을 때처럼 군중 속에 두 개의 새까만 구멍이 뚫려 있었다. 그곳에는 반쯤 검게 그을려 괴로운 듯 신음하고 있는 빈사 상태의 사람들이 몸부림치고 있는 것이 보였다. 이 두 줄기의 금속물에서 떨어져 나간 무서운 빗방울은 밀고 들어오는 군중 위에 산산히 흩어져 마치 불꽃에 달군 송곳처럼 그들의 두개골을 뚫었다. 그것은 정말 수천을 헤아리는 싸라기눈이며, 이러한 부랑자들의 무리 속에 많은 구멍을 뚫고 있는 중량이 무거운 불이었다.

가슴이라도 찢을 것 같은 비명 소리가 일어났다. 그들은 대담한 사람이나 비겁한 사람이나 모두 통나무를 시체 더미 위에 내던진 채 혼비백산하여 도망쳤다. 광장엔 다시 한 사람도 남지 않게 되었다.

사람들은 모두 눈을 들어 성당 꼭대기를 쳐다보았다. 이상한 광경이 보였다. 중앙의 원화창보다도 높은, 가장 높은 곳에 있는 회랑 꼭대기에서 커다란 불길이 두 개의 종루 사이에 소용돌이치는 불꽃을 휘날리면서 솟구쳐 오르고 있었다. 그 불꽃은 활활 들끓고 있었는데, 그 때문에 바람이 일어 간혹 나무 조각이 연기에 휩싸여 튀어나갔다. 이 불꽃 밑에, 즉 밑불과 같이 된 클로버형의 조각이 있는 어두운 난간 밑에는, 괴물의 입처럼 생긴 두 개의 홈통에서 불보다도 더 뜨거운 소낙비를 잇달아 내뿜고 있었다. 그 은빛으로 빛나는 흐름이 홈통의 입에서 떨어져 나와 어둠에 잠긴 정면 아래로 흘러내렸다. 액체가 된 납의 두 줄기 흐름은 지면에 가까이 감에 따라 물뿌리개의 많은 구멍에서 내뿜는 물처럼 고개를 숙인 이삭 모양으로 퍼져 나갔다.

그 불꽃 위에는 거대한 탑이 두 개 솟아 있었고, 그 탑의 두 개의 변은 하나는 시커멓게, 다른 하나는 시뻘겋게 물들여져 있었다. 커다란 그림자와 같은 모습은 하늘 높이 솟아오른 탑을 한결 크게 보이게 했다. 탑에 조각된 악마나 용의 무수한 조각은 불길한 형상을 보이고 있었다. 흔들거리는 불꽃 때문에 보는 사람들의 눈에는 마치 조각상이 움직이기 시작한 것처럼 보였다. 뱀은 웃고 있는 것 같고, 용은 울부짖고 있는 것 같고, 괴수의 조각상은 연기 속에서 재채기를 하고 있는 것 같았다. 그리고 이 불꽃이나 소동으로 잠에서 깨어난 괴물 가운데서 한 마리가 촛불 앞을 지나는 박쥐처럼 시뻘겋게 된 장작 앞을 지나가는 모습이 간혹 보였다.

부랑자들은 너무 두려운 나머지 입을 다물었다. 들려오는 소리라고는 수도원에 틀어박혀 있던 성직자들이 불타오르는 마구간 안의 말보다 더 불안스럽게 급보를 알리는 고함 소리와, 갑자기 창문이 열렸다가는 다시 재빠르게 닫히는 소리, 시립병원의 입원실 병동에서 일어나는 야단 법석인 소리, 불길 속을 지나는 바람 소리, 빈사 상태에 빠진 부상자의 마지막 신음 소리, 그리고 포석 위를 쉴새없이 튀는 납의 빗소리뿐이었다.

이럭저럭하는 동안에 부랑자들 중의 우두머리들은 곤도로리에가의 현관 처마 밑에 피난하여 회의를 열었다. 이집트 공은 길가의 돌 위에 앉아 종교적인 두려움에 떨며 공중 65미터나 되는 높은 곳에서 빛나는 이상한 화형대를 바라보고 있었다. 크로팡 트루유프는 무척 화가 나서 그 커다란 주먹을 깨물며 "아무래도 들어갈 수가 없단 말이냐!"라고 중얼거렸다.

"낡은 도깨비 성당이여!"라고 나이 먹은 집시인 마차스 앙가디 스피카리도 투덜투덜거렸다.

"재수 없는 놈이다!"라고 군대 생활을 한 적이 있는 반백의 가짜 상이군인이 말했다.

"이 성당의 홈통은 렉토르의 튀어나온 복도보다도 더 잘 녹은 납을 퍼붓는구나."

"불 앞을 왔다 갔다 하는 악마를 보았어?"라고 이집트 공이 소리쳤다.

"저놈은 종지기야. 카지모도라구."라고 크로팡이 말했다.

집시인 스피카리는 머리를 가로저었다.

"그렇지 않아. 저놈은 말이야, 사브낙크라는 악령이야. 대후작이고 축성의 악마야. 저놈은 무장을 한 군대의 모습을 하고 있으며, 머리는 사자야. 때로는 불쾌한 말을 타고 있기도 하지. 틀림없이 그놈이야. 본 기억이 있어. 또 저놈은 터키풍의 무늬가 달린 훌륭한 금빛 옷을 입고 있을 때도 있었어."

"베르비뉴 드 레토와르는 어디에 있는가?"라고 크로팡이 물었다.

"죽었어요."

빨간 얼굴의 앙드르는 백치같이 웃으면서 "노트르담이 시립병원에 일거리를 만들어 주는구나."라고 말했다.

"그럼 아무리 해도 이 문짝을 부술 방법이 없다는 말이냐?"라고 추니스 왕은 땅바닥을 구르면서 소리쳤다.

이집트 공은 인(燐)으로 된 두 개의 긴 방추 자루처럼 쉴새없이 검은 정면 현관에 선을 긋고 있는 들끓은 납의 두 줄기 흐름을 슬픈 듯 가리켜 보이면서 "옛날부터 자주 보는 일이지만 성당은 늘 저런 식으로 방위했던 것이야."라고 한숨을 쉬면서 말했다.

"벌써 40년 전의 이야기인데, 콘스탄티노플의 성소피아 성당은 계속하여 세 번이나 자신의 머리, 즉 둥근 지붕을 흔들어서는 마옹의 초승달을 땅바닥에 내동댕이쳤어. 교오므 드 파리스라는 사나이가 이 대성당을 세웠는데, 그놈은 마술쟁이였단 말이야."

"그렇다면 큰 거리의 거지 모양으로 손가락을 입에 물고 물러가지 않으면 안 된단 말이냐?"라고 크로팡은 말했다.

"누이동생이 내일 두건을 쓴 이리들에게 목을 매달리는데, 뻔히 보면서 그곳에 버려두자는 것인가!"

"게다가 저 성구실에는 보물이 산더미처럼 쌓여 있는데 말이야!"라고 한 사람이 덧붙였는데, 그 사나이의 이름을 모르는 것이 유감스런 일이다.

"제기랄, 재수도 없네!"라고 토루이유가 소리쳤다.

"다시 한 번 해보지 않겠나?"라고 조금 전의 그 부랑자가 말했다.

마차스가 머리를 가로저었다.

"이 문으로는 들어갈 수가 없단 말이야. 선녀 할멈의 갑옷에서 흠을 찾아내지 않으면 안 된단 말이야. 구멍인지 샛길인지 뭔가 이음매와 같은 곳이겠지."

"누가 그것을 알겠는가?"라고 크로팡은 말했다. "나는 다시 한 번 가겠다. 그런데 그 작은 개구쟁이 꼬마 녀석은 어디로 갔나? 갑옷과 투구로 단단하게 몸을 무장한 것 같았는데."

"틀림없이 죽었을 거야."라고 누군가 대답했다. "그놈의 웃음소리가 이제 들리지 않는 걸 봐서는 말이야."

추니스 왕은 눈살을 찌푸렸다.

"그건 정말 아까운 일이구나. 그런 갑옷을 입고 있었는 데다 좋은 사나이였는데 말이야. 그럼 피에르 그랑고아르는?"

"크로팡 두목, 그놈은 우리가 아직 상쥬교에 이를까 말까 했을 때 뺑소니쳤어요."라고 빨간 얼굴의 앙드르가 말했다.

크로팡은 발을 구르며 말했다.

"개새끼 같은 놈! 우리를 여기까지 선동하여 끌고 온 것은 그놈이 아니었던가? 그래 놓고는 우리들이 한참 큰 시련을 겪고 있을 때에 달아나 버리다니! 나쁜 놈! 언제나 시시한 소리만 지껄이던 계집애 같이 비겁한 놈!"

"크로팡 두목, 보세요. 저기 개구쟁이 꼬마 녀석이 옵니다."라고 르바르비 거리를 바라보던 붉은 얼굴의 앙드르가 말했다.

"고마운 일이군! 헌데 저놈은 도대체 뭘 끌고 오는 걸까?"

아니나 다를까 그것은 장이었다. 그는 역전의 기사가 입는 것 같은

무거운 갑옷을 입고, 게다가 긴 사다리를 교묘하게 포석 위에 질질 끌면서 열심히 뛰어왔다. 자기 몸뚱이의 20배나 되는 풀잎을 끌고 가는 개미보다 더 헐떡이고 있었다.

"이젠 이겼다! 만세다! 이것은 생랑도리 선창의 인부들이 쓰는 사다리란 말이야."

크로팡은 그의 옆에 다가왔다.

"그래, 그 사다리를 어떻게 하자는 거냐?"

"탈취해 왔어요."라고 장은 숨을 헐떡이면서 대답했다. "나는 이것이 어디 있는지 잘 알고 있었어요. 어떤 중위의 집 창고 옆에 있었어요. 그 집에는 내가 친하게 사귀고 있던 아가씨가 있는데, 나를 큐피드처럼 미남이라고 생각하거든요. 이 사다리를 손에 넣기 위해 그 아가씨를 이용했어요. 잘했지요? 불쌍하게도 그 아가씨는 속옷 바람으로 나를 위해 문을 열고 나왔어요."

"그래! 그런데 그 사다리로 뭘 어떻게 하려는 건가?"

장은 뭔가 저의가 있는 듯, 그리고 또 자신감에 가득 찬 것 같은 태도로 그를 보고 손가락을 캐스터네츠처럼 울렸다. 이 때의 그는 매우 훌륭했다. 머리 꼭대기에 분화수의 장식이 달려 있는, 한때 적의 군세를 겁나게 했던 저 15세기 특유의 무거운 투구를 쓰고 있었다. 그 투구는 쇠로 된 주둥이 같은 것이 열 개나 거꾸로 서 있어 그 때문에 네스토르의 호케로스풍의 배와 열십자의 충각(衝角)이라는 형용사구를 다투어 얻을 정도였다.

"내가 이걸로 뭘 하려는 거냐구요? 저기 정면 현관 위에 바보 같은 얼굴을 한 조각상이 세 개 나란히 서 있는 것이 보이지요?"

"응, 그래서?"

"그것은 프랑스 왕들의 회랑입니다."

"그것이 어쨌다는 거냐?"

"자, 좀 기다리세요! 저 회랑 끝에 문이 하나 있는데 말이에요. 빗장이 아니면 걸지를 못합니다. 그러니까 이 사다리로 거기까지만 올라가면 대성당 안에 들어갈 수 있다는 것입니다."

"그래? 그렇다면 먼저 나를 올려 보내 다오."

"아니, 안 돼요, 두목님. 이 사다리는 내 것입니다. 내 뒤를 따라 올라오십시오."

"제기랄, 네놈을 때려눕힐 테다!"라고 크로팡은 뾰로통해서 말했다. "나는 어느 놈이라도 내 앞에 가게 하는 것은 딱 질색이란 말이야."

"그렇다면 크로팡님, 사다리를 또 한 개 찾아와야지요!"

장은 그 사다리를 질질 끌고 광장을 가로질러 뛰어가면서 큰 소리로 외쳤다.

"자, 모두 내 뒤를 따르라!"

눈 깜짝할 사이에 사다리는 측면 현관 위에 있는 아래쪽 회랑의 난간에 걸려졌다. 부랑자들의 무리는 와와, 환성을 지르며 사다리에 기어오르려고 그 밑에 몰려들었다. 그러나 장은 자기의 권리를 주장하며 우선 제일 먼저 사다리에 발을 올려 놓았다. 꼭대기까지 오르기엔 매우 길었다. 프랑스 왕가의 회랑은 오늘날에는 포석에서 거의 20미터 정도의 높이에 있는데, 당시엔 아직 정면 입구에 11단의 계단이 있어 그 때문에 한층 더 높았던 것이다.

장은 그 무거운 갑옷 때문에 몸도 마음대로 움직이지 못하고, 한 손으로는 사다리를 잡고, 또 한 손으로는 활을 쥐고 천천히 올라갔다. 사다리 중간쯤 올라갔을 때, 그는 계단을 가득 메우고 있는 가련한 거지왕국 부대의 시체들을 슬픈 듯 내려다보면서 "아!《일리아드》제5편 바로 그대로 시체의 산더미구나!"라고 말하면서 다시 계속 올라갔다.

부랑자들도 그의 뒤를 따라 올라갔다. 사다리 한 단 한 단에 한 사람씩 매달려 있었다. 등에 갑옷을 짊어진 사람들이 줄을 지어 어둠 속을 줄줄이 기어 올라가는 것을 보니 마치 강철 비늘을 가진 뱀이 대성당의 벽을 기어가고 있는 것처럼 보였다. 장이 선두에 서서 휘파람을 불고 있었기 때문에 더욱더 그렇게 보였다.

장은 마침내 회랑의 발코니에 도달했고, 부랑자들의 박수갈채를 받으면서 재빨리 회랑 안으로 뛰어넘어갔다. 이렇게 성채를 정복하고 기쁨에 넘쳐 소리를 지르던 장은 깜짝 놀라 그 자리에 멈춰 섰다. 왕의 조각상 뒤의 어둠 속에서 눈을 반짝반짝 빛내면서 숨어 있는 카지모도를 본 것이다.

두 번째 공격병이 회랑에 발을 올려놓기도 전에 이 무서운 꼽추는 아무 말도 없이 힘센 손으로 사다리의 양쪽 끝을 잡아서 번쩍 들어올려 벽에서 떼어 부랑자들이 줄줄이 대롱대롱 매달려 있던 긴 사다리를, 모든 사람들이 비명을 지르고 있는 사이에 잠깐 동안 흔들었다. 그리고 초인적인 힘으로 줄방울처럼 매달린 인간들을 광장에 밀어 떨어뜨렸다. 제아무리 대담무쌍한 사람들이라도 가슴을 두근거리게 한 순간이었다. 사다리는 뒤로 밀쳐져 공중에 똑바로 서 잠시 머뭇거리더니 반경 25미터 정도의 커다란 원을 그리며 도개교의 쇠사슬이 끊어져 떨어지는 것보다 더 빨리 악한들을 가득히 태운 채 포석 위에 쾅, 하고 나둥그라졌다. 순간 온 주위에 저주의 소리가 일어났으나, 오래지 않아 모두 사라지고, 중상을 입은 몇 명의 사람들이 시체의 산더미 속에서 기어나와 도망을 갔다.

처음에 일어난 승리에 찬 환호 소리도 어디론가 사라지고, 공격군 사이에는 고통과 노여움의 술렁거림이 일어났다. 카지모도는 태연하게 난간에 두 팔꿈치를 짚고 그 광경을 바라보았다. 그 모습은 마치 늙은 왕이 머리를 바람에 나부끼면서 창문가에 기대어 서 있는 것 같았다.

장 프로로는 그야말로 진퇴양난에 빠져 버렸다. 그는 25미터 이상이나 되는 깎아지른 것 같은 벽에서 동료들로부터 떨어져 무서운 종지기와 함께 회랑에 남겨졌다. 카지모도가 사다리에 손을 대고 있을 때 그는 도망쳐 나갈 구멍이 열려 있는 줄 생각하고, 그쪽으로 뛰어갔다. 그러나 허사였다. 귀머거리는 회랑에 들어올 때 이미 문을 잠가 놓았던 것이다. 그래서 장은 왕의 석상 그늘에 몸을 숨기고 숨을 죽이면서 겁먹은 얼굴로 이 괴물 같은 꼽추를 조용히 보았다.

처음에는 귀머거리도 그를 알아차리지 못했으나 마침내 뒤돌아보고 급히 태세를 가다듬었다. 장이 있는 것을 알았기 때문이었다.

장은 당장이라도 심하게 두들겨 맞을 것을 각오하고 있었는데, 귀

머거리는 몸도 움직이지 않고 그저 장을 돌아다보고는 조용히 서 있을 뿐이었다.

"야, 이것 봐! 뭣 때문에 그렇게 한심스러운 애꾸눈으로 나를 말똥말똥 보고 있는 거냐?"

이렇게 말한 이 바람둥이 젊은이는 가지고 있던 활을 쏠 채비를 하면서, "카지모도! 너의 이름을 바꿔 주겠다. 네놈을 소경이라는 이름으로 만들어 줄 테다!"라고 소리쳤다.

화살이 날아갔다. 깃털에 달려 빙빙 돌아가는 화살은 바람을 가르고 날아가 꼽추의 왼팔에 꽂혔다. 카지모도는 파라몽 왕이 찰과상을 입은 정도도 느끼지 않았다. 화살을 팔에서 잡아 뽑고는 무릎에 대고 유유히 꺾었다. 그리고 두 개로 부러진 것을 땅바닥에 던진다기보다는 그대로 똑 떨어뜨렸다.

장은 두 번째 화살을 겨눌 만한 틈이 없었다. 화살을 부러뜨려 버린 카지모도는 갑자기 으르렁 소리를 지르더니 메뚜기처럼 덤벼들어 장을 덮쳤다. 장의 갑옷은 쿵, 하고 벽에 부딪쳐 납작해져 버렸다.

그때 횃불이 흔들리는 희미한 빛 속에 무서운 광경이 엿보였다. 카지모도는 왼손으로 장의 두 팔을 잡았는데, 장은 반항하려 하지 않았다. 벌써 살아 있다는 실감도 나지 않았다. 귀머거리는 아무 말도 하지 않고 오른손으로 장의 무장을 하나하나, 즉 칼, 비수, 투구, 갑옷 등의 순서로 벗겼다. 그리고는 그것을 하나하나 발밑에 내던졌다.

이 무시무시한 손아귀에 잡혀 무기를 빼앗기고 옷까지 발가벗겨진 장은 이 귀머거리에게 말을 걸려고는 하지 않고 상대의 얼굴을 향해 능글맞게 웃으며 16세의 아이다운 대담하고 두려워하지 않는 천진한 태도로 그 당시에 유행하고 있던 노래를 부르기 시작했다.

아름다운 옷을 입고 있었지.
캉브레의 거리는,
마라판이 그 거리를 휩쓸었지……

그러나 그의 노래는 끝까지 계속되지 않았다. 카지모도는 회랑의 난간 위에 서서 한 손으로 장의 발을 잡고 투석기처럼 심연 위에 상대를 빙빙 돌려 아래로 던져 버렸다. 그러자 순식간에 뼈로 만든 상자가 벽에 부딪치는 것 같은 소리가 들려왔다. 그리고 뭔가 떨어져 내려오다 3분의 2 정도 지점에서 건물의 돌출부에 걸려 멈추었다. 몸은 두 개로 부러지고 요골은 부서지고 두개골은 텅 빈 시체가 잠시 그곳에 매달려 있었다.

공포의 외침이 부랑자들 사이에서 일어났다.

"원수를 갚자!"라고 크로팽이 소리질렀다.

"해치워라!"라고 군중이 받는다.

"돌격이다! 돌격이다!"라고 하는 무서운 고함 소리가 일어났는데, 그 소리 속에는 온갖 말들이, 온갖 사투리가, 온갖 말투가 뒤섞여 있었다. 학생이 끔찍하게 살해되었기 때문에 군중이 미쳐 날뛴 것이다. 대성당 앞에까지 왔으면서도 꼽추 하나 때문에 이렇게 오랫동안 저지당했다는 것에 군중은 부끄러움과 분노로 몸을 떨었다. 미쳐 날뛰

는 군중은 사다리를 구해 오고 횃불도 더 늘렸다.

잠시 후 이 무서운 개미떼의 대군이 모든 방면에서 노트르담에 기어 올라오는 것을 보고 카지모도는 당황했다. 사다리를 갖고 있지 않은 패들은 이음매가 있는 밧줄을 가지고 왔고, 밧줄을 가지고 있지 않은 패들은 조각물이 툭 튀어나온 곳에 다리를 걸고 기어 올라갔다. 그들은 서로서로의 누더기옷에 매달렸다. 무서운 얼굴로 밀물처럼 들이닥치는 대군에 저항하기에는 도저히 역부족인 것 같았다. 그들의 사나운 얼굴은 노여움으로 붉게 빛나고, 흙빛같이 된 얼굴에는 땀이 흐르고 눈은 반짝반짝 빛났다. 이러한 찌푸린 얼굴이나 보기 흉한 사람들이 카지모도를 둘러싸고 공격하는 것이었다. 어딘가 다른 성당에서 무서운 여인의 요괴나 번견(番犬)이나, 그리고 괴물이나 악마 등 세상에서도 괴상한 조각상을 파견한 것 같았다. 정면 현관의 돌로 만든 괴물 위에 산 괴물들이 층을 이루어 매달려 있는 것 같았다.

광장에는 무수한 횃불이 별처럼 빛났다. 그때까지는 어둠 속에 묻혀 있었던 혼란한 광경이 갑자기 광명을 받은 듯 보였다. 광장은 새빨갛게 빛나고 하늘에까지 빛을 던지고 있었다. 높고 평평한 지붕 위에 불을 땐 장작의 산더미는 계속 타오르고 먼 곳의 거리까지 비추고 있었다. 탑 두 개의 거대한 그림자는 먼 저편 파리의 지붕 위에까지 퍼져 나가 주위를 비추고 있는 빛 속에 커다란 그림자의 단면을 만들고 있었다. 파리시의 가슴이 격정에 흔들리고 있는 것 같았다. 아주 먼 곳에서 경종이 호소하는 듯 울려 퍼지고, 부랑자들은 노여움에 소리치고 숨을 헐떡이며 저주하면서 기어 올라갔다.

이렇게 많은 적들에 어찌할 바를 모르게 된 카지모도는 집시 처녀를 걱정하며 몸을 떨었다. 미쳐 날뛰는 얼굴이 점점 자기가 있는 회랑 가까이 오는 것을 보고는 하늘을 향해 기적을 구하고 절망한 나머지 팔을 비틀며 몸부림을 칠 뿐이었다.

바스티유성

여러분도 틀림없이 잊지는 않으셨다고 생각하는데, 부랑자들이 떼를 지어 어둠 속을 누비고 오는 것을 발견하기 조금 전에 카지모도가 종루의 꼭대기에서 파리를 바라보니 이미 불빛은 단 한 개밖에 빛나고 있지 않았다. 그것은 생탄투안문 옆의 높고 음침한 건물에 있는 가장 높은 층의 유리창에서 별처럼 반짝이는 불빛이었다. 그 건물은 바스티유성이었다. 그리고 그 빛은 루이 11세의 방 촛불이었다.

국왕 루이 11세는 이틀 전부터 파리에 와 있었다. 모레쯤 몽틸 레투르의 성채로 향할 예정이었다. 왕은 그의 좋은 도시인 파리에는 좀처럼 오지 않았고, 또 와도 오래 머물지는 않았다. 파리에는 적을 붙잡는 함정도, 교수대도, 그리고 스코틀랜드인의 보병도 충분하지 않았기 때문이었다.

촛불이 켜 있었던 곳은 '루이 드 프랑스 전하가 기도를 하신 안채'

라고 불리는 방이었다.

지금 이 안채는 매우 어두웠다. 소등 신호는 이미 한 시간 전에 울렸다. 주위는 캄캄한 칠흑이었다. 책상 위에는 양초가 하나만 켜지고 그 흔들거리는 빛이 방에 있던 다섯 사람의 인물을 비추고 있었다.

제일 처음에 비춰진 인물은 명주 반바지에 은줄무늬가 있는 붉은 저고리를 입고 검은 무늬가 든 비단 외투를 입고 있었다. 이 호화로운 의상은 촛불의 빛을 받아 그 주름이란 주름에 온통 불꽃이 얼어붙은 듯이 보였다. 이 사나이는 산뜻한 색깔로 수놓은 문장을 가슴에 달고 있었다. 방패 모양을 한 그 문장의 산과 같이 생긴 곳의 끝머리에는 노루가죽의 고리가 달려 있었고, 우측에는 올리브 가지, 좌측에는 사슴뿔이 달려 있었다. 그리고 허리에는 훌륭한 단검이 매달려 있었다. 그 자루는 붉은색이며 투구장식 모양으로 새겨져 있었고, 자루 머리에는 백작의 관이 붙어 있었다. 그는 심술궂은 얼굴로 머리를 오만하게 치켜들고 있었다. 얼핏 보면 교활한 얼굴이었다. 그는 모자도 쓰지 않고 긴 서류철 집게를 손에 들고 의자 뒤에 서 있었다.

그 의자에는 한 사람이 이상한 복장을 하고 앉아 있었다. 몸을 보기 흉하게 두 개로 접은 듯한 모습으로 책상에 팔꿈치를 짚고 있었다. 실제로 상상을 해보자. 이 코발트 가죽의 호화로운 의자에 X형으로 굽은 무릎, 검은 털실로 짠 메리야스를 입은 두 개의 깡마른 넓적다리, 털보다 천이 더 많아 보이는 모피가 붙은 비로드의 외투를 입은 몸, 그리고 그 위에 값싼 검은 나사로 만든 때기름이 찌쬐찌하게 흐르는 낡은 모자가 얹혀 있었다. 모자는 납으로 된 인형이 달린 고리 모양의 장식끈으로 가장자리를 두르고 있었다. 이것이 의자에 앉아 있는 인물의 모습이었다. 그는 머리를 가슴에 묻고 있었기 때문에 그 얼굴은 그림자에 가려 아무것도 보이지 않았는데, 다만 코끝만은 광선에 비치어 간신히 보였다. 그 코는 우뚝 솟았을 것이 틀림없다. 그 주름 잡힌 손이 아주 말라 있는 것으로 보아 노인이라는 것을 금세 알 수 있었는데, 이 인물이 바로 루이 11세였던 것이다.

그들과 조금 떨어져 플랑드르 스타일의 옷을 입은 두 사나이가 작은 소리로 속삭이고 있었다. 두 사람은 어둠에 가려 전혀 볼 수 없는 정도는 아니었으므로, 그랑고아르의 성사극을 보신 분이라면 플랑드르의 수석사절 중 두 사람이라는 것을 알 수 있을 것이다. 한 사람은 강시에서 이름을 떨치는 연금 수령자인 귀이요 림이고, 또 한 사람은 그때 민중의 인기를 모았던 양품상 자크 고프놀이었다. 이 두 사람이 루이 11세의 정치에 은밀히 관여하고 있었다는 것도 생각났을 것이다.

끝으로 맨 안쪽 출입문 가까운 어둠 속에 입상처럼 말 한 마디 없이 우뚝 서 있는 늠름한 사나이가 있었다. 손발은 땅딸막하고 군복에 문장이 달린 외투를 입고 있었는데, 그 네모진 얼굴에는 눈이 이마와 같은 높이로 툭 튀어나와 있고, 커다란 입은 얼굴을 아래위 두 개로 쪼갠 것 같았으며, 귀는 두 개의 커다란 차양처럼, 흘러내린 머리카락에 가려 있었다. 거기에 이마는 없다고 할 정도로 좁았다. 한 마디로 이 사나이는 개와 호랑이의 얼굴을 함께 가지고 있었다.

국왕 이외의 사람은 모두 모자를 쓰고 있지 않았다. 왕 뒤에 서 있는 영주는 긴 계산서 같은 것을 왕에게 읽어 주고 있고, 왕은 열심히 그것에 귀 기울이고 있었다. 두 사람의 플랑드르인은 낮은 목소리로 뭔가 수군거리고 있었다.

"정말 지겹군!" 하고 고프놀은 투덜거렸다. "계속 서 있으려니 정 말 피곤해. 여기에는 의자가 없는 걸까?"

림은 없다는 듯한 몸짓을 하면서 살짝 웃었다.

"정말 지겨워!"라고 고프놀은 이렇게 말소리를 죽이지 않으면 안 되는 것에 새삼 화가 난 모양이었다.

"나는 언제나 가게에서 하는 것처럼 마룻바닥에 앉고 싶어 죽을 지 경이란 말이야."

"좀 참게, 자크 군!"

"그래, 여기서는 언제나 서 있지 않으면 안 되는가?"

"그렇지 않다면 무릎이라도 꿇는 수밖에 없지."라고 림이 대답했다.

이때 왕이 언성을 높였기 때문에 두 사람은 입을 다물었다.

"뭐, 하인들의 옷이 50수에다, 왕실 소속 성직자의 외투가 12리브 르라고! 이건 마치 황금을 큰 나무통에 넣어 던져 버리는 것과 같은 짓이다! 올리비에, 자네 정신이 나갔나?"

이렇게 말하면서 노인은 머리를 들었다. 그의 목에 달린 생미셸 훈 장의 목걸이에 붙은 황금 구슬이 반짝 빛났다. 살이 홀쭉하게 빠져 까다로운 옆얼굴이 촛불에 정면으로 비쳤다. 그는 상대방의 손에서 서류를 빼앗았다.

"자네들, 나를 파산시키려고 하는 건가!"라고 움푹 들어간 눈으로

서류를 보면서 소리쳤다.

"이것은 도대체 어떻게 된 일이냐? 이렇게 많은 하인들을 두다니, 무슨 필요가 있는 거냐? 한 달에 10리브르씩 성당 소속의 신부를 두 사람, 1백 수로 성당 소속의 성직자를 한 사람 둔다고? 시종이 한 사람, 일 년에 90리브르라! 요리사가 네 사람, 한 사람 앞에 연 120리브르라! 창지기·채소밭지기·요리사·무기고지기가 한 사람씩, 출납계가 두 사람으로, 한 사람 앞에 월 10리브르씩이라! 보조요리사 두 사람이 8리브르! 마부 한 사람에 그 조수가 두 사람, 월 24리브르! 인부·제과사·빵 굽는 사람이 각각 한 사람에다가 짐수레꾼이 두 사람, 한 사람 앞에 연 60리브르! 제철공이 120리브르! 국고수입과장이 1천 2백 리브르! 게다가 심사관이 5백 리브르라고? 아이고, 맙소사! 이건 미친 짓이야! 하인들의 봉급 때문에 프랑스가 망해 버리게 생겼잖아! 루브르궁에 숨겨 둔 돈도 이렇게 물 쓰듯 낭비해 버리면 금세 바닥이 드러날 거란 말이야! 나중엔 섭시까지 모조리 팔아 치우게 될 걸! 이 상태로는 비록 신과 성모 마리아님이―이때 그는 모자를 벗었다―나에게 생명을 빌려 주시더라도 주석 항아리로 달인 약을 먹지 않으면 안 되겠지!"

이렇게 말하고 그는 책상 위에 빛나고 있던 은으로 만들어지고 다리가 붙은 술잔을 힐끔 보았다. 기침을 하고 다시 계속했다.

"올리비에! 국왕이든, 황제든, 광대한 영지를 지배하고 있는 제왕은 사치를 해서는 안 되는 거야. 왜냐하면 윗물이 흐리면 아랫물도 흐려지게 마련이니까 말이야. 그러니 올리비에, 이 점은 잘 명심해

주어야 하겠어. 우리 왕실의 경비는 해마다 늘어가고만 있어. 이것은 그리 좋은 일이 아니야. 알겠나? 좀 정신을 차리란 말이야! 79년까지만 해도 3만 6천 리브르를 초과하지 않았어. 그런데 80년이 되니 그것이 4만 3천 6백 19리브르가 되어 버린 거야. 나는 틀림없이 숫자까지 기억하고 있다네. 81년에는 6만 3천 6백 80리브르, 그리고 올해에는 놀랄 일이 아닌가! 무려 8만 리브르에 육박하고 있지 않은가! 4년 동안 2배가 되는 셈이야! 지독하군!"

그는 숨이 차서 잠시 말을 그쳤다가 다시 더 흥분하여 말을 계속했다.

"내 주위에는 이것저것 모두가 내 야윈 정강이를 갉아먹고 살이 피둥피둥 찌는 놈들뿐이야! 너희들은 다 내 털구멍이란 털구멍에서 돈만 빨아먹고 있단 말이야."

모두 잠자코 있었다. 이러한 노여움은 한쪽 귀로 듣고, 한쪽 귀로 흘려 버리면 그만인 것이다. 그는 계속했다.

"이것은 마치 영주들이 국가의 큰 공사에 내 돈으로 그 비용을 지불케 하려고 라틴어로 써서 낸 청원서 같은 것이야! 정말 이건 큰 부담이야. 눌려 터질 것만 같은 부담이라고! 아, 자네들은 내가 식사 시중도 술 시중도 받지 않고 나라를 다스리고 있는 것을 보고 내게 국왕답지 않다고 말하고 있다. 내가 국왕인지 아닌지 너희들에게 똑똑히 보여 주겠다!"

여기까지 말한 그는 자기의 권력을 생각하고 미소를 띠었다. 그 때문에 노기가 다소 누그러지자 플랑드르 사람들 쪽을 돌아다보았다.

"귀이요 군, 어때? 빵 계장도 술창고 계장도, 그리고 시종장이나 원로도 모두 하인만큼은 쓸모가 없는 것이야. 고프놀 군, 이 점을 잘 명심해 두기 바라네. 그들은 아무 도움도 되지 않는 무용지물이야. 이렇게 국왕 주위에 개미떼처럼 몰려 있으면서도 아무 구실도 못하고 있는 것을 보니, 마치 왕궁에 있는 큰 시계의 문자판을 둘러싸고 있는 네 개의 복음전도사의 조각상 같단 말이야. 저것 봐, 필립 부리유가 막 수리를 끝낸 저 시계에 있는 조각상 말이야. 저런 조각상은 금칠은 했지만 시간을 알리는 것은 아니거든. 시계바늘은 놈들이 없어도 잘만 돌아가고 있단 말이야."

왕은 잠시 뭔가 생각하더니, 이윽고 늙고 찌든 머리를 흔들면서 "아! 나는 결코 필립 부리유는 아니야. 영주들을 화려하게 꾸며 주는 일은 아주 질색이야. 정말 에드워드 왕이 말한 대로야. 인민은 구하고 제후는 죽이라고 말이야. 올리비에, 자 다음을 읽어 봐."라고 말했다.

왕에게 이렇게 지명된 인물은 손에 들고 있던 서류를 고쳐 쥐고 큰 소리로 다시 읽기 시작했다.

"…… 파리 시청의 인감계 아당 도농에 대해, 지금까지의 인감이 낡아 다 닳아서 사용할 수가 없게 되었기 때문에 새로 만들게 했을 때의 재료비, 가공 임금, 그리고 새기는 대가로 파리 금으로 12리브르. 교오므 푸레르에 대해 금년 1월에서 3월에 걸쳐 투루넬 재판소의 옥상에 있는 비둘기를 사육하고 7색스체의 보리를 사료로 쓴 데 대한 보수로 파리 금으로 4리브르 4수. 한 사람의 성 프란체스코 수도회원에 대해, 어떤 범인을 자백시킨 공로로 파리 금으로 4수."

왕은 잠자코 듣고 있었다. 가끔 기침을 했는데, 그때마다 술잔을 입술에 갖다 대고 한 모금씩 마시고는 떨떠름한 얼굴을 하고 있었다.

"금년 들어 재판소의 명령으로 파리의 네거리에서 나팔 소리로 56회의 신호를 울린 일에 대해 비용 지불 예정. 파리와 그 밖의 토지에서 재산을 은폐했다는 소문이 나돌고 있던 장소를 몇 군데 수사했는데 아무것도 발견되지는 않았으며, 그 비용이 파리 금으로 45리브르."

"1수 금을 캐내기 위해 1에퀴의 금을 땅에 묻는 것과 같은 짓이구나!"라고 왕은 말했다.

"투루넬 재판소 안의 쇠로 된 감방에 유리 6장을 끼우기 위한 비용 13수. 열병식날에 왕의 명령에 따라 주위에 장미 모자 무늬를 두른 영주의 갑옷 문장 네 개를 새로 만들어 지급한 비용 6리브르. 왕의 낡은 옷 두 소매끝을 수선한 요금 20수. 왕의 장화에 칠하기 위한 기름 한 상자에 15드니에. 왕의 검은 새끼돼지를 사육하기 위해 새로 만든 돼지우리 대금으로 30리브르. 생포르궁의 사자를 가두어 두기 위해 만든 칸막이, 널빤지, 덧문 등의 비용 22리브르."

"돈이 드는 동물이구나."라고 루이 11세는 말했다. "아무튼 좋아! 왕의 위엄이라는 거야. 그 속에 갈색의 커다란 놈이 있는데, 그놈은 얌전해서 좋아. 귀이요 군, 그것을 봤나? 제왕은 그와 같은 괴상한 동물을 사육하지 않으면 안 되지. 국왕쯤 되면 개 대신에 사자를 기르고 고양이 대신에 호랑이를 길러야 해. 위대한 인간만이 왕위에 오르는 법이니까. 유피테르의 우상을 신봉하고 있던 시절에는 군중들이

성당에 백 마리의 소와 백 마리의 양을 바치면 제왕은 백 마리의 사자와 백 마리의 독수리를 기증했던 거야. 실로 야성적이며 훌륭한 일이지. 프랑스 왕의 왕좌 주위에선 언제나 맹수의 울음소리가 그치지 않게 했어. 그러나 나는 조상들보다는 훨씬 그 비용을 줄였다네. 사자도, 곰도, 그리고 코끼리도 훨씬 그 수를 줄인 것을 인정해 주기 바라네. 다음을 읽어 주게, 올리비에. 플랑드르 사람들에게도 이것을 들려주었더라면 좋았을 거야.”

귀이요 림은 공손히 머리를 숙였으나 고프놀은 기분이 나쁜 얼굴을 하고 지금 폐하가 말한 곰과 같은 모습을 하고 있었다. 별로 그것을 마음에 두지 않은 채 술잔으로 입술을 축이던 왕은 곧바로 마신 것을 되뱉으면서 말했다.

“참, 맛도 고약한 탕약이로구나!”

“적당한 조치를 취할 때까지 박피장에 감금하고 있던 무뢰한의 6개월 식비로 6리브르 4수.”

“뭐야, 그것은?” 하고 왕은 말을 가로막았다. “교수형에 처해야 할 인간까지 먹여 살리고 있단 말이냐? 바보 같은 짓을 하고 있군! 그런 놈을 먹여 살릴 돈 같은 것은, 이 이상 1수도 지출할 수 없다. 올리비에, 그 일에 대해서는 데스토빌 시장에게 물어봐라. 오늘 밤이라도 즉시 그 사나이를 교수형에 처하도록 조치하기 바란다. 다음을 읽어라.”

올리비에는 그 ‘무뢰한’이라고 된 항에 엄지손가락으로 표시를 하고 다음으로 나아갔다.

"파리재판소 소속 사형집행위원장 앙리에 쿠장에게 파리 시장의
명령에 의하여 지정된 가격으로 구입한 칼날이 넓은 장도의 대금이
파리 금으로 60수. 단, 악행에 대한 판결을 받은 자의 형을 집행하기
위한 것으로, 칼집이나 그 밖의 부속품을 포함한다. 또 아주 명백한
일인데, 루이 드 룩상부르의 형을 집행했을 때 부러져 이가 빠진, 지
금까지 사용해 온 칼을 수리하는 대금도 포함한다."

왕은 말을 가로막았다.

"이제 좋아, 기꺼이 그 금액의 지불을 허가하겠다. 나와는 관계가
없는 비용이야. 그런 돈을 아껴 온 일은 없으니까 말이야. 자, 다음을
읽어라."

"대감옥을 신축했기 때문에⋯⋯."

"아!"라고 왕은 의자의 팔걸이를 놓으면서 말했다. "내가 이 바스
티유에 온 것은 목적이 있어서야. 좀 기다려 주게. 그 감옥을 이 눈으
로 보고 싶단 말이야. 내가 돌아보는 동안에 그 비용을 읽어 주기 바
라네. 플랑드르의 제군, 나와 함께 가서 감옥을 구경하면 어떻겠나,
희귀한 것이야."

이렇게 말하고 왕은 일어나 상대방의 팔에 기대면서 출입문 앞에
서 있던 벙어리 같은 사나이에게 안내하라고 신호를 하고 두 사람의
플랑드르인에게는 따라오라는 신호를 하면서 방을 나갔다.

잠시 후에 왕이 돌아오자 몇 통의 공용 속달이 책상 위에 놓여 있었
다. 왕은 손수 그 통신문들의 봉인을 찢고 한 장 한 장 재빠르게 읽기
시작하더니 올리비에에게 펜을 잡도록 신호를 했다. 올리비에는 임

금 옆에서 대신의 직무도 보고 있는 것 같았다. 왕은 그 속달의 내용은 말하지 않고 작은 소리로 그 답장을 받아쓰게 했다. 올리비에는 매우 거북한 듯 책상 앞에 무릎을 꿇고 썼다.

귀이요 림은 그것을 조용히 보고 있었다. 왕의 말소리는 매우 낮았기 때문에 플랑드르 사람들에게는 구술의 내용이 아무것도 들리지 않았다. 다만 가끔 띄엄띄엄 의미를 알 수 없는 말이 귀에 들려오는 정도에 불과했다.

예를 들면, "생산물이 풍부한 지방은 상업으로 유지하고, 불모의 토지는 산업으로…… 영국의 제후에게 우리 나라 4척의 구포함을 보일 것…… 오늘날에는 포병술에 의해 한층 현명한 전쟁을 할 수 있다는 것…… 우리의 친구 부레슈르님에게…… 세금 없이는 군대를 유지할 수 없다." 등등이었다.

한 번 그는 소리를 높여 "아니, 이건 또 뭐냐? 시실리아 왕이 프랑스 국왕과 마찬가지로 편지를 황랍으로 봉인하고 있지 않은가? 그에게 이런 것을 허락할 수는 없지. 괘씸한 자로군! 나의 수양조카인 부르고뉴 공도 전쟁터에서 깃발만은 사용하지 않았지 않는가! 일족의 영광은 그 특권을 올바르게 사용함으로써 비로소 떳떳하게 누릴 수 있는 것이다. 이것은 잘 주의해 주기 바란다, 올리비에."라고 말하기도 했다.

또 이렇게 말했다.

"오! 오! 굉장한 편지다! 내 친구인 독일 황제로부터 온 편지로군. 뭘 요구한 것일까?"

왕은 그 편지를 보면서 가끔 감탄사를 덧붙였다. "정말이지 독일 연방이란 놈은 믿을 수 없을 만큼 위대하고 강력한 것이란 말이야. 그러나 그 낡은 격언을 잊어서는 안 돼. 가장 아름다운 백작령은 플랑드르이고, 가장 아름다운 공작령은 밀라노이며, 가장 아름다운 왕국은 프랑스라고 말이야. 그렇지 않은가, 플랑드르의 제군?"

이때에는 고프놀이나 귀이요 림도 같이 머리를 숙였다. 양품점 주인의 애국심이 발동했던 것이다.

마지막 공용 속달을 보자 루이 11세는 눈살을 찌푸렸다.

"이건 뭐냐?" 하고 그는 소리쳤다. "피카르디 수비대에 대한 불평과 호소인가? 올리비에, 급히 루오 원수에게 편지를 써라. 군대의 규율이 해이해지고 있다. 헌병, 소집 귀족, 정규 사격병, 스위스 용병, 어느 것이나 부락민들에게 여러 가지로 나쁜 짓을 하고 있다. 병사들은 농가를 습격하여 재산을 약탈한 다음에 곤봉이나 창을 휘둘러 시내의 주민을 위협하고, 술, 고기, 음식, 잡화 또는 그 밖에 필요하지 않을 물건까지도 공출하고 있다. 이것이 왕의 귀에까지 들어왔다. 나는 우리 나라 민중들의 생활이 불편을 벗어나고 절도나 약탈로부터 보호되기를 바란다. 성모 마리아님께 맹세코 이것이 나의 희망이다. 더욱이 유랑 연예인, 이발사, 병사들은 누구건 군주처럼 비로드, 비단, 금반지를 몸에 달지 않도록. 이와 같은 허영은 신이 증오하는 것이다. 우리 귀족들조차 16수짜리 옷감으로 만든 방한용 속옷으로 만족하고 있다. 군대에 속한 제군들도 그런 정도까지 생활을 낮출 수 있을 것이다. 이상 잘 통달하고 명령하도록……. 우리들의 친구 루오님. 이상."

왕은 힘을 주어 계속 큰 소리를 내어 이상의 편지를 구술했다. 마침내 썼을 때 문이 열리더니 새로운 인물이 들어왔다. 이 사나이는 매우 놀란 표정으로 방으로 뛰어들어왔다.

"폐하! 폐하! 지금 파리에서 폭동이 일어났습니다!"

루이 11세의 근엄한 얼굴은 한순간 일그러졌는데, 그러나 곧 그 표정은 번개처럼 얼굴에서 사라졌다. 그는 마음을 억누르고 침착하고 엄숙한 태도로 되돌아갔다.

"자크! 자네는 대단히 난폭한 태도로 들어왔군!"

"폐하! 폐하! 폭동입니다!" 하고 자크는 숨을 헐떡이며 말했다.

왕은 벌떡 일어나 자크의 팔을 거칠게 움켜쥐고 노여움을 참으며 플랑드르인을 흘겨보면서 그에게만 들리도록 귓가에 입을 대고 말했다.

"왜 이렇게 법석을 떨지? 지껄이려면 작은 소리로 해!"

뛰어들어온 사나이는 왕의 마음을 비로소 깨닫고 말소리를 죽여 무서운 이야기를 하기 시작했다. 왕은 그것을 조용히 듣고 있었으나, 귀이요 림은 고프놀에게 신호를 보내 지금 들어온 사나이의 얼굴과 입고 있는 옷에 주의를 돌리도록 했다. 모피가 붙은 두건과 짧은 외투, 그리고 검은 비로드의 법복을 보면 그가 회계검사원장이라는 것을 알 수 있었다.

이 인물이 왕에게 두서너 마디 설명을 덧붙였을 때, 루이 11세는 크게 웃으면서 소리쳤다.

"정말 그렇다! 고와치에, 좀더 큰 소리로 말하게! 그렇게 작은 소리로 이야기할 필요가 있는가? 여기 계신 플랑드르 제군에 대해 조금이라도 숨기는 일이 있어서는 안 된다는 것은 성모 마리아님이라도 잘 알고 계시는 일이야."

"그렇지만 각하……."

"좀더 큰 소리로 말하게!"

고와치에는 깜짝 놀라 잠자코 있었다.

"자!"라고 왕은 말했다. "이야기를 하게. 이 아름다운 파리시에서 민중이 무슨 소동이라도 일으켰단 말이냐?"

"네, 폐하!"

"재판소의 대법관에 대해 반란을 일으켰단 말이지?"

"그런 것 같습니다."라고 말하기는 했지만, 왕의 머리에 번득이는 급격한, 그리고 뭐라 설명할 수도 없는 변화에 어리둥절하면서 여전히 입속에서 투덜대고 있었다.

루이 11세는 말을 계속했다.

"야경대가 어디서 폭도들과 마주쳤는가?"

"라 구란도 토루앙도리에서 상쥬교로 가는 도중이었습니다. 저 자신도 폐하의 명령을 받으러 이곳에 오는 도중에 놈들을 만났습니다. 그들 중에서 몇 놈이 '재판소의 대법관을 해치워라!' 하고 소리치는 것을 들었습니다."

"그러면 그들은 대법관에 대해 무슨 불만을 가지고 있는가?"

"그것은 대법관이 놈들의 영주이기 때문입니다."

“정말이냐?”

“그렇습니다, 폐하! 놈들은 기적궁전의 부랑자들로, 벌써 오래전부터 대법관에게 원한을 품고 있었습니다. 그래서 대법관을 재판관이나 감독관으로 인정하려고 하지도 않습니다.”

“그래!”

왕은 만족한 듯한 미소를 지으며 말했다. 자기가 만족하고 있다는 것을 감추려 애썼지만 소용이 없었다.

“그들은 고등법원에 제출한 청원서를 통해서 자기들의 주인은 폐하와 신밖에 없다고 주장하고 있습니다. 신이라고 하더라도 그것은 악마를 가리키는 것이라고 생각합니다만.”

“그렇구나! 그렇구나!”

왕은 연신 두 손을 비비면서 만족해하고 있었다. 그의 얼굴은 마음속 깊은 곳에서 우러나온 기쁨에 빛나고 있었다. 때때로 점잖은 척하려 했으나, 솟아오르는 기쁨을 어찌할 수가 없었다. 그 자리에 있던 사람은 누구 하나 그 미소의 뜻을 알아차리지 못했다. 그는 무언가 걱정이 되는 듯, 그러나 만족해하는 듯 잠시 침묵을 지켰다.

“그들을 막아내기에 벅찬가?” 하고 별안간 왕은 물었다.

“네, 확실히 그렇습니다. 폐하!”

“수가 얼마나 되는데?”

“네, 적어도 6천 명은 될 것입니다.”

왕은 언뜻 “됐다!”라는 말을 입 밖에 내고 말았다. 그리고 이어서 “그럼 그들은 무장을 하고 있던가?” 하고 물었다.

"네. 낫, 창, 도끼 등 온갖 흉기를 가지고 있습니다."

이런 말을 듣고도 왕은 조금도 불안한 기색을 보이지 않았다. 자크는 무언가 덧붙이지 않으면 안 되겠다고 생각했다.

"만약 폐하께서 즉각 구원대를 보내시지 않는다면 대법관은 패하리라고 사려되옵니다."

"그래, 파견하마!" 왕은 진지한 표정으로 말했다. "좋아, 틀림없이 원군을 보내마. 대법관은 우리들의 친구니까 말이야. 음! 6천 명쯤이라고? 바보 같은 놈들! 그놈들의 간이 큰 것은 대견하지만, 원 화가 나서 견딜 수가 없구나. 그러나 오늘 밤에는 이곳의 군사가 그다지 많지 않아. 내일 아침이라도 좋겠지?"

"즉시 보내지 않으시면 안 됩니다, 폐하! 내일 아침이라면 재판소는 몇 번이나 놈들에게 해를 입고, 권리는 침해를 받고, 대법관은 목이 잘리게 될 것입니다. 부디, 폐하! 내일 아침이라고 말씀하시지 마시고 지금 원군을 보내 주십시오."

왕은 그의 얼굴을 정면으로 노려보면서 거칠게 말했다.

"내일 아침이라고 말하지 않았는가!"

아무도 대꾸할 수 없는 눈초리였다. 잠시 잠자코 있다가 루이 11세는 다시 말소리를 높였다. "자크, 자네는 알고 있겠지? 그것은 어떻게 됐는가?"라고 말했다가 다시 고쳐 물었다. "아니, 대법관의 토지 관할구역은 어떻든가?"

"폐하, 대법관의 관할구역은 라 가란도의 거리에서 레르불거리까지와 생미셸 광장 노트르담 디샹 교회 근처의 일반적으로 레 뮤로라고 불리고 있는 사이에 있습니다—루이 11세는 노트르담이라는 말을 들었을 때 모자의 언저리를 들었다. 그곳에는 공공 건축물이 열세 개, 게다가 기적궁전이나 '금제구'라 불리고 있는 나병원이 있습니다. 이 나병원에서 시작하여 생작크문까지의 길 전부 등등이 관할구역에 속하고 있습니다. 대법관은 이 지역 전체의 감독관이고, 재판관이며, 또 전권의 영주이기도 합니다."

"음, 그렇구나!"라고 왕은 오른손으로 왼쪽 귀를 긁으면서 말했다. "그러면 내 수도의 대부분 지역을 차지하고 있지 않은가! 아! 대법관은 이러한 지역 전체의 임금이었다는 것이로구나!"

이번에는 그렇게 말했을 뿐 고쳐 말하지는 않았다. 꿈을 꾸고 있는 것처럼, 자기 자신에게 말하고 있는 것처럼 계속하여, "장하구나, 대법관! 당신은 지금까지 이 파리의 가장 좋은 곳을 장악하고 있었구나!"라고 말했다.

급히 왕은 말소리를 높여 서슴지 않고 말했다.

"아이고, 맙소사! 이 나라에서 감독관, 사법관, 그리고 영주나 주인이라고 자처하고 있는 놈들은 도대체 무슨 짓을 하는 놈들이냐? 이쪽에서도 저쪽에서도 통행세를 징수하고 있다. 어느 네거리에서도 내 백성들의 재판권이나 처형권을 장악하고 있다. 이게 무슨 일이란 말이냐! 마치 그리스인이 여기저기에 있는 샘의 수만큼 많은 신을 믿고 있었던 것처럼, 또 페르시아인이 하늘에 보이는 별의 수만큼 많은 신을 믿고 있었던 것처럼, 프랑스인은 교수대의 수만큼 많은 국왕을 받들고 있는 셈이 된다. 아이고, 맙소사! 이것은 참 나쁜 일이다. 나

는 혼란을 바라지 않는다. 파리에 국왕 이외의 감독관이 있고, 내 고등법원 이외의 재판소가 있으며, 나의 제국에 나 이외의 황제가 존재한다는 것은, 과연 신의 섭리에 마땅한 일인지 아닌지 그것이 알고 싶구나! 천국에 신이 단 한 분 계시는 것과 마찬가지로, 프랑스에는 국왕이 단 한 사람, 영주가 한 사람, 그리고 재판관이 한 사람, 참수역이 한 사람일 날이 반드시 오지 않으면 안 된다! 이것이 내 신념이다!”

왕은 다시 모자를 들고 여전히 꿈을 꾸듯이, 사냥개를 꼬드겨 수렵물에 달려들게 하는 사냥꾼과 같은 말투로 계속했다.

“잘했어, 백성들! 기운을 내라! 가짜 영주를 타도하는 것이다! 끝까지 해치워라! 해라! 자! 놈들을 약탈하라! 놈들을 매달아라! 노략질을 해라! 아, 영주들이여! 너희들은 국왕이 되고 싶은 모양이구나. 해라! 백성들아! 해라!”

여기까지 말하고, 왕은 급히 입을 다물었다. 입술을 깨물고 생각나지 않는 무엇을 생각해 내려는 듯이 주위에 있던 사람들의 얼굴을 한 사람씩 차례차례 찌르는 듯한 눈초리로 조용히 노려보았다. 그리고 갑자기 두 손으로 모자를 잡고 그 모자를 정면으로 노려보면서 모자를 향해 말했다.

“오! 만약 네가 이 머릿속에 있는 것을 알고 있다면, 너를 불태워 죽여 버리겠다!”

그리고 살금살금 구멍으로 돌아가는 여우처럼 주의 깊게, 그리고 불안한 듯한 눈초리로 주위를 돌아보다가 말했다.

“아무튼 좋아! 대법관에게 원군을 보내자. 그러나 운이 나쁘게도 지금은 극히 소수의 군대밖에 없단 말이야. 내일까지 기다리지 않으면 안 돼. 내일이 되면 시테의 질서를 회복하고 사로잡힌 자를 모두 엄하게 교수형에 처할 것이다.”

“그것은 그렇습니다만, 폐하!”라고 고와치에가 말했다. “조금 전에 당황하여 말씀드리는 것을 잊었습니다만, 야경대가 낙오된 폭도들 몇 명을 사로잡았습니다. 여기에 있으니 만나 보십시오.”

왕은 “만나 보지!”라고 말한 후 고함을 쳤다. “뭘 하고 있는 거냐! 얼빠진 놈아! 그런 것을 잊어버리고 있었다니! 빨리 가라, 올리비에! 가서 데리고 오너라!”

밖으로 나간 올리비에는 얼마 후에 친위대에 둘러싸인 두 포로를 데리고 돌아왔다. 한 사나이는 뚱뚱한 얼굴을 한 술 취한 부랑자였다. 입고 있는 것은 다 떨어진 누더기 같은 것이었고, 무릎을 굽히고 다리를 질질 끌며 걷고 있었다. 두 번째의 사나이는 창백한 얼굴에 미소를 짓고 있었는데, 여러분도 이미 잘 알고 계시는 인물이었다.

왕은 아무 말 없이 잠시 두 사나이를 보고 있다가, 이윽고 말을 걸었다.

“너의 이름은 뭐라고 하는가?”

“지에로와 판스부울드라고 합니다.”

“직업은?”

“부랑자입니다.”

“저 같은 괘씸한 폭동에 가담하여 뭘 할 작정이었던가?”

부랑자는 천치와 같은 시늉을 하고 팔을 흔들흔들 흔들면서 왕을 보고 있었다. 이 사나이의 머리 조직은 잘 짜여 있지 않아, 그 지성이라고 하면 등불의 갓 밑을 흐르는 불빛처럼 어렴풋했다.

"알지 못합니다. 모두들 가기 때문에 저도 그냥 따라갔던 것입니다."

"너는 괘씸하게도 대법관을 습격하여 약탈하려고 하지 않았는가?"

"누군가의 집에서 뭘 훔치려고 한다는 것은 알고 있었습니다. 그렇지만 그것뿐입니다."

한 병사가 부랑자에게 몰수한 자귀를 왕 앞에 내놓았다.

"너는 이 무기를 알고 있는가?"

"네, 그건 제 자귀입니다. 어쨌든 저는 포도 재배자니까요."

"이 사나이는 너의 동료냐?" 하고 루이 11세는 또 한 사람의 포로를 가리키며 말했다.

"아닙니다, 전 전혀 알지 못합니다."

"이제 됐어!"

왕은 출입구 옆에 잠자코 서 있는 인물을 가리켰다. 이 사나이에 대해서는 이미 여러분에게도 알려 드렸을 것이다.

"트리스탕, 저 사나이는 자네에게 맡기겠네!"

트리스탕 레르밋트는 머리를 숙여 두 사병에게 뭔가 명령했다. 그들은 이 가련한 부랑자를 데리고 나갔다.

한편 왕은 두 번째 포로에게 가까이 갔는데, 이 사나이는 구슬 같은 땀을 흘리고 있었다.

"너의 이름은?"

"폐하, 피에르 그랑고아르라 합니다."

"직업은?"

"철학자입니다, 폐하."

"바보 같은 놈, 너는 왜 내 친구인 대법관의 저택을 포위하여 공격하려고 했는가? 이처럼 민중을 소란하게 하고 뭐라고 변명을 할 참인가?"

"폐하, 그런 것은 저와는 관계가 없는 일입니다."

"뭐라고 말하는가! 이 괘씸한 놈! 너는 폭도 속에 있다가 야경대에 사로잡히지 않았는가?"

"아닙니다, 폐하. 그것은 오해입니다. 재난입니다. 저는 비극을 쓰고 있는 사람입니다. 폐하, 부디 제가 말씀드리는 것을 들어 주십시오. 저는 시인이고 저와 같은 직업을 가지고 있는 사람은 우울하면 밤에는 거리로 나갑니다. 저는 밤에 그곳을 지나갔을 뿐입니다. 실로 우연입니다. 그런데 일이 잘못되어 사로잡혀 버렸습니다. 저는 그러한 폭동 같은 것과는 조금도 관계가 없습니다. 폐하께서도 보신 바와 같이 조금 전의 부랑자도 저를 알지 못했습니다. 그러하오니 부디 폐하께옵서도……."

"닥쳐!" 왕은 달인 약을 마시다가 말했다. "너의 말을 듣고 있으니 머리가 아파 오는구나."

트리스탕 레르밋트는 앞으로 나아가 그랑고아르를 가리키며 말했다.

"폐하, 이 사나이도 교수형으로 할까요?"

이것이 그가 발언한 첫 번째 말이었다.

"응!"

왕은 타령조로 대답했다. "별로 지장은 없을 거라고 생각하는데."

"저는 크게 지장이 있습니다!"라고 그랭고아르는 말했다.

그때 우리 철학자의 얼굴은 핏기가 확 가시고 올리브 열매보다 더 짙은 초록색으로 되어 있었다. 왕의 냉담하고 무관심한 얼굴을 보니 매우 비통한 수작으로 대하는 길 이외에는 방법이 없다고 생각했다. 그래서 절망적인 몸짓을 적당히 꾸며대며 루이 11세의 발밑에 몸을 던졌다.

"폐하! 폐하께서는 부디 제가 말씀드리는 것에 귀를 기울여 주십시오. 폐하! 저와 같이 보잘것없는 자를 향해 천둥처럼 노여워하시지 말아 주십시오. 신의 위대한 천둥은 결코 레타스와 같은 작은 물체 위에는 떨어지지 않는 것입니다. 폐하! 폐하는 매우 존귀한 분이십니다. 부디 불쌍하고 정직한 인간에게 연민의 정을 베풀어 주십시오. 얼음 조각이 불꽃을 튀기지 못하는 것처럼 저는 폭동을 선동하는 일 같은 것은 도저히 할 수 없는 인간입니다. 참으로 덕이 높으신 폐하! 인자하신 마음이야말로 죽은 자와 국왕의 미덕입니다. 아! 가혹한 정치는 사람의 인심을 잃게 할 뿐입니다. 북풍이 난폭하게 불어와도 나그네의 외투를 벗기지는 못하는 것입니다. 태양은 천천히 그 빛을 쏟아 나그네를 따뜻하게 녹이고, 마침내 셔츠 한 벌이 되게 합니다. 폐하! 폐하는 태양이십니다. 제가 여기에서 감히 말씀드립니다만, 지고지상이신 군주시여! 저는 부랑자, 도적의 패거리가 아닙니다. 모반자와 강도는 아폴로의 종자 중에는 없습니다. 저 폭동으로 소란을 부리는 구름 속에 제가 들어가는 따위의 일은 결단코 없습니다. 폐하! 저는 플랑드르의 공녀와 참으로 지존하신 왕태자 전하를 위해 매우 훌륭한 축혼시를 만든 일이 있습니다. 이것이 폭동의 발화기가 될 까닭이 없습니다. 폐하께서도 보시는 바와 같이 저는 결단코 변변치 못한 예술가는 아닙니다. 연구도 잘했고, 웅변술에 있어서는 태어날 때부터 재능이 있습니다. 목숨만은 살려 주십시오. 폐하! 성모 마리아에 대해 훌륭한 일을 하신 것이 됩니다. 또한 정직하게 말씀드려, 저는 교수형을 받는다는 것은 생각하기만 해도 무서워 견딜 수가 없습니다.”

이렇게 장황하게 말하면서 그랑고아르는 비탄에 젖어 임금의 발끝에 입을 맞추었다. 귀이요 림은 고프놀에게 작은 목소리로 속삭였다.

“저 사나이는 땅바닥에 넙죽 엎드려 제법 잘하지 않는가? 왕이라는 것은 크레타섬의 유피테르와 같아. 발에만 귀가 붙어 있지.”

그러자 양품점 주인도 크레타섬의 유피테르에 대해서는 상관하지 않고, 그랑고아르를 조용히 바라보면서 서투른 웃음을 지으며 대답했다.

“아! 이건 정말 재미있는 일이구나! 마치 대법관인 유고네가 나에게 사면을 구할 때의 소리를 듣고 있는 것 같다.”

그랑고아르는 마침내 숨이 끊어질 듯 입을 다물고 떨면서 왕을 향해 얼굴을 들었다. 왕은 바지 무릎에 붙은 얼룩을 손톱으로 긁더니 이윽고 술잔으로 탕약을 마시기 시작했다. 왕은 한 마디의 말도 하지 않았는데, 이렇게 말을 해주지 않는 것이 그랑고아르에게는 살을 에는 듯한 아픔이었다. 마침내 왕은 그를 보고 말했다.

"지독하게 시끄러운 사나이로구나!"

그리고 트리스탕 레르밋트에게 명했다. "에라, 놓아 주어라!"

그랑고아르는 너무나 기쁜 나머지 그만 뒤로 벌렁 나자빠져 버렸다.

"용서해 주시는 것입니까?"라고 트리스탕은 불평스럽게 중얼거렸다. "폐하께서는 이 사나이를 잠시 감옥에 넣어 두실 의사는 없으십니까?"

"이봐, 자네는 내가 이런 자를 위해 367리브르 8수 3드니에나 하는 감옥을 만들었다고 생각하나? 부랑자 따위는 곧 내쫓아 주게—루이 11세는 이 '부랑자'라는 말을 즐겨 쓰고 있었는데, 이 말은 '아이고, 맙소사!' 하는 말과 함께 그가 기분이 좋다는 증거였다. 두들겨 패서 내쫓아 버려라!"

"우아!" 하고 그랑고아르는 소리쳤다. "참으로 명군이시군요!"

그리고는 취소 명령이 떨어지면 큰일이라고 생각하고 급히 출입구로 뛰어갔다. 트리스탕은 언짢은 얼굴을 하면서 그를 위해 문을 열어 주었다. 병사들은 주먹을 휘두르면서 그를 쫓아 함께 밖으로 나갔다. 그랑고아르는 참된 스토아파의 철학자로서 그것을 참았다.

대법관에 대한 반역을 듣고 난 후 매우 기분이 좋아진 왕은 여러 가지 일에서 그 반응을 나타내고 있었다. 이와 같은 관용은 좀처럼 있는 것이 아니었고, 보잘것없는 표시는 아니었다. 트리스탕 레르밋트는 방구석에서 먹이를 보면서도 차마 먹지는 못하는 개와 같이 얼굴을 찌푸리고 있었다.

한편 왕은 즐거운 듯 손가락으로 의자를 두들기며 퐁 토도메르 행진곡의 가락을 치고 있었다. 그는 감정을 그다지 나타내지 않는 군주였기 때문에 고통은 곧잘 숨길 수가 있었다. 그러나 기쁨은 그다지 잘 감출 수가 없었던 것이다. 왕은 좋은 소식이 있으면 언제나 이렇게 기쁨을 밖으로 나타냈다. 심지어 샤를 르 테메레르 왕이 죽었을 때는 생마르탕드통울 교회에 은 난간을 헌납하기도 했고, 자기의 즉위 때에는 부친의 장례를 명령하는 것도 잊었을 정도였다.

“저, 폐하!” 하고 갑자기 자크 고와치에가 소리쳤다.

“폐하가 저를 부르셨던 그 심한 괴로움은 어떻게 되었습니까?”

“아! 나는 매우 괴롭단 말이야. 귀는 울리고 가슴 주위는 불갈퀴로 찢기는 것 같아.”

고와치에는 왕의 손을 잡고 자신에 넘치는 얼굴로 맥을 짚어 보았다.

“야, 저것 좀 봐라. 고프놀.”이라고 림이 낮은 목소리로 말했다. “왕은 고와치에와 트리스탕 사이에 끼어 있지. 저놈들만이 궁중에 있는 것이나 다름이 없는 거야. 의사는 왕을 위해, 그리고 사형집행인은 왕 이외의 사람을 위해 있단 말이야.”

왕의 맥을 짚으면서 고와치에는 점점 염려스러운 듯한 표정이 되었다. 루이 11세는 걱정스러운 듯 그를 보았다. 고와치에의 얼굴은 눈에 띄게 흐려졌다. 이 사나이에게 있어서는 임금의 질환만이 양식을 얻을 수 있는 경작지였던 것이다. 그래서 될 수 있는 대로 왕의 질환을 이용하고 있었다.

“오! 오! 정말로 매우 중태이십니다.” 하고 그는 간신히 중얼거렸다.

“그렇지?” 하고 불안스러운 듯 왕이 말했다

“맥박항진, 호흡곤란, 동맥결채……”

의사는 계속해서 말했다.

“아이고, 맙소사!”

“사흘도 못 가서 이것이 폐하의 생명을 빼앗게 될지도 모릅니다.”

“아, 큰일 났다! 그래, 치료 방법은 있는가?”

“생각하고 있는 중입니다, 폐하!”

그는 루이 11세에게 혀를 내밀게 하고, 머리를 저으며 찌푸린 얼굴로 거드름을 피우고는, “저 폐하…….” 하고 갑자기 말했다. “꼭 말씀드릴 것이 하나 있습니다. 실은 국왕대리 세수관의 자리가 비어 있습니다. 그래서 말씀인데 저에게는 조카가 하나 있습니다.”

“그 세수관의 직을 네 생질에게 주지!” 하고 왕은 대답했다. “그렇지만 우선 이 타는 것 같은 가슴의 불을 꺼 주게.”

“폐하께서는 매우 관대하시기 때문에, 생탕도레 디자르크 거리에 저의 집을 짓는 데 약간의 비용을 보조하는 일도 거부하지는 않으시리라고 생각합니다만.”

“그래!”

“저는 경비가 부족하여 매우 곤란을 겪고 있습니다. 그리고 집이 다 되었는데 지붕을 올리지 않을 수는 없는 일 아니겠습니까? 집은 극히 허술하고 변변찮으며 완전히 서민층의 집인데, 그것은 어찌 되었건 간에 벽을 장식하고 있는 장 푸르보의 그림을 위해 좋지 않습니다."

"지독한 놈! 도대체 무슨 꿍꿍이속을 하고 있는 거야?" 하고 루이 11세는 중얼거렸다.

"그 그림 위에는 아무래도 지붕을 덮지 않으면 안 되는데요, 폐하. 그 돈은 극히 얼마 되지 않는 것이온데, 이제 저에게는 돈이 한푼도 없는 실정입니다."

"그 지붕이라는 것은 도대체 얼마나 드는 거냐?"

"네, 아니…… 그림 무늬에다 금흙이며 구리 지붕인데, 고작해서 2리브르만 있으면……."

"아! 정말 지독하구나!" 하고 왕은 소리쳤다. "이놈은 다이아몬드가 되지 않을 내 이빨은 하나도 빼지 않을 작정이구나!"

"그런데, 지붕은 어떻게 할까요?" 고와치에가 계속 말했다.

"좋아! 어떻게라도 하게. 그러나 내 병은 고쳐 줘야 한다."

자크 고와치에는 공손히 머리를 숙이고 말했다.

"폐하, 소산약(消散藥)을 사용하면 나으실 것입니다. 허리에 납고약과 아르미니아의 환약, 그리고 계란 흰자위와 기름, 거기에다 초를 혼합한 특히 잘 듣는 약을 써 보겠습니다. 게다가 탕약을 계속하여 쓰시면 폐하의 병이 회복된다는 것을 확실하게 보증하겠습니다."

잘 타고 있는 양초는 다만 한 마리의 모기를 끌어들이는 것만으로는 만족하지 않는 법이다. 올리비에는 왕이 남에게 주는 것을 조금도 아까워하지 않는 것을 보고, 마침 좋은 기회라고 생각하여 이번에는 자기 차례라는 듯 앞으로 나아갔다.

"폐하……."

"뭐야, 또?"

"폐하, 폐하께서도 알고 계시리라고 생각합니다만, 시몽 라당이 죽었습니다."

"그래서?"

"그 사람은 회계검사에 관한 왕실 고문이었습니다."

"그래서?"

"폐하, 그 자리가 현재 비어 있습니다만."

이렇게 말하면서 올리비에의 그 교만한 얼굴은 건방진 표정이 사라지면서 비굴한 표정이 되어갔다. 그것은 왕을 섬기는 사람만이 가지고 있고 소중히 간직하여 두는 표정이었다. 왕은 그를 향해 냉정하게 말했다.

"알았어, 올리비에. 저 부시코 원수가 이렇게 말한 일이 있어. '왕으로부터 받는 선물 이외의 선물은 없다. 마치 바다에서 고기잡이가 되는 것과 같다.'라고 말이야. 너도 부시코와 같은 의견을 가지고 있는 것 같구나. 그런데 말이야. 내 말을 좀 들어 봐. 나는 잘 기억하고 있어. 68년에 나는 너를 내 방에 속한 시종으로 해주었고, 69년에는 토우르 은화 1백 리브르의 급료로 생쿠르교에 있는 별궁의 호위로 해주었다. 너는 그 급료를 파리 금화로 주었으면 좋겠다고 말했지. 또 73년 11월에는 제르죠르에게 보낸 편지에 의해 평귀족인 지르베르 아쿠르 대신에 반센느숲의 문지기에 임명했다. 75년에는 크르메르 대신에 루브레 레 생 쿠르숲의 재판관에 임명했고, 78년에는 이중 리본을 녹랍으로 봉인한 공문서에 의해 생제르맹 학교의 대지에 있는 상점가로부터 너와 너의 아내를 위해 파리 금화로 10리브르의 연금이 나오는 지위에 앉혀 주었다. 79년에는 저 불쌍한 장 디 대신에 스나르숲의 재판관으로 해주었고, 다음에는 롯슈 저택의 대장에, 그리고 그 다음에는 생칸탕의 총독에, 그 다음에는 무랑교의 대장을 시켜 주었다. 그래서 너는 무랑 백작이라 불리고 있지 않은가. 축제일에 남의 수염을 깎는 모든 이발관이 지불하는 벌금 5수 중에서 3수는 너에게 주고, 그 나머지를 내가 받고 있다. 나는 너의 '악당'이라는 이름을 어떻게 해서든 바꾸어 주려고 했다. 아무튼 그 이름은 너의 얼굴 생김새에 너무나 알맞으니까 말이야. 또 74년에는, 귀족들의 반대도 무릅쓰고 너에게 만함장식(滿艦裝飾)의 문장을 허락하여 공작처럼 가슴을 장식하게 했다. 아이고, 맙소사! 그래도 너는 만족하지 않는가? 한 마디만 더 하자. '욕심껏 쌓은 연어가 너의 배를 뒤집는다.'라고 하는 비유를 너는 두려워하지 않는가? 자네, 자만심은 몸을 망치게 하는 거야. 자만심 뒤에는 언제나 파멸과 치욕이 뒤따르는 법이지. 이 일을 잘 생각하여 이제 아무것도 말하지 말게."

왕으로부터 이렇게 엄한 말을 들었기 때문에, 올리비에의 분한 것 같은 얼굴은 원래의 젠체하는 얼굴로 되돌아갔다.

"좋습니다." 하고 그는 들으라는 듯 일부러 중얼거렸다. "보시는 바와 같이 폐하는 오늘 매우 기분이 언짢으신 것 같습니다. 뭐든지 의사에게 주고 계십니다."

루이 11세는 이 무례한 말을 듣고도 조금도 화를 내지 않고, "하나 또 잊어버리고 있었는데, 나는 자네를 메리 여왕이 통치하시는 곳의 대사로 보낸 일이 있었다. 그렇다, 제군!" 하고 말하면서 왕은 플랑드르 사람들을 바라보고 덧붙였다. "이 사나이가 대사였을 때도 있었네."

그리고는 다시 올리비에를 바라보고 "이봐, 우리 서로 사이가 틀어지는 말은 그만 하기로 하세. 우리는 오래전부터 친구 사이니까. 이제 매우 늦었으니 오늘 일은 그만 하기로 하지. 자, 내 수염을 깎아 주게."

여러분도 아마 알고 계시리라고 생각되는데, 올리비에 속에는 저 무서운 휘가로가 살고 있었다. 대극작가인 신은 '루이 11세'라는 길고 피비린내 나는 극 속에 교묘하게 이 휘가로를 끼워 놓았던 것이다. 여기에서 이 기묘한 인물을 이 이상 설명할 생각은 없다. 왕 전속 이발사는 세 개의 이름을 가지고 있었다. 궁정에서는 모두 정중하게 '얼간이 올리비에'라 부르고 있었고, 민중들 사이에서는 '악마 올리비에'라고 불리고 있었는데, 제일 합당한 이름은 '악당 올리비에'라고 해야 할 것이다.

'악당 올리비에'는 왕에 대해 불만스러운 얼굴을 한 채 서서 자크 고와치에 쪽으로 곁눈질을 하면서, "그래, 그렇고말고! 의사야!" 하고 중얼거렸다.

"정말이야! 바로 그대로 의사란 말이야!" 하고 루이 11세는 이상할 정도로 다정하게 말했다.

"의사 쪽이 너보다 더 믿을 수 있으니까 말이야. 그건 너무나 자명

한 일이야. 의사는 내 몸을 전부 맡아 주지만 너는 내 턱에만 손을 대니까 말이야. 이제 좋아, 이발사는 어딘가에 또 있겠지. 만약 내가 시르페릭 왕과 같은 왕이었다면, 너는 도대체 뭐라고 말하겠는가? 또 너는 어떻게 될 것인가? 아무튼 그 왕은 수염을 길게 내버려두고 한 쪽 손으로 누르고 있는 시늉을 하고 있으니까 말이야. 자, 이제 일을 시작하지. 내 수염을 밀어 주게. 가서 필요한 것을 가지고 오게."

올리비에는 계속 웃고 있는 왕을 보고 아무리 해도 왕을 화나게 할 수는 없다는 것을 간파하고는 투덜거리면서 왕의 명령을 이행하기 위해 밖으로 나갔다.

왕은 일어서서 창가로 가까이 가더니, 갑자기 매우 흥분한 모습으로 창문을 열어젖히면서 "오, 그렇다!"라고 손뼉을 치며 소리쳤다.

"시테의 하늘은 새빨갛게 되었다. 저것은 대법관을 굽는 불꽃이다. 틀림없다. 아! 백성들이여! 마침내 너희들도 제후의 세력을 꺾는 데 협력하는구나!"

이렇게 말하고는 플랑드르 사람들 쪽을 돌아보고 말했다.

"너희들도 여기 와서 한번 봐라. 저기 빨갛게 타고 있는 것은 불이 난 것이 아닌가?"

"대화재입니다."라고 귀이요 림이 말했다.

"오! 이걸 보고 있으니 앙베르쿠르공의 저택이 불에 탔을 때의 일이 생각나는구나!" 하고 고프놀은 갑자기 눈을 빛내면서 말했다. "틀림없이 저기서는 대반란이 일어나고 있는 것입니다."

"너도 그렇게 생각하는가?"

이렇게 말하고 있는 왕의 눈은 마치 양품점 주인과 같은 정도로 즐거운 듯이 보였다.

"방위하는 게 어렵지 않을까?"

"정말 그렇습니다! 폐하, 이런 정도라면 병사들이 꽤 많이 다치게 될 것 같습니다."

"아, 나의 입장은 말이야, 사정이 좀 다르단 말이야. 만약 내가 하려고만 한다면……." 하고 왕은 즉시 말했다.

양품점 주인은 대담하게도 대꾸를 했다.

"만약 저 폭동이 제가 상상하고 있는 것과 같은 것이라면 폐하께서 어떻게 하시더라도 도저히 안 된다고 생각합니다만!"

"자네 들어 봐. 만약 내 병사 두 개 중대와 대포 하나만 있으면, 그까짓 천민들의 모임 같은 것은 간단하게 무찔러 보일 테야."

양품점 주인은 귀이요 림이 몇 번이나 신호를 하고 있는데도 불구하고 왕의 말에 끝까지 반대할 작정인 것 같았다.

"폐하, 스위스인의 용병도 역시 오합지졸이었습니다. 부르고뉴 공은 대귀족으로서, 이 무뢰한들을 매우 경멸하고 계셨습니다. 구랑송의 싸움에서는 말입니다. 폐하, 공은 큰 소리로 '포병! 저 천민들에게 발포하라!'고 말씀하시고 성조르쥬를 걸어 맹세를 하셨습니다. 그러나 스위스의 수석사법관인 샤르나크타르가 곤봉을 휘두르며 부하를 데리고 공에게 덤벼들었기 때문에, 부르고뉴의 무공 혁혁한 군대도 물소의 가죽을 입은 농민과 마주쳐서는 도저히 견딜 수가 없었습니다. 한 알의 돌을 맞은 판유리처럼 산산히 부서져 버렸던 것입니다.

많은 기사가 불량배들에게 살해를 당하고 부르고뉴 최대의 영주였던 샤토규이용님도 그 회색의 커다란 말과 함께 늪지대의 작은 초원에 그 시체가 내던져졌던 것입니다."

"이봐, 자네가 이야기하고 있는 것은 전쟁에 관한 일이겠지만, 내가 말하고 있는 것은 폭동에 대한 것이야. 내가 한 번 눈살을 찌푸리기만 하면 폭동 같은 것은 산산조각내 버릴 수 있어."

상대방은 조금도 신경을 쓰지 않고 반론했다.

"그렇게 될지도 모르겠습니다, 폐하! 그렇지만 그것은 이른바 민중의 '때'가 아직 오지 않았기 때문입니다."

귀이요 림은 아무래도 두 사람의 논쟁에 끼어들지 않으면 안 되겠다고 생각했다.

"고프놀 군, 자네는 지금 황공하옵게도 국왕폐하에게 말씀을 드리고 있는 거야."

"나도 알고 있네."라고 양품점 주인은 엄숙하게 대답했다.

"뭐, 괜찮아. 이 사나이가 말하도록 내버려두게나. 나는 탁 털어놓고 숨김없이 이야기하는 것을 좋아하네. 부친인 샤를 7세는 '진리는 병에 걸려 있다.'라고 늘 말씀하셨지. 그런데 나는 진리는 죽어 버렸다, 그것은 참회 청문 신부조차도 발견하지 못했다고 믿고 있어. 고프놀, 그대는 내가 잘못 생각하고 있는 것을 알려 주었던 거야."

이렇게 말한 왕은 다정하게 고프놀의 어깨에 손을 얹었다.

"자네 지금 뭐라고 했지?"

"네, 폐하. 아마 폐하께서 말씀하신 대로이며, 저는 민중의 '때'가

폐하의 나라에는 아직 오지 않았다고 말씀드리고 있었던 것입니다."

루이 11세는 사람의 마음을 꿰뚫을 것 같은 눈초리로 그를 조용히 바라보고 있었다.

"그래, 그 때라는 것은 언제 오는가?"

"머지않아 그 때가 울리는 것을 들으실 것입니다."

"그래, 좀 가르쳐 줬으면 좋겠는데, 어느 시계로 말인가?"

고프놀은 시골뜨기의 조용하고 침착한 태도를 보이면서 왕을 창가로 모셨다.

"들어 보십시오, 폐하! 여기에는 천주각이나 종루는 물론이고, 대포도 시민도 병사도 있습니다. 종루의 종이 울려 퍼지고, 대포 소리가 울려 퍼지며, 천주각이 굉장한 소리를 내며 무너지고, 시민이나 병사가 큰 소리로 신음하며 서로 죽일 때, 바로 그때 종이 울리는 것입니다."

왕의 얼굴은 음침하고 꿈을 꾸는 것같이 되었다. 잠시 아무 말도 하지 않고 있던 왕은, 이윽고 군마의 등을 어루만지듯 천주각의 두꺼운 벽을 손으로 부드럽게 두드렸다.

"오! 아니, 그렇지 않아! 내가 사랑하는 바스티유여, 너는 그렇게 간단히 무너지지는 않겠지?"

그리고 급히 이 대담한 플랑드르인을 돌아보고 물었다.

"자네는 지금까지 폭동을 본 일이 있는가?"

"저는 직접 폭동을 일으킨 일이 있습니다."라고 양품점 주인은 말했다.

"폭동을 일으키려면 어떻게 해야 하는가?"

"그것은 그렇게 어려운 일이 아닙니다. 여러 가지 방법이 있습니다만, 우선 제일 먼저 시민들로 하여금 불평을 품게 하지 않으면 안 됩니다. 이것은 별로 힘든 일이 아닙니다. 그리고 시민들의 성격입니다만, 강의 시민은 폭동을 일으키는 데 아주 안성맞춤입니다. 즉 그들은 언제든지 군주의 자식을 사랑하고 있습니다만, 군주를 사랑하는 일은 절대로 없습니다. 자, 그런데 어느 날 아침, 이것은 가정입니다만, 누가 제 가게에 들어와서 '고프놀님, 이러저러한 일이 있어 플랑드르의 공녀가 대신을 구출하려 하고 있어요.'라든가 '대법관이 야채세를 배로 하려 해요.'라든가 하는 말을 했다고 칩시다. 그러면 저는 일을 팽개치고 거리로 뛰쳐나가 '약탈하라!'고 외칩니다. 대개 그 부근에는 빈 술통이 우글거리는 법이어서 저는 그 위에 올라가 입에서 나오는 대로 생각나는 것을 큰 소리로 지껄입니다. 민중의 입장에 있으면 말입니다. 폐하, 뭔가 쉴새없이 말하고 싶은 것이 마음속에 있게 마련입니다. 그러면 사람들이 모여들게 되고, 고함을 치거나 경종을 울리거나 병사들로부터 무기를 빼앗아 무장을 하게 되는 겁니다. 그러면 시장 사람들도 이에 가담하여 폭동을 시작하는 것입니다! 영지에는 영주가, 시에는 시민이, 시골에는 농민이 있는 한 폭동이라는 것은 언제든지 이렇게 일어나는 것입니다."

"그러면 도대체 자네들은 누구를 향해 그와 같은 폭동을 일으키는 것인가?" 하고 왕은 물었다. "너희들의 대법관에 대해선가?"

"그것은 때에 따라, 그리고 경우에 따라 달라집니다. 때로는 공작

235

에 대해 일으키는 경우도 있습니다.”

루이 11세는 의자로 돌아가 미소를 띠며 말했다.

“아! 여기서는 아직 대법관에 대해서만 일어나는 것 같구나!”

이때 마침 올리비에가 돌아왔다. 그의 뒤를 이어 왕의 화장도구를 든 동자 2명이 뒤를 따라왔다. 그러나 루이 11세가 놀란 것은 그 뒤를 따라온 파리 시장과 야경대의 군사 때문이었는데, 더욱이 그들의 얼굴에는 놀란 기색이 가득했다. 자기에 대한 왕의 처사를 원망하고 있던 이발사도 완전히 놀라고 있는 것 같았다. 그래도 마음속으로는 만족해하고 있었다. 그가 먼저 입을 열었다.

“폐하! 폐하께 말씀드리기 대단히 황송한 일이옵니다만, 중대한 소식을 가지고 왔습니다.”

왕은 급히 돌아다보았기 때문에 그 바람에 앉아 있던 의자의 발로 방바닥에 깐 깔개를 벗겨 버리고 말았다.

“무슨 일이냐?”

“폐하!” 하고 올리비에는 사람을 깜짝 놀라게 하는 것을 즐거워하는 사나이 특유의 심술궂은 얼굴을 하고 대답했다.

“이번 백성들의 폭동은 대법관에 대해서가 아닙니다.”

“그럼 누구에 대해선가?”

“폐하에 대해서입니다, 폐하!”

늙은 왕은 청년처럼 벌떡 일어났다.

“그 이유를 듣자, 올리비에! 사실을 있는 그대로 말해라! 머리를 들게. 생로의 십자가에 대고 맹세를 하겠는데, 만약 자네가 이런 때

에 거짓말을 하면, 룩상부르의 목을 벤 칼날이 아직 자네의 목을 자를
수 없을 만큼 무뎌지지는 않았다는 것을 보게 될 것임을 명심하게.”

이 맹세의 말에는 무서운 울림이 들어 있었다. 루이 11세가 생로의
십자가를 걸고 맹세했던 일은 평생 세 번밖에 없었던 것이다. 올리비
에는 입을 열어 대답하려고 했다.

“폐하…….”

“무릎을 꿇어라!” 하고 왕은 격렬하게 가로막았다.

“트리스탕, 이 사나이를 잘 감시해라!”

올리비에는 무릎을 꿇고 냉정하게 말했다.

“폐하, 마녀 하나가 재판소에서 사형 판결을 받은 일이 있었습니
다. 그 여인이 노트르담에 피난을 하고 있기 때문에 민중들이 폭력으
로 그 여인을 다시 빼앗으려 하고 있는 것입니다. 시장님과 야경대의
군사가 그들이 소란을 부리는 장소에서 돌아오셨기 때문에 모시고
왔습니다. 제가 말씀드리는 것이 사실이 아니라면 이분들이 그것은
거짓말이라고 말할 것입니다. 폭도들이 둘러싸고 있는 것은 노트르
담입니다.”

“그래?” 왕은 노여움으로 얼굴이 새파랗게 질리고 온몸을 부들부
들 떨면서 낮은 목소리로 말했다. “성모 마리아여! 놈들이 우리의 거
룩한 마리아의 대성당인 노트르담을 포위하고 있단 말이지! 일어서
라. 올리비에! 네가 말한 대로다. 너에게 시몽 라당의 직책을 주겠다.
바로 나를, 놈들은 공격하고 있단 말이지! 그 마녀는 그 성당의 보호
아래 있을 것이고, 그 성당은 내 보호 아래 있는 거야. 나는 대법관의

일이라고 생각했었는데! 아! 나에 대해서였단 말인가!"

　이렇게 말하고 머리끝까지 노기가 서린 왕은 황새걸음으로 걷기 시작했다. 이미 웃음이 사라진 지 오래였으며, 무서워진 얼굴로 왔다 갔다 하고만 있었다. 여우가 하이에나로 변했다. 숨이 막혀 말도 제대로 하지 못하는 것 같았다. 입술은 와들와들 떨리고 살이 훌쭉하게 빠진 주먹은 부들부들 떨었다. 그러다 갑자기 얼굴을 들었는데, 그 움푹 들어간 눈에 번개 같은 광채가 스쳤다. 그 목소리는 나팔처럼 울려 퍼졌다.

　"모두 죽여라, 트리스탕! 그 악한 놈들을 모두 죽여 버려라! 자, 가라, 트리스탕! 죽여라! 때려 죽여 버려라!"

　왕은 감정이 조금 진정되자 다시 원래의 자리로 돌아가 냉정하고 억제된 노여움을 품은 어조로 말했다.

　"이리로 오너라, 트리스탕. 이 바스티유에는 지프 자작의 창기병 50명이 있다. 기병 3백 명에 해당하는 사람들이야. 너는 그들을 데리고 가거라. 샤토페르가 지휘하는, 내 부하인 왕실 친위대도 있다. 그들도 데리고 가거라. 너는 헌병대사령관이니까 부하가 있을 것이다. 그들도 데리고 가거라. 생포르 저택에는 왕태자 소속의 호위 친위대가 40명 있지 않나. 그들도 데리고 가는 거다. 이 병력들을 모두 이끌고 노트르담으로 달려가라. 아! 파리의 천민들! 너희들은 프랑스의 왕위와 노트르담의 신성, 그리고 이 나라의 평화를 이런 모양으로 방해하고 있구나! 모두 죽여 버려라, 트리스탕! 한 놈도 남기지 말고 죽여 버려라! 도망치는 놈은 한 놈도 남기지 말고 붙잡아 몽포콩의 형장에 보내 버려라."

트리스탕은 머리를 숙였다. "분부대로 하겠습니다, 폐하!" 잠시 후에 말을 이었다. "그런데 마녀는 어떻게 할까요?"

왕은 잠시 생각에 잠겼다.

"아, 마녀 말이냐! 데스토빌, 민중들은 그 여인을 어떻게 하겠다고 말하고 있는가?"

"폐하! 폭도들이 그 여인을 노트르담 대성당의 은신처에서 탈취하려고 온 것으로 미루어 보면, 여인이 벌을 받지 않았다는 데 민중이 분개하여 그 여인의 목을 매달려고 하는 것 같습니다."

왕은 깊은 생각에 잠겼다가 이윽고 트리스탕 레르밋트에게 명했다.

"좋아! 자네는 폭도들을 전부 죽이고, 그 마녀를 교수형에 처해 버려라."

"정말이지……." 하고 림은 고프놀을 향해 작은 소리로 말했다. "민중의 요구는 달성되고, 그것을 요구한 민중은 벌을 받게 된다 이거지."

"알겠습니다, 폐하." 하고 트리스탕은 대답했다. "그런데 만약 그 마녀가 아직 노트르담에 있다면 성역을 침범해서라도 여인을 끌고 나와야 합니까?"

"아이고, 맙소사! 성역이라!" 하고 귀를 긁으면서 왕은 말했다. "상관없어, 누가 뭐래도 그 여인을 교수형에 처하지 않으면 안 되는 거야."

이렇게 말하고, 급히 뭔가 생각난 것처럼 왕은 의자 앞에 무릎을 꿇

고 모자를 벗어 그것을 의자에 놓고 지금까지 목에 걸고 있던 납으로
만든 부적 한 개를 경건하게 바라보면서 두 손을 모아 기도했다.

"아! 파리의 노트르담 대성당이여, 내 다정한 수호신이여, 용서해
주십시오. 이제 앞으로는 두 번 다시 이런 일을 하지 않겠습니다. 저
죄인은 벌을 주지 않으면 안 됩니다. 나는 단언합니다만, 성모 마리
아님! 나의 고마우신 주인님! 저 여인은 당신의 자비 깊은 보호를 받
을 자격이 없는 마녀입니다. 마리아님, 당신도 알고 계신 바와 같이
매우 신앙이 두터운 군주 중에서도 신의 영광과 국가의 필요를 위해
서 교회의 특권을 업신여겼던 분들이 많이 있습니다. 영국의 주교인
성 휴즈는 에드워드 왕에게 교회에 숨은 마법쟁이를 체포하는 것을
허락했습니다. 나의 스승이라고도 할 수 있는 프랑스의 성 루이 역시
같은 목적으로 생폴 교회를 침범했습니다. 또 예루살렘의 왕자인 알
폰즈도 생세퓨르크 교회마저 침범했던 것입니다. 그러하오니 이번
에 내가 파리의 노트르담 대성당을 침범하는 것도 제발 용서해 주십
시오. 이런 일은 결코 두 번 다시 하지 않겠습니다. 그리고 작년에 쿠
이가 노트르담 성당에 헌납한 것과 같은 은으로 된 아름다운 성상을
당신께 바치겠습니다. 아멘!"

왕은 십자를 그으며 일어서서 다시 모자를 쓰고 트리스탕에게 말
했다.

"빨리 떠나게. 샤토페르도 함께 데리고 가는 거야. 경종을 울리게
하라. 폭도들을 무찔러라. 마녀를 교수형에 처하는 거다. 결정되었
어. 그 처형은 반드시 너의 손으로 해주기를 바란다. 뒤에 그 결과를

보고하라. 자, 올리비에, 나는 오늘 밤은 자지 않겠다. 수염을 밀어 다오."

트리스탕 레르밋트는 머리를 숙이며 나갔다. 그러자 왕은 림과 고프놀에게 물러가도록 신호를 한 다음 말했다.

"신의 가호가 있기를. 플랑드르 제군, 조금 휴식을 취하게. 밤도 깊은 것 같다. 밤이라기보다는 새벽에 가까운 시간이군."

두 사람은 바스티유 수비대장의 안내를 받아 자기들의 방으로 들어갔다. 들어가자마자 고프놀은 귀이요 림을 향해 이렇게 말했다.

"흥! 기침만 하고 있는 왕에게는 정말 두 손 두 발 다 들었네! 나는 샤를 드 부르고뉴가 술에 취한 것을 본 일이 있는데, 저 루이 11세만큼 괴상하지는 않았어."

"자크 군!"이라고 림은 대답했다. "그건 말이야. 왕은 술을 마시지만 탕약만큼 나쁜 것은 아니니까 그런 거야."

주머니 속의 단검

바스티유를 나오자 그랑고아르는 쏜살같이 생탕투안 거리를 뛰어내려갔다. 보도와이에문에 이르러 광장 한가운데 서 있는 돌로 된 십자가 쪽으로 똑바로 나아갔다. 그에게는 마치 그 십자가의 돌계단에

앉아 있는 검은 성직모를 쓴 사나이의 얼굴이 어둠을 뚫고 보이는 것
같았다.

"선생님입니까?" 하고 그랑고아르는 물었다.

검은 복장의 사나이가 일어섰다.

"그래, 지금 죽을 것같이 초조해하고 있었다! 내 가슴은 너 때문에
뒤틀리는 것 같아. 그랑고아르, 생제르비탑 위에 있는 사나이가 이제
막 새벽 한 시 반을 알렸어."

"아! 아니, 제가 나쁜 것이 아닙니다. 아무튼 위험한 곳에서 잘 도
망쳐 왔으니까요!"

"너는 언제나 실수만 하고 있다. 자 빨리 가자. 암호를 알고 있는가?"

"그렇지만 생각을 좀 해주세요, 선생님. 저는 지금 천안(天顏)을 뵙
고 왔어요. 왕은 비로드 바지를 입고 있었다구요. 아니 정말 간이 콩
알만해졌습니다."

"뭐라고! 쓸데없는 말을 잘도 지껄이는구나! 간이 콩알만 했다
고? 그게 나와 무슨 상관이 있단 말이냐? 부랑자들의 암호를 알고
있겠지?"

"알고 있습니다. 안심하십시오. 암호는 '주머니 속의 단검'입니다."

"좋아, 그것을 잘 기억하고 있지 않으면 대성당까지 갈 수 없다구!
놈들은 여기저기 거리를 막고 있다. 다행스럽게도 놈들은 저항을 받
고 있는 것 같으니, 아마 지금이라도 늦지는 않을 거야."

샤토페르, 구원하러 나타나다

노트르담은 당장이라도 부랑자들에 의해 함락될 것 같았다. 그때 갑자기 말발굽 소리가 부근 거리를 높이 울려 퍼지고 횃불이 긴 행렬을 짓는가 싶더니 기마군대가 꽉 밀집하여 창이나 재갈을 절걱절걱 울렸다. 그 격렬한 울림은 마치 회오리바람처럼 광장으로 밀려들었다.

"천민들을 분쇄하라! 샤토페르가 구원하러 왔다! 꼼짝 말아라! 꼼짝 말아라!"

부랑자들은 완전히 겁을 집어먹어 방향을 바꾸었다.

카지모도의 귀에는 아무 소리도 들리지 않았으나, 칼날이나 횃불, 그리고 기병의 모습은 볼 수 있었다. 그리고 그 선두에 선 페뷔스의 모습도 보았다. 또 부랑자들이 혼란에 빠져 허둥대는 것도 보았는데, 그중에는 놀라 떠들고 있는 자도 있었고 우왕좌왕하는 자도 있었다. 카지모도는 이 뜻하지 않은 구원에 다시금 힘을 되찾아, 이미 회랑에 발을 들여놓고 있던 공격군의 선두에 선 사람들을 대성당 밖으로 밀어 내던졌다.

이처럼 하늘에서 떨어지고 땅에서 솟아오른 것처럼 나타난 원병은 바로 왕의 군대였다.

그러나 부랑자들도 만만찮게 필사적으로 방어했다. 생피에르 오부 거리로부터는 측면공격을 받고, 바르비 거리로부터는 후면공격을 받아, 그들이 공격하고 있는 노트르담 대성당으로 밀리고 있었다. 노트르담에서는 카지모도가 선전(善戰)하고 있었다. 그들은 포위하면서 포위되고 있는 기묘한 입장에 있었다.

페뷔스는 닥치는 대로 칼로 베며 용감히 싸우고 있었고, 다른 병사들도 그에 못지않게 열심히 칼을 휘둘러대고 있었으므로, 살아남는 적은 드물었다. 충분히 무장을 갖추지 않았던 부랑자들은 입에 거품을 물고 덤벼들었다. 사나이도, 여인도, 그리고 아이들까지도 말 엉덩이나 가슴팍에 뛰어들어 고양이처럼 이빨로 물어뜯거나 손톱과 발톱을 세워 매달리고 있었다. 또한 사수의 얼굴을 횃불로 푹푹 찌르는 자가 있는가 하면, 기사의 목에 쇠갈퀴를 걸어 잡아당기는 사람도 있었다. 말에서 떨어진 사람은 그들의 손에 붙잡혀 토막토막 잘렸다.

그중에 번쩍번쩍 빛나는 큰 낫을 들고 말의 다리만을 잘라 넘어뜨리는 자가 눈에 띄었다. 지독한 얼굴을 하고 콧노래를 부르며 조금도 힘이 빠지지 않는 듯 낫을 던졌다가는 끌어 잡아당기고 있었다. 한 번 휘두를 때마다 그 주위에는 동강 난 수족의 더미가 무덤처럼 쌓여 갔다. 그는 여유 있는 태도로 침착하게 머리를 젓고 마치 밀밭을 베는 농부처럼 숨도 흐트러뜨리지 않고 기병이 밀집한 속으로 돌진해 갔다. 이 사나이는 크로팡 트루유프였다. 그러나 소총이 일제히 불을 뿜어 이 사나이를 넘어뜨렸다.

그러는 사이에 집집의 창문이 다시 열렸다. 부근에 있는 사람들은 임금의 군대가 지르는 고함 소리를 듣고, 각 창문에서 부랑자들을 향해 탄환의 빗발을 퍼부었다. 대성당의 광장은 연기로 가득 찼고, 그 가운데는 일제사격의 총화가 빗발치듯 했다. 그 연기 속에 노트르담의 정면 현관이 희미하게 떠오르고 있었다. 역시 희미하게 보이는 낡은 파리 시립병원의 천창이 붙은 지붕 꼭대기에서는 여윈 병자들이 이 광경을 바라보고 있었다.

마침내 부랑자들은 굴복했다. 피로와 무기의 부족, 그리고 불의의 습격을 당한 놀라움, 집집의 창문으로부터의 사격, 게다가 국왕 군대들의 격렬한 돌격이 가해져, 그들은 마침내 항복했다. 그들은 공격군의 포위망을 뚫고 대성당 광장에 엄청난 시체의 산더미를 남기고, 사방팔방으로 흩어져 도망갔다.

카지모도는 적들이 도망치는 것을 보자 무릎을 꿇고 두 손을 쳐들어 하늘에 감사드렸다. 그리고 너무나 기쁜 나머지 지금까지 용감하게 싸워 적이 침입하지 못하게 했던 그 방이 있는 데까지 새처럼 재빨리 올라갔다. 그는 지금 다만 한 가지 일만을 생각하고 있었다. 지금 또다시 생명을 구해 준 그 여인 앞에 무릎을 꿇고 싶다는 것이었다. 그러나 그 방에 들어가 보니, 방은 이미 텅 비어 있었다.

제 10장

작은 신발

부랑자들이 대성당을 공격하고 있을 때 에스메랄다는 잠을 자고
있었다.

그러나 건물 주위에서 시시각각으로 심해지는 소란과, 먼저 잠을
깨 불안하게 울고 있는 염소 소리에 처녀는 잠을 깨지 않을 수 없었
다. 이불 위에 일어나 앉아 귀를 기울이고 주위를 살펴보았다. 그리
고 심상치 않은 불빛과 소음에 놀라 무슨 일이 일어났는지 보기 위해
밖으로 나갔다.

광장에서 일어나고 있는 광경, 움직이며 돌아다니고 있는 환상과
같은 것, 야습의 소동, 어둠 속에서 희미하게 개구리떼처럼 뛰어다니

는 까닭없이 무서운 군중……. 군중은 개구리처럼 목쉰 소리로 울부 짖고 있었다. 몇 개의 붉은 횃불이 어둠 속에서 마치 안개가 자욱하 게 긴 늪의 수면을 달리는 도깨비불처럼 흔들거리고 뒤엉켜 있었다. 이러한 야경은 모두 처녀의 눈에는 마녀가 벌이는 향연의 환영과 대 성당에 있는 석조의 괴물들 사이에 일어난 괴상한 싸움과 같이 보였 다. 어릴 때부터 집시족의 여러 가지 미신이 마음속에 스며 있었기 때문에, 가장 먼저 처녀의 마음에 떠오른 것은, 자기가 요술에 걸려 밤의 세계에 사는 이상한 사람들이 있는 곳에 온 것이 아닌가 하는 것 이었다. 이렇게 무서운 광경을 보기보다 자신의 보잘것없는 이불 속 에서 악몽을 꾸는 것이 낫다고 생각한 그녀는 다시 방에 뛰어들어와 웅크리고 있었다.

한참 엎드린 채, 기도한다기보다 오히려 정직하게 말하여 부들부 들 떨면서, 시시각각 미쳐 날뛰는 군중이 육박하여 오는 기색에 마음 을 조이고 있었다. 왜 이렇게 사람들이 미쳐 날뛰고 있는지, 무엇이 계획되고 있는지, 사람들은 도대체 무엇을 하고 있는지, 무엇을 바라 고 있는지에 대해 조금도 알지 못했는데, 다만 뭔가 무서운 일이 일어 날 것 같은 예감만은 가지고 있었다.

그때 처녀 쪽으로 걸어오는 발소리가 들렸다. 뒤를 돌아다보니 두 사나이가 막 방에 들어오고 있었다. 그중 한 사람은 사각등을 손에 들고 있었다. 처녀는 가냘픈 비명을 질렀다.

"두려워할 것 없소, 나요."라고 귀에 익은 소리가 났다.

"누구에요, 당신은?"

"피에르 그랑고아르요."

그 이름을 듣고, 휴, 하고 안도의 숨을 쉬면서 눈을 떠 보니 바로 그 시인이었다. 그러나 그 옆에 있는, 머리끝에서 발끝까지 검은 복장을 한 또 다른 사나이를 보자, 처녀는 급히 입을 다물었다.

"잘리가 당신보다 먼저 나를 알아보는군!" 하고 그랑고아르가 나무라는 것 같은 말투로 말했다.

그의 말대로 염소는 그랑고아르가 이름을 대는 것을 기다리고 있지 않았다. 그랑고아르가 들어오자마자 그리운 듯 무릎에 바싹 다가가 시인을 애무하고, 흰 털을 담뿍 붙였다. 염소는 털을 가는 때였던 것이다. 그랑고아르도 다정하게 쓰다듬어 주었다.

"함께 계시는 분은 누구예요?" 집시 처녀는 작은 소리로 물었다.

"안심해도 좋아요, 내 친구니까."

이렇게 말하고, 철학자는 사각등을 바닥에 두고 방바닥에 주저앉아 잘리를 팔에 안으면서 정신없이 소리쳤다.

"아! 너는 정말 귀여운 놈이구나! 크지는 않지만 예쁘고, 확실히 그 때문에 특히 눈에 띄는 것이지만, 영리하고 민첩하며, 마치 문법학자처럼 문자를 알고 있으니 말이야! 어때 잘리야, 너는 저 훌륭한 곡예를 잊지는 않았겠지? 자크 샤르몰뤼는 어떻게 했지?"

검은 옷의 사나이는 그의 말을 가로막고는, 그랑고아르에게 가까이 와 거칠게 어깨를 잡았다. 그랑고아르는 일어서며 말했다.

"그래그래, 그렇지요! 서둘렀던 일을 완전히 잊어버렸어요. 그렇지만 선생님, 그렇게 난폭한 짓을 하다니, 그러시면 안 돼요. 에스메

랄다, 당신의 목숨이 지금 위험하오. 그리고 잘리의 목숨도. 당신을
또 체포하려고 하고 있소. 우리는 한편이오. 당신을 구출하러 온 거
니까 우리를 따라오시오."

"그게 정말이에요?"라고 깜짝 놀라 처녀는 소리쳤다.

"그래, 정말이야. 정말이고말고. 자, 빨리빨리!"

"가, 가겠어요." 처녀는 말을 더듬었다. "그렇지만 친구분은 왜 아
무 말도 하지 않지요?"

"아! 그것은 말이야, 이 사람의 아버지나 어머니가 변덕스러운 사
람이기 때문에 이 사람에게 입을 열지 않도록 해 버렸다오."

처녀는 이 설명에 만족하지 않으면 안 되었다. 그랑고아르가 처녀
의 손을 잡았다. 동행한 사나이는 사각등을 들고 앞장서서 걸어갔다.
처녀는 너무나 무서운 나머지 머리가 어찔어찔하여 끌려가는 대로
그냥 내버려두었다. 염소는 깡총깡총 뛰면서 뒤를 따라왔는데, 그랑
고아르를 다시 만난 기쁨에 겨워 뿔을 그의 발 사이에 들이밀었기 때
문에 그는 몇 번이나 발이 걸려 넘어졌다.

"이것이 인생이라는 거야." 철학자는 넘어질 뻔할 때마다 말했다.
"우리들은 친구에게 발을 잡히게 마련이라구!"

그들은 서둘러 탑의 계단을 내려와 대성당을 빠져나갔다. 성당은
칠흑처럼 캄캄하여 사람의 그림자도 없었고, 외부의 소동이 울려 퍼
져 그 때문에 외부와는 무서운 대조를 이루고 있었다. 그들은 붉은
문을 빠져나가 수도원의 중간 뜰로 나왔다. 수도원에도 사람의 그림
자가 없었다. 참사회원들은 주교관 안에 도망쳐 들어가 모두 그곳에

서 기도를 올리고 있었다. 뜰에도 사람의 그림자는 보이지 않았다. 하인들도 겁을 집어먹고 어두운 구석에 몸을 숨기고 있었던 것이다.

세 사람은 테란 쪽을 향하고 있는 출입구로 나아갔다. 검은 옷의 사나이는 들고 있던 열쇠로 문을 열었다. 여러분들도 알고 계시리라 생각하는데, 테란이란 시테 쪽을 향해 성벽으로 둘러싸인 가늘고 긴 땅으로, 노트르담의 주교좌에 속해 있고 동쪽으로는 대성당의 뒤쪽 섬에서 끝나고 있었다. 여기도 역시 사람의 그림자는 보이지 않았다. 여기까지 오니 이미 주위의 소음도 그다지 들리지 않았다. 부랑자들이 공격을 하는 소동도 여기에서는 어렴풋하게 들려올 뿐이었다. 강물의 수면을 스쳐 불어오는 산뜻한 바람은 테란의 툭 튀어나온 끝머리에 심어진 한 그루의 나뭇잎을 흔들어 이제 제법 커다란 소리를 내고 있었다.

그러나 아직 위험에서 완전히 벗어났다고는 할 수 없었다. 그들에게 가장 가까이 있는 건물은 주교관과 성당이었다. 주교관 안에서 큰 소동이 일어나고 있는 것은 분명했다.

파리의 광경은 어느 방향에서 보든지 빛과 그림자 속에 떠돌고 있었다. 렘브란트의 그림에는 이와 같은 배경을 그리고 있는 작품이 있다.

사각등을 든 사나이는 테란의 삐죽 튀어나온 가장자리를 향해 곧장 걸어갔다. 물가에는 작게 자른 널빤지로 짠 한 줄의 항목이 완전히 벌레에 먹힌 채 남아 있었는데, 그곳에는 키가 작은 포도나무가 마치 사람이 손가락을 벌린 것처럼 그 가는 가지를 뻗고 있었고, 그 뒤

그늘진 곳에 한 척의 작은 배가 숨겨져 있었다.

사나이는 그랑고아르와 처녀에게 배에 타라고 신호를 했다. 염소도 뒤따라 올라탔다. 사나이는 제일 나중에 배를 탔다. 그리고 배를 맨 밧줄을 끊고 긴 갈고랑이로 배를 기슭에서 밀어내고는 나아가게 했다. 두 자루의 노를 잡고 앞쪽에 앉아 바다를 향해 전력을 기울여 저어갔다. 센강은 이 부근에서는 매우 급류여서 섬의 첨단을 빠져나오는 데 사나이는 매우 고생을 했다.

배에 올라탄 다음 그랑고아르는 무엇보다도 먼저 염소를 무릎에 끌어안았다. 그는 뒤쪽에 자리를 잡고 앉았는데, 처녀는 그 알지 못하는 사나이가 옆에 있으니 뭐라 말할 수 없을 정도로 불안했기 때문에 그랑고아르 곁에 앉아 그 옆에 바싹 몸을 붙였다.

"정말이지," 라고 갑자기 그랑고아르가 큰 소리로 말했다. "우리는 하루살이처럼 가볍고 명랑하군요! 피타고라스파의 사람들이나 물고기처럼 침묵을 지키고 있군요! 아이고, 맙소사! 여러분, 누가 나에게 말을 걸어 주셨으면 좋겠는데요. 사람의 말소리란 놈은 사람의 귀에는 일종의 음악입니다. 이것은 내 말이 아니라 알렉산드리아의 디디모스의 말입니다. 게다가 이것은 유명한 말입니다. 분명히 알렉산드리아의 디디모스는 보잘것없는 철학자는 아니군요. 그렇지요? 아가씨, 뭔가 한 마디 말을 좀 해주십시오. 부탁입니다. 네, 뭔가 한 마디라도. 그건 그렇고 에스메랄다, 당신에게는 좀 남달리 뾰로통한 표정을 하는 버릇이 있었지. 여전히 그런가? 당신은 알고 있나? 저 고등법원이라는 것은 피난처에 대해 여러 가지 권한을 가지고 있다는 것

과 당신이 노트르담의 그 방 속에 숨어 있으면 매우 위험한 처지에 놓이게 된다는 것을 말이야. 아, 콩새라는 작은 새는 악어의 입 속에 집을 짓는 것이니까 말이야. 선생님, 달이 나왔어요. 우리 배가 사람들 눈에 띄지 않으면 참 좋겠는데……. 처녀 한 사람을 구출한 것은 참 칭찬받을 만한 일인데, 만약 여기서 붙잡히면 임금의 명령이라고 하여 목이 매달린단 말이야. 아! 인간의 행위라는 것은 언제나 두 개의 몸집으로 받쳐져 있다. 한쪽에서 칭찬을 받은 일이 다른 한쪽에선 벌을 받게 되는 일도 있다."

검은 옷의 사나이는 이 수다스런 시인으로 하여금 마음대로 지껄이게 내버려두고, 자신은 시테와 노트르담섬 사이의 좁은 격류를 헤쳐 나가려고 노를 계속 저었다. 이 노트르담섬은 현재는 생루이섬이라고 불리고 있다.

"그런데, 선생님!"이라고 그랑고아르가 불현듯 불렀다. "우리가 미쳐 날뛰는 부랑자 틈을 빠져나와 대성당의 광장에 왔을 때, 선생님 혹시 역대 왕의 조각상이 있는 회랑 난간에 자기 머리를 부딪쳐 골통을 깨려 하던 그 불쌍한 놈을 보셨습니까? 저는 근시라서 누군지 잘 알지 못했습니다만, 도대체 누구였습니까?"

검은 옷의 사나이는 한 마디도 대답하지 않았다. 그러더니 갑자기 노를 젓던 손을 멈추고 두 팔을 떨어뜨리고 고개를 수그렸다. 처녀의 귀에는 그가 경련을 일으킨 것처럼 한숨을 쉬는 것이 들렸다. 처녀도 몸을 떨었다. 사나이의 한숨을 전에도 들은 일이 있었던 것이다.

작은 배는 잠시 물결이 흐르는 대로 따라 흘렀다. 그러나 검은 옷의 사나이는 몸을 쭉 곧게 뻗어 노를 다시 쥐고 흐름을 거슬러 올라가기 시작했다. 노트르담섬의 끝을 돌아, 포왕강 기슭의 나루터를 향해 나갔다.

"아! 저기가 바르보 저택이다."라고 그랑고아르가 말했다. "아니, 선생님 저것 좀 보세요. 기묘한 각도를 한 검은 지붕이 모여 있는 곳이 보이지요. 저것 보세요. 저 낮게 드리우고 조각이 난 지저분한 구름 덩어리 밑에, 저 구름 때문에 구름 위에 떠 있는 달도 마치 껍데기가 깨어진 계란의 노른자위처럼 눌려 찌부러져서 흐르는 것처럼 보이지요? 훌륭한 저택이군요. 저곳에는 실로 훌륭하게 조각된 장식이 있고, 작은 둥근 천장이 달린 성당이 있어요. 아니! 저기서는 소동이 점점 심해지는 것 같은데요."

그의 말대로 노트르담 주위에서는 소동이 점점 심해지고 있었다. 그들은 귀 기울였다. 함성이 제법 뚜렷하게 들려왔다. 무장을 한 사람들의 투구에 반사되어 반짝반짝 빛나는 횃불이 대성당의 높은 곳 전면에, 탑 위에, 회랑 위에, 그리고 덧벽 밑에 쏟아졌다. 횃불은 뭔가를 찾고 있는 것 같았다. 얼마 후에 멀리서 들려오는 고함 소리가 이 도망가는 사람들의 귓전에까지 뚜렷하게 들려왔다.

"집시 처녀야! 마녀야! 집시 처녀를 죽여라!"

불행한 처녀는 그만 두 손으로 머리를 묻어 버렸다. 예의 낯선 사나이는 강기슭을 향해 미친 듯이 배를 젓기 시작했다.

한편 우리의 철학자는 줄곧 뭔가를 생각하고 있었다. 염소를 두 팔에 꽉 부둥켜안고 처녀로부터 살짝 떨어지려고 했는데, 처녀는 그만

이 자기에게 남겨진 단 하나의 의지할 수 있는 동아줄이라고 생각하는지, 점점 더 그에게 바싹 달라붙는 것이었다.

그러는 동안에 배가 한 번 덜거덕 흔들리는 바람에 그들은 강기슭에 닿은 것을 알았다. 와글와글하는 불온한 시끄러움이 시테를 가득 메우고 있었다.

검은 옷의 사나이는 일어서서 집시 처녀에게 다가와 처녀의 팔을 잡고 배에서 내리는 것을 도와주려고 했으나, 처녀는 그를 밀어젖히고 그랑고아르의 소매에 매달렸다. 그러나 그는 염소에 정신이 팔려 있었기 때문에 처녀를 밀어냈다. 처녀는 혼자서 작은 배에서 뛰어내렸다. 몹시 당황하고 있었기 때문에 자기가 무엇을 하고 있는지, 또 어디로 가는지 전혀 알지 못했다.

강물의 흐름을 바라보면서 멍하니 서 있다가 간신히 정신을 차리고 둘러보니, 자기와 검은 옷의 사나이 둘만이 강기슭에 남겨져 있었다. 그랑고아르는 강기슭에 닿았을 때, 교묘한 방법으로 염소와 함께 구르느에 슈르로 거리의 너절하게 늘어선 집들의 한 모퉁이로 살짝 도망가 버렸던 것이다.

불행한 집시 처녀는 이 사나이와 단둘만 남게 된 것을 알고 바들바들 떨었다. 소리를 지르고 싶고 그랑고아르의 이름을 불러 보고도 싶었으나 혀는 입안에서 움직이지 않았고, 입술에서는 소리가 전혀 나오지 않았다. 그때 갑자기 이 낯선 사나이의 손이 자기 손에 닿는 것을 느꼈다. 차갑고 힘센 손이었다. 처녀의 이는 달달 떨리고, 안색은 자기를 비치고 있는 달빛보다 더 창백해졌다. 사나이는 한 마디 말도 없이, 그녀의 손을 잡아 그레브 광장을 향해 황새걸음으로 올라가기 시작했다. 이때 처녀는 운명이란 거역할 수 없는 힘이라는 것을 어슴푸레 느꼈다. 이미 반항할 힘도 없었던 처녀는 그의 걸음에 이끌려 끌려가고 있었다. 강기슭은 그곳에서는 오르막길이었으나 처녀에게는 언덕길을 내려가는 것같이 생각되었다.

주위를 둘러보았으나 사람 하나 지나가지 않았다. 시끄럽고 붉게 타오른 시테에만 사람의 그림자가 굼실거리고 있는 것이 보였다. 처녀와 시테 사이에는 겨우 센강의 지류만이 흐르고 있을 뿐이었으므로, 처녀를 부르는 소리가 죽음의 절규와 섞여 처녀가 있는 곳까지 들려왔다. 파리의 나머지 부분은 커다란 그림자 덩어리가 되어, 처녀의 주위에 퍼져 있었다.

한편 이 알지 못하는 사나이는 줄곧 침묵을 지킨 채, 여전한 속도로 처녀를 끌고 갔다. 아무리 기억을 더듬어 보아도, 자기가 어디를 걷고 있는지 조금도 생각이 나지를 않았다. 어떤 불빛이 비치는 창문 앞을 지날 때, 있는 힘을 다하여 "살려 주세요!"라고 소리쳐 보았다.

불이 켜져 있던 그 집의 주인은 창문을 열고 속옷 바람으로 램프를 들고 모습을 나타냈다. 그리고는 멍한 표정으로 강기슭을 보고 있더니, 처녀에게는 들리지 않았지만 뭔가 투덜투덜하면서 다시 미닫이 창을 닫아 버렸다. 이것으로 마지막 희망의 빛도 꺼져 버렸다.

검은 옷의 사나이는 여전히 한 마디도 하지 않았다. 처녀의 손을 꽉 잡고 더욱 빠른 걸음으로 걷기 시작했다. 처녀도 이젠 거역하지 않고 녹초가 되어 따라갔다.

울퉁불퉁한 길에 걸려 넘어지거나 너무 뛰었기 때문에 숨을 헐떡이면서 띄엄띄엄하는 말소리로 "당신은 누구세요, 도대체 누구시냔 말예요?"라고 물어보았으나, 사나이는 아무런 대답도 해주지 않았다.

그들은 이렇게 줄곧 강기슭을 따라 걸어 제법 커다란 광장에 도착했다. 달은 희미하게 비치고 있었다. 그레브 광장이었다. 한가운데에 검은 십자가 같은 것이 서 있는 것이 보였다. 그것은 교수대였다. 처녀는 그것을 보고, 지금 자기가 어디에 있는가를 확인했다.

사나이는 멈춰 서서 처녀를 돌아다보며 두건을 벗었다.

"아! 역시 또 그 사람이었구나!"라고 처녀는 화석처럼 굳어져 더듬거리며 말했다.

그것은 틀림없이 부주교였다. 마치 그 자신의 망령 같았다. 달빛을 받고 있어서 모든 것이 망령처럼 보이는 것이었다.

"자, 듣거라."

그는 말했다. 이미 오랫동안 듣지 않았던 이 불길한 말을 듣고 처녀는 몸을 떨었다. 그는 계속하여 말했다. 짧게, 그리고 헐떡이는 것처럼 몸을 떨면서 한 마디 한 마디 띄엄띄엄 말하기 시작했다. 그 떨리는 소리는 마음의 깊은 동요를 나타내고 있었다.

"자, 들어 다오. 여기에는 우리 둘뿐이다. 너에게 말해 줄 것이 있다. 여기는 그레브 광장이다. 여기가 막다른 길이다. 우리 두 사람이 서로 이곳에서 얼굴을 맞대게 된 것도 운명이다. 너의 목숨은 내 손아귀에 있다. 그리고 나의 영혼은 너의 뜻대로 할 수 있다. 여기는 광장이고 지금은 밤이다. 이 기회를 놓치면 기회는 두 번 다시 오지 않는다. 그러니 들어 다오. 너에게 하고 싶은 이야기가 있다. 우선 내 앞에서 페뷔스 얘기를 해서는 안 돼―이렇게 말하면서 그는 한곳에 차분히 있지를 못하고 초조하게 그녀 둘레를 맴돌다가 처녀의 몸을 자기 옆으로 끌기도 했다. 그 사나이의 이야기를 나에게 말해서는 안 되는 거야, 알겠나? 만약 그 이름을 지껄이면 나는 무슨 짓을 할지 모르고 어떤 두려운 사태가 닥쳐올지 모른다.”

그의 소리는 점점 낮아졌다.

“그렇게 얼굴을 돌리지 말고 내 말을 들어 다오. 진실한 이야기야. 먼저 이런 일이 일어났단 말이야!―이 이야기를 들으면 누구든지, 결코 웃는 사람은 없을 것이다. 그런데 내가 지금 뭐라고 말했던가? 음! 아, 그랬군! 너를 단두대에 보내라는 고등법원의 체포영장이 나왔다. 그래서 내가 너를 그들의 손에서 구출했단 말이야. 그러나 그들은 저곳까지 너를 뒤쫓아 오고 있단 말이다. 잘 봐라.”

사나이는 시테 쪽을 가리켰다. 실제로 그곳에서는 수색이 계속되고 있는 것 같았다. 떠들썩한 소란이 가까이 오고 있었다. 그레브 광장의 정면에 있는 부관 저택의 탑은 소음과 불빛으로 가득했고, 건너편 기슭에서는 횃불을 들고 “집시 처녀! 집시 처녀는 어디에 있나? 죽여라! 죽여라!”라고 소리치며 병사들이 쫓아다니고 있는 것이 보였다.

“어때, 잘 알겠지? 놈들이 너를 뒤쫓고 있다는 것, 그리고 내가 거짓말을 하고 있지 않다는 것을 말이야. 나는, 나는 너를 사랑한다.

자, 입을 열어 뭔가 말을 해 다오. 내가 싫다고 말하려거든 차라리 아무것도 말하지 말아 다오. 그런 말은 이제 듣지 않기로 나는 다짐했다. 나는 너를 구해 주었다. 우선 끝까지 말하게 해 다오. 나는 너를 완전하게 구할 수가 있다. 그 준비는 완전히 갖추어져 있단 말이다. 네가 응해 주기만 한다면 그것으로 된다. 네가 원하는 대로 해줄 작정이야."

사나이는 격렬하게 계속하던 말을 중단했다.

"아니, 내가 말하려 한 것은 이런 것이 아니야!"

그리고 그는 뛰기 시작했다. 그가 처녀를 움켜잡고 놓아 주지 않았기 때문에 처녀도 함께 뛸 수밖에 없었다. 그는 곧장 교수대가 있는 곳까지 나아가 그것을 가리키면서 냉정하게 말했다.

"나와 이것 두 가지 중에서 한쪽을 택해라."

처녀는 사나이의 손을 뿌리치고 교수대 밑에 몸을 던지고는 그 혐오할 발판에 바싹 매달렸다. 그리고는 아름다운 얼굴을 반쯤 돌려 어깨너머로 부주교를 노려보았다. 마치 십자가의 발밑에 있는 성모와 같았다. 부주교의 손은 여전히 교수대 쪽을 가리키고 마치 석상처럼 몸도 까딱하지 않고 있었다.

마침내 집시 처녀는 말했다.

"이쪽이 당신보단 덜 무서워요."

이 말을 들은 그는 팔을 점점 내려뜨리고 완전히 낙담하여 포석에 눈을 떨어뜨렸다.

"만약 이 포석이 말을 할 수 있다면, 여기 매우 불행한 한 사나이가

서 있다고 말할 거야."라고 중얼거렸다.

그는 다시 설득을 하기 시작했다. 처녀는 교수대 앞에 무릎을 꿇고 긴 머리카락을 얼굴에 늘어뜨린 채 사나이가 말하는 것을 조용히 듣고 있었다. 그의 침통하고 부드러움을 띤 말소리는 그 호연하고 무자비한 얼굴과 애처로울 만큼 현저한 대조를 이루고 있었다.

"나는, 나는 너를 사랑하고 있다. 아! 그것은 누가 뭐라 해도 부정할 수 없는 진실이다. 내 마음을 불태우는 이 불은 조금도 꺼지는 일이 없다! 아! 이것은 누가 뭐라 해도 진실이야! 처녀여, 밤이나 낮이나 나는 괴로워하고 있다. 밤이건 낮이건 꺼지지 않고 불타오르고 있는 것이다. 그래도 불쌍하다고 생각지 않는가? 밤이나 낮이나 줄곧 생각하고 있는 사랑이란 말이다. 가슴을 쥐어뜯기는 거란 말이다. 오! 나는 너무나 괴로워하고 있다. 사랑스러운 여인아! 나를 불쌍하다고 생각해 주면 안 되겠나? 말하자면 사나이가 여인을 좋아한다. 이것은 사나이가 나쁜 것이 아니야! 아! 애통하구나! 어째서 나를 용서해 주지 않는가! 언제까지나 나를 미워할 생각이구나! 그렇다면 이제 마지막이다. 그 때문에 내가 악한 사람이 되어 버리는 거야. 알겠나? 자기의 눈에도 무서운 인간으로 보여지는 것이다! 너는 단 한 번도 나를 쳐다보려고 하지 않는다. 우리 두 사람의 영원한 기로에서 몸을 부들부들 떨며 너에게 이야기하고 있는데도 너는 아마 다른 것을 생각하고 있겠지. 그러나 그 장교에 관한 말은 나에게 하지 말아다오! 아! 네 앞에 무릎이라도 꿇겠다. 아! 만약 네가 싫다고 하면 구태여 발이라고는 말하지 않겠다. 발밑의 땅바닥에라도 입을 맞추겠

노트르담의 꼽추 2

다. 아! 어린애처럼 울기라도 하겠다. 사랑한다는 한 마디를 듣기 위해서라면 심장이나 창자까지라도 이 가슴에서 도려내 보이겠다. 그러나 무슨 짓을 해도 소용이 없겠지. 무슨 짓을 해도 말이야. 그러나 너의 영혼 속에는 다정하고, 그리고 모든 것을 용서할 마음이 있다. 너는 더할 수 없는 아름다움과 다정함으로 빛나고 있다. 자비롭고 매력적인 여인이다. 그러나, 아! 나에게 대해서만은 심술궂구나! 아! 이게 무슨 운명일까!"

그는 두 손으로 얼굴을 감쌌다. 처녀에게 그의 울음소리가 들려왔다. 그가 눈물을 보인 것은 이것이 처음이었다. 이렇게 서서 몸을 떨면서 울고 있는 모습은 무릎을 꿇고 울고 있는 것보다 더 비참하고 연민의 정을 불러일으키는 것이었다. 이렇게 그는 잠시 울고 있었다.

"자!" 처음 흘린 눈물이 말라 버리자 그는 계속 말했다.

"나에게는 이제 더 해야 할 말이 없다. 그래도 너에게 뭐라 말하려고 이것저것 생각하고는 있었다. 그러나 이미 몸은 떨려 오고 이 결정적인 때에 정신도 잃을 것 같다. 나는 뭔가 숭고한 것이 우리를 휘감고 있는 것 같은 생각이 들어 더 이상 말을 하지 못하겠다. 아! 네가 나를, 그리고 또 너 자신마저도 불쌍하다고 생각지 않는다면 나는 이 포석 위에 쓰러져 버릴 것이다. 우리 두 사람에게 죽음의 선고를 내리지 말아 다오. 내가 너를 얼마나 사랑하고 있는가를, 내 마음 속이 어떠한가를 알아주기만 한다면 얼마나 좋겠나! 오! 모든 덕은 내 몸에서 빠져나가 버렸고, 나는 완전히 자포자기해 버렸다. 학자인 주제에 나는 학문을 비웃는다. 귀족인 주제에 자기 이름을 더럽힌다. 성직자인 주제에 미사의 기도문전을 음란한 베개로 하고 신의 얼굴에 침을 뱉는 것이다. 이것도 모두 너 때문이란 말이다. 네가 빠져 있는 지옥에 합당한 사람이 되고 싶어서란 말이야! 더욱이 너는 이 저주받은 자를 싫어하고 있다. 아! 나는 너에게 뭐든지 말해 주지 않으면 안 된다. 더욱더 무서운 것을, 아! 아주 무서운 것을 말이다!"

이 최후의 말을 하면서 그는 매우 흥분한 것 같았다. 잠시 동안 말을 하지 않았는데, 다시 자기 자신에게 기도하는 것처럼 힘찬 목소리로 말했다.

"카인이여, 너는 동생을 어떻게 했는가?"

또 잠시 말을 끊었다가 계속해서 말했다.

"제가 한 짓이라고 말씀하시는 것입니까, 신이여! 저는 동생을 맡아 기르고 귀여워했습니다. 무척 사랑했습니다. 그럼에도 불구하고 저는 그 애를 죽였습니다! 그렇습니다. 동생은 제가 보는 앞에서 당신의 신전 돌에 머리가 깨어져 죽었습니다. 그리고 그것은 제 탓입니다. 이 여인의 탓입니다. 그녀의 탓입니다."

사나이의 눈초리는 무서웠다. 말소리도 점점 희미해졌다. 기계적으로 상당한 간격을 두고 마치 종이 그 최후의 여운을 길게 울리는 것처럼 여전히 몇 번이나 되풀이했다.

"이 여인의 탓입니다. 이 여인의 탓입니다."

그리고는 그의 말소리도 들리지 않게 되었는데, 그래도 입술은 여전히 움직이고 있었다. 그러자 갑자기 뭔가 무너지는 것처럼 덜컥 넘어져 머리를 무릎에 묻은 채 몸을 움직이지도 않고 땅바닥에 엎드리고 말았다.

처녀가 사나이 밑에 깔린 발을 살짝 당기려고 그의 몸에 약간 닿으니 그는 문득 정신을 차렸다. 살짝 파여진 볼에 손을 대어 잠시 동안 눈물에 젖은 손가락을 멍하니 보다가 "아니! 내가 울고 있었나!"라고 중얼거렸다.

그리고 뭐라 표현할 수 없는 고뇌에 찬 얼굴을 하고 갑자기 처녀를 돌아다보았다.

"아! 내가 울고 있는 것을 냉정하게 바라보고 있었구나! 그렇지? 이 눈물이 용암처럼 뜨겁다는 것을 알고나 있는가? 미운 사나이가 하고 있는 일에는 무엇 하나 마음이 움직여지지 않는다는 것이 정말이란 말이냐? 너는 내가 죽는 것도 필시 웃으며 보겠지. 그러나, 나는 네가 죽는 것은 보고 싶지가 않다. 한 마디, 단 한 마디라도 좋으니 용서해 주겠다고 말해 다오! 나를 사랑하고 있다고는 말하지 않아도 좋다. 하다못해 그저 사랑하고 싶다고 생각한다는 말이나마 해 다오. 그것으로도 충분하다. 너의 목숨을 살려 주겠다. 그렇지 않으면…… 아! 점점 시간은 지나가고 있다. 모든 성스러운 것에 맹세하고 부탁한다. 너의 생명을 빼앗아 가려는 이 교수대처럼 내가 돌이 되기 전에 대답을 해 다오! 아무튼 생각이나 해 다오. 두 사람의 생명은 내 손아귀에 달려 있다. 나는 미칠 것 같다. 이것은 무서운 일이다. 모든 것이 나락에 빠져들어 가는 것을 냉정하게 보고 있을 수는 없다. 우리들의 발 아래에는 밑을 알 수 없는 심연이 있다. 처녀여, 내가 그곳에 떨어지면 너도 영원히 그곳에 떨어져가는 것이다! 다정한 말을 한 마디, 단 한 마디라도 해 다오! 그저 단 한 마디라도 좋아!"

처녀는 입을 열어 대답하려고 했다. 그는 처녀의 입에서 나오는 어쩌면 다정한 말일지도 모르는 그 말을 들으려고 처녀의 앞에 몸을 던져 무릎을 꿇었다. 그러나 처녀는 말했다.

"당신은 살인자야!"

그 말을 듣고 왈칵 화가 치민 부주교는 처녀를 끌어안고 무섭게 웃었다.

"그래, 좋다! 살인자란 말이지! 너의 목숨은 이제 내 것이다. 너는 나를 노예로 삼고 싶지도 않다고 한다. 그렇다면 내가 네 주인이 되어 주마. 네 목숨은 내 것이다. 나는 은신처를 가지고 있다. 그곳에 너를 끌고 간다. 알겠지? 따라오는 거야. 어떤 일이 있어도 내 뒤를 따라오는 거야. 그렇지 않으면 너를 관계 당국에 넘겨주겠다! 이봐, 처녀! 죽느냐, 아니면 내 소유가 되느냐다! 이 성직자의 것이 되느냐, 살인자의 소유가 되느냐, 어때! 오늘 밤부터야. 알았나? 자! 기꺼이 따라오너라! 자, 나에게 키스를 하는 거야. 바보 같으니라구! 무덤이냐, 아니면 내 이불 속이냐다!"

사나이의 눈은 음탕한 마음과 노여움으로 번쩍번쩍 불타고 있었다. 그 호색적인 입술을 보고, 처녀는 그만 목덜미를 붉혔다. 처녀는 사나이의 팔 안에서 몸부림쳤다. 그러나 사나이는 처녀의 입술에 자

기의 입술을 가져다 댔다.

"물어뜯지 말아라, 도깨비 같은 놈아!"라고 그녀는 소리쳤다. "싫어! 더러운 놈! 이거 놔라! 너의 보기도 싫은 흰 머리털을 뽑아 온 얼굴에 던져 줄 테다!"

사나이의 얼굴은 붉으락푸르락했다. 이윽고 처녀를 놓아 주고 어두운 얼굴로 상대방을 노려보았다. 처녀는 의기양양하게 소리쳤다.

"나는 페뷔스님의 것이에요. 내가 사랑하는 것은 페뷔스님이에요. 페뷔스님은 정말 미남자예요! 당신은 신부이며 늙어 빠진 사람이야! 보기 싫게도! 저쪽으로 가요!"

그는 마치 빨갛게 단 쇠로 꽉 눌린 가련한 사나이처럼 격렬한 고함을 질렀다.

"죽어라!"

상대방의 섬뜩한 눈초리를 보고 처녀는 도망치려고 했다. 그러나 그는 다시 처녀를 잡고 격렬하게 흔들어 여인을 땅바닥에 내동댕이쳤다. 그리고 처녀의 아름다운 손을 잡고 포석 위에 질질 끌면서 롤랑탑 모퉁이로 곧장 걸어갔다.

그곳에 도착하자 그는 처녀를 돌아다보면서 말했다.

"이제 마지막인데, 어때, 내 소유가 되겠는가?"

처녀는 힘을 주어 대답했다.

"싫어요!"

그러자 그는 큰 소리로 외쳤다.

"귀뒤르! 귀뒤르! 집시 처녀를 데리고 왔다! 원수를 갚아라!"

갑자기 처녀는 누군가로부터 팔꿈치를 잡힌 것 같은 느낌이 들었다. 돌아보니 한 개의 바싹 마른 팔이 벽의 들창에서 뻗어 나와 쇠 같은 손으로 처녀를 꽉 누르고 있었다.

"단단히 잡고 있어!"라고 부주교는 말했다. "도망쳐 온 집시 처녀야. 놓쳐서는 안 돼. 나는 가서 관리를 불러오겠어. 이 여자가 교수대에 목이 매달리는 것을 보여 주겠다."

그러자 목구멍 깊숙한 곳에서 나오는 것 같은 웃음소리가 벽 안쪽으로부터 이 무자비한 말을 받았다.

"하하하! 하하하! 하하하!"

처녀의 눈에 부주교가 노트르담의 다리 쪽으로 뛰어가는 모습이 보였다. 그 방향에서 기병대 말발굽 소리가 들려왔다.

처녀는 이 여인이 그 심술궂은 은자님이라는 것을 알았다. 처녀는 무서움에 떨면서 몸을 내둘러 풀려고 했다. 몸부림을 치고 몇 번이고 몇 번이고 고민과 절망에 사로잡혀 날뛰었으나, 노파는 믿을 수 없는 강한 힘으로 처녀를 단단히 움켜잡았다. 말라 빠져 뼈만 남은 손가락은 처녀의 몸에 온통 상처를 내고 그 살에 파고들어 조였다. 그 손은 마치 처녀의 팔에 박힌 압정 같았다. 그것은 쇠사슬보다, 항쇄, 족쇄보다 훨씬 더 단단히 조여들었다.

처녀는 지쳐 벽에 기대었다. 그러자 죽음의 공포가 엄습해 왔다. 인생의 아름다움, 청춘, 하늘의 천사, 자연의 여러 가지 모습, 사랑, 페뷔스, 도망쳐가는 모든 것들, 가까이 오는 모든 것들, 자기를 고발한 부주교, 머지않아 올 것이 틀림없는 사형집행인, 저기 있는 교수대, 이러한 것들이 차례로 머리에 떠올랐다. 그러자 머리카락이 쭈뼛 설 만큼 무서워졌다.

은자님의 무서운 웃음소리가 귀에 들려왔다. 은자님은 처녀에게 작은 목소리로 말했다.

"하하하! 하하하! 하하하! 너는 이제 곧 목을 매달리는 거야!"

처녀는 숨이 끊어질 것같이 질겁하며 들창 쪽을 돌아다봤다. 그러자 격자 저쪽에 있는 참회하는 할머니의 황갈색 얼굴이 눈에 들어왔다.

"제가 당신에게 무슨 짓을 했다는 거예요?"

처녀는 거의 생기가 없는 목소리로 물었다.

은자님은 그것에는 대답하지 않고, 노래하고 있는 것 같기도 하고, 성을 내고 있는 것 같기도 하고, 또 놀리고 있는 것 같기도 한 가락으로 우물쭈물 말하기 시작했다.

"집시 처녀란 년! 집시 처녀란 년! 집시 처녀란 년!"

불쌍한 에스메랄다는 자기가 상대하고 있는 것이 인간이 아니라는 것을 알고 머리를 푹 숙여 머리카락 밑에 묻었다.

갑자기 은자님이 소리쳤다. 집시 처녀가 물은 것이 노파의 생각에 미칠 때까지 상당한 시간이 걸린 것처럼 보였다.

"네가 나에게 한 짓이라고? 오오! 네가 나에게 한 짓이라고? 집시 처녀야! 자, 들어 다오! 나에게는 아이가 하나 있었단다. 어린아이가 말이야! 귀엽고 작은 여자아이였어. 나의 아네스." 이렇게 말하고 흥분하여 어둠 속에서 뭔가에 입을 맞추고는 "알겠나? 응, 집시 처녀야! 그런데 말이야, 그 어린아이를 빼앗겨 버렸단다. 도둑을 맞은 거야. 잡아먹힌 거야. 이것이 네가 나에게 한 짓이야."

처녀는 어린 양처럼 온순하게 대답했다.

"무슨 소리예요! 그때에는 아마 제가 아직 태어나지도 않았을 텐데요."

"아아! 그럴 리가 없어!"라고 은자님이 되받았다. "틀림없이 태어나 있었어. 너는 태어나 있었단 말이야. 그애가 살아 있다면 꼭 너와 같은 또래일 거야! 내가 여기에 들어온 지 벌써 15년이나 된다. 15년 동안 고통을 받고, 15년 동안 기도를 드리며 살아왔어. 15년 동안 이 사방의 벽에 머리를 부딪치며 살아왔어. 나에게서 어린아이를 훔쳐 간 것은 집시 여인들이야. 알겠어? 이제 알겠어? 그리고 그 아이를 먹어 버렸단 말이야. 너에게는 인간의 마음이 있니? 그렇다면 생각을 좀 해봐라. 그애는 놀고 있었어. 젖꼭지를 물고 쌔근쌔근 자고 있었단 말이야. 아주 천진난만했었지. 그런데 말이야, 그 아이를 누가 채 가 버렸어. 그리고 죽여 버렸단 말이야! 신은 잘 알고 계시지! 오늘이야말로 내 차례야. 내가 집시 처녀를 잡아먹어 버리는 거야! 아! 이 격자만 방해를 하지 않는다면 너에게 덤벼들어 물어뜯겠는데, 내 머리가 너무 크단 말이야! 불쌍한 아이! 잠을 자고 있는 사이에 말이야! 그애가 집시 여자들에게 끌어안겨 눈을 떴을 때는 아무리 울어도 이미 소용이 없었던 거야. 내가 거기에 있지 않았으니까! 아! 집시의 모친들이여, 너희들은 내 아이를 잡아먹었다! 이리 온, 와서 너희들의 아이를 보는 거야."

이렇게 말하고 은자님은 웃어댔다. 아니 이를 부득부득 갈았는지

도 모른다. 어느 쪽이건 이 미쳐 날뛰는 얼굴은 마찬가지였다.

밤은 부옇게 새어갔다. 희부연 새벽빛이 은은하게 이 광경을 비추고, 교수대는 광장 한가운데에 점점 뚜렷하게 그 모습을 나타냈다.

한편 노트르담의 다리 쪽에서 기마대의 말발굽 소리가 가까이 오는 것이 이 가련한 처녀의 귀에 들려오는 것 같았다.

"아주머니!"

처녀는 너무 무서운 나머지 두 손을 모아 무릎을 꿇고 머리카락을 흩뜨리며 정신없이 미친 사람처럼 소리쳤다.

"아주머니! 살려 주세요. 사람들이 오고 있어요. 저는 아주머니에게 아무 짓도 하지 않았어요. 아주머니의 눈앞에서 이렇게 무서운 죽음을 당하는 것을 보고 싶으세요? 아주머니는 틀림없이 인정이 많으신 분이에요. 반드시 그래요. 어머, 무서워. 제발 도망치게 해주세요. 도망가게 해주세요! 네! 부탁이에요! 이런 꼴을 당하고 죽는 것은 싫어요!"

"내 아이를 돌려 다오!"

"부탁이에요! 부탁이에요!"

"내 아이를 돌려 다오!"

"제발 놔 주세요!"

"내 아이를 돌려 다오!"

또다시 처녀는 녹초가 되어 넘어졌다. 눈은 이미 무덤에 묻힌 사람처럼 마치 유리같이 되어 있었다.

"아!" 처녀는 더듬거리며 말했다. "아주머니는 어린아이를 찾고 계시는군요. 저는 아버지와 어머니를 찾고 있어요."

"내 귀여운 딸, 아네스를 돌려 다오!" 은자님은 계속해서 말했다.

"그 아이가 어디 있는지 모른단 말이냐? 그럼 죽어 버려! 말해 주지만 나는 매음부였었다. 어린애가 하나 있었는데 누가 채 가고 말았어. 집시 여인들이야. 자, 이제 너는 죽지 않으면 안 된다는 것을 잘 알겠지? 너의 어머니인 집시가 찾아오면 내가 말해 줄 거야. 어머니야, 저 교수대를 봐라! 그렇지 않으면 내 아이를 내놓으라고. 너는 그 애가 그 귀여운 딸아이가 어디에 있는지 알고 있니? 자, 보여 줄까? 이것이 그 아이의 신발이야. 이것이 오직 하나밖에 남지 않은 유물이야. 이것과 똑같은 것이 어디 있는지 너는 알고 있니? 만약 알고 있다면 가르쳐 다오. 비록 이 세상 끝에 있다고 해도 이렇게 무릎을 꿇은 채 찾아가겠어."

이렇게 말하면서 다른 한쪽의 손을 들창 밖으로 내밀어 수놓은 작은 신발을 집시 처녀에게 보였다. 이미 제법 밝아졌기 때문에 그 형태나 색깔을 확실히 볼 수 있었다.

"그 신발을 보여 주세요."라고 집시 처녀는 몸을 떨면서 말했다. "오! 하느님! 하느님!" 이렇게 말하면서 자유로운 쪽의 손으로 목에 달고 있던 초록색 유리구슬이 장식된 귀여운 작은 주머니를 홱 열었다.

"그래그래."라고 은자님은 투덜투덜 중얼거렸다. "악마의 부적이라도 꺼내 보려무나!"

은자님은 갑자기 말을 중단하고 온몸을 부들부들 떨면서 창자 밑바닥에서 나오는 것 같은 소리를 질렀다.

"앗, 내 딸이다!"

집시 처녀가 주머니 속에서 은자님이 보여 준 것과 똑같은 작은 신발을 끄집어냈던 것이다. 이 작은 신발에는 한 장의 양피지가 달려 있었는데, 거기에는 다음과 같은 주문이 쓰여져 있었다.

이것과 똑같은 것이 발견되었을 때
너의 어머니는 손을 내밀 것이다.

규듀르는 번개보다도 빨리 그 두 개의 신을 비교하고 양피지에 쓰인 주문을 읽더니 하늘에서 떨어진 것 같은 기쁨에 빛나는 그 얼굴을 들창의 격자에 바싹 가져다 대며 소리쳤다.

"내 딸이었다! 오, 내 딸이었다!"

"어머니!"라고 집시 처녀도 소리쳤다.

그러나 벽과 철격자가 두 사람 사이를 가로막고 있었다.

"아! 벽이!" 은자님은 소리쳤다. "아, 이제야 서로 만났는데 끌어안을 수가 없구나! 손을 주렴, 손을!"

처녀는 들창 너머로 팔을 내밀었다. 은자님은 그 손에 달려들어 입술을 갖다 댄 채 몸을 움직일 줄 몰랐다. 간혹 어깨를 들먹이며 흐느껴 우는 것만이 아직 살아 있다는 증거였다. 한 마디도 하지 않고 밤에 내리는 비처럼 어둠 속에서 눈물을 폭포처럼 흘렸다. 이 불쌍한 모친은 이 귀여운 손 위에 눈물을 흘려 자신의 마음속에 있던 검고 깊은 우물을 마르게 했다. 지난 15년이라는 긴 세월 동안의 괴로움이 한 방울 한 방울 스며 나오는 것이었다.

갑자기 은자님은 벌떡 일어서더니, 이마에 흘러내리는 긴 백발을 제치며 한 마디도 하지 않고, 두 팔로 사자보다 더 거칠게 방의 격자를 흔들기 시작했다. 그러나 격자는 까딱도 하지 않았다. 그러자 이번에는 베개 대신에 쓰고 있던 커다란 돌멩이를 찾으러 방 한구석으로 갔다. 그리고 그것을 있는 힘을 다해 격자에 내던졌기 때문에 단단한 격자 한 개가 불꽃을 튀기며 부러졌다. 또 한 번 내던지니 들창을 가로막고 있던 낡은 쇠로 된 열십자 모양의 격자도 산산이 무너져 버렸다. 은자님은 두 손으로 녹이 슨 격자 조각을 모두 부수어 빼냈다. 한 여인의 말라 빠진 팔에서도 인간의 초월한 능력이 발휘될 때가 있는 것이다.

구멍이 만들어지자, 채 일 분도 되기 전에 모친은 딸의 온몸을 끌어안고 방 안으로 끌어들였다.

"자, 들어온! 너를 지옥에서 *끄집어내는 거야!*"라고 그녀는 중얼거렸다.

처녀가 방 안에 들어가자 모친은 딸을 살짝 방바닥에 앉혔다. 그리고 또다시 끌어안았다. 그러고는 마치 어렸을 때의 아네스인 것처럼 두 팔로 딸을 끌어안고 취한 것처럼 정신없이 즐거운 듯 소리를 지르거나 노래를 부르기도 하고, 또 딸에게 입을 맞추기도 하고 말을 걸어보기도 하고, 와, 하고 웃기도 하고 눈물에 젖기도 하는 등 한꺼번에 밀어닥친 격정에 이끌려 그 좁은 방 안을 왔다 갔다 했다.

"내 딸! 내 딸아! 나에게는 딸이 있다. 신이 돌려보내 주셨어. 자, 여러분! 모두 와 주세요! 내 딸이 돌아온 것을 보러 오시지 않겠어요? 주 예수 그리스도님! 저의 딸아이는 왜 이렇게 예쁠까요? 15년이란 긴 세월을 나로 하여금 기다리게 하더니, 하느님, 그것은 내 딸을 이렇게 아름답게 하여 돌려보내 주시려고 했기 때문이었군요. 집시 여인들이 내 딸을 잡아먹지 않았군요! 누가 그런 말을 했을까요? 귀여운 아가! 귀여운 내 딸! 입을 맞추어 다오. 집시 여인은 정말 좋은 사람이구나! 나는 집시 여인이 좋아졌어. 틀림없이 너였구나. 네가 지나갈 때마다 내 마음이 뛴 것은 그 때문이었구나. 나는 그것을 증오의 탓이라고 생각했지 뭐니. 미안해, 아네스, 용서해 줘. 나를 무서운 여자라고 생각했겠지. 그렇지 않니? 목에 있는 저 작은 모반은 줄곧 있었니? 어디 좀 보자. 아, 역시 있구나. 아! 너는 정말 아름다워! 내가 너를 그렇게 커다란 눈을 한 딸로 낳았어. 응, 그렇지, 내 딸아! 키스해 다오. 너를 사랑하고 있다. 다른 어머니에게 아무리 많은 아이들이 있어도 그런 것은 이제 아무래도 상관없다. 이제는 모두 웃어 줄 수 있어. 누구든지 와도 좋아. 내 딸이야. 이 목, 이 눈, 이 머리, 이 손. 이렇게 아름다운 것이 달리 또 있다면 보여 다오! 아! 나는 15년이나 울며 살아왔어. 내 아름다움은 모두 없어져 버렸지만 그것이 내 딸에게 옮겨갔구나. 자, 입을 맞추어 다오!"

은자님은 딸을 향해 의미를 알 수 없는 말들을 했는데, 그 말투는 매우 부드러웠다. 딸이 얼굴을 붉힐수록 딸의 옷을 만지작거렸다. 비단실 같은 머리를 쓰다듬어 보다가 발이나 무릎이나 눈에 입을 맞추는 등 마치 정신을 잃은 것 같았다. 딸은 모친이 하는 대로 몸을 맡기고 있었고, 가끔 낮은 말소리로 더없이 다정하게 "어머니!"라고 되풀이해 불렀다.

"아, 딸애야."라고 키스 때문에 띄엄띄엄 은자님이 말했다.

"이젠 여기서 나가자. 그리고 행복하게 살자. 고향인 란스에 약간의 유산을 받은 것이 있어. 란스란 곳을 너는 알고 있니? 아, 모르는구나. 그래, 너는 너무나 어렸으니까! 태어나서 4개월이나 되었을까 했을 때 얼마나 네가 귀여웠었는지……. 그 귀여운 발을 보러 28킬로미터나 떨어진 에페에네에서 사람들이 찾아왔었지! 가서 밭이랑 집을 사자. 너를 내 침대에 눕혀 주겠어. 하느님! 아! 하느님! 누가 이런 일을 믿어 줄까요? 내 딸이 다시 돌아왔다는 것을!"

"아, 어머니!"라고 딸은 흥분을 가라앉히고 간신히 말을 했다. "집시 여인들이 자주 저에게 말했어요. 우리들의 동료 중 친절한 집시 여인이 있었어요. 그분은 작년에 그만 돌아가셨지만 언제나 유모처럼 나를 잘 돌보아 주셨어요. 목에 이 작은 주머니를 달아 준 것도 그분이에요. 언제나 나에게 말했어요. '너는 이것을 소중하게 간직해 두어야 해. 이것은 보물이니까. 이것만 있으면 어머니를 만날 수 있어. 목에 어머니를 매달고 있는 것이나 다름없는 것이니까 말이야.' 라고요. 정말 그 사람이 말한 그대로였어요!"

은자님은 또다시 딸을 끌어안았다.

"자, 이리 온, 키스를 해줄 테니! 아이고, 얼마나 귀여운 말을 하는지! 고향에 가면 이 작은 신을 성당에 있는 어릴 때의 예수님의 상에 신기자. 성모님을 봐서 그렇게 하지 않으면 안 되니까 말이야. 어머나, 너는 정말 어떻게 이런 고운 목소리를 하고 있을까! 네가 조금 전에 나에게 말해 주었을 때 그 소리는 마치 음악과 같았어! 아, 하느님! 나는 다시 내 아이를 만나 볼 수가 있었습니다. 그러나 이 이야기를 믿어도 될까요? 사람이란 좀처럼 죽지 않는군요. 왜냐하면 이렇게나 즐거운데도 죽지 않는 걸 보면요."

그리고는 손뼉을 치면서 웃으며 소리쳤다.

"우리는 지금부터 행복하게 살 수가 있는 거야!"

이때 무기가 울리는 소리와 말이 달려오는 소리가 방에 울렸다. 그것은 노트르담에서 점점 이 강기슭 쪽으로 오는 것 같았다. 에스메랄다는 모친의 가슴에 몸을 던졌다.

"살려 줘요! 살려 줘요! 어머니! 보세요, 이리로 와요!"

모친은 새파랗게 되었다.

"응! 아니, 뭐라고? 잊어버리고 있었구나! 쫓기고 있다고? 도대체 너는 무슨 죄를 저질렀지?"

"모르겠어요."라고 불행한 딸은 대답했다. "하지만 저는 사형선고를 받았어요."

"어머나, 사형이라고!" 은자님은 벼락을 맞은 것처럼 비틀거렸다. "아니, 사형이라고!" 이렇게 되풀이하면서 조용히 딸의 얼굴을 바라보았다.

"그래요, 어머니." 딸은 흥분하여 말했다. "저를 죽이려 하고 있어요. 보세요, 저기 저를 잡으려고 오고 있잖아요. 저 교수대는 저를

위해 서 있어요. 살려 주세요! 살려 줘요! 벌써 이리로 와요! 살려
주세요!"

모친은 잠시 동안 화석처럼 몸을 움직이지 않고 조용히 있었는데,
이윽고 의심스러운 듯 머리를 흔들고 갑자기 큰 소리로 웃었다. 그것
은 여느 때와 같은 무서운 웃음이었다.

"하하하! 하하하! 아니, 그럴 까닭이 없어! 너의 이야기는 꿈이야.
그래, 맞아! 딸을 잃고 그것이 15년이나 계속된 것이야. 그리고 간신
히 다시 만났는가 했더니 그것도 잠깐이라니! 또 딸아이를 채 간다
니! 지금은 이렇게 아름답게 다 컸는데, 나에게 이야기를 하며 이렇
게 사랑해 주는데, 그런데 놈들이 내 딸을 잡아먹어 버린단 말이냐?
이 에미의 눈앞에서! 아니, 싫어. 절대로 그런 일이 있어서는 안 돼.
신이 그런 것을 허락할 까닭이 없어."

이때 기마대가 행진을 멈춘 듯했고, 멀리서 이렇게 말하는 소리가
들렸다.

"이쪽입니다. 트리스탕님! 그 부주교의 말에 의하면, 쥐구멍에 가
면 그 처녀가 있다고 했습니다."

말발굽 소리가 또 들려왔다.

은자님은 벌떡 일어나 절망에 찬 소리로 외쳤다.

"도망가라! 도망가라, 내 딸아! 그들이 이리로 왔다! 네가 말한 대
로다. 너는 죽는 거야! 아, 이게 무슨 변이란 말이냐! 빨리 도망쳐라!"

은자님은 들창으로 머리를 내밀었다가 다시 틀어박으면서, "조용
히 하고 있어!"라고 마치 죽은 것 같은 딸의 손을 부들부들 떨면서 움

켜쥐고 낮으며 짧고 슬픈 목소리로 말했다.

"조용히 하고 있어! 숨을 크게 쉬어서는 안 돼! 어디나 군대들뿐이야. 도저히 나갈 수가 없다. 이제 너무 날이 밝아 버렸어."

은자님의 눈은 바싹 타는 듯했다. 한 마디 말도 하지 않고 잠깐 동안 조용히 있었다. 그리고 황새걸음으로 방 안을 왔다 갔다 하기 시작했다. 이따금 멈춰 서서 회색 머리카락을 뽑아서는 그것을 이빨로 물어뜯었다.

"이쪽으로 오는군. 저놈들에게 말해 줘야지. 저쪽 구석에 숨어 있으렴. 들키지 않을 거야. 벌써 도망갔다고 놈들에게 말해 줘야지. 놓쳐 버렸다고 말이야. 문제없어!"

은자님은 딸을 방 한구석에 내려놓았다. 지금껏 줄곧 딸을 안고 있었던 것이었다. 방 한쪽 구석은 밖에서는 보이지 않았다. 딸을 웅크리게 하고 발이나 손이 컴컴한 곳에서 빠져나오지 않도록 몸을 안정시키고, 검은 머리를 풀어서 딸의 흰 옷이 보이지 않도록 덮었다. 그리고 자신이 가지고 있던 유일한 가구인 물항아리와 나무토막을 앞에 나란히 놓았다. 이런 물항아리나 나무토막으로도 딸의 몸뚱이를 숨길 수 있다고 생각했던 것이다. 그것을 마치자 어느 정도 침착해져 무릎을 꿇고 기도를 드렸다. 주위는 간신히 밝아 왔을 뿐이고 쥐구멍 속은 아직 암흑이었다.

마침 그때 부주교의 고함 소리가, 저 지옥으로부터 나오는 것 같은 소리가 방 바로 옆에서 들려왔다.

"이쪽이야, 페뷔스 드 샤토페르 대장!"

이 이름을 듣고 구석에 웅크리고 있던 에스메랄다가 몸을 움직였다.

"움직이면 안 돼!" 하고 은자님이 소리쳤다.

말이 채 끝나기도 전에 이미 사람과 말의 웅성거림이 이 방 앞에 멈췄다. 은자님은 재빨리 일어나 들창을 가로막으려고 그 앞에 몸을 도사렸다. 걸어오거나 말을 타고 오는 무장을 한 사나이들 여럿이 그레브 광장에 줄을 지어 서 있었다. 사령관이 말에서 내려 은자님이 있는 곳으로 왔다.

"이봐, 할멈!" 하고 무서운 얼굴을 한 그 사나이가 말했다. "우리는 마녀를 잡아 목을 매달기 위해 찾고 있는 중이다. 네가 그 계집을 잡고 있다던데."

불쌍한 어머니는 될 수 있는 한 태연한 모습으로 대답했다.

"당신이 무슨 말을 하는지 잘 모르겠는데요."

그러자 상대방은 말했다.

"저 부주교란 놈, 너무 흥분해서 이성을 잃고 무책임한 말을 한 거 아니야? 어디 갔나, 그놈은?"

"어디론가 사라져 버렸습니다."라고 한 병사가 말했다.

"그렇다면, 야, 할멈! 거짓말을 해서는 안 돼. 마녀를 잘 보고 있으라고 맡겨 뒀을 것이다. 어떻게 했나?"라고 지휘관이 물었다.

은자님은 무엇이나 알지 못한다고 하면 오히려 의혹을 사게 될지도 모른다고 생각하여 진지하게, 그러나 신경질적인 말투로 대답했다.

"조금 전에 내 손에 붙잡힌 저 키가 큰 처녀를 말씀하신다면, 그애가 내 손을 깨물어 버렸기 때문에 놓쳐 버렸어요. 그것뿐이에요. 나를 조용히 내버려두세요."

사령관은 실망을 하고 얼굴을 찌푸렸다.

"거짓말 하면 안 돼, 이 늙어 빠진 할망구야, 나는 트리스탕 레르밋 트다. 국왕으로부터는 신임을 받고 있다. 알겠나?"라고 말하고 다시 주위의 그레브 광장을 바라보고, "내 이름은 이 광장 주변에 울려 퍼지고 있단 말이야."

"당신이 악마인 레르밋트건 누구건……."이라고 은자님은 간신히 희망을 본 것 같아 이렇게 대답했다. "당신에게 말씀드릴 것은 별로 없고, 또 당신을 무서워하지도 않아요."

"제기랄!"이라고 트리스탕이 말했다. "수다쟁이 할멈 같으니라구. 아! 마녀는 도망쳤구나! 어느 길로 도망쳤나?"

은자님은 거리낌없는 말투로 대답했다.

"르 무통 거리라고 생각해요."

트리스탕은 머리를 돌려 부하들에게 출발 준비 신호를 했다. 은자님은 후유, 하고 안도의 숨을 쉬었다.

"각하!" 하고 급히 친위대의 한 사람이 말했다. "그럼 왜 이 들창의 격자가 이렇게 부서졌는지 한 번 물어보시지요?"

이 질문을 듣고 불쌍한 어머니의 마음은 다시 괴로워지기 시작했다. 그렇지만 끝까지 마음을 가라앉히고 "이런 상태로 있었어요."라고 더듬거리는 듯이 대답했다.

"무슨 소리야!"라고 그 사나이가 말했다. "어제까지만 해도 틀림없이 검정 십자가가 버젓이 붙어 있었단 말이야."

트리스탕은 곁눈으로 노려보며 말했다.

"이 수다쟁이 할멈! 지금 당황하고 있구나!"

불쌍한 어머니는 모든 것이 자기의 침착한 태도에 달려 있다고 느끼고, 실성한 듯이 웃어대기 시작했다. 어머니에게는 이러한 힘이 있는 것이다.

"바보 같은 소리는 하지 말아요! 이 사람이 술에 취했나? 이미 1년이나 전에 짐수레의 엉덩이가 이 들창에 부딪쳐 격자에 구멍을 뚫어버렸던 거야. 그 수레꾼을 얼마나 꾸짖었었는데!"

"그래, 정말이야. 그때 나도 거기 있었어."라고 한 병사가 말했다.

언제든지 이런 때에는 뭐든지 보았다는 사나이들이 있는 법이다. 이 사나이가 뜻하지 않게 증언을 해주었기 때문에 은자님은 기운을 회복했다. 은자님에게 있어 이 심문은 칼날을 밟고 심연을 건너는 것과도 같았다.

그래도 은자님은 쉴새없이 희망과 불안 사이를 오가며 괴로움을 당하지 않으면 안 되었다.

"그렇지만 만약 짐수레가 이렇게 했다고 하면……." 하고 처음의 병사가 말했다. "격자의 파편이 안쪽으로 튀었어야 했을 것이다. 그런데 바깥으로 나와 있지 않나 말이야."

"응, 그렇군." 하고 트리스탕은 그 병사를 향해 말했다. "너는 샤토레 재판소의 취조관 같은 코를 가지고 있구나. 어이, 할멈! 이놈의 말에 대답해 봐!"

"어머나, 정말!" 은자님은 추궁을 당해 그만 울먹이는 소리가 되어

말했다. "정말이에요, 각하. 짐수레가 이 격자를 부숴 버린 거예요. 이 사람도 보았다고 하지 않습니까? 게다가 그것이 집시 처녀와 무슨 관계가 있습니까?"

"흥!" 하고 트리스탕은 화가 치밀어 오르는 듯 말했다.

병사는 헌병 사령관으로부터 칭찬을 받고 기쁨에 넘쳐 또 말했다.

"철봉이 이제 막 꺾어진 것 같습니다."

트리스탕은 고개를 끄덕였다. 은자님은 새파랗게 질렸다.

"그 짐수레 사건은 며칠 전의 일이냐?"

"한 달 정도, 아니 아마 2주일쯤 전의 일입니다. 각하, 기억이 잘 나지 않는군요."

"이 여자는 처음에 1년 이상 전에 있었던 일이라고 말했습니다만." 하고 조금 전의 병사가 참견을 했다.

"음, 수상하구나!"라고 사령관은 말했다.

"각하!"라고 은자님은 여전히 들창 앞에 바싹 매달려 그들이 의심을 품고 머리를 들이밀어 방 안을 들여다보지나 않을까 하고 두려움에 떨며 소리쳤다.

"각하, 이 격자를 부순 것은 확실히 짐수레입니다. 천국의 천사를 걸고 맹세하겠습니다. 만약 짐수레가 아니라면 영원히 지옥에 떨어져도 좋고, 신에게 버림을 받아도 어쩔 수가 없습니다!"

"너는 제법 정색을 하고 맹세를 하고 있구나!" 트리스탕은 마치 심문관과 같은 눈초리로 말했다.

가련한 은자님은 점점 자기가 침착성을 잃어가는 것 같은 생각이 들었다. 여러 가지 바보 같은 것을 말해 버렸고, 말하지 않으면 안 되는 것을 말하지 않고 있다는 것이 매우 무서워졌다.

이 때 한 병사가 와서 큰 소리로 말했다.

"각하, 할멈이 말하는 것은 거짓말입니다. 마녀는 르 무통 거리로 도망친 것이 아닙니다. 거리의 쇠사슬은 밤새 그대로 있었고, 쇠사슬 지기는 아무도 지나가는 것을 보지 못했다고 합니다."

트리스탕은 점점 험상궂은 얼굴이 되어 은자님에게 이렇게 물었다.

"이것에 대해 너는 뭐라고 대답하겠는가?"

은자님은 이 새로운 사태에 저항하려고 애썼다.

"글쎄요, 뭔지 알 수는 없습니다만, 각하 틀렸을지도 모릅니다. 확실히 그 여인은 강을 건너간 것 같기도 합니다만."

"저 건너 기슭에 말이지?"라고 사령관은 말했다. "그러나 시테에 되돌아가려고 했다는 것은 아무래도 생각할 수가 없어. 시테에서 쫓겨 나왔으니까 말이야. 거짓말을 하고 있구나, 이 할멈!"

"게다가……."라고 처음의 병사가 덧붙였다. "이쪽 강기슭에도 저쪽 강기슭에도 배는 한 척도 없습니다."

"헤엄쳐서 건넜겠지요." 여인은 필사적으로 그럴듯하게 꾸며댔다.

"여자가 헤엄을 치나?"라고 병사가 말했다.

"야, 할멈! 너는 거짓말을 하고 있다! 거짓말을 하고 있단 말이야!"라고 트리스탕은 화를 내며 말했다. "마녀 같은 것은 내버려둬도 괜찮아. 너를 교수형에 처하겠다. 15분만 심문을 하면 너는 사실을 털어놓을 거야. 자, 우리를 따라오너라."

은자님은 얼씨구나 하고 그 말에 매달렸다.

"부디, 좋으실 대로 하십시오. 각하, 제발 심문해 주십시오. 바라는 바입니다. 저를 데리고 가 주십시오. 자, 자, 당장이라도 가겠습니다."

그 사이에 딸이 도망칠 수 있을 것이라고 은자님은 생각했던 것이다.

"이년이!"라고 사령관은 말했다. "이년이 고문을 당하고 싶어 견딜 수가 없는 모양이구나! 이 할멈이 말하는 것은 도대체 알 수가 없구나."

이때 야경대에서 한 노인이 나와서 사령관에게 말했다.

"정말 이년은 미쳤습니다. 각하! 이년이 집시 처녀를 놓쳤다고 해도 그것은 이 여인이 잘못한 것이 아닙니다. 제가 야경대에 근무한 지가 15년이나 됩니다만, 이 여인이 줄곧 집시 처녀를 저주하고 욕설을 퍼붓고 있는 것을 저는 매일같이 들었습니다. 제가 쫓고 있는 여인은 염소를 데리고 있는 젊은 무희라고 생각합니다만, 이 할멈은 유별나게 그 여자를 미워했습니다."

은자님은 다시 한 번 기운을 내서 말했다.

"그중에서도 특히 그 처녀입니다."

야경대 사람들이 나서서 증인이 되어 주었기 때문에 사령관은 이 늙은 대원의 말을 신용했다. 트리스탕 레르밋트는 이 은자 할멈으로부터 무엇 하나 들을 수 없는 것에 실망하고 은자님에게서 등을 돌렸다. 은자님은 그가 말이 있는 곳으로 천천히 걸어가는 것을 뭐라 말할 수 없는 불안한 심정으로 지켜보고 있었다.

"자, 가자!"라고 그는 중얼거렸다. "전진이다! 다른 방향을 조사해 보자. 집시 처녀가 교수형에 처해지는 것을 보지 않고서는 잠도 잘 수 없다!"

그래도 말을 타기 전, 그는 또 잠시 주저하고 있었다. 은자님은 그가 마치 짐승의 소굴을 자기 주위에서 탐지해내고 떠나는 것을 주저하고 있는 사냥꾼처럼 불안한 눈초리로 광장 주위를 두리번 살피고 있는 것을 보고 생과 사의 갈림길에 선 것처럼 두근거리고 있었다. 그러나 마침내 그는 머리를 젓고 말안장에 올라탔다. 지금까지 무서울 만큼 조여 있던 규듀르의 마음은 후유, 하고 느슨해져 딸아이에게 힐끗 눈길을 던지고는 낮은 소리로, "아이고, 맙소사! 이젠 살았다!"라고 말했다. 쫓는 사람들이 그곳에 온 다음부터는 아직 한 번도 딸을 돌아다보지 못했던 것이다.

딸은 불쌍하게도 그동안 줄곧 숨도 제대로 쉬지 않고 몸도 움직이지 않은 채, 눈앞에 죽음이 가로막고 서 있는 듯 방 한구석에 조용히 웅크리고 앉아 있었다. 처녀는 어머니와 트리스탕 사이에 벌어진 대화를 무엇 하나 놓치지 않았다. 어머니의 고뇌 하나하나가 자신의 몸에 울려왔다. 자기를 둘러싸고 소용돌이치는 심연에 매달려 있는 밧줄이 끊임없이 꽥꽥 삐걱거리고 있는 소리가 하나도 남김없이 귀에 들어왔고, 그 밧줄이 이젠 끊어지는구나 생각한 적도 몇 번 있었다. 그래서 이제야 간신히 한숨을 내쉬고 대지에 단단히 발을 디딘 것같이 생각했다. 그때 처녀는 누군가가 사령관에게 말하는 소리를 들었다.

“사령관님, 마녀의 목을 매다는 것은 군인의 일이 아닙니다. 천민들은 다 진압했으니, 이제 마무리는 사령관님이 처리하십시오. 대장으로서 부대를 그리 오래 비워 두면 안 되기 때문에 그러는 것이니, 부디 기분 나쁘게 생각하지는 마십시오.”

페뷔스 드 샤토페르의 목소리였다. 사나이는 그곳에 있었던 것이다. 애인이, 자기를 지켜 주는 사나이가, 그리고 자기를 지탱해 주는 사나이가, 또한 자기의 보호자가, 저 페뷔스가!

처녀는 일어섰다. 은자님이 미처 말릴 사이도 없이 처녀는 들창에 몸을 던지며 소리쳤다.

“페뷔스님! 이리 오세요. 페뷔스님!”

페뷔스는 이미 그곳에 없었다. 그는 전속력으로 말을 달려 거리의 모퉁이를 막 돌아가는 참이었다. 그러나 불행하게도 트리스탕은 아직 출발하지 않았던 것이다.

은자님은 야수와 같은 소리를 지르며 딸에게 뛰어갔다. 딸의 목을 손톱을 세운 손으로 잡고 뒤로 잡아끌었다. 이제 호랑이처럼 되어 버린 모친은 그런 일에 마음을 쓰고 있을 수는 없었다. 그러나 이미 때는 늦었다. 트리스탕이 본 것이다.

“자! 어때!”

트리스탕은 이빨이 전부 보일 정도로 입을 크게 벌리고 웃으며 소리쳤다. 그 얼굴은 늑대의 얼굴을 닮아 있었다.

“쥐덫에 걸렸다!”

“나도 그렇지 않은가 생각하고 있었습니다.”라고 병사가 말했다.

트리스탕은 그 병사의 어깨를 두들기며 말했다. "너는 참 훌륭한 고양이야! 그런데 앙리세 쿠장은 어디 있나?"

군복도 입지 않고, 또 군인 같지도 않은 한 사나이가 대열에서 나왔다. 이 사나이는 회색과 갈색의 줄무늬 옷을 입고 있었고, 머리카락은 곧았으며, 입고 있는 옷의 소매는 가죽으로 되어 있었다. 그는 커다란 손에 밧줄을 한 아름 들고 있었다. 트리스탕이 언제든지 루이 11세에 붙어 있는 것처럼, 이 사나이는 언제나 트리스탕의 뒤에 붙어다니고 있었던 것이다.

"어이, 우리가 찾고 있던 마녀는 여기 있는 것 같다. 이년의 목을 매달아라. 사다리를 가지고 있나?"라고 트리스탕 레르밋트가 물었다.

"저 기둥집 창고에 하나 있습니다."라고 그 사나이는 대답했다. 그리고 "이것을 처치하는 것은 저 재판소에서 합니까?"라고 돌로 만든 교수대를 가리키며 물었다.

"그렇다."

"헤헤헤!" 하며 사령관보다 더 짐승과 같은 야비한 웃음소리를 낸 그 사나이는 "그런 것은 아무것도 아닌 일이에요."라고 덧붙였다. 그 말에 트리스탕이 답했다.

"빨리 해라! 웃는 것은 다음에 하고."

한편 은자님은 트리스탕에게 딸애가 발각되어 희망의 실오리가 완전히 끊어진 다음부터는 한 마디도 하지 않았다. 은자님은 죽은 사람처럼 넋이 나가 있는 불쌍한 딸애를 동굴 한구석에 몰아넣고 들창가에 다시 주저앉아 두 손을 마치 짐승의 손톱처럼 세우고 있었다. 이렇게 하여 은자님은 대담하게도 병사들과 맞서는 자세가 되었으며, 그 눈빛은 다시금 황갈색을 띠고 미친 것같이 되어갔다.

방에 가까이 다가간 앙리세 쿠장은 노려보고 있는 은자님의 얼굴을 보고 잠시 멈칫했다.

"각하!"라고 쿠장은 사령관에게 돌아와 말했다. "어느 쪽을 사로잡는 것입니까?"

"젊은 쪽이야."

"다행이네요. 골치 아픈 할멈은 아니니 말예요."

"불쌍하게도 저 염소를 데리고 있던 귀여운 집시 처녀다!"라고 야경대의 한 사람은 말했다.

앙리세 쿠장은 들창 가까이 갔고, 은자님의 눈과 마주치자 눈을 내리깔고 쭈뼛쭈뼛하면서, "이봐, 할멈!" 하고 불렀다.

은자님은 매우 낮고 노여움에 미쳐 날뛰는 것 같은 소리로 그 말을 가로막았다.

"무슨 볼일이라도……."

"당신이 아니라, 젊은 계집애야."

은자님은 머리를 가로저으며 소리쳤다.

"아무도 없어요! 아무도 없다니까! 없단 말이야!"

"아니, 잘 알고 있을 텐데. 계집애를 내놓아라. 너에게 나쁜 짓을 하려는 것이 아니야."

은자님은 이상한 웃음을 띠면서 말했다.

"아! 나에게는 나쁘게 하지 않는다고? 나에게는?"

"어서 넘겨라. 사령관님이 그렇게 말씀하시고 있는 거야."

은자님은 미친 사람처럼 되풀이했다.

"아무도 없어요."

"그럴 리가 없어! 그 안에 두 사람이 있는 것을 모두 다 봤단 말이야." 하고 형집행인은 반격했다.

"그렇다면, 자, 보란 말이야!"라고 은자님은 비웃으며 말했다. "들창 안에 목을 들이밀고 말이야."

은자님의 날카로운 손톱을 본 형집행인은 쉽사리 그 안을 들여다볼 수가 없었다.

"자, 빨리 해라!"라고 트리스탕은 소리쳤다. 그는 부하들을 쥐구멍 주위에 원형으로 나란히 세우고 말을 탄 채 교수대 옆에 서 있었다.

앙리세는 어떻게 할 바를 몰라 다시 한 번 사령관에게 돌아왔다. 그는 밧줄을 땅바닥에 놓고 손에 쥐고 있던 모자를 어색하게 빙빙 돌리면서, "각하, 어디로 들어가면 좋겠습니까?"라고 물었다.

"출입문으로 들어가야지!"

"그렇지만 그게 없어요."

"그럼 창문으로 들어가!"

"너무 좁습니다."

"크게 만들어라."라고 트리스탕은 화가 나서 말했다. "곡괭이 없나?"

동굴 같은 방 깊숙한 곳에서 은자님은 여전히 꼼짝도 하지 않고 상황을 지켜보고 있었다. 은자님은 이제 아무것도 바라지 않았다. 또자기가 무엇을 바라고 있는지조차 몰랐다. 다만 어떻게 해서든 딸을 빼앗기지 않으려 하고 있었던 것이다.

앙리세 쿠장은 기둥집 창고에 사형을 집행하는 도구상자를 찾으러 갔다. 그곳에서 접은 사다리까지 가져온 그는 즉시 그것을 교수대에 세웠다. 트리스탕은 곡괭이와 지레를 등에 멘 5~6명의 부하를 데리고 들창 쪽으로 왔다.

"야, 할멈!" 사령관은 엄격한 어조로 말했다. "얌전하게 처녀를 내놓아라."

은자님은 무슨 말인지 도무지 알 수 없다는 듯한 얼굴로 사나이를 바라보았다.

"바보 같은 할멈! 국왕의 명령으로 마녀를 교수형에 처하려는데, 대체 무슨 까닭으로 방해하는 거냐?"

이 비참한 어머니는 악마 같은 웃음을 지었다.

"어떤 이유라니요? 이 애는 내 딸이니까요."

이때 은자님의 말투는 너무나 무서워서 아무리 험상궂은 앙리세 쿠장조차도 몸을 부들부들 떨 정도였다.

"불쌍하기는 하지만 이것은 국왕의 명령이다."라고 사령관은 말했다.

은자님은 그 무서운 웃음을 더욱더 크게 하여 소리쳤다.

"나에게 뭐라고 말씀하시는 거예요. 국왕이라고요? 이 애가 내 딸이라는데, 그게 다 무슨 상관이란 말이에요?"

"벽을 헐어라!" 하고 트리스탕이 말했다.

적당한 넓이의 구멍을 뚫는 데는 들창 밑에 있는 돌의 토대를 떼어

내는 것으로 충분했다. 곡괭이와 지레로 이 요새가 파헤쳐지는 소리를 듣자 가련한 모친은 무서운 소리를 질렀다. 그리고 마치 우리에 갇힌 야수처럼 그 방 안을 무서운 속도로 빙빙 돌기 시작했다. 이제 아무 말도 하지 않았으나 그 눈은 반짝반짝 빛나고 있었다. 병사들은 마음 밑바닥까지 얼어붙는 것 같은 느낌이었다.

갑자기 은자님은 나무토막을 들더니 웃으면서 일을 하고 있는 사나이들을 향해 던졌다. 그러나 손이 너무 떨리고 있었기 때문에, 던져진 나무토막은 아무에게도 맞지 않고 트리스탕의 발밑에까지 굴러가서 멎었다. 은자님은 이를 갈았다.

해는 아직 떠오르지 않았으나 어느덧 날은 상당히 밝아왔다. 기둥 집의 썩어 무너진 굴뚝 주위는 아름다운 장밋빛으로 물들었다. 이 대도시에서 가장 일찍 일어나는 사람들 집 처마밑의 들창이 즐겁게 열리는 시각이었다. 마을 사람들 몇 명과 야채장수가 노새를 타고 시장에 가기 위해 그레브 광장을 가로지르기 시작했다. 그들은 쥐구멍 주위에 모여 있는 병사들을 보고는 깜짝 놀라 잠시 발을 멈췄으나, 힐끗 눈길 한 번 주고는 그냥 지나가 버렸다.

은자님은 딸아이의 옆으로 다가가서는 딸을 자기 몸으로 감추려는 듯 얼싸안았다. 그리고는 앞만 노려본 채 꼼짝도 하지 않는 불쌍한 딸의 목소리를 듣고 있었다. 딸은 작은 소리로, "페뷔스님! 페뷔스님!" 하고 중얼거리고 있을 뿐이었다.

창문을 부수는 일이 진척됨에 따라 은자님은 기계적으로 딸을 점점 벽으로 밀었다. 갑자기 돌이 크게 흔들리는 듯하더니 일하고 있는 사람들을 격려하는 트리스탕의 말소리가 들려왔다.

그러자 그때까지 녹초가 되어 있었던 은자님은 문득 정신을 차려 큰 소리를 질렀다. 그 소리는 어떤 때는 톱처럼 사람의 고막을 뚫을 듯 들리기도 했고, 또 어떤 때는 마치 모든 저주의 소리가 일제히 폭발하려고 입술에 모여든 것처럼 우물우물 입 속에서 더듬거리는 것 같기도 했다.

"아! 정말 왜 이렇게 무서운 짓을 하느냐! 너희들은 도둑놈이구나! 정말 내 딸의 목을 달아맬 작정이냐? 이 애는 내 딸이라고 말하지 않았는가! 아! 무지막지한 놈! 살인관리의 망나니녀석아! 살인자의 앞잡이야! 살려 줘! 살려 다오! 불이야! 놈들은 내 딸을 이런 식으로 채간단 말이냐? 아, 신이란 도대체 어떤 분일까?"

그리고는 입에서 거품을 내뿜고 눈을 반짝반짝 빛내며 표범처럼 네발걸음을 하고 머리털을 곤두세워 트리스탕을 향해 소리 질렀다.

"자, 내 딸을 채 가려거든 당장 이리 와 봐라! 내가 이 애는 내 딸이라고 말한 것을 모르느냐? 아이를 갖는다는 것이 어떤 것인지를 알고 있느냐? 어떠냐! 도둑고양이야! 너는 암늑대와 살아 본 일이 없느냐? 늑대 새끼를 가져 본 일이 없느냐? 만약 자식이 있다면, 그 자식이 울부짖고 있을 때 뭔가 견딜 수 없는 마음을 느끼지 않느냐?"

"돌을 치워라! 할멈은 이제 돌을 붙잡고 있지 않아!"라고 트리스탕은 말했다.

그렇게 무거운 토대도 지레로 들어올려져 버렸다. 마지막 보루였던 돌이 들어올려지자 은자님은 덤벼들어 그것을 빼앗으려고 했다.

간신히 손으로 돌을 잡기는 했으나 커다란 사나이 6명이 움직이고 있던 그 무거운 덩어리는 은자님의 손에서 떨어져 쇠지레를 따라 땅바닥까지 훌렁 미끄러졌다.

출입구가 만들어진 것을 본 은자님은 땅바닥에 드러누워 몸으로 구멍을 막고 머리를 돌멩이에 부딪치면서 간신히 알아들을 수 있을 만한 지친 목쉰 소리로 외쳤다.

"살려 줘! 불이야! 불이란 말이야!"

"자, 마녀를 끄집어내라!" 하고 트리스탕은 여전히 냉정하게 말했다.

그러나 은자님이 사나운 얼굴로 병사들을 노려보았기 때문에 그들은 발을 들여놓지 못하고 멈칫했다.

"자, 어때, 앙리세 쿠장! 네가 하는 거야!"라고 사령관은 계속 독려했다.

하지만 아무도 한 발자국도 들여놓으려고 하지 않았다.

사령관은 욕을 퍼부었다.

"바보 같은 놈들아! 적어도 내 부하란 놈들이 그까짓 여자 하나를 무서워하다니 무슨 일이냐?"

"각하!" 앙리세가 말했다. "각하, 지금 여자라고 말씀하시는 겁니까?"

"그년은 사자와 같은 갈기를 하고 있어요!"라고 다른 사나이가 말했다.

"자! 구멍은 상당히 넓다. 퐁토아즈의 돌파구에서 한 것처럼 세 사람씩 나란히 들어가거라. 그래, 이것이 마지막이다. 알겠나, 놈들아!

제일 먼저 후퇴하는 놈은 두 동강이를 내주겠다!"

병사들은 사령관과 모친 사이에서 약간 엉거주춤했으나, 이윽고 마음을 굳게 먹고 쥐구멍을 향해 다가갔다.

은자님은 그것을 보자 급히 무릎으로 서서 얼굴에 흘러내리는 머리카락을 뿌리치면서 말라 빠져 뼈와 가죽만 남은 두 손을 허리에 축 늘어뜨렸다. 그러자 커다란 눈물방울이 눈에서 뚝뚝 떨어져 마치 급류가 저절로 파여진 강바닥을 흘러가는 것처럼 볼의 주름을 따라 흘러 떨어졌다. 그때 은자님은 뭔가 말을 하려고 했는데, 그 소리는 매우 가련하고 다정하며 양순하고 사람의 마음을 찌르는 것 같았기 때문에, 트리스탕 주위에 있던 사람은 사람 고기도 먹을 것 같은 늙은 감수(監守)조차 눈물을 지을 정도였다.

"여러분들! 나리님, 단 한 마디만 하겠습니다! 어떻게 해서든 말씀드리지 않으면 안 될 일이 하나 있습니다. 이 애는 내 딸입니다. 보세요. 저기 있지요? 내가 잃어버렸던 귀여운 딸입니다! 들어 주십시오. 그냥 하나의 이야기라고 생각하시고 들어 주세요. 나는 나리님들을 잘 알고 있습니다. 내가 애욕에 탐닉한 생활을 하고 있었기 때문에 아이들에게까지도 돌을 맞곤 하던 그 시대에도 나리님들은 언제나 나에게 친절히 대해 주셨습니다. 네, 그렇지요? 그래서 당신들이 까닭을 아시게 되면 반드시 딸을 놓아두고 가시리라 믿습니다. 나는 불쌍한 매춘부였습니다. 나에게서 이 딸을 훔쳐간 것은 집시 여인이었습니다. 나는 15년 동안이나 이 애의 신발을 소중하게 간직했습니다. 란스에서 나는 샹트플뢰리라고 불렀습니다. 포르

팬 거리에서요! 당신들도 틀림없이 그 이름을 알고 계시겠지요. 그
것은 내 이름입니다. 당신들이 아직 젊으셨을 때 그 당시는 정말 경
기가 좋았었지요. 즐겁게 생활했습니다.

　그러나 그때 집시 여자들이 나에게서 이 애를 훔쳐갔던 것입니다.
그리고 15년 동안이나 감추고는 돌려주지 않았습니다. 나는 딸애가
이미 죽었을 거라고 생각하고 있었습니다. 상상을 해 보십시오. 이
아이가 죽었다고 생각하고 있었던 것입니다. 여기 이 동굴 속에서 겨
울에도 불기조차 없이 15년이나 살아왔습니다. 그것은 정말 괴로운
일이었습니다. 불쌍하고 귀여운 작은 신발! 내가 그렇게 외치는 소
리를 신도 들으셨겠지요. 어젯밤 신은 딸을 돌려주셨습니다. 신의 기
적입니다. 딸은 죽지 않았던 것입니다. 당신들은 저 아이를 나에게서
차마 빼앗아 가지는 않으시겠지요? 정말, 만약 내가 잡혀가는 거라
면 나는 두말하지 않고 당신들을 쫓아 나설 겁니다. 그렇지만 내가
아니라 이 아이의 일입니다! 이 아이가 밝은 햇빛 아래서 살아갈 기
회를 베풀어 주십시오. 이 애가 당신들에게 무엇을 잘못했단 말입니
까? 아무 짓도 하지 않았습니다. 나도 마찬가지입니다. 이 애 하나만
을 의지하고 살아가는 이 늙은 것을 제발 불쌍히 여겨 주세요. 이 애
야말로 성모님께서 나에게 선물로 준 단 하나의 축복이라는 것을 당
신들이 인정해 주신다면 얼마나 좋을까요. 게다가 당신들은 모두 매
우 친절한 분들이세요! 다만 이 애가 내 딸이라는 것을 알고 계시지
않으셨을 뿐이겠지요. 그렇지만 이제는 잘 아시게 되셨잖아요. 아!
사령관님, 저 아이의 손끝에 상처 하나라도 생기는 것보다는 제 배에

구멍이 뚫리는 편이 차라리 좋습니다! 이렇게 말씀드리면 당신들은 잘 아실 거예요. 네, 그렇지요? 아! 만약 당신에게 어머니가 계신다면……. 당신이 대장님이시지요. 제발 이 아이를 여기에 두고 가 주십시오! 예수 그리스도에게 기도할 때처럼 무릎 꿇고 부탁드리겠습니다. 이런 부탁, 아무에게나 하는 것은 아닙니다. 나는 란스에서 태어났습니다. 나리님들, 나는 숙부인 마이에 푸라동으로부터 물려받은 밭을 조금 가지고 있습니다. 나는 거지가 아닙니다. 아무것도 탐나는 것이 없습니다. 다만 이 아이가 필요할 뿐입니다. 아! 나는 이 아이를 내놓고 싶지 않습니다. 신께서 아무런 까닭도 없이 딸을 돌려보내 주신 것은 아닙니다.

임금님! 당신은 임금님이라고 말씀하셨지요. 내 귀여운 딸이 죽음을 당하는 것을 임금님은 즐거워하시지 않겠지요? 게다가 임금님은 매우 좋은 분이십니다. 이 애는 내 딸입니다. 당신의 아이도 아닙니다. 나는 이곳을 나가고 싶습니다. 둘이서 나가고 싶습니다. 제발 우리 모녀를 보내 주십시오. 우리를 지나가게 해 주십시오! 우리는 란스 사람입니다. 아! 당신들은 친절하신 분입니다. 나리님들, 내 귀여운 딸을 데리고 가시지 않으시겠지요? 그런 짓을 감히 하실 까닭이 없잖아요, 네, 그렇지 않으세요? 내 아이! 귀여운 아이!"

은자님의 몸짓, 말투, 말하면서 삼키는 눈물, 처음에는 모으고 있었으나 다음에는 비트는 것 같은 두 손, 신음 소리, 가슴을 에는 것 같은 미소, 눈물이 가득 고인 눈, 한숨, 흐트러지고 흐트러져 미친 사람같이 조리가 서지 않는 말에 섞여 사람의 마음을 압박해 오는 가련한 고함 소리, 이런 것들을 여기에서 정확히 묘사하기란 어려운 노릇이다.
은자님이 말을 중단하자 트리스탕 레르밋트는 눈살을 찌푸렸는데,
그것은 그의 호랑이와 같은 눈에 고인 눈물을 감추기 위해서였다. 그
래도 그는 다시 정신을 가다듬고는 매정하게 말했다.

"국왕의 명령이다!"

그리고 그는 앙리세 쿠장의 귀에 입을 대고 작은 소리로 말했다.

"빨리 해치워라!"

사형집행인과 관리들은 그 방 안으로 들어갔다. 어머니는 아무런
저항도 하지 않고 다만 딸에게 바싹 다가가 딸의 몸에 필사적으로 몸
을 던졌다. 처녀는 병사들이 가까이 오는 것을 보자 죽음의 공포로
정신이 들었다.

그리고는 뭐라 말할 수 없는 슬픈 목소리로 소리쳤다. "어머니! 살
려 줘요!"

"그래그래, 애야, 이 에미만 믿고 있어!"라고 어머니는 꺼져 들어
가는 것 같은 소리로 대답했다. 그리고 두 팔로 딸을 꽉 끌어안고 키
스를 퍼부었다. 딸의 몸뚱이 위에 어머니가 덮쳐 한 덩어리가 되어
있는 모습은 참으로 눈물 없이는 볼 수 없는 광경이었다.

앙리세 쿠장은 아름다운 처녀의 겨드랑이에 손을 넣어 허리를 끌
어안았다. 그 손을 느낀 처녀는, "아!"라고 소리치며 정신을 잃고 말
았다. 사형집행인도 커다란 눈물방울을 뚝뚝 떨어뜨렸으나, 그래도
처녀를 잡아끌었다. 그러나 한사코 딸아이의 몸을 잡고 늘어지는 어
머니를 떼어 놓을 수가 없었다. 어머니가 마치 자물쇠를 건 것처럼

힘껏 딸아이에게 매달려 있었기 때문에 딸로부터 도저히 떼어 낼 수가 없었다. 그래서 앙리세 쿠장이 처녀를 방 바깥까지 끌고 가자 어머니 역시 딸을 따라 질질 끌려오는 것이었다. 어머니도 의식을 잃었는지 조용히 눈을 감은 채였다.

그때 마침 해가 떠올랐다. 광장에는 이미 제법 많은 군중이 모여들어 교수대를 향해 포석 위를 질질 끌려가는 사람을 멀리서 보고 있었다. 이것이 사령관 트리스탕이 형을 집행하는 방법이었다. 그는 구경꾼을 접근시키려고 하지 않았다.

창문가에는 아무도 나와 있지 않았다. 다만 그레브 광장을 내려다보는 노트르담탑 위에, 맑게 개인 아침 하늘을 배경으로 유심히 이곳을 바라보는 두 사나이의 검은 윤곽이 떠오를 뿐이었다.

앙리세 쿠장은 처녀를 질질 끌고 숙명의 사다리 밑에 와서 걸음을 멈추고는 한숨을 내쉬었다. 너무나 가여워 숨을 쉬는 것조차 힘든 듯했다. 그는 처녀의 사랑스러운 목에 밧줄을 걸었다.

올가미가 닿는 섬뜩한 느낌을 느끼고, 감았던 눈을 뜬 처녀는 돌로 만든 교수대의 가는 가로대가 자기의 머리 위에 펼쳐져 있는 것을 보았다. 처녀는 몸을 흔들며 비단을 찢는 것 같은 큰 소리로 외쳤다.

"싫어요! 싫어요! 살려 주세요!"

어머니는 머리를 딸의 옷 밑에 묻고 한 마디도 못한 채 그저 몸을 떨며 딸에게 키스를 퍼부었다. 사형집행인은 이때만은 딸을 끌어안고 있는 어머니의 팔을 사납게 떼어 놓았다. 힘이 다했는지 아니면 체념을 한 탓인지, 처녀는 그가 하는 대로 몸을 맡겼다. 그러자 그는 처녀를 어깨에 메었다. 처녀의 아름다운 몸은 사나이의 넓은 어깨 위에서 양쪽으로 축 늘어졌다. 그리고 그는 사다리에 발을 디디고 올라가려고 했다.

이때 돌바닥 위에 웅크리고 있던 어머니가 눈을 떴다. 어머니는 한 마디도 하지 않고 무서운 얼굴로 일어나 마치 먹이에 달려드는 짐승처럼 사형집행인에게 달려들어 손을 물어뜯었다. 번개와 같은 재빠른 동작이었다. 사형집행인은 고통의 비명을 질렀다. 병사들이 달려와 간신히 어머니의 이 사이에서 피투성이가 된 손을 떼어놓았다. 어머니는 잠자코 있었다. 어머니는 병사들의 난폭한 손길에 밀려 땅바닥으로 쾅, 하고 굴러떨어져 머리를 부딪히고 말았다. 누군가가 안아 일으켰으나 축 늘어져 버렸다. 이미 죽어 버린 것이었다.

그때까지 처녀를 붙잡고 놓지 않았던 사형집행인은 다시 사다리를 오르기 시작했다.

노트르담의 꼽추 2

흰옷을 입은 아름다운 사람

카지모도는 집시 처녀가 이미 그 독방 안에 없다는 사실을 확인하고, 자기가 지키고 있는 동안에 누군가 처녀를 빼앗아 간 것을 알자,

두 손으로 머리를 움켜쥐고 놀라움과 슬픔으로 발을 굴렀다. 그러다가 온 대성당 안을 뛰어다니기 시작했다. 집시 처녀를 찾아 헤매면서 돌바닥 위에 자기의 붉은 머리털을 마구 쥐어뜯어 놓았다.

그때 마침 왕실 친위대의 일행도 역시 집시 처녀를 찾아 의기양양하게 노트르담 안에 물밀듯 들어왔다. 카지모도는 슬프게도 귀머거리였기 때문에 그들의 이 못된 계략을 조금도 알아채지 못하고 오히려 그들을 도와주었다. 그는 집시 처녀의 적은 부랑자들이라고만 생각하고 있었다. 그는 자진해서 트리스탕 레르밋트를 처녀가 숨어 있을 만한 방 구석구석까지 안내하여 비밀 출입문이나 제단의 이중문, 그리고 뒤쪽의 성구실을 살피도록 열어 보여 주었다. 만약 그 불행한 처녀가 아직 그곳에 숨어 있었다면 그가 처녀를 적에게 넘겨주는 결과가 되었을 것이다.

아무것도 발견하지 못했기 때문에, 쉽사리 녹초가 되지 않는 그 유명한 트리스탕도 그만 피로에 지쳐 버리고 말았는데, 카지모도는 그래도 혼자서 여전히 찾아 헤매고 있었다. 그는 몇 번씩이나 대성당의 탑을 이리저리 오르락내리락 뛰어다니며, 이름을 불러 보기도 하고 큰 소리를 질러 보기도 했다. 때로는 냄새를 맡아 보기도 하고, 구멍이란 구멍마다 모조리 들여다보기도 하고, 둥근 천장마다 두루 횃불을 비춰 보기도 했다. 절망으로 미칠 지경이었다. 암컷을 잃은 수표범이라도 이토록 짖어대고 또 이토록 흉폭해지지는 않았으리라.

마침내 처녀는 이미 여기에 없으며, 누군가에게 빼앗겨 버린 게 분명하다고 확신하게 된 카지모도는, 얼마 전 그가 처녀를 살려 주던 날 그렇게 흥분하여 의기양양하게 올라갔던 계단, 저 탑의 계단을 천천히 올라갔다. 목을 축 늘어뜨리고 소리도 없이 울지도 않고 거의 숨도 쉬지 않은 채 같은 장소를 다시 걸어갔다. 대성당 안에는 이미 한 사람도 없었고 예전처럼 다시 조용해졌다. 친위대는 벌써 노트르담을 떠나 시테로 그 마녀를 찾으러 가 버렸다.

조금 전까지도 사람들에게 둘러싸여 시끄러웠던 이 넓은 노트르담 안에 오직 혼자 남게 된 카지모도는, 자기의 보호 아래 그 집시 처녀가 몇 주일 동안 편안히 잠잤던 방을 향해 발길을 되돌렸다. 그 방이 있는 쪽으로 가까이 가면서 어쩌면 그곳에서 다시 집시 처녀를 만날지도 모른다고 생각하기도 했다. 낮은 지붕 쪽에 있는 회랑의 모퉁이에서 나뭇가지 밑에 있는 새집과 같은 커다란 덧벽 밑에 작게 만들어진 창문과 작은 출입문이 붙은 좁은 방을 발견했다. 이 가련한 사나이는 완전히 기가 꺾여 비틀거리는 몸을 간신히 기둥에 기대었다. 처녀가 어쩌면 여기에 돌아와 있지는 않을까? 수호신이 혹시 처녀를 여기에 다시 데려다 놓지는 않았을까? 이 방은 매우 조용하고 안전하며 아담했기 때문에 처녀가 이곳에 숨어 있을 것이라고 생각했다. 그는 자신의 이러한 꿈을 깨뜨리는 것이 무서워서 이제 한 발도 더 앞으로 내딛을 용기가 없었다. 그는 "그렇다."라고 혼잣말을 했다. "그녀는 틀림없이 자고 있거나 그렇지 않으면 기도라도 드리고 있을 거야. 방해를 해서는 안 돼."

마침내 용기를 낸 그는 조심스럽게 걸어나가 안을 들여다보면서 방으로 들어갔다. 텅 비어 있었다! 방은 역시 텅 비어 있었다. 불행한

귀머거리는 느릿느릿 방을 한 바퀴 돌면서 행여나 이불 속에라도 숨어 있지 않을까 하고 이불을 들어올려서 그 밑을 들여다보기도 했다. 그는 머리를 가로저으면서 바보처럼 멍하게 서 있었다. 그러더니 갑자기 분노에 미쳐 날뛰듯 횃불을 발로 짓이기고는 아무 말도 없이 전속력으로 벽에 달려가 머리를 부딪쳐 정신을 잃고 돌바닥 위에 쓰러지고 말았다.

정신이 든 카지모도는 이불 위에 몸을 던져 그 위를 뒹굴면서 잠자던 에스메랄다의 체온이 아직 남아 있을 듯한 곳에 미친 듯이 입을 맞추었다. 그리고 숨이 끊어진 것 같은 모습으로 잠시 동안 그곳에 가만히 있다가는 일어나서, 땀을 뻘뻘 흘리고 숨을 헐떡이며 미치광이가 되어 시계추처럼 무서울 정도로 일정하게 머리를 벽에 부딪치기 시작했다. 마치 머리를 벽에 부딪쳐 깨뜨려 버리기로 결심이라도 한 것 같았다. 마침내 힘이 다해 다시 쓰러진 그는 무릎을 질질 끌면서 밖으로 기어나와 멍청한 얼굴로 문 앞에 웅크리고 앉았다. 그는 그렇게 조금도 몸을 움직이지 않고 사람의 그림자도 없는 방을 바라보며 한 시간 이상이나 조용히 앉아 있었다. 텅 빈 요람과 시체가 든 관 사이에 앉아 있는 어느 어머니보다도 더 어두운 얼굴을 하고 더 깊은 생각에 잠겨 있는 것 같았다. 한 마디의 말도 하지 않고 단지 가끔 격렬하게 온몸을 떨면서 흐느껴 울 뿐이었다. 그것은 눈물조차 메말라 버린 흐느낌으로, 천둥이 없는 여름철의 번갯불과도 같았다.

그때의 일이었다. 절망에 빠진 채 집시 처녀를 빼앗아 간 사람이 도대체 누구일까 하고 생각하는 순간에 문득 부주교의 모습이 스쳐

지나갔다. 클로드 부주교만이 이 방으로 통하는 계단의 열쇠를 가지고 있었다는 것이 생각났다. 또 그가 밤에 처녀를 덮치려고 했던 일, 처음에는 자기도 그를 도와줬으나 두 번째는 그를 방해했던 일 등을 생각해 냈다. 그 밖에 여러 가지 일을 생각하고 부주교야말로 자기에게서 그 처녀를 빼앗아 간 사람이라고 확신하기에 이르렀다. 그러나 부주교에 대한 존경과 감사의 마음, 헌신의 심정, 성직자에 대한 애정 등이 카지모도의 마음에 깊이 뿌리를 뻗고 있었기 때문에, 이러한 입장이 되었어도 그에게 질투와 증오의 손길을 뻗칠 수는 없었다.

그는 이것은 틀림없이 부주교가 한 짓이라고 생각했다. 그러나 다른 사람이었다면 당연하게 느껴질 불 같은 분노가 전혀 일어나지 않았다. 그러나 클로드 프로로가 한 짓이라고 생각한 순간부터 그 노여움은 차츰 방향을 바꿔서 이 가련한 귀머거리의 마음에 괴로움을 더할 뿐이었다.

이렇게 조용히 부주교에 대해 생각하고 있다가 문득 아침 햇빛에 희미하게 밝아오는 벽을 올려다보니 노트르담의 가장 높은 층 부근, 바로 건물 뒤쪽을 둘러싼 바깥 난간이 굽어 돌아가는 곳에 사람의 그림자가 하나 보였다. 이 그림자는 그가 있는 쪽으로 걸어왔다. 그가 누구인지 금세 분간할 수 있었다. 부주교였다. 클로드는 무거운 걸음걸이로 천천히 걷고 있었다. 그는 걸으면서도 앞을 보고 있지 않았다. 북쪽의 탑을 향해 걸어가면서, 얼굴을 옆으로 돌려 센강의 오른쪽 기슭을 향하고 있었다. 그리고 집집의 지붕 위에서 뭔가를 찾아보

려는 듯 머리를 높이 쳐들고 있었다. 부엉이라는 새는 흔히 이렇게 외면하는 시늉을 한다. 어느 한곳을 향해 날면서 눈은 딴 곳을 향하고 있는 것이다. 부주교도 역시 카지모도에게는 눈도 주지 않고 그 머리 위를 지나갔다.

난데없이 나타난 부주교에 놀란 귀머거리는 화석이라도 된 것처럼 조용히 그가 북쪽 탑 계단 밑 출입문으로 들어가는 것을 보고 있었다. 이 탑은 시청을 내려다보는 위치에 있었다. 카지모도는 일어나 부주교의 뒤를 쫓아갔다.

카지모도는 왜 클로드가 탑으로 올라가는지 알고 싶어 탑 계단을 따라 올라갔다. 그러나 이 가련한 종지기는 자기가 무엇을 하려고 하는지 알지 못했다. 자기가 무엇을 말하려고 하는지 또 무엇을 바라고 있는지 자기 자신도 알지 못했다. 그의 가슴은 노여움과 두려움으로 가득 차 있었다. 부주교와 집시 처녀의 모습이 그의 마음속에서 서로 부딪치고 있었다.

탑 꼭대기에 도착한 카지모도는 계단 그늘에서 나와 평평한 지붕 위로 나서기 전에 부주교가 어디 있는지 조심스럽게 살펴보았다. 부주교는 그에게 등을 돌리고 서 있었다. 종루의 평평한 지붕에 섭새김으로 된 난간이 둘러쳐져 있었다. 부주교는 노트르담교 쪽에 면한 난간에 가슴을 기대고 거리를 쳐다보고 있었다.

카지모도는 발소리를 죽이며 그의 뒤로 가까이 가 그가 무엇을 그렇게 열심히 보고 있는가를 알려고 했다. 부주교는 다른 것에 완전히 마음을 빼앗기고 있었기 때문에 귀머거리가 자기 옆에 가까이 오는 것을 전혀 눈치 채지 못했다.

여름날 새벽의 산뜻한 빛에 감싸인 노트르담의 탑 꼭대기에서 바라보는 파리 모습, 특히 당시의 파리 모습은 훌륭하고 아름다운 광경이었다. 그것은 아마 7월의 어느 날이었을 것이다. 하늘은 맑게 개어 있었다. 아직 남은 별 몇 개가 이곳저곳에서 점점 꺼져 가고, 동쪽 하늘의 가장 밝은 곳에 한결 더 빛나는 별이 한 개 있었다. 태양이 모습을 나타내려 하고 있는 파리의 거리는 활동하기 시작했다. 많은 집들의 동쪽을 향한 면은 아주 희고 맑은 빛을 받아 모두 생생하게, 그리고 눈에 산뜻하게 떠올랐다. 종루의 거대한 그림자는 지붕에서 지붕으로 떨어져가고 이 대도회의 구석에서 구석으로 뻗어 나갔다. 이미 이야기 소리나, 그 밖의 여러 가지 소리를 내는 구역도 있었다. 이쪽에서는 종소리, 저쪽에서는 마차 소리, 또 어딘가에서는 거리를 지나가는 짐수레의 삐거덕거리는 소리가 들려왔다. 몇 줄기의 연기가 마치 거대한 지옥의 계곡 틈바구니에서 올라오는 것처럼 지붕 위로 이곳저곳에서 토해져 나오고 있었다. 센강은 많은 다리의 아치와 많은 섬의 튀어나온 곳에서 잔물결을 일으켰으며, 은색의 주름진 파문으로 가득했다. 거리의 주위, 즉 성벽 밖에는 솜 같은 안개가 자욱이 끼어 있어 잘 보이지 않았다. 다만 그 안개 너머로 뚜렷하지 않은 평야의 선이나 완만한 언덕의 모양을 희미하게 알 수 있을 뿐이었다. 여러 가지 종류의 웅성거림이 떠돌아 이 반쯤 잠을 깬 거리 위로 퍼져 나갔다. 동쪽 하늘에는 언덕을 감싸고 있는 양모와 같은 짙은 안개의 덩어리에서 떨어져 나온 몇 개의 흰 양털이 아침 바람에 날려 하늘을

303

흘러갔다.

　대성당 앞의 광장에는 나이 먹은 여인들 몇 명이 손에 우유항아리를 든 채, 노트르담의 성문이 부서져 있고 납이 두 줄기로 흘러 돌바닥 사이의 금간 곳에 굳어 있는 것을 보고 깜짝 놀라며 서로 손가락질을 하고 있었다. 이것만이 지난밤에 일어났던 소동의 흔적이었다. 탑과 탑 사이에서 카지모도가 불태운 재목의 불은 이미 꺼져 있었다. 트리스탕은 이미 광장을 정리했고, 시체는 센강에 던져 버렸다. 루이 11세와 같은 국왕은 학살 뒤에는 재빨리 바닥을 말끔하게 씻어 버린다는 배려를 하고 있었다.

　탑 난간 바깥쪽의 부주교가 서 있던 지점 바로 밑에는 고딕식 건물 위에 붙어 있는 저 기괴한 조각을 새겨 놓은 돌의 홈통이 한 개 뻗어 있었다. 그리고 이 홈통의 벌어진 틈 속에 두 그루의 귀여운 니오이아 라세이토가 불어오는 바람에 흔들흔들 흔들리며 생명이 불어넣어진 것 같은 모습으로 장난치듯 서로 절을 주고받고 있었다. 탑 위 높고 먼 하늘 저쪽에서는 새의 지저귐이 작게 들려오고 있었다.

　그러나 부주교에게는 무엇 하나 귀에 들리지도 않고 눈에 보이지도 않았다. 그는 아침 풍경에도, 새에도, 그리고 꽃에도 무관심한 사나이 중의 한 사람이었다. 자기 주위에서 여러 가지의 광경을 보이고 있는 이 커다란 전망 속의 단 한 점에만 그는 조용히 생각을 집중하고 있었다.

　카지모도는 그에게 에스메랄다를 어떻게 했는지 물어보고 싶었다. 그러나 이때의 부주교는 이 세상 사람처럼 보이지 않았다. 발밑의 땅바닥이 무너져도 느끼지 못할 것 같은 생애의 격렬한 한 순간에 그가 놓여 있다는 것은 틀림없는 사실이었다. 눈은 조용히 어느 한 곳을 바라보고 있었으며, 몸도 움직이지 않고 말도 하지 않았다. 이러한 침묵이나 몸도 까딱하지 않는 태도에는 뭔지 모르게 무서운 것이 스며 있었기 때문에 그렇게도 거친 종지기조차 감히 그에게 나설 용기가 나지 않았다. 고작, 부주교가 던지고 있는 시선의 방향을 더듬어 볼 뿐이었다. 그렇게 하여 불행한 귀머거리의 시선은 그레브 광장으로 떨어졌다. 이윽고 그는 부주교가 무엇을 바라보는지 알 수 있었다.

일 년 내내 서 있던 교수대 옆에는 사다리가 놓여져 있고, 몇 사람의 군중들과 많은 병사들이 있었다. 한 사나이가 뭔가 흰 것을 질질 끌고 가고 있었고, 그것에는 또 검은 것이 하나 붙어 있었다. 이 사나이는 교수대 밑에서 걸음을 멈추었다.

그때 무슨 일이 일어난 것 같았는데, 카지모도의 눈에는 잘 보이지 않았다. 그가 애꾸눈이라서 보지 못한 게 아니라 여러 병사들에 가려 잘 보이지 않았던 것이다. 게다가 마침 그때 태양이 떠올라 지평선 저쪽에서 찬란한 빛을 퍼부었기 때문에, 파리에 있는 모든 뾰족한 것, 즉 탑 꼭대기며 굴뚝, 그리고 가파른 지붕들이 일제히 타오르듯 빛나고 있었기 때문이었다.

이윽고 광장에서 뭔가 흰 것을 끌고 오던 사나이는 사다리로 올라가기 시작했다. 카지모도는 그 사나이의 모습을 뚜렷하게 보았다. 사나이는 한 여인을 어깨에 메고 있었다. 흰 옷을 입은 처녀였다. 이 처녀의 목에는 밧줄이 걸려 있었다. 카지모도는 그 여자가 누구인지 이내 알았다. 바로 에스메랄다였다.

사나이는 사다리 꼭대기까지 올라가 그곳에 밧줄의 매듭을 걸었다. 이때 부주교는 좀더 확실히 보려고 난간 위에 무릎을 꿇었다.

갑자기 사나이는 발뒤꿈치로 심하게 사다리를 찼다. 조금 전부터 가만히 숨을 죽이고 그 모습을 보고 있던 카지모도는, 그 불행한 처녀가 바닥에서 4미터나 되는 곳의 밧줄 끝에 대롱대롱 매달려 흔들리는 것을 보고 말았다. 그녀의 어깨에 조금 전의 사나이가 웅크린 채 올라타고 있었다. 밧줄은 몇 번이고 빙글빙글 돌았다. 그리고 이 집시 처녀의 전신이 부들부들 무서우리 만큼 경련을 하고 있는 것이 카지모도의 눈에 보였다. 부주교는 목을 앞으로 내밀고 눈을 부릅뜨고 사나이와 처녀의, 아니 거미와 파리의 무서운 한 쌍을 가만히 보고 있었다.

이 너무나 무서운 순간에 악마의 웃음소리가, 인간이기를 포기한 자만이 지를 수 있는 웃음소리가 부주교의 창백한 얼굴에서 갑자기 일어났다.

카지모도는 그 웃음소리가 들리지는 않았지만, 눈으로 볼 수는 있었다. 종지기는 부주교 뒤에 몇 걸음 다가서는가 싶더니, 갑자기 치미는 분노로 미쳐 날뛰며, 부주교에게 달려들어 억센 두 팔에 힘을 모아 클로드가 굽어보고 있던 낭떠러지를 향해 힘껏 밀어 버렸다.

클로드 부주교는 "으악!" 하고 비명을 지르며 떨어졌다. 그는 추락하는 도중에 건물에 삐져 나온 홈통에 걸렸다. 두 손으로 죽을 힘을 다하여 홈통에 매달려 또 한 번 고함을 치려고 입을 벌린 순간, 머리 위에 있는 난간의 가장자리에서 카지모도가 복수에 찬 무서운 얼굴을 내밀고 있는 것이 보였다. 그래서 그대로 입을 다물어 버렸다.

밑에는 까마득한 심연이 펼쳐져 있었다. 70미터 정도를 추락하면 그곳에는 돌이 깔려 있었다. 이토록 무시무시한 상황에 처한 부주교는 이를 악물고 신음 소리 하나 내지 않았다. 다만 기어오르려고 필사의 노력을 하며 홈통을 붙잡고 몸부림칠 뿐이었다. 그러나 수직의 벽 위에는 손에 잡히는 것도, 발을 디딜 만한 곳도 없었다.

노트르담탑에 올라가 본 일이 있는 사람은 난간 바로 밑에 한 군데 불쑥 튀어나온 곳이 있는 것을 알 것이다. 부주교가 불쌍하게도 녹초가 되어 버티고 있었던 곳은 마침 움푹 들어간 곳 위에 해당되는 이 튀어나온 곳이었다. 그가 상대하고 있었던 것은 수직으로 깎아지른 벽이 아니라 발밑이 움푹 들어간 벽이었다.

카지모도가 부주교를 그 낭떠러지에서 끌어올리려고 생각했다면 손을 뻗기만 해도 되었을 것이다. 그러나 그는 부주교에게는 눈길도 돌리지 않고 그레브 광장을 바라보고 있었다. 교수대를, 그 집시 처녀를 바라보고 있었다. 이 귀머거리는 바로 조금 전까지 부주교가 서 있었던 난간의 그 장소에 팔꿈치를 짚고 있었다. 그리고 그 순간 그는 온 세상에 단 하나밖에 없다고 할 수 있는 것에서 눈길도 떼지 않고 말도 하지 않았다. 그리고 평생토록 단 한 번밖에 눈물을 흘린 일이 없는 그 애꾸눈에서 눈물을 폭포처럼 쏟아내고 있었다.

그러는 동안에도 부주교는 헐떡이고 있었다. 벗겨진 이마에서는 땀이 줄줄 흐르고 손톱 끝에서 스며 나온 피가 돌에 묻고 무릎은 벽에 부딪쳐 벗겨졌다. 홈통에 걸린 법의는 부주교가 몸을 움직일 때마다 북북 찢어지는 소리를 냈다. 게다가 불행하게도 그 홈통 끝은 납관으로 만들어져 있어 몸의 무게로 점점 구부러져갔다. 이 관이 조금씩 굽어가는 것을 부주교는 느꼈다. 자기 손의 힘이 빠져 버리든가 법의가 찢어져 버리든가 그렇지 않으면 거기에 있는 홈통이 부서져 버리든가 하면 떨어질 수밖에 없다고 이 불쌍한 사나이는 생각했다. 그러자 이번에는 뱃속까지 두려움이 밀려왔다. 조각 때문에 3미터쯤 아래에 만들어져 있는 좁은 받침대와 같은 것을 가끔 당황한 눈으로 바라보았다. 절망한 영혼의 깊은 밑바닥에서, 비록 백 년이 걸려도 좋으니 이 65센티미터 사방의 공간에서 삶을 끝마칠 수 있도록 해 달라고 하늘을 향해 기도를 드렸다. 다시 한 번 자기 밑에 있는 광장을 내려다보았다. 정말 심연이었다. 다시 머리를 들었으나 그만 눈을 감고 말았다. 머리카락은 남김없이 곤두서 있었다.

두 사나이가 지키고 있는 침묵에는 뭐라 표현하기 어려운 처참한 기운이 감돌고 있었다. 부주교가 불과 1미터쯤 떨어진 아래에서 이렇게 무서운 광경에 괴로워하고 있는 동안에 카지모도는 줄줄 눈물을 쏟으며 그레브 광장을 바라보고 있었다.

부주교는 몸부림을 칠수록 자기에게 남겨진 약한 발판을 흔들 뿐이라는 것을 알고 이제는 움직이지 않으려 결심했다. 그대로 홈통을 끌어안고, 거의 숨도 쉬지 않고, 이미 몸도 움직이지 않으며, 꿈속에서 떨어진다고 느낄 때 흔히 하는 것처럼 배를 실룩실룩 기계적으로 꿈틀거리고 있을 뿐이었다. 그의 눈은 움직이지 않고 병적으로 멍청히 벌어지고 있었다. 그러는 동안에 점차로 발판이 없어져 손가락이 홈통 위에서 미끄러졌다. 점점 팔의 힘이 없어져 몸의 무게가 힘겨웠다. 몸을 지탱하고 있던 홈통도 휘어져 시시각각으로 심연 속으로 기울어져갔다. 아래를 보니 무섭게도 지붕이 두 겹으로 접은 종이조각처럼 작게 보였다. 그는 아무런 감정도 없는 탑의 조각상을 하나하나 바라보았다. 조각상들은 역시 마찬가지로 절벽에 걸려 있었는데, 별로 자기 자신을 무섭다고 생각하는 것도 아니고 부주교를 불쌍하게 생각하는 것도 아니었다. 부주교의 주위는 모두 돌이었다. 눈앞에는 돌로 만든 괴물이 입을 벌리고 있고, 아래에는 아득히 먼 밑바닥에 광장과 돌바닥이 있었다. 그리고 머리 위에서는 카지모도가 울고 있었다.

대성당 앞 광장에서는 몇 무리의 구경꾼들이 이상한 모습으로 매달려 있는 저 사람이 도대체 누구인가, 하고 호기심에 찬 눈으로 쳐다보고 있었다. 클로드에게는 그들이 말하고 있는 것이 귀에 들어왔다. 희미한 말소리였지만, 그 내용만은 뚜렷이 귓전에 들려왔던 것이다.

"저 사나이는 반드시 목이 꺾이고 말걸!"

카지모도는 울고 있었다.

마침내 부주교는 노여움과 무서움으로 입에서 거품을 내뿜으면서 이젠 다 글렀다고 체념했다. 그래도 전력을 다하여 최후의 노력을 했다. 홈통 위에서 몸을 굳히고 두 무릎으로 벽을 차며 금이 간 돌 틈에 손을 걸어 30센티미터쯤 기어오를 수 있었다. 그러나 그 충격으로 몸을 지탱하고 있던 납끝이 갑자기 휘어져 버렸다. 그와 동시에 법의가 찢어졌다. 순간 손의 힘이 다 빠져 버린 이 불행한 사나이는 눈을 감고 홈통을 놓고야 말았다. 그리고 광장으로 떨어져갔다.

카지모도는 그가 떨어져가는 것을 바라보았다. 이렇게 높은 곳에서 추락할 때는 수직으로 떨어지는 일은 좀처럼 없다. 허공에 내던져진 부주교는 처음에는 머리를 아래로 향하고 두 팔을 벌리며 떨어지더니 이윽고 몇 번인가 빙글빙글 돌면서 떨어져갔다. 그는 바람에 날려 어느 집의 지붕 위로 떨어졌고, 거기서 몸이 부러졌다. 그러나 그때는 아직 죽지 않았었다. 종지기가 보고 있으니 손톱을 세워 가파른 지붕을 붙잡으려 하고 있었다. 그러나 경사가 급했기 때문에, 이미 힘이 빠져 버린 그는 떨어져 나간 기왓장처럼 지붕 위를 미끄러져 땅바닥으로 떨어졌다. 그리고는 움직이지 않았다.

그때 카지모도는 눈을 들어 그 집시 처녀가 있는 쪽을 보았다. 교수대에 매달린 처녀의 몸이 단말마의 고통 때문에 흰 옷 밑에서 몸서리치는 것을 아득히 먼 곳에서도 알 수 있었다. 다시 부주교 쪽으로 눈길을 돌려 탑 밑에 쭉 뻗어 있는 부주교를 보니 이미 인간의 형체를 하고 있지 않았다. 카지모도는 가슴속에서 울려 오는 오열의 흐느낌과 더불어 이렇게 말했다.

"아! 내가 사랑했던 사람은 모두……."

페뷔스의 결혼

그날 저녁, 주교의 재판관들이 와서 광장의 돌바닥에 있던 부주교의 산산조각이 난 시체를 말끔히 치웠을 때, 이미 카지모도는 노트르담에서 사라지고 없었다.

이 사건에 대해서 여러 가지의 소문이 퍼졌다. 세상 사람들은 카지모도, 즉 악마가 클로드 프로로, 즉 마술쟁이를 약속대로 채 간 것이 틀림없다고 믿어 의심하지 않았다. 원숭이가 호두를 먹기 위해 껍질을 부수는 것처럼 카지모도가 부주교의 영혼을 끄집어내기 위해 그 육체를 부수어 버렸다고 사람들은 상상했다. 이런 까닭으로 부주교는 성지(聖地)에 매장되지 못했다.

루이 11세는 다음 해인 1483년 8월에 죽었다.

피에르 그랑고아르는 다행히 염소를 구했고, 다시 비극으로 크게 히트를 쳤다. 점성학, 철학, 건축학, 연금술 등 모든 어리석기 짝이 없는 학문을 조금씩 배운 다음 가장 우습게 보이는 비극으로 되돌아갔던 것이다. 이것이야말로 그가 말한 "마침내 비극적인 최후를 마쳤다."라는 말과 맞아떨어지는 것이었다. 그의 극작가로서의 성공에 대해 1483년 주교의 보고서에는 다음과 같은 기록이 실려 있었다.

'목수인 장 마르상과 극작가인 피에르 그랑고아르는 로마 교황 특사가 입경했을 때 파리의 샤토레에서 성사극을 만들어 배역을 정하고 이 성사극에 필요한 의상을 갖추어 무대를 만들었다. 그 보수로 그들에게 1백 리브르를 준다.'

페뷔스 드 샤토페르 또한 비극적인 최후를 마쳤다. 그는 결혼했던 것이다.

카지모도의 결혼

이미 말한 바와 같이 카지모도는 집시 처녀와 부주교가 죽던 날 노트르담에서 자취를 감추었다. 실제로 그 후 그의 모습을 본 사람도, 또 어떻게 되었는지 알고 있는 사람도 없었다. 에스메랄다가 처형되던 날 한밤중에 사형집행인들은 그녀의 시체를 교수대에서 끄집어내려 관례대로 몽포콘의 무덤으로 운반했다.

몽포콘은 소바르도 말하고 있듯이 가장 오래되고 가장 훌륭한 교수대였다. 르 탕플시와 생 마르탕시 사이에 있고, 파리의 성벽에서 약 3백 미터 정도 떨어진 곳이며, 라 쿠르치에서 그다지 멀지 않은 곳에 언뜻 보아 알 수 있을 정도로 평평한 경사로 주위 10킬로미터 정도의 곳에서라면 볼 수 있는 언덕 위에 이상한 모양을 한 건물이 한 채 보인다. 이 건물은 켈트인의 원형으로 나란히 세운 거석비와 무척 닮았고, 여기에서도 또 인간의 산재물이 바쳐졌던 것이다.

　상상을 좀 해보라. 회칠을 한 약간 높은 건물 꼭대기에 높이 5미터, 폭 10미터, 길이 13미터 정도의 돌로 된 커다란 평행육면체가 있고, 거기에 출입문이 한 개에다, 바깥쪽에 난간이 한 개, 그리고 발코니가 한 개 달려 있다. 이 발코니 위에는 거친 돌로 된 거대한 기둥이 열여섯 개 서 있다. 기둥의 높이는 10미터 정도로, 이 기둥을 밑받침하는 주춧돌과 함께 세 방향으로 주랑 모양이 되어 나란히 서 있고, 기둥 꼭대기에는 튼튼한 대들보가 가로질러 있으며, 대들보에는 군데군데 쇠사슬이 늘어져 있다. 어느 쇠사슬에나 해골이 매달려 있다. 그 부근의 평야에는 석조 십자가가 한 개, 그리고 소형의 교수대가 두 개 있는데, 이 교수대는 중앙에 있는 십자가 주위에 자란 접목처럼 보인다. 그 상공에는 까마귀가 쉴새없이 날아다니고 있다. 이것이 몽포콘이다.

　15세기 말에는, 1328년부터 서 있던 이 무서운 교수대도 이미 거의 낡아 빠진 것이 되고 말았다. 대들보는 벌레가 먹고, 쇠사슬은 녹이 슬고, 기둥은 이끼가 끼어 파랗게 되었다. 돌로 된 토대는 모두 그 이음매에 금이 가 버리고, 사람이 찾아오지 않는 발코니 위에는 푸른 풀이 돋아 있었다. 건물의 모습은 음산하게 하늘로 떠올라 있었다. 특히 밤에 희미한 달그림자가 이 흰 두개골을 비추거나, 저녁 나절의 북풍이 쇠사슬과 해골을 흔들어 엷은 어둠 속에서 이러한 것들이 모두 흔들릴 때는, 한층 더 공포가 온몸에 스며들었다. 이러한 교수대가 서 있는 것만으로도 온 주위는 불길한 장소가 되어 버리는 것이었다.

어쩐지 이 음산한 건물의 토대가 되어 있는 돌덩이 속은 텅 비어 있
었다. 그곳에는 커다란 동굴이 만들어져 있었고, 다 부서진 낡은 철
격자로 닫혀 있었다. 이 동굴 속에는 몽포콘의 쇠사슬에서 끄집어내
려진 시체뿐만 아니라 파리의 거리에 세워져 있던 다른 교수대에서
처형된 모든 불행한 사람들의 시체도 내던져져 있었다. 수많은 사람
들의 시체나 죄악이 함께 완전히 썩어 버린 이 깊은 납골당 안으로 많
은 높은 분들과 많은 죄 없는 사람이 뒤를 이어 그 뼈를 묻으러 왔던
것이다. 몽포콘에서 최초로 처형되었으나 정의의 사람이었던 앙게
랑 드 마리니에서 시작하여, 역시 정의의 사람이었으나 처형된 코리
니 제독에서 마지막을 고할 때까지.

카지모도의 수수께끼 같은 실종에 대해서는 다음에 적은 것 이외
에는 알려진 것이 없다.

이 이야기의 결말이 된 사건이 있은 지 약 2년, 어쩌면 1년 반 정도
지났을 즈음, 마침 이틀 전에 교수형을 당한 올리비에 르 단에 대해서
샤를 8세가 특사를 내렸기 때문에 생로랑 성당의 묘지에 정중하게
매장하기 위해 사람들은 그 시체를 찾으러 몽포콘의 동굴에 왔다. 그
때 무시무시한 해골 속에서 두 개의 해골이 발견되었다.

그중 한 개는 괴상한 모습으로 다른 하나를 끌어안고 있었다. 한 개
의 해골은 여자였는데, 옛날에는 희었을 것으로 생각되는 무지의 천
으로 만든 옷 조각이 아직 몇 가닥인가 붙어 있었다. 또한 그 목에는
초록색의 유리구슬로 된 장식이 붙어 있고, 속이 텅 비어 있는, 비단
으로 만든 작은 주머니와 함께 호박구슬로 만든 목걸이가 걸려 있었

다. 이런 물건은 대단한 가치가 없었기 때문에 사형집행인이 탐을 내
지 않았던 듯싶다. 그 뼈를 꼭 끌어안고 있는 또 하나의 해골은 사나
이였다. 보니 등골은 구부러지고 머리는 견갑골 속에 박혀 있고, 한
쪽 발은 다른쪽보다 짧았다. 게다가 목의 척추골이 조금도 부서지지
않은 것으로 보아 이 사나이가 교수형에 처해지지 않았다는 것은 확
실했다. 이 해골의 주인은 이곳에 찾아와 여기서 죽은 것이었다. 이
해골을 그것이 끌어안고 있는 해골에서 떼어 놓으려 하자 백골은 부
서져 가루가 되어 버렸다.

독후감 길라잡이

시인 그랑고아르는 광인 축제일을 맞아 연극을 상연하는 날 저녁, 그레브 광장에서 아리따운 집시 아가씨 에스메랄다가 춤추고 있는 것을 봅니다. 집시 아가씨가 춤을 중단하고 염소에게 재주를 부리게 할 즈음, 광장 모퉁이의 조그만 방에서 불쌍한 여인 하나가 어둠 속에서 그녀에게 저주를 퍼붓는 소리가 들립니다. 그녀는 오래전 집시가 딸을 데려간 후 수년간을 노트르담 성당에서 참회와 회개의 기도를 보내고 집시들을 증오하게 된 여인입니다.

잠시 뒤, 집시와 거지패는 자신들만의 행진을 시작합니다. 그리고 그 행진의 정점에는, 꼽추 카지모도가 교황의 복장을 하고 우스꽝스럽게 서 있습니다. 그는 자신의 신체에 가해진 형극을 잊은 듯 진짜 교황인 양 한껏 지위에 취하지만, 그 꼴은 우스꽝스러웠습니다. 그 모습에 사람들은 박수와 조롱을 동시에 해대었지만, 카지모도는 그것을 모두 진실한 것으로 받아들입니다.

그런데 갑자기 어느 곳에선가 사제복을 입은 사람이 행렬을 밀치고 카지모도에게 다가갔습니다. 바로 곱사등이 카지모도를 데려다 키운 프로로 부주교였습니다. 사람들은 광인 축제를 망친 그에게 달려들려고 했지만, 카지모도의 괴기스러울 만큼 강인한 육체 앞에 모두 엉거주춤합니다. 카지모도는 몰려드는 무리에게 매서운 시선을 던지며 그들을 물리치고, 프로로와 함께 어둠 속으로 사라집니다.

그랑고아르는 무턱대고 그 집시 아가씨의 뒤를 따라가기 시작합니다. 에스메랄다는 그의 미행을 눈치 채고 종종 뒤를 돌아보며 걱정스러움과 조롱이 담긴 눈을 찡그렸지만, 그랑고아르는 그런 그녀의 모습을 귀엽다고 생각했습니다. 그런데 잠시 뒤 카지모도와 한 남자가 그녀를 납치하려는 것을 목격합니다. 다행히 주변에는 야경대장 페뷔스 드 샤토페르의 헌병부대가 있었으며, 그의 개입으로 그녀는 구출되었고, 잘생긴 구조자 페뷔스에게 한눈에 반하게 됩니다.

배회하던 그랑고아르는 에스메랄다를 따라온 자신이 길을 잃었다는 사실을 알게 됩니다. 결국 그랑고아르는 거지들의 본거지인 기적궁에서 영토를 침범한 죄인으로 재판을 받습니다. 거지왕은 그랑고아르에게 교수형을 선고하고, 그랑고아르는 영락없이 죽음을 앞두게 되지만, 에스메랄다와의 결혼으로 탈출합니다.

카지모도는 전날 밤의 폭행 후 체포되어 재판을 받습니다. 여기서 판관은 늙은이라 귀머거리나 다름없었는데, 카지모도 역시 선천적인 귀머거리였습니다. 귀머거리가 귀머거리를 재판하는 우스꽝스러운 일이 일어나자 좌중은 폭소했고, 대신 시장이 들어와 재판하지만 동문서답을 하는 카지모도에게 화가 나 그에게 태형을 내립니다. 그가 형벌을 받는 동안 천민들과 프로로 부주교의 동생은 그를 비난하고 조롱거리로 만들며 그의 고통을 즐거워합니다. 심지어 나귀를 타고 온 프로로 부주교조차 그의 고통을 본체만체하며 돌아가고, 카지모도는 이에 절망합니다. 두 시간 동안의 태형이 끝나고 카지모도는 군중에게 물을 달라고 절규하지만, 그에게 돌아온 것은 조롱과 비난뿐이었습니다. 그때 에스메랄다가 층계를 뛰어 올라와 그의 입술에 물

통을 대 주고 그가 물을 마실 수 있게 해 주었습니다. 카지모도는 신체의 형극으로부터 말미암은 오래된 절망이 해갈되는 것을 느끼며 눈물을 흘리고, 그녀의 손에 입술을 맞추어 감사를 표하려고 하지만, 그녀는 전날 밤의 습격을 기억했는지 놀란 고양이처럼 몸을 뒤로 빼 경계합니다.

얼마 후, 귀족들의 연회에서 소녀 베랑제르는 성문 앞에서 예쁜 아가씨가 춤추는 것을 발견하고, 페뷔스의 약혼자인 플뢰르 드 리스에게 이야기하자, 그녀는 얼마 전 페뷔스가 이야기했던 보헤미안 여자를 구출한 무용담을 상기해냈습니다. 플뢰르 드 리스의 요청으로 에스메랄다가 연회장에 들어오자, 회장의 모든 사람들이 그녀의 미모를 보고 놀랍니다. 특히나 회장의 여인들은 그녀의 미모를 시기하여 옷차림과 행실을 흠잡기 시작하지만, 페뷔스는 그녀의 미모를 보고 바람기가 발동하여 그녀를 보호하는 발언을 종종 하게 됩니다. 여인들은 조롱의 목적으로 에스메랄다에게 염소를 통한 마법을 보여 달라고 요구하고, 그녀가 보일 것이 없다고 하자 베랑제르는 염소를 데리고 옵니다. 염소 목에는 주머니가 달려 있었는데, 베랑제르가 그 주머니를 풀자 속에는 알파벳이 들어 있었고, 염소는 그 알파벳을 짜 맞추어 페뷔스의 이름을 땅에 씁니다. 이때 묘한 긴장이 감도는데, 페뷔스는 그날의 사건으로 에스메랄다가 자신을 사랑한다는 것을 깨닫고, 플뢰르 드 리스는 그녀가 새로운 연적으로 등장했음을 깨닫습니다.

얼마 뒤, 프로로 부주교는 그랑고아르에게서 에스메랄다의 남편이 된 사연을 모두 듣습니다. 또한 '페뷔스'라는 말을 에스메랄다가 중얼거린다는 이야기를 듣고 프로로는 이상한 기운을 감지합니다. 어느 날, 프로로는 자신의 방탕한 동생 장이 장교 페뷔스와 이야기 나누는 것을 훔쳐 듣게 됩니다. 그 내용은 페뷔스와 장이 술을 마시러 갈 것이며, 오늘 밤 에스메랄다와 페뷔스가 밀회를 하기로 했다는 것입니다.

그날 밤 망토를 두른 미지의 사나이가 페뷔스의 거처로 찾아갔고, 자는 페뷔스를 깨워 밀회에 대해 알고 있다고 말한 뒤, 그를 살해하겠다는 의도를 밝힙니다. 페뷔스가 칼을 꺼내자 망토 사내는 결투를 다음으로 미루는 대신 돈을 주며 밀회의 여인을 만나기로 한 장소에 자신을 숨겨 달라고 합니다.

밀회의 장소에서 페뷔스와 에스메랄다는 키스를, 그것도 격정적인 두 번의 키스를 하게 됩니다. 옆 창가에서 지켜보던 망토의 남자, 프로로 부주교는 단도를 들고 조심스레 다가와 키스 중인 페뷔스를 찌르고, 그 충격으로 에스메랄다는 기절합니다.

장교를 죽인 혐의로 재판이 열렸고, 에스메랄다는 어느새 악마 염소와 공모하여 마술을 부려 장교를 죽인 범인이 되었습니다. 염소에게 가르친 재주는 악마의 마술로 재판장에서 판단되었으며, 염소가 카드를 조합하여 만들어 낸 '페뷔스'라는 단어로 인해 그녀의 살인혐의는 강해졌고, 결국 그녀와 그녀의 염소는 교수형에 처했습니다.

교수형을 앞둔 전날, 프로로 부주교는 에스메랄다에게 찾아갔습니다. 그녀는 그가 자신을 이렇게 만든 사람임을 알아보고 절규하지만, 오히려 프로로는 사랑을 고백합니다. 그러나 에스메랄다는 그의 사랑을 받아들이지 않고, 대신 페뷔스의 생사를 묻습니다. 프로로는 페뷔스의 죽음을 알리며 다시 사랑을 구걸하지만 그녀는 졸도해 버립니다.

그러나 페뷔스는 죽지 않았으며, 자신이 휘말려 들게 된 사건으로부터 멀어지려고 노력합니다. 다행히도 그 사건에서 그는 이름이 삭제된 채 '장교'로만 불리고 있을 뿐이었습니다. 그는 그 사건에 더 이상 연관되지 않으려고 약혼자 플뢰르 드 리스를 찾아갔고, 그곳에서 시간을 보냅니다. 창가를 보던 플뢰르 드 리스는 에스메랄다가 교수대로 호송되는 모습을 보고 페뷔스를 부르지만 그는 모른 척할 뿐입니다.

창가의 페뷔스를 본 에스메랄다는 프로로가 사랑을 얻기 위해 거짓말했다고 생각하며 애타게 페뷔스를 불렀습니다. 그녀는 자신이 페뷔스를 죽인 죄로 교수형에 처한 걸 깨닫고는 창가의 페뷔스에게 외칩니다. "당신도 그런 줄 알고 있나요?"

교수대 앞에서 사형의 마지막 과정을 밟던 중, 번개같이 빠른 움직임이 포착됩니다. 카지모도가 나타나 죄인을 붙잡고 있는 두 사내를 때려눕히고 에스메랄다를 구출합니다.

카지모도가 그녀를 구출했다는 사실을 알게 된 프로로는 다시 번뇌합니다. 그는 수도원의 부주교였으므로 당연히 종탑의 열쇠를 가지고 있었고, 종탑지기 카지모도가 그녀를 숨겨둔 종탑에 언제든 찾아갈 수 있었습니다. 욕망을 이기지 못한 그는 종탑으로 가서 에스메랄다를 겁탈하려고 합니다. 때마침 카지모도가 나타나 신부를 깔아뭉갭니다. 어둠은 카지모도가 그 남자를 신부로 알아채지 못하도록 돕고 있었고, 카지모도는 종탑의 독방으로 그를 데려갑니다. 달빛에 비친 남자의 모습을 본 카지모도는 그가 프로로 부주교라는 것을 깨닫습니다. 상황이 바뀐 두 사람은 이제 신부가 카지모도에게 으르렁거리기 시작합니다. 에스메랄다가 카지모도의 식칼을 뺏어 들고 신부를 협박하자, 신부는 자신의 독방으로 돌아가며 중얼거립니다. "아무도 그녀를 갖지 못하리라."

프로로는 카지모도에게서 에스메랄다를 빼앗을 궁리 끝에 그랑고아르를 이용합니다. 부주교의 끔찍한 간계를 추호도 눈치 채지 못한 시인은 종지기에게서 에스메랄다를 빼앗기 위해, 자기와 한패인 거지들에게 에스메랄다가 잡혀 있다고 해서 성당을 공격하게 합니다.

클로드 프로로는 카지모도가 공격자들에 대항하여 홀로 성당을 지키는 데 몰두한 틈을 타 에스메랄다를 뺏어냅니다. 그러나 집시 아가씨가 그레브 광장 너머까지 그를 따라가는 것을 거절하자, 그는 집시들을 증오하는 은자님의 손에 그녀를 맡겨놓고, 교수대에서 도망친 그녀가 은자님의 처소에 있다는 사실을 고발하러 갑니다.

한편 은자님은 에스메랄다가 옛날에 집시들이 몰래 데려간 자기 딸이라는 사실을 목의 증표로 알아보고는, 야경대가 그녀를 찾아왔을 때 도망쳤다고 거짓말합니다. 그러나 야경대원들이 중얼거리는

323

목소리를 조심스레 듣던 에스메랄다는 언뜻 섞여 들어간 페뷔스의 목소리를 듣고는, 감정을 주체하지 못하고 그의 이름을 부릅니다. 그러자 야경대원들은 그녀를 발견하게 되고, 그녀를 교수대로 끌고 가서 목을 매답니다.

이때 프로로는 종탑에 올라 교수형에 처한 그녀를 바라보고 있었지만, 카지모도는 프로로의 시선을 쫓다가 그 광경을 보게 됩니다. 희미한 형체의 여인이 보였는데, 그것은 에스메랄다가 분명했습니다. 에스메랄다가 교수형에 처해진 것이 확실하다고 느껴지자, 카지모도는 심판자처럼 클로드 프로로를 종탑의 밑으로 떨어뜨립니다. 한편 페뷔스 대장은 부상에서 쾌유하여 플뢰르 드 리스와 결혼합니다.

세월이 흐른 어느 날, 사람들이 교수형당한 시체들을 보관하는 곳에 찾아가 보니, 그곳에는 에스메랄다의 뼈를 끌어안고 있는 카지모도의 해골이 있었습니다.

❷ 작품 분석하기

(1) 구성과 플롯, 기법에 대하여

이 작품은 총 10장으로 구성된 장편 소설입니다. 대체로 시간 순서대로 진행되지만 중간에 인물의 과거 이야기를 덧붙여 행동의 이유를 설명하는 시간의 이동이 일어나기도 합니다. 이는 작가가 독자를 이끌고 직접 과거로 간다는 점에서 회상 장면과는 다릅니다. 또

한 차후 작품의 이해를 위해 노트르담 성당이나 파리의 경관에 대한 설명이 이어지는 등 소설적이지 않다고 여겨지는 부분도 많습니다. 그러나 이러한 장면 역시도 낭만주의 특유의 방대한 묘사로 아름다운 상상을 가능하도록 함으로써 충분한 문학적 당위성을 지니고 있습니다.

이야기 진행의 감각 방식에 대한 작가의 개입도 두드러집니다. 작가가 전면에 나서서 독자들에게 질문을 던지는 부분도 있고, 괄호를 이용해 사건에 대한 작가의 생각을 첨부해 놓은 부분도 있습니다. 이는 소설의 몰입도를 떨어뜨리기보다는, 이야기 자체를 작가와 독자가 함께 공유하기 때문에 사용되는 기법이라고 보는 것이 적절합니다. 낭만주의 소설의 스토리텔링은 마치 거리에서 변사가 독자들에게 재미있는 이야기를 던지는 식으로 진행됩니다.

따라서 작가는 폭발적인 이야기의 전개를 위해 모든 인물의 관계를 묘사해야 하므로 3인칭 전지적 작가 시점을 사용했습니다. 덕분에 이 소설은 인물의 심리를 모두 파헤치듯 적나라하게 묘사합니다. 그래서 독자들은 모든 인물의 심리를 피부 그대로 느끼며 이야기를 읽어나가게 되는 것입니다.

(2) 소재와 내용에 대하여

작품의 소재는 파리와 노트르담 전체입니다. 작가는 이 소설을 통해 노트르담 성당 주변 모든 인물, 계층의 관계를 드러내려고 했습니다. 신부와 귀족, 집시와 거지로 이분되는 세계 속에서 저마다의 성

격에 따라 그리고 자신이 처해진 위치에 따라 인물들은 자신의 '숙명'을 걸어가게 됩니다. 그것은 15세기 파리와 노트르담 성당의 '숙명'이기도 했습니다.

중세 세계 속에서 신부들은 강한 도덕 및 성적 정결을 요구받았습니다. 그에 반해 집시와 거지패는 인간 취급도 받지 못했으며 더불어 인간으로 취급되지 않기에 도덕과 성적인 면 역시 자유로웠습니다. 그러나 이 둘은 같은 인간이었고, 그 안에는 집시의 순수가 있을 수 있었으며, 신부의 욕망이 있을 수 있었습니다. 이는 모순으로 기능하게 되었고, 그 모순이 세대를 살아가는 각 인물에게 '숙명'을 부여했던 것입니다.

또한 소설을 읽다 보면, 작가가 파리와 노트르담을 문학 작품 속에서 복원하고 있다는 느낌을 많이 받습니다. 15세기 파리의 풍광과 생활상을 소재로 삼았고, 그 가치를 설명하는 부분도 찾아볼 수 있습니다.

더하여 이 작품은 '사랑'이 인간에게 어떤 현상, 어떤 실재적 관계로 나타나는지에 주목하고 있습니다. 카지모도의 순수한 사랑, 프로로의 왜곡된 사랑, 페뷔스의 가벼운 사랑, 에스메랄다의 감정적 사랑, 은자님의 긴박한 사랑 등 다양한 사랑의 양태를 관찰할 수 있는데, 이 다양한 사랑의 양태가 각 인물의 성격과 환경에 의해 영향을 받아 형성되었다는 점이 특기할만합니다.

▎프로로 부주교▎ 노트르담 성당의 신부입니다. 그는 신학, 연금술, 점성술 등에 능통한 학자이기도 합니다. 어릴 적 부모님의 부재로 동생 장 프로로를 데리고 혼자서 살아나가야 했기에 강하고 근엄한 성격을 갖게 되었습니다. 중세 시대 신부로서, 맏이로서 사는 그를 구속하고 억압하는 것은 너무나 많았습니다. 그는 그 규제들을 자신의 것으로 내면화하려고 했지만 어느 날 보게 된 아름다운 집시 여인 에스메랄다의 춤을 보고 욕망의 폭발을 경험합니다. 이후 주체할 수 없는 사랑과 신부라는 위치에서 갈등하는 그는 질투와 시기 끝에 결국 살인까지 저지르게 되고, 사랑했던 여인 에스메랄다마저도 불행으로 이끄는 장본인이 됩니다.

▎카지모도▎ 노트르담 성당의 종지기입니다. 곱사등에 절름발, 한쪽 눈엔 커다란 혹까지 있어 괴물처럼 생긴 그는, 어릴 적 성당 주변에 버려진 것을 프로로 부주교가 데려다가 키운 아이입니다. 카지모도는 힘이 아주 세고 성질이 포악하지만, 프로로 부주교의 말 만큼은 잘 듣습니다. 어느 날 형벌을 받고 있는 카지모도를 모두가 조롱하는 가운데 에스메랄다가 그를 위해 물 한 모금을 떠 주자, 카지모도는 외모로 인한 오랜 절망을 눈물로 씻고 그녀를 사랑하게 됩니다.

▎에스메랄다▎ 노트르담 성당 주변의 거리에서 춤을 추고 염소더

러 재주를 부리게 해 먹고사는 집시 여인입니다. 아름다운 외모 때문에 뭇 남성들의 선망 대상이 되지만, 부모를 찾게 해 주는 부적의 효력을 잃지 않기 위해 집시답지 않은 정결한 생활을 합니다. 잔인한 꼴을 견디기 어려워하는 착한 마음씨도 갖고 있습니다. 그녀는 납치될 뻔한 자신을 구해 준 페뷔스에게 반해 사랑에 빠지게 됩니다. 순수하지만, 순진해서 상처를 주고, 또 받게 되는 인물입니다.

┃**페뷔스**┃ 헌병 기사단의 장교입니다. 잘생긴 청년으로, 약혼자가 있음에도 뭇 여성들에게 접근하는 호색한입니다. 납치될 뻔했던 에스메랄다를 구해 주고 약혼자 몰래 그녀와 연인의 관계를 맺고 성적으로 접근합니다. 그러나 에스메랄다와 달리 그는 진지한 마음으로 그녀를 만나는 것은 아니었습니다. 그는 인생이 불편해지는 것이 싫어 그녀의 무죄를 알고도 모른 체합니다.

┃**은자님**┃ 오래전 집시들이 딸아이를 데려간 후 성당에서 참회와 회개의 기도를 하는 은둔자입니다. 그래서 그녀는 집시와 거지패를 몹시 싫어합니다. 그들이 모여 있는 곳에 언제나 조롱과 비난을 퍼붓습니다. 강단이 있는 여성이지만, 마음속에는 딸아이를 그리워하는 마음으로 슬픔이 가득합니다.

빅토르 마리 위고는 1802년 2월 26일 브장송에서 태어났습니다. 그는 나폴레옹의 휘하에서 장군까지 진급한 아버지를 따라 어린 시절부터 프랑스와 이탈리아, 에스파냐의 여러 도시를 다녔습니다. 훗날 아버지의 바람대로 대학에 진학해서 법학을 공부하면서도, 위고는 시 창작에 몰두하며 문학에 대한 꿈을 키워나가고 있었습니다. 불과 14살 때인 1816년 7월 10일 일기에서 위고는 당대의 저명한 작가 겸 정치가 프랑수아 샤토브리앙을 의식한 의미심장한 발언을 남겼습니다.

"샤토브리앙처럼 되고 싶다. 그렇게 되지 못한다면 누구도 닮고 싶지 않다."

위고는 소꿉친구인 아델 푸세와 결혼한 후 낸 첫 시집 《오드》(1822)로 주목을 받았고, 희곡 《크롬웰》(1827)과 시집 《동방 시집》(1829)을 간행하고 문단의 총아로 알려졌습니다. 그리고 《크롬웰》은 고전주의 연극의 신조였던 이른바 '삼일치의 법칙'(행위, 시간, 장소의 통일)을 과감히 깨트린 작품으로 큰 화제가 되었습니다.

당대에는 워낙 파격적이어서 상연이 불가능했지만, 그 희곡의 서문이 열광적인 반응을 불러일으키면서 위고는 낭만주의 운동의 지도자로 급부상합니다. 희곡 《에르나니》(1830)는 객석에서 고전주의자와 낭만주의자가 저마다 야유와 박수를 보내는 대소동의 와중에서도 큰 성공을 거두었고, 소설 《파리의 노트르담》(1831)은 소설가로서 위고의 명성을 확고히 해 주었습니다.

위고의 생애를 이야기하려면 그 주위의 수많은 여인들을 언급하지 않을 수 없습니다. 자녀를 넷이나 낳은 본처 아델은 남편의 외도에 염증을 느낀 나머지 자신도 비평가 생트뵈브와 외도 행각을 벌였지만, 그래도 40년 넘게 꿋꿋이 가정을 지켰습니다. 수많은 여인들과 염문을 뿌린 위고의 애정 행각은 말년까지도 계속되었지만, 그중 가장 가까웠던 애인은 《레 미제라블》의 원고를 정서하고 망명지까지 따라가는 등 그를 물심양면으로 지원한 쥘리에트였습니다.

1841년에 위고는 아카데미 프랑세즈의 회원으로 선출되었지만, 1843년 가을에 제일 아끼던 딸 레오폴딘이 익사하는 사건으로 큰 충격을 받았습니다. 우울증에 시달린 위고는 작품 활동을 한동안 중단했는데, 문학 대신 정치 활동에 관심을 갖게 되었습니다. 1845년 왕실과의 친분으로 자작 작위를 받았지만, 그해 여름에 여배우와의 간통 혐의로 경찰에 체포되어 감옥에 수감되는 굴욕을 맛보자, 그는 대외 활동을 중단하고 칩거한 채 대작 《레 미제라블》의 집필에 몰두했습니다.

이후 그는 정치 활동에서 표면적으로 자주 정치 노선을 갈아타는데, 그 이유는 정치적 색채를 중요하게 여긴 것이 아니라 '인도주의'를 중요시했기 때문입니다. 위고는 인도적인 정부를 지지했기 때문에, 급변하는 정치 현실에 정권을 잡게 되면 정치 효율을 위해 인도주의를 무시하는 정부에 반대하여 항상 자신의 정치적 기반을 떠나는 행위를 반복할 수밖에 없었습니다.

1848년에 2월 혁명이 일어나자 위고는 보궐 선거에서 국회의원으로 당선되었습니다. 대통령 선거에서 위고는 루이 나폴레옹을 지지했지만, 곧이어 반동 정치가 시작되자 격렬하게 정부를 비판했습니다. 1851년 12월, 나폴레옹이 쿠데타를 일으켜 제정을 선언하자, 반정부 인사로 낙인찍힌 위고는 벨기에로 피신했습니다. 망명 중에도 프랑스 정부를 비판하는 글을 계속 발표하던 위고는 결국 벨기에에서 추방되어 프랑스 서부 해안에서 가까운 영국령 채널 제도의 건지 섬으로 향했습니다.

1859년에 나폴레옹은 위고의 사면령을 내렸지만, 그는 이를 거부하고 여전히 망명지에 남았습니다. 고독한 망명 생활 중에서 창작열은 더욱 뜨거워졌고, 위고의 시집 가운데 최고 걸작으로 손꼽히는 《정관 시집》(1856)을 비롯해 《세기의 전설》(1859), 《레 미제라블》(1862), 《바다의 노동자》(1866), 《웃는 남자》(1869) 등의 대표작이 연이어 간행되었습니다. 1870년에 프로이센과의 전쟁으로 나폴레옹의 제2제정이 몰락하자, 위고는 9월 5일 밤에 기차를 타고 파리에 도착해서 대대적인 환영을 받았습니다. 이후 위고는 국회의원에도 당선되었지만 현실에 실망한 나머지 금세 의원직을 포기했습니다.

그해 3월 13일에 위고의 큰아들이 갑작스레 사망하고, 불과 일주일 뒤에 파리에서는 코뮌이 수립되었다가 두어 달 만에 해체되었습니다. 벨기에에 머물던 위고는 비록 코뮌을 지지하지는 않았지만 그 가담자들을 가혹하게 처벌하는 데 반대했는데, 그로 인해 위고는 졸지에 코뮌 동조자로 오해받아 벨기에에서 추방당했고, 이후 파리로 돌아와서도 냉대를 받았습니다. 실망한 위고는 가족과 함께 예전의 망명지인 건지 섬으로 떠나, 그곳에서 1년간 머물며 말년의 대표작인 《93년》(1873)을 집필했습니다. 1876년에는 상원의원으로 당선되었지만, 1878년에 뇌출혈을 일으킴으로써 결국 정계에서 은퇴했습니다.

1881년 2월 26일, 위고의 80살 생일은 임시 공휴일로 지정되었고, 군중이 그의 집을 찾아와 박수갈채를 보냈습니다. 삶이 얼마 남지 않았음을 실감한 위고는 8월 31일에 유언장을 썼습니다.

"신과 영혼, 책임감. 이 세 가지 사상만 있으면 충분하다. 적어도 내겐 충분했다. 그것이 진정한 종교이다. 나는 그 속에서 살아왔고 그 속에서 죽을 것이다. 진리와 광명, 정의, 양심, 그것이 바로 신이다. 가난한 사람들 앞으로 4만 프랑의 돈을 남긴다. 극빈자들의 관 만드는 재료를 사는 데 쓰이길 바란다. …… 내 육신의 눈은 감길 것이나 영혼의 눈은 언제까지나 열려 있을 것이다. 교회의 기도를 거부한다. 바라는 것은 영혼으로부터 나오는 단 한 사람의 기도이다."

1885년 5월 18일에 위고는 폐렴으로 자리에 누웠고, 22일 파리에서 사망했습니다. "검은빛이 보인다."라고 한 것이 마지막 말이었습니다. 6월 1일에 장례식이 국장으로 치러졌고, 200만 명의 인파가 뒤를 따르는 가운데 위고의 유해는 판테온에 안장되었습니다.

자, 그러면 작가 연보를 알아볼까요?

1802년   2월 26일 브장송에서 출생.

1803~1818년   나폴레옹 휘하의 장군이었던 아버지를 따라 이탈

리아, 스페인 등지로 돌아다녔고, 마드리드의 귀족
신학교를 잠시 다녔으며, 파리로 돌아와서는 옛 수
녀원이었던 레 푀양틴의 저택에서 살았다. 코르디
에 기숙학교에 이어서 루이 르 그랑 중학교에서 수
학하며 독서와 시 창작에 몰두했다.

1819년　《르 콩세르바퇴르 리레테르》 창간. 툴루즈의 아카
데미 '죄 플로로'에서 입상.

1821년　어머니 사망.

1822년　아델 푸세와 결혼. 첫 시집 《오드와 기타》로 호평
을 얻고, 루이 18세로부터 연금을 받다.

1823년　소설 《아이슬란드의 한》 간행. 잡지 《라 뮈즈 프랑
세즈》를 창간.

1824년　장녀 레오폴딘 위고의 출생. 《신 오드》 간행.

1826년　소설 《뷔그 자르갈》 간행. 《오드와 발라드》 간행.
장남 샤를 위고의 출생.

1827년　그를 중심으로 한 젊은 시인들의 모임 세나클 발
족. 희곡 《크롬웰》과 이 희곡의 서문(낭만주의의 선
언서) 발표.

1828년　아버지 위고 장군의 사망. 차남 프랑수아 빅토르
위고의 출생.

1829년　《동방 시집》, 소설 《어느 사형수의 마지막 날》 간
행. 희곡 《마리옹 드 로름》의 상연 금지.

1830년　　　《에르나니》의 첫 상연. 이것은 고전파와 낭만파의
싸움을 빚어내어 후자의 승리로 돌아갔다. 차녀 아
델 위고 출생.

1831년　　　시《가을의 나뭇잎》, 소설《파리의 노트르담》 간행,
희곡《마리옹 드 로름》 상연.

1833년　　　희곡《뤼크레스 보르지아》,《마리 튀도르》 상연. 여
배우 쥘리에트 드루에와의 관계 시작.

1834년　　　《문학과 철학 잡론집》 간행. 소설《클로드 괴》 간행.

1838년　　　희곡《뤼이 블라스》 상연.

1840년　　　시《빛과 그림자》 간행.

1841년　　　아카데미 프랑세즈 회원에 뽑힘.

1842년　　　기행문《라인 강》 간행.

1843년　　　희곡《레 뷔르그라브》의 실패. 차녀 레오폴딘이 남
편과 함께 센 강에서 익사. 모든 집필 중지.

1845년　　　정계에 진출하여 국왕 루이 필리프에 의하여 상원
의원으로 임명.

1849년　　　민주주의자가 되어 입헌 의회 의원에 이어서 입법
의회 의원에 당선.

1851년　　　쿠데타 이후 추방되어 브뤼셀에 망명.

1852년　　　브뤼셀에서 정치론《소인 나폴레옹》 간행. 이어서
영국해협 저지 섬으로 이주.

1853년　　　《징벌 시집》 브뤼셀에서 간행.

1856년	《관조 시집》간행.
1859년	서사시《제 세기의 전설》간행.
1862년	《레 미제라블》간행.
1963년	《그의 생애의 목격자가 말하는 빅토르 위고》간행.
1864년	평전《윌리엄 셰익스피어》간행.
1868년	빅토르 위고의 부인 브뤼셀에서 사망.
1870년	제정의전복과 더불어 파리에 귀환.
1871년	파리에서 국회의원에 당선되었으나, 얼마 지나지 않아 사직.
1876년	파리에서 상원 의원에 당선.
1877년	《세기의 전설》(제2집 및 제3집), 시《할아버지 노릇 하는 기술》,《어느 죄인의 이야기》간행.
1878년	시《교황》간행.
1880년	시《종교들과 종교》,《나귀》간행.
1881년	시《정신의 사방위》간행.
1883년	《제 세기의 전설》간행. 쥘리에트 드루에 사망.
1885년	5월 22일 사망. 6월 1일 국장으로 판테온에 매장.

❺ 시대와 연관 짓기

이 소설의 시대적 배경은 15세기입니다. 당시는 중세로, 고딕 양식의 종교 예술이 발달한 시대였습니다. 그중에서도 특별히 건축 양식은 생활의 공간임과 동시에 사람들의 생각을 기록하고 사상을 표현하는 주된 매체였습니다. 지금과는 달리 인쇄술이 발달되지 않아 텍스트로 소통하는 것이 어려웠으며 대부분의 사상이나 생각은 그림, 조각, 제의의 결집체인 '건축 양식'으로 나타났습니다. 즉, 중세의 사상과 예술의 보고는 중세 건축물을 통해 드러나 있었습니다. 중세는 종교적으로는 융성기일 수 있으나, 인본적인 관점에서는 암흑기라고 볼 수 있는 시대인데, 사람들의 욕망은 철저하게 억압되었고, 지배 계층은 부패했으며, 사람들 간에는 서로에 대한 신앙적인 불신이 있었습니다. 이러한 사회적 분위기는 엄격하고 웅장한 종교적 제의로 나타나기도 했지만, 성스러운 건축물 주변의 빈민가에서는 모든 것을 뒤집어엎고자 하는 은밀한 카니발리즘으로 나타나기도 했습니다. 이 작품의 전반부에서는 이러한 중세 파리의 분위기를 방대한 분량으로 묘사하고 있으며, 중후반부에서는 각 인물이 중세를 살아가는 모습을 극적 전개와 함께 상징적으로 그려 내고 있습니다.

그런데 저자인 빅토르 위고는 이러한 중세(15세기)의 세계, 사상, 예술, 건축이 융합된 세계를 18세기에 그려 내었습니다. 18세기 당시 《파리의 노트르담》 저자 빅토르 위고는 낭만주의 문학가였습니다. 우리는 노트르담을 읽으면서 작품의 극적 구성이나, 묘사 장면에서 마치 그 자리에서 인물의 심리가 폭발하듯이 터져 나와 우리의 심금을 울리는 것을 목격하게 되는데, 이러한 서술 방식이 바로 낭만주의가 추구하는 문학이었습니다. 이론적으로 낭만주의 문학은 고전주의문학과 대립되는 말인데, 그 기원은 인류의 역사와 함께 오래되었으나 특히 18세기 말에서 19세기 초 사이에 유럽 전역에 걸쳐 여러 나라의 민족정신 각성과 때를 같이하여 발생한 문학사조입니다.

낭만주의는, 절대왕정과 가톨릭교회의 지배하에 있으면서 그리스·로마에서 규범을 찾으려는 고전주의가 우세했던 프랑스에 비해, 종교개혁이 개인주의를 조장하고 감정적 신비주의를 발생시킨 영국과 독일에서 먼저 싹텄습니다.

프랑스에서는 루소가 리처드슨의 영향을 받아 열렬한 문체로 청순한 사랑을 그린 《신 엘로이스》가 전 유럽을 풍미했고, 다시 거기에 호응하듯 괴테의 《젊은 베르테르의 슬픔》이 출간되어 낭만주의의 기운을 결정적으로 만들었습니다. 프랑스 혁명으로부터 나폴레옹 제정 시대에 걸쳐, 전쟁과 내정의 혼란을 거듭하던 프랑스에서는 피에르의 《폴과 비르지니》, 스탈 부인의 《문학론 : 사회제도와의 관계에서 본 문학》, 《독일론》, 샤토브리앙의 《그리스도교 정수》 등의 낭만주의 작품이 나타나기 시작했습니다.

프랑스에서 본격적인 낭만주의 운동이 시작된 것은 라마르틴의 《명상 시집》(1820)에서 비롯되는데, 그때 이미 영국과 독일에서는 이 사조가 쇠퇴하기 시작하고 있을 때였습니다. 그러나 낭만주의는 프랑스에서 가장 활발한 전개를 보였고, 큰 문학적 영향을 끼쳤습니다. 문학과 사회와의 상관관계를 강조한 스탈 부인과, 그리스도교를 문학적으로 해석한 샤토브리앙을 선구자로 하여, 라마르틴, 위고, 비니, 뮈세 등의 시인이 결속해 서정시와 연극 분야에서 고전주의의 아류를 타도했습니다.

낭만주의는 처음에는 스탕달 등 자유주의파와 위고 등 왕당파로 분열되어 있었으나, 왕당파의 맹주 위고가 "낭만주의란 문학에서의 자유주의이다"라고 선언함으로써 낭만주의 분파 간의 통합이 완성되었습니다. 위고의 사극《에르나니》를 초연하던 날, 드디어 낭만주의파가 고전극에 대한 논쟁에서 결정적인 승리를 거두었습니다. 그러나 낭만주의 문학 운동은 어느 나라에서나 19세기 전반 이후로는 지속되지 못했습니다.

고전주의가 이성적 질서와 균형 잡힌 형식미를 존중하여, 정적이며 조각적이었던 것에 반해 낭만주의는 정열적 자아의 해방, 국민적·지방적 전통에의 복귀, 자연에 대한 사랑, 명상적 신비주의, 미적 회고취미, 이국정서 등을 통하여 상상력의 폭을 넓혔습니다. 또한 서정시에 음악성을 회복시켰으며, 동시에 현실에의 관심을 불러일으켰습니다. 이는 이후 문학에서 상징주의와 사실주의로의 길을 열었다고 볼 수 있습니다.

❻ 작품 토론하기

❶ 프로로 부주교는 많은 것을 이룬 사람이었습니다. 집시 여인 하나 때문에 모든 것을 잃을 수도 있는 선택을 했다는 게 이해가 잘되지 않습니다. 이토록 프로로 부주교의 사랑이 왜곡된 형태로 나타난 이유는 무엇일까요?

➡ 프로로 부주교는 어릴 적 부모님이 돌아가신 이후로 동생을 맡아 키웠습니다. 따라서 그에게 젊음을 즐길 수 있는 시절은 없었습니다. 그는 일찍부터 생활에 충실해야 했던 것이었습니다. 또한 성당에서 자라 신부가 되었기 때문에 엄격한 도덕률과 성 관념에 종속되어 있었으며, 스스로 그 규율을 지키려고 무던히 노력했습니다. 이는 프로로 부주교에게 욕망을 풀어낼 창구가 없었다는 것을 나타냅니다. 그는 자신의 마음을 표현하는 방법을 배우지 못했고, 표현한 적이 없었으며, 표현하는 것이 부도덕하다고 생각했고, 표현할 수도 없었습니다. 그렇기 때문에 그의 모든 욕망은 항상 내면의 감옥에 갇힌 죄인 신세가 되었습니다.

그때 누구나 반할 수밖에 없는 아름다운 여인 에스메랄다가 나타난 것입니다. 겨우 참고 있던 마음속 욕망은, 에스메랄다의 아름다움으로 인해 고삐가 풀리고 말았습니다. 그러나 신부의 신분으로는 그녀를 합법적으로 취할 방도가 없었습니다. 그래서 그는 카지모도를 시켜 그녀를 납치해 겁탈하려고 했습니다. 이때 페뷔스가 나타나 그녀를 구해 주고, 그녀는 잘생기고 멋진 페뷔스에게 반하게 되었습니다. 후에 프로로는 이 사실을 알게 되고, 그를 미행하다가 페뷔스와 에스메랄다가 격정적인 키스를 나누는 것을 보게 됩니다. 참아 온 욕망의 끈이 끊어지는 순간이었습니다. 그는 사랑에 대해 그토록 거부해 왔기에, 일단 시작된 사랑은 극단적인 방향에서, 철저하게 왜곡된 방향에서 시작될 수밖에 없었던 것입니다. 결국 그는 페뷔스를 찔러 죽이고, 그 죄를 에스메랄다에게 덮어씌웁니다.

그는 그것을 통해서 에스메랄다가 기댈 곳이 전부 없어지면, 자신에게로 올 것으로 생각했던 것입니다. 이후 교수형에 처하게 된 에스메랄다를 카지모도가 구했을 때에도 프로로 부주교는 그녀를 강제적으로 취하려 하지만 뜻대로 되지 않았습니다. 그는 그녀를 저주하게 됩니다.

결국 프로로 부주교의 왜곡된 사랑은 프로로 부주교가 놓여 있는 성과 욕망에 대한 구속적인 환경과, 절묘하게 맞아떨어진 사랑에 대한 질투가 불러일으킨 비극입니다.

❷ 프로로, 카지모도, 페뷔스, 에스메랄다 중 누구의 사랑이 가장 순수한지 토론해 봅시다.

➡ 가장 순수한 사랑은 카지모도의 사랑입니다. 각 인물이 사랑에 빠진 과정을 생각해 보며 논의를 전개해 보도록 하겠습니다.

먼저, 프로로 부주교입니다. 그는 에스메랄다의 춤을 보고 욕망을 갖기 시작했습니다. 그러던 것이 어느새 그녀를 소유하고 싶다는 소유욕으로 발전했고, 질투의 과정을 겪으면서 왜곡된 사랑으로 발전했습니다. 그 과정에서 프로로는 에스메랄다와 인격적으로 교우한 적은 별로 없었습니다. 즉, 프로로 부주교는 에스메랄다의 빼어난 외모 때문에 그녀를 사랑한 것입니다.

페뷔스의 경우, 처음에는 집시 여인에게 별 관심이 없었습니다. 그러던 중 연회장에서 집시 여인이 매우 아름답다는 것을 깨달았고, 그녀의 육체를 소유하기 원했습니다. 그래서 마치 그녀를 사랑하는 양 포장하고 그녀와 밀회의 약속까지도 잡았습니다. 그러나 그는 그녀가 죽어가는 순간에, 자신의 인생이 불편해지는 것이 싫어 그녀의 존재를 무시합니다. 즉, 페뷔스에게 있어 에스메랄다는 단순한 육체적 노리개에 지나지 않았던 것입니다.

에스메랄다는 얼핏 보면 순수한 사랑을 한다고도 생각될 수 있습니다. 절체절명의 위기 순간에 그녀를 구해 준 페뷔스를 보고 그녀는 단번에 사랑에 빠집니다. 그러나 그것은 불의를 참지 못하는 페뷔스의 성격 때문만은 아니었습니다. 그것은 페뷔스의 외모가 출중했기 때문이었습니다. 차후 카지모도도 그녀를 절체절명의 위기 순간에서 구해 주지만, 그녀는 카지모도를 사랑하지는 않았습니다. 이는 에스메랄다가 페뷔스의 외모를 보고 사랑에 빠졌음을 증명합니다. 게다가 페뷔스의 인격을 검증하지도 않고, 마냥 페뷔스를 좋다고만 여깁니다. 이는 순수한 사랑이 아니라 순진한 사랑에 불과합니다.

카지모도의 경우는 앞의 셋과 다릅니다. 카지모도가 에스메랄다를 사랑하기 시작한 순간은 그가 형틀에서 고통스러워하고, 모두에게 조롱당할 때였습니다. 그때 에스메랄다가 가지고 온 물 한 모금에서, 그는 괴기스러운 외모에도 불구하고 자신을 불쌍히 여겨 주는 에스메랄다의 착한 성품에 감동했습니다. 이는 다른 셋과 달리 그 동기가 인격적 교감에 있는 것이 분명합니다. 왜냐하면, 카지모도는

에스메랄다가 형틀의 층계를 올라올 때, 먼저는 자신에 대한 복수를 하기 위해 오는 줄로 알고 그녀를 경계했기 때문입니다. 이는 카지모도가 그녀의 외모를 별로 신경 쓰지 않고 있었음을 증명하는 셈입니다. 또한 카지모도는 에스메랄다가 처한 절체절명의 위기 순간에서 자기 자신의 안위를 희생해 교수대에서 그녀를 구해 옵니다. 게다가 노트르담 성당에 쳐들어오는 사람들로부터 그녀를 지키기 위해 그들과 싸우기도 하고, 그녀를 겁탈하려는 신부를 저지하기도 합니다. 프로로, 페뷔스가 에스메랄다에게서 본 것은 그들 자신의 욕망뿐이었지만, 카지모도는 그녀를 위해 자신의 욕망을 내던지면서까지 희생하려 했습니다. 따라서 가장 순수한 사랑을 한 것은 카지모도입니다.

❼ 독후감 예시하기

▷▶ 독후감 1 : 카지모도의 순수한 사랑

학교에서 독서 토론 동아리를 하는 저는, 토론 때문에 이 책을 읽게 되었습니다. 처음에 선생님께서 '노트르담의 꼽추'를 읽어 오라고 하셨을 때는 어릴 때 읽었던 동화 생각이 나서 당황하기도 했습니다. 인터넷 검색을 통해 '노트르담의 꼽추'의 원제목이 《파리의 노트르담》이라는 것을 알게 되었고, 저는 그것을 찾아 읽었습니다. 책 내용은 제가 생각했던 것과는 많이 달랐습니다.

먼저, 사랑에 빠진 것은 꼽추 카지모도뿐이 아니었습니다. 이 책에서는 많은 남자들이 집시 여인 에스메랄다를 사랑하게 되는데, 이러한 과정을 저자가 '숙명'이라는 단어로 엮어 들어가는 것이 굉장히 흥미롭게 느껴졌습니다.

더하여 수도원과 귀족의 세계, 집시와 거지패의 사이로 이분되는 중세의 사회 구조에 따른 프랑스 파리의 풍광과 생활상을 보며, 당대의 시대상을 적나라하게 느낄 수 있었습니다. 주인공 6명 모두 자신이 위치한 사회적 환경 아래에서 형성된 성격에 따라 전형성을 띠고 만들어졌다는 것이 인상적이었습니다. 빅토르 위고는 그 시대, 그 위치의 사람이라면 누구라도 느끼고 있던 인간 면모를 아주 잘 포착하는 것 같습니다.

또한, 작품의 전개에서도 일반적인 소설들과는 다르다는 것이 느껴졌습니다. 학교 수업시간 중 민속원에서 하는 판소리를 들어 본 적이 있는데, 마치 그때의 느낌과도 비슷하게 느껴졌습니다. 사건이 진행되면서 풍부하게 나타나는 묘사와 서술은 독자의 마음을 긴장, 이완시키며 마음을 쥐락펴락했는데, 그게 마치 판소리를 듣는 것 같은 기분이었습니다.

이 소설을 읽으면서 제가 가장 인상 깊었던 부분은, 마지막에 카지모도의 해골이 에스메랄다의 해골을 끌어안고 있던 부분입니다. 형벌같이 추한 신체 때문에 고통받던 그가 에스메랄다와 이루어지기를 원했지만, 현실은 그렇지 못했습니다. 그럼에도 그 사랑을 위해 죽음까지 함께하는 카지모도를 보면서 저는 아름다운 사랑이 대체 무엇인가에 대해서 깨달을 수 있었습니다. 카지모도의 외모는 추했지만,

그 안은 순수했습니다. 그러나 나중에 저 역시 카지모도와 같은 사랑을 할 수 있을지는 잘 모르겠습니다. 너무나 고통스럽게 그려졌기 때문입니다. 다만, 제가 사랑을 할 때에는 카지모도의 순수한 사랑을 기억하고 있어야겠다는 마음만은 분명히 들었습니다.

▶▶독후감 2 : 빅토르 위고와의 대담 형식의 독후감

┃위고┃ 그래, 안녕하신가? 자네는 무슨 일로 날 찾아왔나?

┃학생┃ 네, 선생님. 이번에 선생님의 작품 《노트르담의 꼽추》를 읽었는데요. 몇 가지 궁금한 점이 있어서 찾아왔습니다. 선생님께서는 무엇을 말씀하시고 싶어서 이 소설을 쓰게 되셨나요?

┃위고┃ 음! 자네는 내 소설에 어떤 교훈이 담겼는지 물어보는 건가?

┃학생┃ 네, 그렇다고도 할 수 있습니다. 사실 저는 선생님의 소설을 읽으면서 굉장히 감정적으로 먹먹한 상태를 경험했습니다. 아주 인상적인 소설이었어요. 하지만 돌이켜 생각해 보니 제가 무언가를 얻은 것 같기는 한데, 무엇을 얻었는지 잘 모르겠습니다.

┃위고┃ 소설이 어떤 교훈성을 가져야 한다는 것은 일종의 고정관념이지. 나는 낭만주의 소설가라네. 하늘에는 이야기의 본체가 떠다니고 있고, 영감이 있는 작가는 숙명적으로 그 이야기를 써내려가지. 이야기의 전개는 내가 펜으로 쓰는 속도보다 항상 앞서 가네. 내가 쓰고 싶었던 것은 첫째로는 파리의 풍광과 생활상이고, 둘째로는 자네가 말하는 그 먹먹함이야.

┃학생┃ 그렇다는 것은, 교훈이 없다는 이야기인가요?

┃위고┃ 그런 진술은 적절하다고 볼 수 없네. 사실 소설이 하나의 교훈을 가져야 한다는 것은 주제를 밝혀 내고 싶은 불안한 마음의 소유자들이 갖는 당당하지 못한 원칙이지. 작가는 다만 통일된 이야기를 영감에 비추어 써내려가는 것이고, 그 의미와 감상은 순전히 독자들에게 달려 있는 걸세. 나는 책에서 독자들과 소통하려는 시도를 많이 했어. 하지만 독자를 가르치려고 들지는 않았네.

┃학생┃ 제가 느끼는 바를 교훈이라고 생각해도 문제가 없다는 이야기를 하시는 거군요.

┃위고┃ 교훈이라는 단어는 적절치 못한 감이 없지 않아 있네만, 이는 넘어가도록 하지.

┃학생┃ 저는 이 소설을 읽으면서 파리의 풍광이나 생활상보다는 '사랑'을 중심으로 얽혀 들어가는 인물들의 슬픔이 참 인상적이었습니다. 혹시 선생님께서는 특별히 아끼시는 인물이 있나요?

┃위고┃ 자네는 이 소설이 내가 젊을 때 쓴 거라는 사실을 알고 있나? 젊음은 사랑을 빼고는 말할 수가 없는 시기지. 그 시절 나와 수많은 주변의 사랑을 관찰하면서 나는 이 소설을 썼다네. 물론 모든 인물을 사랑하네만, 내가 특별히 아끼는 인물은 프로로 부주교야. 그는 나를 닮았지. 나는 당시 프로로가 수도원에 구속되어 있듯 서원에 구속되어 있었어. 유명인으로서 도덕적인 정결도 유지해야 했지. 아마 책을 쓰지 않았다면 내 욕망은 분출할 길을 몰랐을 거야.

┃학생┃ 그렇군요. 또 저는 이 소설을 읽으면서 파리나 노트르담

에 대해서 쓰인 부분도 많이 관찰할 수 있었는데요. 외국인이고, 아직 학생이라 파리를 가 보지 못한 저로서는 사실 조금 당황한 부분이 있었어요. 전혀 모르는 부분이니 상상하기도 쉽지 않았고요. 선생님이 살았던 시대는 18세기인데, 15세기 건축물이나 거리의 모습을 이토록 자세히 묘사한 이유는 무엇인가요?

▮위고▮ 오! 친구, 이거 외국인에게는 그런 문제가 생길 수도 있었구만. 아마 내 설명을 들으면 내가 왜 그토록 파리의 건축물과 거리의 모습을 내 소설에서 복원하는 데 열을 올렸는지 충분히 이해할 수 있을걸세. 중세 시절에는 인쇄술이 발달하지 않았지. 그 말은 곧 지금처럼 '책'이라는 것이 사회적 소통과 가치관을 향유하는 도구로 사용되지 않았다는 말이야. 그 당시 사회적 소통과 가치관 향유의 도구는 '건축물'이었다네. 그 이유는 서양에서는 중세 사회에 모두가 모이는 곳이 바로 성당, 교회였기 때문이지. 그래서 중세 예술가들은 혼신의 힘을 기울여 자신들의 사상과 예술을 집약시켜 건축물에 표현했다네. 중세에 세워진 건축물은 단순히 미를 나타내기 위한 것만이 아니야. 저 고딕 양식의 첨탑과 스테인드글라스, 건물 입구의 부조와 조각상들에는 모두 그들의 사상이 녹아 있었다네.

그런데 당시 우리나라에서는 이러한 소중한 건축물의 가치를 잘 모르고 있었어. 유행에 뒤떨어진다는 이유로 소중한 문화유산을 부수고 다시 건축한다든가, 조각을 버리고 바꾼다든가 하는 몰상식한 일들이 벌어졌네. 나는 그러한 사태가 너무나 슬펐어. 그래서 내 소설을 통해서 이러한 중세적 건물들이 사상과 예술에서 어떤 위상을

차지하고 있는지 밝히고 싶었던 것이지. 이러한 내 의도는 조금은 성
공했다네. 사람들이 마구잡이로 바꾼 건축물을 옛 형태로 복원하자
는 운동이 일어나기도 했었거든.

┃학생┃ 아, 그런 일이 있었군요. 소설을 통해서 참 많은 것들이 일
어날 수 있는 것 같아요. 그것도 다 선생님께서 소설을 재미있고 몰
입되게 쓰셨기 때문이겠죠. 오늘 대화, 정말 감사합니다. 소설에 대
해서도, 문화에 대해서도 많은 것들을 배우고 가요. 그럼, 안녕히 계
세요.

독후감 제대로 쓰기

❶ 책을 읽기 전에

우리는 책을 통해서 지식을 쌓고 학문을 연마하게 됩니다. 또한 교양을 얻고 수양을 쌓게 되지요. 그리하여 즐겁고 보람 있는 생활을 할 수 있는 것입니다. 이러한 습관이 지속된다면 이것이 곧 나의 생활 자체가 되고, 책을 읽는 시간이 얼마나 가치 있고 즐거운 시간인지 깨닫게 될 것입니다.

독후감을 쓰기 위해서는 책을 읽어야 함은 말할 것도 없습니다. 그러나 아무 책이나 읽는다고 다 좋은 것은 아닙니다. 특히 중학생은 아직 양서를 구별할 만한 충분한 지식을 갖추지 못했기 때문에 선생님 혹은 부모님, 그리고 선배들이 권하는 책이나, 이미 국내적으로나 세계적으로 잘 알려진 명작이나 명저를 찾아 읽는 것이 바른 방법이라고 볼 수 있습니다. 예컨대 사회적으로 존경받을 만한 사람들의 일대기를 그린 위인전이나 자서전 같은 것은 읽을 가치가 있으며, 명시 모음집이나 명작 소설, 특정한 분야의 관찰기, 평론집 같은 것도 좋은 읽을거리가 될 수 있습니다.

그럼 효율적인 독서를 위해서 유의해야 할 점을 알아볼까요?

첫째, 본문을 읽기 전에 책의 앞부분에 있는 머리말이나 해설하는 글을 먼저 정독합니다. 그러면 책을 쓰게 된 동기나 평가 등에 대하여 잘 알 수 있게 되죠.

둘째, 목차를 잘 살펴봅니다. 목차에서 그 책의 내용이 어떻게 전개될 것인가에 대해 미리 파악할 수 있기 때문입니다.

셋째, 본문을 읽기 시작하면, 그 중에 잘 모르는 단어나 문구가 나오기 마련입니다. 그런 것은 곧 사전을 찾아 뜻을 알아두어야 합니다. 그런 것을 무시했다가는 자칫 전체를 이해하지 못하는 오류를 범할 수 있거든요.

넷째, 각 문단별로 소주제가 무엇인지를 파악하고, 그 줄거리를 요약하는 습관을 길러야 합니다. 특히 필자가 표현하려는 것과 그 뒷받침되는 내용이 무엇인지 알아내는 것이 필수겠지요.

다섯째, 글의 배경은 무엇인지, 앞뒤 맥락이 어떻게 이어지고 있는지를 잘 생각하면서 읽어야 합니다. 그리고 소설일 경우에는 주인공과 등장인물들의 성격이나 특성을 파악해야 하지요.

여섯째, 다 읽은 다음에는 줄거리를 만들어 보고, 전체적인 주제가 무엇인지 정리하는 작업도 필요합니다.

❷ 책을 감상하는 방법

책을 읽을 때는 내용을 진지하게 파고들어 가며 읽어야 합니다. 즉 자기의 현재 생활과 비교해 가며 생각의 폭과 사고를 넓히는 것이 중요하답니다. 그리고 작품의 문체·제목·주제·논제 등도 염두에 두고 읽으면 독후감을 쓰기가 좀더 수월해집니다.

그리고 저자가 강조하고 있는 내용과 사건들이 현재 우리 사회에 어떤 의미를 가지고 있으며 어떻게 발전시켜 나가야 할 것인가를 생각하며 읽습니다. 더불어 저자가 작품에서 강조하려고 하는 것이 무엇인가를 파악하며 읽을 필요가 있습니다. 그렇다고 굉장한 부담을 느끼면서 책을 읽을 필요는 없습니다. 책 읽는 것 자체를 즐긴다면 그리 깊게 생각하지 않아도 작가가 말하려는 바를 깨닫게 될 테니까요.

그렇다면 각 문학 장르에 따라 어떤 점에 유념하여 책을 읽어야 하는지 알아볼까요?

▌소설▐ 작품의 주제를 파악하고 작중 인물의 성격과 배경을 생각하며 주인공이 어떻게 변화되어 가고 있는가를 염두에 두고 읽습니다. 자신의 생각이나 현실과 결부시켜 보는 것도 재미를 배가시켜 줄 거예요.

▌시▐ 선입견 없이 그대로 느낌을 받아들이며 읽습니다.

▌희곡▐ 무대 상연을 전제로 하여 쓰여진 것이기 때문에 시간적·공간적 제약을 받는다는 것을 염두에 두어야 합니다.

▌역사 소설▐ 인물·사건 등을 작가가 상상력에 의존하여 구성한 글로서, 항상 계몽사상이나 민족의식 고취 등 어떤 목적이 들어 있는지를 파악하며 읽어야 합니다.

▌역사▐ 역사는 역사 소설과는 구분지어야 합니다. 이것은 정확한 기록으로 글쓴이의 주관적 해석이 들어 있을 수 없으며, 시간의 흐름에 따라 사건을 나열한 것임을 생각해야 합니다.

▌수필▐ 지은이의 인생관이 들어 있습니다. 심리적 부담감이 적으므로 편안한 마음으로 읽을 수 있습니다.

▌전기문▐ 인물의 정신, 자취, 시대적 배경과 사회적 환경을 먼저

파악해야 합니다.

｜과학 도서｜ 미지의 세계에 대한 탐구심, 합리적 사고력 배양, 지식과 정보의 입수, 창의력을 기르는 데 도움이 되므로 평소 이에 대한 흥미를 갖는 것이 중요합니다.

❸ 독후감이란 무엇인가?

독후감은 말 그대로 어떤 글이나 책을 읽고, 그에 대한 느낌이나 생각을 쓰는 것입니다. 좋은 책을 읽고 그것을 정리해 두지 않는다면 곧 그 내용을 잊어버려, 독서를 한 만큼의 가치를 얻지 못할 수도 있으니까요. 그러므로 한 권의 책을 읽으면 곧 그 책의 내용을 정리하고, 느낌이나 생각을 적어 두는 것이 좋습니다.

독후감은 느낌이나 생각을 거짓 없이 써야 하나, 그렇다고 아무렇게나 써도 되는 것은 아닙니다. 즉 독후감도 글이므로 수필의 형식으로 쓰든, 논술의 형식으로 쓰든, 정확하게 읽고 주제와 내용에 맞게 써야 함은 물론이죠. 아무리 좋은 글이나 책이라도, 잘못 읽어 실제와 맞지 않는 생각이나 느낌을 쓰면 좋은 독후감이라고 할 수 없거든요. 그러므로 좋은 독후감을 쓰려면 독서를 잘해야 한다는 것이 전제됩니다. 독서를 잘하는 방법은 따로 있는 게 아니라, 그저 많이 읽다 보면 요령이 생기고, 이해도 쉽게 되며, 능률도 오르게 되는 것입니다.

독후감을 쓰는 목적은 독후감을 작성함으로써 독서하는 능력이 향상되고 글 쓰는 훈련을 할 수 있기 때문입니다. 그러므로 독후감을 쓰기 위해 책을 읽으면 보다 깊은 생각을 하면서 책을 읽게 됩니다. 또한 책을 통해 생활을 반성하며, 책에서 얻은 지식과 감명을 음미하여 자기 생활에 적용시킬 수 있습니다. 문장력과 논리적 사고가 향상되는 것은 물론이고요! 그럼 독후감을 왜 쓰는지 다음과 같이 정리해 볼까요?

1 읽은 책의 내용을 되살려 다시 음미해 볼 수 있습니다.

2 감동을 간직하고 책 읽는 보람을 얻을 수 있습니다.

3 책을 통해 지식을 심화시킬 수 있습니다.

4 책을 통해 자신의 문제를 연관지어 볼 수 있습니다.

5 글을 써 봄으로 해서 생각을 깊이 있게 할 수 있습니다.

6 독서 목표를 확실히 할 수 있습니다.

7 작품에 대한 비판력과 변별력을 기를 수 있습니다.

8 생각을 조리 있게 쓸 수 있는 작문력을 향상시켜 줍니다.

9 사고력과 논리력, 추리력을 기를 수 있습니다.

10 바르게 책을 읽는 습관을 형성할 수 있습니다.

독후감은 수필의 형식이든 논술의 형식으로든 쓸 수 있다고 했는데, 사실 이 둘의 차이는 모호합니다. 다만, 수필이 자유롭게 붓 가는 대로 쓰는 것이라면 논술은 논리 정연하게 쓴다는 점이 다르다고 할 수 있습니다.

붓 가는 대로 자유롭게 수필의 형식으로 쓰는 독후감이라도 글의 앞뒤가 맞지 않는다든지, 주제가 통일되지 않으면 좋은 평가를 받을 수 없습니다. 논리 정연하게 쓰는 독후감이라면, 서론·본론·결론으로 나누어 서술해야 함은 물론이구요.

서론에 해당되는 부분에서는 그 책에 대한 소개나 쓴 사람의 생애, 또는 특기할 만한 일화 같은 것을 적는 것이 일반적입니다.

본론에 해당하는 부분에서는 그 책을 읽고 특별히 다루려는 내용을 체계적이고 구체적으로 써야 합니다.

결론에서는 본론에서 다룬 내용을 요약하거나, 자신이 읽은 후의 감상, 그 책의 좋은 점, 나쁜 점 등을 들어서 마무리를 해야 합니다.

독후감은 짧게 쓰는 것이 상례이므로, 작품 전체를 거론하기보다는 특정한 주제를 잡아서 쓰는 것이 좋습니다. 보편적으로 다룰 수 있는 몇 가지 주제를 제시해 보면 다음과 같습니다.

첫째, 작가의 의식이나 주인공의 언행, 성격과 연관지어 주제를 구현시키는 방법입니다. 문학 작품이라면 주제가 애정이나 애국, 의리나 배반일 수 있으므로 이러한 점에 초점을 두고 써야겠지요. 또한

과학에 관계된 것이라면, 그 발명의 의의나 연구자의 노력과 관련시
켜 서술해야 하겠지요.

둘째, 저자의 이념이나 생애, 업적에 관심을 두고 쓰는 방법입니다.

그 작품을 통하여 알 수 있는 저자의 철학이나 사상 또는 저자가 그
작품을 남기기까지의 역경이나 작품을 쓰게 된 동기, 작품의 가치나
다른 작품에 미친 영향 등 작품과 연관시켜 쓰는 것이지요.

셋째, 작품의 내용을 중심으로 기술합니다

예컨대, 작품 속 주인공의 성격을 분석하거나 다른 사람과 비교해
볼 수도 있고, 그 작품의 사건이나 시대적 배경을 논의하거나, 작품
의 구성 같은 것에 초점을 두고 이야기할 수도 있습니다.

이와 같이 작품을 읽기 전에 먼저 어떤 점에 중점을 두고 독후감을
쓸 것인가를 염두에 둔다면, 그렇지 않은 경우보다 훨씬 이해가 쉽고,
나중에 독후감을 쓰는 데도 도움이 될 것입니다.

❻ 독후감의 여러 가지 유형

1. 처음에 결론부터 쓴 다음 왜 그러한 결론이 도출되었는지 감상
   을 자세하게 쓰거나, 감상을 먼저 쓰고 결론을 씁니다.
2. 책을 읽게 된 동기부터 설명하고 글 중간에 자기의 감상을 씁
   니다.
3. 저자나 친구에 대한 편지 형식으로 감상을 쓰거나 주인공에게
   대화 형식으로 씁니다.

4. 시(詩)의 형태로 감상문을 씁니다.

5. 대화문(對話文) 형식으로 씁니다.

6. 줄거리부터 요약한 다음 자기의 느낌이나 생각을 씁니다.

❼ 독후감을 구체적으로 쓰는 방법

어렵게 쓰겠다는 생각은 하지 말고 쉽게 써야겠다는 마음가짐을 가져야 좋은 글이 나올 수 있습니다. 그리고 무엇보다 감상문을 쓰기 전에 무엇을 어떻게 쓸까 조목별로 골자를 먼저 쓰고, 이 골자에 살을 붙이는 방법으로 쓰려고 노력해야 합니다. 이때 의도적으로 아름답게 잘 쓰려고 하지 않는 것이 좋습니다. 자, 그럼 더 자세하게 알아볼까요?

1. 먼저 제목을 붙입니다.

2. 처음 부분(머리글)을 씁니다.

   ◦➧ 책을 읽게 된 이유나 책을 대했을 때의 느낌을 씁니다.

   ◦➧ 자신의 생활 경험과 관련지어 써 봅니다.

   ◦➧ 제일 감동받은 부분을 씁니다.

   ◦➧ 지은이나 주인공을 소개하는 글을 씁니다.

3. 가운데 부분을 씁니다.

   ◦➧ 자기의 생활과 견주어 씁니다.

   ◦➧ 주인공과 나의 경우를 비교해서 씁니다.

⫸ 시시비비를 분명히 가려야 합니다.

⫸ 가장 극적이었던 부분을 소개합니다.

4. 끝부분을 씁니다.

⫸ 자신의 느낌을 정리합니다.

⫸ 자신의 각오를 씁니다.

독후감을 쓴 다음에는 다음과 같은 추고의 과정이 필요합니다.

첫째, 쓴 글을 다시 한 번 읽으면서 맞춤법이나 표준어 규정에 어긋나는 것은 없는지 살펴봐야 합니다.

둘째, 문장이 잘 구성되어 있는지, 또 문단이 잘 짜여져 있는지 알아보아야 합니다. 한 문단에는 소주제문과 보조문들이 있어야 하는데, 그런 점이 잘 지켜져 있는지 유의해야 합니다.

셋째, 글 전체의 구성이 잘 이루어졌는지 살펴봅니다. 예를 들어 서론에 해당하는 부분이 지나치게 길다든지, 결론에 해당하는 부분이 너무 짧다든지, 전체적인 구성이 균형을 잃고 있다면 다시 고쳐 써야 하겠지요.

우리가 시간을 들여 열심히 책을 읽고 난 후 독후감을 잘 쓰기 위해서는 책을 읽고 있는 동안의 느낌을 잊지 않고 글로써 표현할 줄 알아야 하며, 책을 읽고 가장 감명받은 부분을 기억하고 있어야 합니다. 또한 다른 사람들은 어떻게 독후감을 썼는지 남의 것을 읽어 보고, 자신의 것과 비교해 보며 자주 글을 써 보는 것이 중요합니다. 그렇게 하다 보면 자신만의 개성 있는 필치로 독특한 감상문을 쓸 수 있게 되

지요. 학교에서 아무리 독후감 숙제를 내주어도 부담없이 즐거운 기
분으로 끝낼 수 있을 겁니다!

❽ 그 밖에 알아두면 유익한 것들

▎독후감 쓰기 10대 원칙 ▎

1. 자신의 수준에 맞는 책을 선택합시다.

2. 독후감 쓰는 형식이 있기는 하지만 너무 거기에 구애받을 필요
   는 없습니다.

3. 자신이 작가라면 어떻게 글을 이끌어갈지를 생각하며 읽어 봅
   시다.

4. 평소 음악 평론이나 영화 평론을 많이 읽어 봅시다.

5. 읽으면서 마음에 와닿는 것이 있다면 따로 적어 둡시다.

6. 현대 사회의 문제점과 비교하면서 읽어 봅시다.

7. 모르는 것이 있으면 적어 두는 습관을 기릅시다.

8. 신문 사설이나 칼럼을 스크랩해서 필요할 때 사용합시다.

9. 요약하는 데에만 집착하지 말고 제대로 책을 읽읍시다.

10. 읽은 후에는 꼭 독후감을 직접 써 봅시다.

▎책을 읽는 10가지 방법 ▎

1. 아주 어릴 때부터 책과 친하게 지내는 습관을 기릅시다.

2. 너무 속독하려 하지 말고 담겨진 내용을 충실히 읽는 습관을 기

릅시다.

3. 항상 작품이 나와 어떠한 상관 관계가 있는지 체크를 해 가며 읽읍시다.

4. 무조건 책장을 넘길 것이 아니라 시시비비를 가려 가면서 읽읍시다.

5. 매일매일 조금씩이라도 책을 읽는 습관을 들입시다.

6. 책 속에 담긴 뜻을 음미하고 되새기면서 읽읍시다.

7. 너무 자신의 취향에 맞는 책만 읽지 말고 다양한 장르의 책을 골고루 읽도록 합시다.

8. 책 속에 담겨진 교훈을 깊이 생각하고 생활에 적용시킵시다.

9. 책에 따라 읽는 방법을 달리하는 습관을 들입시다. 모든 책이 만화책은 아니기 때문이죠.

10. 바른 자세로 앉아 눈과의 거리를 30cm 두고 밝은 곳에서 읽읍시다.

❾ 원고지 제대로 사용하기

▮제목 및 첫 장 쓰기▮

1. 제목은 석 줄을 잡아 둘째 줄 가운데에 씁니다.

2. 1행 2칸부터 글의 종별을 표시합니다. 가령 수필이면 '수필'이라고 씁니다. 간혹 글의 종별을 비워 두는 경우가 많은데 이는 적는 것을 잊었거나, 원고지 사용법에 무관심하기 때문입니다.

3. 제목을 쓸 때에는 마침표를 찍지 않고, 물음표와 느낌표는 붙이지 않는 것이 좋습니다.

4. 제목에 줄임표는 사용하지 않는 것이 상례입니다.

5. 이름은 넷째 줄 끝에 두 칸 정도를 남기고 씁니다. 특별한 경우에는 서너 칸을 남겨도 됩니다.

6. 성과 이름은 붙여 씁니다. 다만, 성과 이름을 분명히 구별할 필요가 있을 경우에는 띄어 쓸 수 있습니다.

   예) 임채후 (O), 남궁석 (O), 남궁 석 (O)

7. 본문은 여섯째 줄부터 쓰는 것이 좋습니다. 단, 특수한 작문인 경우는 넷째 줄부터 본문을 시작해도 상관없습니다.

8. 학교 이름이나 주소가 길 경우에는 세 줄로 쓸 수 있습니다.

9. 주소는 보통 표제지에 기재하고 원고지 첫 장에는 제목과 성명만 간단하게 적는 것이 상례입니다.

10. 성명의 각 글자는 시각적 효과를 위해 널찍하게 한두 칸씩 비워 써도 무방합니다.

11. 학교 앞에 지명을 기입할 때는 학교명을 모두 붙여 써서 지명과 학교명의 구분을 명확히 해 주는 것이 좋습니다.

❚ 첫 칸 비우기 ❚

1. 각 문단이 시작될 때는 첫 칸을 비우고 씁니다.

2. 대화체의 경우는 첫 칸을 비우고 씁니다.

3. 인용문이 길 때는 행을 따로 잡아 쓰되, 인용 부분 전체를 한 칸

들여서 씁니다.

4. 첫째, 둘째, 셋째 등으로 이야기를 전개해야 할 때는 시작할 때마다 첫 칸을 비울 수 있습니다. 단, 그 길이가 길거나 제시된 내용을 선명하게 하고자 할 때 비워 둡니다.

5. 시는 처음 두 칸 정도 줄마다 비우고 씁니다.

▌줄 바꾸기▐

1. 문단이 바뀔 때는 줄을 바꾸어 씁니다.

2. 대화는 줄을 새로 잡아 씁니다.

3. 인용문을 시작할 때는 줄을 바꾸어 씁니다. 단, 그 길이가 길 때 한해서입니다.

4. 대화나 인용문 뒤에 이어지는 지문은 글이 다시 시작되는 것이므로 한 칸을 들여 씁니다. 단, 이어 받는 말로 시작되는 지문은 첫 칸부터 씁니다.

▌문장 부호 및 아라비아 숫자, 영문자▐

1. 문장 부호는 한 칸에 하나씩 넣는 것이 원칙입니다.

2. 아라비아 숫자는 한 칸에 두 자씩 넣습니다.

3. 한자(漢字)로 쓸 때는 띄어 쓰지 않습니다. 그러나 한자와 한글이 함께 쓰이면 띄어 쓰기를 합니다.

4. 마침표(.)와 쉼표(,) 다음에는 통례상 한 칸을 비우지 않으며, 느낌표(!), 물음표(?) 다음에는 통례상 한 칸을 비웁니다.

5. 행의 첫 칸에는 문장 부호를 쓰지 않습니다. 첫 칸에 문장 부호를 써야 할 경우는 그 바로 윗줄의 마지막 칸에 글자와 함께 씁니다.

6. 영문자의 경우, 대문자는 한 칸에 한 글자, 소문자는 한 칸에 두 글자씩 넣습니다.

❿ 문장 부호 바로 알고 쓰기

1. 마침표 : 문장을 끝마치고 찍는 문장 부호로 온점(.), 물음표(?), 느낌표(!)를 이르는 말입니다.

2. 쉼표 : 문장 중간에 찍는 반점(,) 가운뎃점(·) 쌍점(:) 빗금(/)을 이르는 말입니다.

3. 따옴표 : 대화, 인용, 특별어구를 나타낼 때 쓰는 문장 부호로 큰따옴표("")와 작은따옴표(' ')를 씁니다.

4. 그 밖의 문장 부호 : 물결표(~)는 '내지(얼마에서 얼마까지)'라는 뜻에 씁니다. 줄임표(……)는 할말을 줄였을 때와 말이 없음을 나타낼 때 씁니다.

⓫ 마치며

초등학교나 중학교에서는 독후감이라는 말을 사용하지만 고등학교에 가게 되면 독후감이라는 말보다는 아마 논술이라는 말을 더 많이 쓰고 더 많이 듣게 될 것입니다. 논술이란 말 그대로 어떠한 논제를 가지고 논리적으로 서술하는 것을 말하는데, 이는 하루아침에 이루어지지 않습니다. 다양한 분야의 많은 것을 폭넓고 깊이 있게 알고, 주관을 뚜렷이 할 때만이 논술을 잘 쓰게 되는 것이지요. 그러기 위해서는 중학교 시절부터 많은 책을 읽어 보고 스스로 글을 써 보는 훈련을 하는 것이 중요합니다.

실제로 고등학교에 가면 교과목 공부에도 시간이 모자라 제대로 책을 읽을 시간이 없거든요. 무엇을 알아야 글을 쓸 것이고, 자신의 주장을 피력할 것 아니겠어요? 그러니 중학생 시절부터 좋은 책을 많이 읽어 보고, 생각해 보며, 글을 써 보는 노력을 하는 것이 여러분의 미래를 더욱 밝게 해줄 것입니다. 아마 그렇게 한 사람은 그렇지 않은 사람보다 10리쯤 앞서 나가지 않을까 생각되는데 여러분 생각은 어떠세요?

┃성 낙 수┃
한국교원대학교 교수, 연세대학교 졸업, 동 대학원에서 석사·박사 학위 받음
┃오 은 주┃
서울여고 교사, 현재 한국교원대학교 대학원 재학, 국민대학교 졸업
┃김 선 화┃
홍천여고 교사, 현재 한국교원대학교 대학원 재학, 강원대학교 졸업

판권본사소유

중학생이 보는

노트르담의 꼽추 2

초판1쇄 인쇄 2012년 9월 5일
초판1쇄 발행 2012년 9월 15일

엮 은 이 성낙수 · 오은주 · 김선화
지 은 이 빅토르 위고
옮 긴 이 조홍식
펴 낸 이 신원영
펴 낸 곳 (주)신원문화사

주   소 서울시 영등포구 당산동 121-245 신원빌딩 3층
전   화 3664—2131~4
팩   스 3664—2130

출판등록 1976년 9월 16일 제5-68호

＊ 잘못된 책은 바꾸어 드립니다.

ISBN 978-89-359-1614-6 44800
ISBN 978-89-359-1582-8 (세트)